地球 是
天上
一颗 星

老石头 ——— 著

长江出版社

图书在版编目（CIP）数据

地球是天上一颗星 / 老石头 著；

— 武汉：长江出版社，2018.4

ISBN 978-7-5492-5309-8

Ⅰ.①地… Ⅱ.①老… Ⅲ.①长篇小说-中国-当代 Ⅳ.①I247.5

中国版本图书馆CIP数据核字(2017)第200611号

地球是天上一颗星 / 老石头 著

出　　版	长江出版社
	（武汉市解放大道1863号　邮政编码：430010）
选题策划	肯特文化
出 品 人	柯利明　林苑中
特约监制	准拟佳期
市场发行	长江出版社发行部
网　　址	http://www.cjpress.com.cn
责任编辑	张艳艳
特约策划	芝士君
营销推广	姜　涛　刘　源
装帧设计	@设计装帧粉粉猫
封面插画	中下游
责任印制	张军伟　付媛媛
版式制作	翟程程
印　　刷	三河市华东印刷有限公司
版　　次	2018年4月第1版
印　　次	2021年5月第2次印刷
开　　本	787mm×1092mm　1/16
印　　张	20
字　　数	322千字
书　　号	ISBN　978-7-5492-5309-8
定　　价	39.80元

电话：027-82926557（总编室）027-82926806（市场营销部）

目　录
contents

上卷

乌干达的
罗密欧与朱丽叶

Chapter 01
他们的重逢极其偶然，以至于，几乎绝无可能。

如愿从未想过此生竟然会再见到沈云峰。

乌干达正在经历史上最漫长的旱季，土地干涸，阳光刺眼，饿殍遍野，终于因为旱灾爆发了动乱。空气里是硝烟的味道，反政府武装攻击了美国大使馆，黑人惊慌失措地在尖叫，狼狈地逃窜。枪炮声里混合着英语和斯瓦希里语，人人都在逃命，只有如愿与一切格格不入。

她站在原地，凝视着不远处的男人。男人冷清清的脸上有刚毅的神态，嘈杂声里一切都成了背景，只有他才是世界的中心。

沈云峰仿佛穿越而来，穿着一身黑色的西装，一只耳朵上戴着耳机，匆匆地护送着一个学者模样的男人坐上轿车。

如愿甚至不敢相信自己的眼睛，怎么会是他呢？他怎么可能会来乌干达？他难道不应该在国内的某个高级夜总会里，左拥右抱着美人，纸醉金迷，夜夜笙歌吗。

如愿直愣愣地站在那里看着沈云峰，本以为此生再不会相见，相忘于人海，把彼此变成心间的一颗痣，却没有想到在这东非的贫穷蛮荒之地，竟又这样荒唐地重逢。

沈云峰也看到了如愿，他似乎有些惊讶，可没有一秒的犹豫，他迅速地上了那辆车，急驶而去。如愿自嘲地笑起来。就这样吗？没有惊天动地，也没有一眼万年，只那样匆匆一瞥，就把她丢在这战火连天的街头吗？

不愧是沈云峰。无所谓啊，反正这也不是他第一次扔下自己了。

如愿站在原地，心里并不害怕，她太了解这些黑哥哥们了，他们的枪战双方对着打半个多小时也不一定能打中一个人，全都是朝天炮，不瞄准说不定还能走狗屎运打中呢。

正这么想着，忽然听到身后传来一声剧烈的爆炸声。如愿惊讶地回过头去，见到沈云峰刚刚上的那辆车被击中了，翻到在路边。

如愿立刻冲过去，低头一看，司机脑袋上中了一枪已经死了。

这也能被打中？也真的是够倒霉的！

如愿来不及怀缅，也来不及感慨，冲到另一边，对沈云峰嚷道："身上有没有哪里受伤？不要乱动！我马上救你出来！"

"别管我，先救专家。"

如愿往后看去，后座上的专家已经昏迷了。

"我偏要先救你！"

如愿打开车门，把沈云峰拖了出来，他的手臂受伤了，腿没事儿。

如愿又去拖专家，沈云峰不顾受了伤的手也来帮忙，两个人好不容易才把专家拖到了路边。如愿又想去把司机的尸体拖出来，可就在这时候一声巨大的爆炸声响起。

"小心！"沈云峰冲过来死死地把如愿扑在地上。

车子爆炸了，如愿惊魂未定，沈云峰也长舒一口气，对如愿笑了笑道："你没事就好。"

"你也没事吗？"如愿问。

沈云峰点点头。

"除了手没有哪里不舒服吗？"

"没有？"

"身体别的地方受伤了吗？撞伤，淤血？"

沈云峰无奈地笑了，道："放心，都没事儿，死不了。"

"太好了！"如愿笑眯眯地说。

她扭了扭脖子，活动了一下手腕脚踝，抡了抡胳膊，一个完美飞踢踢在了沈云峰的胸口，然后长舒一口气，满足地说："五年前我就想这样对你做了，再见！"

如愿头也不回地走了，城市在倾覆，却成全了她最爽快的报复。

反抗军都是一群乌合之众，没几天就偃旗息鼓，坎帕拉很快就恢复了平静。

如愿所在的穆拉戈医院艾滋病防治中心又开始了忙碌的日常。这里的黑人做事拖拖拉拉，效率低下，再加上前段时间的动乱，这个月药物紧缺，一切都乱了套，好多病人都没有领药品，如愿联系不到哥哥，只能干着急。

今天是领药的日子，中心里挤满了人，空气里是难闻的臭味，如愿走出医院透气。空气里弥漫着体臭和低劣的香水味儿，这真的是一片有气味儿的大陆、一个有气味儿的国家，来这里两年了，如愿还是不大习惯。

如愿漫无目的地在外面走着，反正今天没有药品可以发，她不需要工作。

街上很脏乱，路又破又窄小，这里是乌干达的首都坎帕拉，却连中国的一个七八线小城市的城市建设都比不上。在首都最繁华的街道上，弥漫着难闻的汽车尾气，街上的开着的车在国内几乎都是要报废的，像是一只只的八爪鱼，吐着黑烟。

如愿戴上口罩走在路上，嘈杂的福音音乐声吵得她已经麻木。黑人真的是非常热爱音乐和舞蹈的种族，随时都可以看到人们随着音乐热情起舞。如愿呆呆地看着他们，这里的人似乎总是这样及时行乐，仿佛没有明天。

事实上，他们中的许多人的确是没有明天的。在如愿所在的防治中心里，登记在册的成年艾滋病人就有将近一万人，儿童也有几千人，更不要说那些没有登记的了。这个国家每五个人里就有一个人患有艾滋病，每天都有人不断地在死去，前天还在店里打工的小贩昨天可能就死在家里了。

这里的人把未来寄托在宗教信仰之上，对死亡很麻木。如愿从前是不麻木的，可现在她那一颗热腾腾的心却渐渐地在这片炽热的大陆里冷淡了下来。她被派来非洲已经快三年，死亡在这里太稀松平常了，她已经不再对死亡多愁善感。

生命本来就是翻脸无情的。

逛了一圈心情也没有变得更好，自从那一天看到沈云峰之后，如愿就一直提不起劲儿来。

真让人生气，凭什么到现在他还是能够控制她的喜怒哀乐。

冤枉。

　　回到医院里就看到袁飞学长在找她，袁飞和如愿是一个大学毕业的，他高如愿四级，后来又都在同一个疾控中心工作，但两人竟然几年都没有照面，彼此都不认识，直到前段时间爆发了埃博拉，袁飞被派到非洲来，如愿才认识这个跟自己颇有渊源的学长。

　　袁飞很喜欢如愿，在他心里这个女孩儿配得上这世上所有美好的词汇，本应该是森林里的精灵，却来到了这人间地狱里来，让他很心疼。

　　"有人找你，说是你在大使馆的朋友，我让他在你的办公室等你了。"

　　如愿的确在大使馆认识几个人，但是也没有到关系很好的地步，为什么会来找她？难道哥哥出了什么事情吗？

　　哥哥已经有两三个月没有联系如愿了，如愿越想越心慌，匆忙地往办公室跑。

　　办公室里的男人背对着她站着，身姿挺拔，穿着白衬衣，袖子挽到手肘，露出结实的手臂。从前如愿就一直很迷恋沈云峰的身材，肩膀、胳膊都结实得恰到好处，仿佛天生就是用来拥抱女人的。她觉得自己身体里的某处正在瑟瑟发抖，仿佛还在眷恋着他的拥抱。

　　如愿闭上眼，深呼吸，想把这懦弱的念头扼杀在脑海里。

　　听到开门声，沈云峰转过身来，他目光坚毅，有一双倔强的眉毛，所以如愿从前一直觉得他不会是个坏人，可事实证明，他的确不是什么好人。

　　沈如峰比从前稍微黑了一点，笑容也多了一些。

　　"你来做什么？"

　　沈云峰笑了起来，他严肃的时候像是一个神父，可笑起来又像是一个浪子，正因为如此才充满了神秘感，一直以来总有好多女孩子追求他，从前如愿总是为这些事情伤心。

　　"来看我的救命恩人啊。幸好你长得好看，我一说我的救命恩人是一个特别年轻漂亮的中国女孩子，他们就把我指到穆拉戈医院来了。"

　　如愿神情冷冷地："几年不见，好的没学，油腔滑调倒是学会了。"

　　沈云峰似乎有些吃惊，疑惑地问："我们从前见过吗？"

　　如愿觉得自己要由内而外燃烧起来了，他是什么意思，要玩弄她到这个地步吗？

　　"沈云峰，你一定要用这种方式侮辱我吗？"

　　她最真诚最纯粹地爱过他，他却轻浮地说不认识她，这样抹杀她曾经的一片真心。

沈云峰一愣，尴尬地笑了笑道："你是不是认错人了？我不叫沈云峰，我叫顾向阳。"

"沈云峰，你化成灰我也不会认错！"

"我真的叫顾向阳，这是我的证件。"

如愿接过他递过来的护照，打开一看，真的写着顾向阳。

"我是伊辛巴水电站项目中方的安保处长，负责保护来这里的水利专家。我真的不是你说的沈云峰，我的名字是顾向阳，如果你不信，我可以叫我的同事和公司证明。"

如愿愣住了，不可置信地看着手里的护照，又看看顾向阳的脸，惊讶地问："你真的不是他？"

顾向阳无奈地说："我真的不是。"

如愿不信，走到顾向阳身前猛地扯开了他的衬衣。

"你真是我见过最主动的女孩子了。"顾向阳不知道是无奈好还是高兴好。

如愿在找，找他胸口的痣，可那里什么都没有。

真的不是他……

"你不是他啊……"如愿发现自己竟然有些难过，她可悲地退后一步，把护照还给顾向阳，怅然若失地说，"对不起啊，我认错人了，你们简直长得一模一样……"

顾向阳收起护照，不紧不慢地扣着扣子，问："你就是把我认成了他，上次才踹我一脚的吗？这个沈云峰是你什么人，这么深仇大恨的，前男友吗？"

"嗯……算是吧……"

顾向阳挑挑眉，轻笑一声问："什么叫作算是？"

"因为只是我一个人的一相情愿而已。"如愿轻笑一声道，"他跟我之间是人家只是玩玩而我却当真了的关系。"

顾向阳一愣，有些尴尬地说："对不起，提到你的伤心事……"

"没关系。"如愿并不想跟顾向阳再多聊，问，"你还有什么事情吗？"

"救命之恩也不知道怎么报答，今天过来是想请你吃个饭。"

"不用报答。"

"那不行，我有恩必报。"

如愿抬起头看着顾向阳，无奈地叹息一声道："如果你真要报答就不要再出现在我面前，就算你不是他，但是你这张脸我真的这辈子都不想再见到了。"

"我懂了……"

顾向阳走到门口,开门准备走,想了想又问:"总得让我知道我救命恩人的名字吧?"

"木如愿。"

"木如愿,好,我记住了。"

门被关上,如愿重重地坐在椅子上,觉得浑身一点力气都没有,她趴在桌上,脑袋埋在胳膊里,痛苦地思考着。

老天爷为什么要安排自己遇见一个跟沈云峰长得一模一样的人?

只是为了再让她重温一次痛苦和伤害吗?

真冤枉。

顾向阳关上身后的门,终于支撑不住脸上云淡风轻的神情,痛苦地闭上了眼。真的是她,不知到底是灾难还是幸运,竟然又把她带回了他的世界里来。

顾向阳痛苦地站在门外,对着紧闭的门,仿佛能穿透它看到屋子里的人一般。太折磨了,他方才用尽全力才克制住自己不去拥抱她。全身的血液都在沸腾着,却只能做出冷淡的样子,否则一切就功亏一篑。

顾向阳打开脖子上的项链,里面有一张小小的照片,那是木如愿。

已经打定主意此生再不相见了,为何又让他这样偶然地与她重逢?

只是为了再考验他一次吗?

他经不起这样的考验,他能抵住这世上最迷人的诱惑和最残酷的刑罚,却抵抗不了木如愿再一次出现在他的面前。

有情皆孽,无人不冤。

Chapter 02

每个人都有一场爱恋，笨拙也竭尽全力，感动了自己却感动不了别人。

天还是没有下雨，真残酷。

吉布提、埃塞俄比亚、肯尼亚、索马里和乌干达都在焦灼。尤其是索马里，那里已经几年没有下雨了，索马里人只能眼睁睁地看着他们的土地变成焦土，牲畜一只只地死掉，粮食一点点吃完，连鸟儿都不再在天空飞翔了。

饥饿的灾民涌向肯尼亚的达达阿布难民营，那里是世界最大的难民营，最多能容纳九万人，可现在却有四十万难民被收容在那里，还有新的难民正艰难地走过干旱的土地，冒着随时被饿死和渴死的危险向那里迁徙着。

大规模的瘟疫随时都有可能在难民营里爆发，作为为数不多的疾控专业人士，袁飞和木如愿被派往灾区，避免更大的灾难发生。

非洲是一片蛮荒而美丽的大地，很多年前如愿读海明威的《非洲青山》时就对这片大地很着迷，这里野性、狂热，草原上有狮子的吼，有奔跑的斑马和成群结队的大象。可是如今极目之处都是死亡。

死神的烈火将草原变成了焦土，沿路都是无人埋葬的尸体。

在一棵树下，如愿看到好几个小孩子的尸体，他们并排躺在那里，枯瘦得仿佛晒干的猴子。

"为什么这里的人还会相信世上有天堂？"袁飞心情沉重地说，"我没有想过，有生之年会看到这么恐怖的景象，简直就是人间地狱。"

有一位黑人母亲跪在地上，面朝着炙热的太阳，悲戚地祈祷着，她的手里抱着的是一个已经死去的孩子。

如愿眼眶红红的，心里难免觉得悲悯。

"因为既然这世上有地狱，就一定也有天堂。"如愿说。

见过最阴暗、最恐怖，才更坚信这世上有最光明、最善良。

如愿一直这么坚定地相信着，即便死亡侵袭着世界，她也相信总有出路，前方就能看到光。

车队忽然停了下来，前面有车子求助，也是中国人。如愿他们走下车准备帮忙。抛锚的车子旁边站着一男一女，两个人看起来都很斯文的样子，皮肤被晒得有些发红，可身上的衣服依旧穿得一丝不苟，一颗多余的扣子都没有解开。他们身后跟着一个黑人，穿着当地的服装，似乎是个翻译。

还有一个穿白衬衣的男人背对着众人正在修车，他的袖子挽得高高的，背后汗湿了，衣服贴在身上显出肌肉的线条来。

如愿仿佛在空气里闻到了男性荷尔蒙的味道，她的心脏突突地跳动着，怎么又是他？

和如愿他们一起上路的是无国界医生组织的人，又是在异国遇上了中国人，大家都非常热心。

"有什么需要帮忙的吗？"

戴着眼镜一副学者模样的人说："我叫徐山，是中国派来乌干达的水文专家。这一回是去勘察西南部的水文环境和地下水储备情况的。我们仪器的车队先我们出发，我们晚半天，没想到半路我们的车子坏了……这个是我的未婚妻，葛平秋。"

如愿没有太注意那对专家夫妻，虽然心里百般不情愿，可她的注意力就是忍不住放在了那个修车子的人身上。

顾向阳转过身来，满头大汗，无奈地说："要换发动机，修不好了。"

"我们准备去肯尼亚的难民营，可以顺路先送你们一程。"队长提议道。

"那太谢谢了！"徐山道。

大家分配怎么坐车的时候，顾向阳看到了如愿，他也很惊讶，很自然地对如愿点点头打招呼，刚想说话，如愿却慌忙移开目光，装作不认识他。

很幸运，顾向阳没有被分配到如愿这一辆车，那一对专家坐在了这辆车上。

袁飞跟这对专家夫妻闲聊。

"徐先生，你是水文专家，能解释一下我的疑问吗？乌干达不是非洲明珠吗，气候也好，还有维多利亚湖，大小湖泊也都不少，怎么也会有旱灾？"

"水资源分布不均嘛，而且没有水利项目，除了维多利亚湖和首都坎帕拉之间，绝大多数地区都没有什么水运，几乎没有开发什么公共水利工程，而且污染非常严重。西南部本身就贫困，发生旱灾并不稀奇。我们这一回就是来协助乌干达建设水利工程的，希望以后这样的悲剧不要再发生。"

袁飞很是佩服这些专家，感叹道："你们都是国士啊！"

"哪里。"徐山笑了起来，又问起袁飞和如愿的情况来，"你们来乌干达是做什么的？"

"哦，忘了自我介绍，我叫袁飞，是疾控医生，前段时间爆发了埃博拉，我被派来非洲支援。我也不过来非洲几个月而已，我师妹可是在非洲待了三年的。"

"你也是来援助埃博拉的吗？"徐山问。

"我是做艾滋病防治的。"如愿简短地回答。

徐山点点头，感叹道："你们都是些无私的人啊。"

如愿有些尴尬，不知道怎么回答，她向来不擅长这种寒暄。

"怎么称呼？"徐山又问如愿。

"木如愿。"

此时一直在后座没有说话的女士开口了。

"你是木如愿？"她惊讶地问。

如愿也是一愣，回过头去看向说话的人。

这个女人很瘦，胳膊细细的，留着一头干练的短发，五官很精致，可搭配在一起却显得很冷静，给人一种性冷淡的气质，不，应该说是一种专业人士的气质，难怪会嫁给专家。

"我们认识吗？"如愿疑惑地问。

葛平秋脸上露出一丝红晕来，问道："你认识木如夜吗？他也在乌干达。"

"认识！"如愿惊喜地说，"他是我亲哥哥！你认识我哥？"

"前段时间反抗军暴乱，他救过我的命……"葛平秋有些害羞地说，"他跟我提过他有一个妹妹也在乌干达，没想到竟然让我遇上了。"

徐山忙道："真是太巧了，你哥哥是我未婚妻的救命恩人，我们又得到了你们的帮助，实在是太有缘了。"

"我哥哥怎么样？他还好吗？我好久没有见过他了。"如愿心里牵挂着哥哥。

"他很好，我上次见他的时候他准备去一趟津巴布韦，大概还没有回来吧。"

如愿松一口气，欣慰地说："没事儿就好，他都一个多月没有跟我联系了。"

"你哥哥总是说起你。"葛平秋温柔地笑起来道，"他很疼你这个妹妹呢。"

"那是！"袁飞也说，"我见过如愿的哥哥两次，对她这个妹妹真是没话说。哪里是当哥哥的，简直就是当爹！"

"你们还有别的兄妹吗？"徐山问。

"没了，就我们两个。"如愿答。

"两个孩子都来非洲，你们的父母舍得呀？"

如愿有些尴尬地笑了笑道："我们的父母很早就不在了……"

"啊，对不起啊……"

"没事儿。"

车里有些尴尬，袁飞又跟徐山聊起各自工作上的事情把话题岔开。

又开了两个多小时，遇上专家的车队回来接他们，大家便又停下车把他们放下来。

"等我们都回了坎帕拉一定要好好聚一聚。"徐山提议道，"我请你们救援队的人吃饭，每一个都要来啊！"

如愿不见顾向阳下车，心里正纳闷儿呢，就有人敲她的车窗，回头一看是顾向阳。

"我把专家送到目的地就去难民营找你。"

如愿愣住，还来不及说话，顾向阳就走了。她心里纳闷儿得很，为什么要去难民营找她？

袁飞也有些惊讶，疑惑地问："这个就是那天去医院找你的那个人吗？"

如愿点点头。

袁飞觉得这两人似乎不是普通朋友那么简单，故作轻松地问："刚才怎么没见你们说话，早知道你们认识，让他坐我们的车就好了。"

"没关系啊，也不是很熟。"

"那还专门去难民营找你？"

如愿微微皱眉，似乎有些为难，只得说："我也不知道……"

话一出口袁飞就知道自己过线了，他有什么资格吃醋呢，又有什么资格问这种问题呢？平白无故地惹得如愿不高兴。他心里后悔，不再接话，沉默地开着车。

如愿没有太注意袁飞的反常，也没有因为他的话不高兴。因为她有些恍惚，方才顾向阳敲他车门的情景，让她忍不住想起了很多年以前的事情。

只是那时候是她在车窗外敲沈云峰的车窗……

沈云峰的副驾驶座上坐着一个性感美艳的女郎，女郎眼神嘲讽地看着如愿，像是一个胜利者。

"我要跟我的朋友去吃饭，今天没有空。"沈云峰冷淡地说。

沈云峰说那是他的普通朋友，如愿就愿意相信。

为什么不相信他呢？眼睛看到的、耳朵听到的都不一定是真的，这世上太多幻想迷惑我们，每个人都主观地看待每一件事情，所以如愿不相信别人说的，也不相信自己看到的，她只相信沈云峰。

即便那个女孩子的眼神刺痛了她，她也不生气，是她太脆弱、太不自信才会这样难过，只要努力去相信沈云峰就好了，相信他说的，一生只爱她一个人，这样就够了。

"那我明天再来找你吧！"如愿把做好的点心递给沈云峰道，"你上次说想吃的。"

沈云峰接过盒子没有说话，一旁的女孩子忙抢过去，嗲嗲地说："什么好吃的呀，我也要吃。"

她打开就拿了一个出来塞进嘴里，赞扬道："哇，真的挺好吃的。"

那是如愿做了好几个小时的，手还因为这个烫伤了，只想沈云峰能够喜欢，却被别人先吃了。

如愿差点就崩不住脸上的笑容了，她想了各种各样的理由来安抚自己，却还是没有忍住露出了难过的神情。

沈云峰欲言又止，轻叹一口气，最后只是冷淡地说："我赶时间，走了。"

他开着车子带着那个性感的女郎绝尘而去，如愿站在马路边抑制不住地掉眼泪，路边的人纷纷对她侧目，她也知道这样很丢人，可是真的再也忍耐不了了。

为什么对她最好、对她最坏的都是沈云峰。让她那么快乐，又要让她受尽委屈……

二十二岁的如愿第一次懂得，原来真的像歌里唱得那样，有爱就有痛。

可她知道，没有人回来安慰她，就算她努力地想去相信沈云峰的誓言，可是她无法无视他渐渐远离的事实。

他再也不会在意她的笑容，也不会在意她的眼泪。他不再着急地赶来见她，他总是越来越早地离开。她看他的背影比他的面庞多，他不再解释自己的去向，他正在一点一点地离开她的世界……

"如愿？"

如愿猛地回过神来，袁飞递给她一张纸，她才意识到自己竟然哭了。

"怎么了？"袁飞把车窗摇起来，叹息道，"别看外面那些人了，看了心里难受。"

如愿点点头，没有解释，擦干净眼泪道："换我开吧，你开了好几个小时了，休息一会儿。"

"没关系，你睡一会儿吧，一会儿再跟你换。"

如愿从善如流地闭上了眼，算了，过去的事都不想了，为什么要拿回忆来折磨自己呢。

每个人的人生里都有一场爱恋，笨拙也竭尽全力，感动了自己却感动不了别人。

沈云峰已经是过去了，那是她的回忆不是她的未来。他没有不放过她，不放过她的一直都是她自己。

走了这么远的路，背井离乡，来到这荒凉炙热的大陆，不就是想重新开始一次吗。

她不会再被那个人动摇了。

如愿只是有些迷茫而已，因为这个顾向阳实在跟沈云峰长得太像了，就连声音都一样，唯一能说服如愿他们不是一个人的，就是顾向阳胸口没有痣。

还有就是他们的作派似乎也不大一样，沈云峰要再痞气一点，对待女孩子再浪荡轻浮一点，而顾向阳给人感觉很稳重可靠，有一种很正派的气质。

难不成他们是失散多年的双胞胎兄弟吗？

如愿觉得脑袋疼，就算是失散多年的双胞胎兄弟也没必要都让她遇上吧？

真是孽缘。

Chapter 03
凭什么我那么喜欢你，却是别人每天能见到你。

难民营里的情况很不好，WFP（世界粮食计划署）的救援物资还没有到，有的难民已经很多天没有领到食物了，大多数人一天只吃一顿，营养不良的情况很严重。

一到难民营，如愿他们就见到一个在地上爬的人，看不出男女，像是某种黑夜里的生物，枯瘦如柴，四肢又长又细像是火柴棍，宛如一只仅剩下四条腿的蜘蛛。因为饥饿，他的眼球突出，见到如愿他们到来，只是麻木地看着他们，然后又缓缓地爬回了他身后的窝棚。

这种窝棚便是难民营里大多数人的家，联合国分发的帐篷有限，很多难民都只能领到一张塑料布，把塑料布绑在树上，便是他们平时居住的地方。

袁飞想要拿点吃的给那个人，被如愿拦住了。

"你知道过去几年有多少 WFP 的工作人员死在难民营里的冲突中吗？十四个。"如愿按住袁飞要取食物的手道，"我们只是来工作的，做好我们的工作就好。"

袁飞有些惊讶，他知道如愿说得有道理，但总觉得这不像是她会说的话，在他印象里如愿并不是这么冷漠的人。"我以为按照你的个性一定会第一个冲上去帮这些人呢……"

如愿听不出来袁飞语气里的不悦，老实回答道："我第一次来的时候也跟你一样不计后果。"

"然后呢？"

"然后好多人来找我要食物啊，粮食不够发，我自己的都快给完了，人们就上来抢，跟我一起来的联合国的同事为了救我还受了伤。我被一个手上出了脓的人抓伤了，吓得要死，怕会不小心染上艾滋病，这里又没有任何仪器和药剂，当时简直就是认命的心态，给我哥哥的遗书都写好了……幸好回去之后检查结果是阴性的。"

袁飞沉默了，热血冷了下来，不知道该说些什么。

如愿笑了笑，安慰他道："这里绝对不是一个会让人感到快乐的地方，我们救不了所有人，但我们总归能够帮到一部分人，一点点也足够了，就这样想吧。"

"出了那样的事情，你为什么还愿意来？这些难民这样不知恩图报。"

"哎哟，别用那种眼神看我，我本来就没觉得我是他们的恩人啊。"如愿笑起来，神色平静地说，"我没想当圣人，我就想做好我的工作而已。我是一个疾控医生，我的工作不是拯救世界，也不是救人性命，更不是自我牺牲。我的工作就是控制疾病不要在人群中蔓延，仅此而已呀。师兄，我觉得我们只有认识到这一点，才好调整心态继续在难民营里工作。"

袁飞想了想，点了点头。

"好，我懂了。"

他心里觉得很压抑，又有些佩服如愿，她看起来没心没肺的模样，其实比他要成熟。

到了难民营，他们也没时间多休息就展开了工作，袁飞和如愿一起带着控制流感的药品去了红十字会的医疗队。

在车上，袁飞准备戴口罩，刚想给如愿一个，可如愿却先给他递了一个防毒面具。

"戴这个吧，口罩没用的。"

车子到了医疗队，袁飞才知道自己之前对人间地狱的认识还是太简单了，这里才是真正地狱。

卡车拉着一车车飞满苍蝇的尸体离开，可依旧有层层叠叠的尸体堆在地上。屋里都是病人，没有什么消毒措施也没有任何隔离方式，病床有限，许多人都躺在地上，有的痛苦地在号叫着，有的不停地在咳嗽，有的在吐血，有的甚至耳朵都在流血……

袁飞被吓住，当时他是自愿来难民营帮忙的，如愿阻止过他，他却觉得如愿这样的小女孩儿都能忍受，没理由他不能忍受。他也是穷苦人家长大的孩子，吃过苦。可他现在才知道，最恐怖的场景是无法靠想象描绘的，现实总是更血腥、残酷。

他怀着澎湃的荣誉感而来，现在却只有深深的挫败感。

袁飞看向如愿。如愿已经开始往医疗队搬东西了，红十字会的医生与如愿都相熟，如愿向人介绍了一下袁飞，便催促着他一起赶快做事儿。

在难民营里做医生是一件非常让人感到挫败的事情，在如愿他们来之前，这里只剩下最后一片阿司匹林了，医生们能做的不过是安慰一下这些病人，让他们尽量走得不太痛苦。但基本上，这些人来这里只是等死而已。

"流感吗？"袁飞感叹道。

"嗯，确定了，是甲型流感，不过现在还没有大规模爆发。"如愿平静地答道，给病人喂药，记录病人的情况，询问他们发病的时间和染病的原因。

"这是瘟疫啊！"袁飞站在一旁激动地说，"为什么没有人重视！"

要是在国内，这么多患者，这简直就是重大疫情，全国都要戒备起来。

"这里是难民营，他们最大的问题是能够吃上饭，能够不被饿死，不是疾病。"

"这些难民长期营养不良，免疫力都很低，这里又缺乏药品，那要是真的爆发了大规模的疫情怎么办？"

如愿无奈地叹息。"无可奈何……"

袁飞无言以对，只觉得像是有人在他心脏上锤了两计重拳似的。

他不再说话，沉默地跟着如愿一起工作。

这里的一天像是一年那么长，到了夜里他们开车回帐篷休息时，袁飞已经是筋疲力尽了，如愿倒是精神很好，指着星星给大家讲中国的古典星座，顺便给人算算命，说这个命犯桃花，说那个未来的老婆一定很有钱，把大家逗得嘻嘻哈哈的。

"你不累吗？"下车之后袁飞问如愿。

"不累啊。"如愿笑眯眯地拍了拍袁飞的肩膀道，"其实工作量也不大，又没有安排我们去埋尸体，你主要是心累，过几天习惯了就好！"

袁飞无奈苦笑道："我只怕是习惯不了的，这里的一天实在是太长了……"

"度日如年是吧？哈哈哈，我一开始也是这样。但是我后来就想通了，找到跟这里的生活相处的办法，日子就好过了。"

"你怎么想通的？"

"我原来总觉得痛苦是一件坏事儿，悲伤也是坏事儿，只有快乐和幸福才是好事儿。"

"难道不是吗？"

"不是啊，为什么要把喜怒哀乐分个三六九等呢？喜怒哀乐，都是我们的情绪而已，是平等的。幸福的事，痛苦的事，都是一件事而已。所以就让他去吧，快乐会来也会走，悲伤会来也会走。情绪是流动的，不是一成不变的。你觉得这里的日子让你难受，你就让它难受，难受完了你就让它走，不要刻意去留住它。感到开心的时候就尽量去开心，不需要因为别人的苦难就不让自己开心了。你没有任何理由一定要为了别人的悲剧折磨自己，能开心地活着并不是坏事，不需要内疚和惭愧。我们每个人能过好自己的生活就已经很了不起了。"

"可我总想为他们做点事，却什么都做不了，这让我觉得很沮丧。"

"你做了啊，你不是已经做了一整天了吗？"如愿不解地问，"你还想做什么？"

袁飞忍不住笑起来，道："还是你看得开。"

"你每天跟这些人生活在一起，也会看得开的。生活在苦难里的人，都有自己的生活哲学，要不然怎么对抗痛苦呢？"

天空没有一片云，沙漠里星光璀璨。如愿抬起头看着星星，走得蹦蹦跳跳的，袁飞看着她的背影，又泛起一阵温柔来。

他总想找一个合适的时候跟如愿表白，总觉得应该等到他们都回国，安定之后再考虑感情的事情。可是如愿说得对，感情来的时候就该让它自然而然地来，没有什么时候比现在更合适了。

"如愿。"

如愿站住，回头看向袁飞。

袁飞正准备叫住如愿向她告白时，有人先他一步叫住了如愿，袁飞疑惑地回头看去，见到一个男人站在他身后，风尘仆仆。

是他，那天去医院找如愿的男人，说要来难民营找如愿的那个男人。

如愿呆住，脸上的笑容有些僵硬，顾向阳走到她面前道："抱歉，来得有些晚，那边需要我帮忙安顿。"

"你不用跟我抱歉，我没有要你来。"

"我知道，是我自己要来的，你放心，你不用管我，我认识这边难民营的中国维和部队，我住在他们那里就好了。"

如愿低着头不说话，袁飞走上前要替她解围，说："如愿，回去休息吧，明天也会很辛苦的。"

"我送你进了帐篷就走。"顾向阳说。

三人都不说话，袁飞先到帐篷，营地里大多数是男人，大家一起挤一个大帐篷，如愿自己一个人住一个小窝棚，跟那些难民住得差不多，几片布绑在树干上。

顾向阳把如愿送进去，还不待她说话就先说："我走了，你好好休息。"然后就出了帐篷。

如愿心里纳闷儿，就过来看她一眼就走了吗？这人也是不怕麻烦……

如愿收拾好吹熄煤油灯准备睡觉，却隐约见到外面有一个人影，她吓了一跳，仔细一看，又觉得那个人影似乎有些熟悉。

"顾向阳？"如愿试探地叫了一声。

顾向阳立刻冲进帐篷里来，紧张地问："出什么事情了吗？"

如愿无奈叹息，坐起来道："你不是已经走了吗？"

"你明天醒了去工作了我再走。"

如愿皱眉，无奈地说："你这是做什么，报恩吗？"

"嗯。算是吧。"

"没关系的，我也不是第一次来这里帮忙，你放心吧。"

"我不放心。"

"我不会出什么事情的。"

"你一个人我就是不放心。"

"你怎么老是这样，把我当智障一样！"如愿脱口而出。

话一出口两个人都愣住了。

"对不起啊……"如愿有些尴尬地笑了起来，无奈地说，"一不小心把你当成他了……"

他从前也总是这样，明明如愿是个很独立的女生，什么都能自己做，他却总觉得她会出事儿，下去买个酱油都怕她会迷路，一定要跟着。别人都觉得如愿聪明，只有他总觉得如愿傻。

气氛微微有些尴尬，顾向阳觉得自己快要到极限了。

"你休息吧，我在外面守着。"

顾向阳掀开篷布走了出去，闭上眼强忍住心里那澎湃的感情。

他当然觉得她傻，因为她傻到竟然不知道自己有多么的珍贵。

对于顾向阳来说，如愿就是他心底最珍贵的宝贝，是他潜意识里的终极。

可这世界就是这样不公平，越是爱的人你越是见不到，偏偏那些无关紧要的人你天天都能见到。还好，上天给了他重来一次的机会，让他又遇见她。

顾向阳坐在如愿的窝棚门口，像是一个骑士。

里面传来窸窸窣窣的声音，很快就安静了，隐约可以听到如愿均匀的呼吸声。

从前如愿也是这样，一睡着就睡得很沉，也不大动，就安安静静地睡在床边的一角，一直到天亮。看着如愿入睡，又看着如愿醒来，是从前顾向阳每天最快乐的事情。

顾向阳靠在树干边看着天上的星星，他一点儿都不觉得累，虽然他一路赶来风尘仆仆，但是知道如愿就躺在他身后的帐篷里，睡得安宁香甜，他就觉得很满足。

其实他们第一次重逢的时候，顾向阳并不打算做什么的，他想她一定很恨他，或者已经忘了他，如果是这样，为什么还要打搅她的生活呢。也许不相见才对彼此最好，免得又给她带来新的痛苦。

可是如愿踢了他一脚。

顾向阳坐在地上忍不住笑了起来，她还是老样子，爱跟恨的表现都这样激烈。他阴暗卑鄙地感到快乐，她还愿意恨他，真好。

顾向阳耐不住心里的渴望，所以他对自己说，就试一试，问一次，要是问一次就能找到她，他就去见她，问不到那便是老天爷不让他们相见。

没想到问的第一个人就认识如愿，把他指向了穆拉戈医院。

后来如愿说再也不想见到他的脸，顾向阳便决定不再纠缠她，他以为老天爷要带他回她身边，可也许老天爷是看他思念了太久，要让他知道她的心意，要让他死心，不再思念吧。

可是他又第三次遇见她，又是那样巧合，那样偶然。

宇宙真的很奇妙，走了那么多弯路，受了那么多相思之苦，以为将就这样了此残生的时候，命运却又把她带回了他身边⋯⋯

顾向阳知道，上天给一个人的机会是有限的，所以在去往肯尼亚的公路上，他下定决心这一回他不会走了。就算是错的，他也不回头，就算是命运陷阱，他也要往里跳。就让上天嘲笑他的不坚定吧，他经受不住这样反复的考验，他能抵抗所有的诱惑，除了如愿。

从此之后她去哪里，他就跟到哪里。

Chapter 04

即便见过世态炎凉，即便每天都在面对疾病和死亡，即便满目疮痍，即便人性一点儿都不美好，她还是喜欢这个世界。

　　车子猛地停下来，沈云峰一把夺过女郎手里的盒子，怒气冲冲地说："谁让你吃的！"

　　女郎手里还剩半个糕，嚼得正津津有味，呆了呆道："不能吃吗？你也不早说……那这剩下半个怎么办，我还能吃吗？难不成丢了，怪可惜的……"

　　沈云峰很无奈，不耐烦地说："吃吧吃吧……"

　　"你女朋友真的是心灵手巧，你真是好福气啊！"女郎一边吃一边说，"这么好的女朋友，为什么非要把人气走？"

　　"跟你没有关系。"

　　女郎翻了个白眼，不屑地说："大男子主义……你们男人就喜欢搞这一套，什么隐忍啊，什么给不了你未来才放弃你啊，什么最好的爱是手放开呀……弄得自己多伟大似的！你们决定一段感情的未来之前就不能问问我们女人的意见吗？"

　　"不是你想的那样，我也不想跟你解释。"沈云峰递了一沓钱给女人，道，"你吃完就下车，我不送你回去了。"

　　女郎吃完手里的糕，拍拍手，拎起包就开门下了车。

　　"老板，以后有这么轻松的活儿记得还要找我哦！"女郎冲着沈云峰眨眨眼，准备关上车门又想起了什么，弯下腰对他说："对了，我刚刚看到车子一走她就站在路边哭了，啧啧，哭得可伤心了！真可怜。"

　　女郎得意地关上车门走了，沈云峰重重地锤了一下方向盘，恨不得马上开车回去找如愿。

但他不能这样做，他太容易因为她动摇了，她说几句软话他就要投降，就恨不得马上回到她身边。可是这样反反复复却是更加伤害她，既然已经决定了结局，他就不能再犹豫。

他对如愿狠，可是他对自己却更残酷。

"你真的在这里待了一晚上啊！"如愿早上起来就见到顾向阳坐在外面，正襟危坐，无奈地笑了起来道，"不知道的还以为这个棚子里住的是英国女王呢，你太紧张了……"

顾向阳抬起头看着如愿，一刹那晃神了，世界仿佛在飞速地旋转，只有她静静地站在他面前，带着最柔软的笑意。

"你怎么了？"

如愿又叫顾向阳，他才回过神来，站起来对她说："我送你去营地。"

"还早呢。"如愿递给顾向阳一瓶水道，"这里的卫生条件不好，我们都将就点，就别想着刷牙洗脸了，漱漱口吧。"

顾向阳漱完口，如愿又递给他一张湿纸巾："擦脸。"

如愿说什么顾向阳就做什么，一丝不苟，如愿看着他笑了起来道："我现在更加确定你不是他了。"

顾向阳手上的动作一滞，问："为什么这样说？"

"他才不会像你这么老实听指挥呢。你们性格其实不是很像，你给我感觉要内敛沉稳一点，也不爱说话，沉默多了。"如愿拆开压缩饼干递给顾向阳道，"也没什么好东西，吃这个做早餐吧。"

顾向阳接过饼干坐在如愿身边沉默地往嘴里塞。

"你还要吗？"见顾向阳吃得那么快，如愿把自己的也给他。

顾向阳摇摇头，见他不要，如愿就自己吃了，反正她其实也挺舍不得给人的……

"如果你再见到你前男友，你会怎么办？"

如愿想了想道："给他一个飞踢吧……"

顾向阳忍不住笑起来。

如愿这才想起她当初踢错了人，忙道歉道："对不起啊，无缘无故踢你一脚，你那时候一定觉得我是个神经病吧？"

"没有，我觉得你做什么都是对的。"

如愿哈哈大笑起来，这不是脑残粉吗，"看来救你一命还挺划算，这么忠心耿耿呀！"

看到如愿大笑，顾向阳就觉得很快乐，他当然对她忠心耿耿，他愿意为她披荆斩棘，愿意为她战死沙场。

如愿吃着饼干，小心地接着饼干碎，吃完了之后把掌心的饼干碎都吃干净了才满足地喝了一口水。

"我应该不会再飞踢他了。"如愿忽然说。

顾向阳很习惯如愿这种跳跃性的思维，她总是想到什么就说什么的。

"为什么，你原谅他了吗？"

"谈不上吧，他也没有对不起我。我怪他什么呢？怪他不爱我吗？又不是我拿着枪指着他他就能爱我的。还是怪他伤害我？如果我不让，谁都没法伤害我的感情。说白了还是我心甘情愿的。我只希望有生之年不要再见到他就好了。如果再让我遇见他，我一定转身就跑！消失得干干净净！哈哈，我是不是很懦弱啊？"

顾向阳摇摇头。

转身就跑，消失得干干净净才是最残酷的惩罚，比起这个他宁愿被她一脚踢死。

"好了，我要去营地了，你也走吧，今天晚上不用再来了，怪累的。"

"好。"

虽然嘴上这么答应，但是顾向阳晚上是肯定要来的。

"我们有机会的话在坎帕拉再见吧，你也不用故意来找我，我就是顺手救了你，谈不上什么救命之恩，我不救你，你自己应该也能爬出来。"

"嗯，好。"

的确不是沈云峰，沈云峰那个固执劲，哪里这么好说话，决定的事情从来不会转弯的。

"送你去营地。"

"别去了，那里很多病人，非常容易感染的，你要是得了什么病怎么办？"

"那你也不要去了。"顾向阳严肃地说，"太危险了，你赶快回坎帕拉吧。"

"当然不行。"如愿比顾向阳还严肃，认真地说，"这是我的工作啊，你会因为危险就不去保护你的专家吗？在车子里的时候你还不是要我先救专家。以后别说这种话了。"

如愿一向是这样，绝大多数的时候都特别好说话，甚至称得上好欺负，但是有的事情特别坚持，分寸不让，只要她觉得那是她的底线，她就会非常激烈地反抗。

顾向阳知道自己自私，可是他舍不得如愿有一点点危险，全世界都在倾覆又有什么关系，只要她是好好的。

"那我开车送你去吧，我怕路上有危险。"

"一会儿学长会来接我的。"

正说着袁飞就来了。见到顾向阳在这里，袁飞相当吃惊，如愿是个神经粗的，并没有意识到有什么问题，也没想过顾向阳一早上出现在这里会让人误会，笑眯眯地跟袁飞打招呼。

"那我先走了。"顾向阳也的确需要回去好好休息，他对袁飞点点头，恳切地说，"那如愿就先麻烦你照顾了。"

袁飞愣愣地说了声"好"，看了一眼在一旁没事儿人一般的如愿，只觉得脑子里蒙蒙的。

袁飞有些失魂落魄，车子没开好差一点撞上人，如愿以为他是不习惯这儿的生活晚上没休息好，便换到了驾驶座上替他来开车。

袁飞坐在副驾驶上，酝酿了半天，终于还是忍不住问出了口。

"昨天……他是在你那里休息的吗？"

"谁？"如愿专心地开着车。

"就是他啊，今天早上你们不是在一起吗？你们在一起了？"

"你说顾向阳啊！"如愿这才想起她都没有好好介绍一下两人，真是挺不周全的，忙解释道，"你误会了，我在坎帕拉的时候救过他，他总想着报恩，昨天在我棚子外面守了一晚上，说是怕难民营危险，哈哈哈，你想哪儿去了。这兵荒马乱的，谁有心思谈恋爱啊……"

袁飞长舒一口气，忍不住喜笑颜开，笑起来道："吓我一跳，我还以为你有男朋友了呢。"

听到这话如愿就不高兴了。"凭什么我有男朋友就吓你一跳啊！我那么不招人喜欢吗？我有男朋友不是很正常的吗？"

"我不是那个意思……"袁飞紧张地想解释。

"好了，我开玩笑的！"如愿笑眯眯地说，"他不是我男朋友，而且我就算孤独终老也绝对不会找他做男朋友的。"

"为什么？"

如愿不知道怎么解释，便说："反正绝对不会就是了。"

越来越多的人生病，这里有四十万难民聚集，若是疫情大规模爆发，又没有医疗保障，后果不堪设想。袁飞提议做一个隔离带，把所有病人都隔离起来，并且要求难民营的人监察自己的情况，每天测体温，不要吃生食，不要吃野生动物，注意饮水卫生。

听到袁飞这么说，红字会和难民署的人都很是无奈，目前的情况根本没有人力和物力做这样的事情，连最基本的生活都难以保障，每天都有人饿死，想要做到袁飞说的，无疑是天方夜谭。

袁飞有些生气，既然什么都做不了还要他们这些专业人士来做什么。

如愿能够理解袁飞的爆发，看到这样的场景，难免会觉得很暴躁，她拉走袁飞出了帐篷，找到一处僻静的地方小声安慰道："你看开点。"

"我怎么看开？我现在都不知道自己来这里有什么意义！就眼睁睁地看着人死吗？"

"大家不都是这样？那些医生很多都是非常优秀的外科医生，可是到这里来还不是空有一身高超的医术无法施展，只能安慰病人几句而已……"

袁飞看着又有尸体被运走，非常无奈。

"这样下去不是办法……控制得住还好，要是情况恶化下去，我们带来的药品是远远不够的。"

如愿拍拍袁飞的肩膀，温柔地说："接受自己的无能为力也是我们工作的一部分。"

"无能为力还有必要继续工作吗？"

"不能因为我们总有一天会死，现在就不活了呀，也不能因为我们拯救不了所有人，就什么都不做啊。我们的工作从来就跟结果无关，你问问那些国际救援组织的人，大家都知道，谁都不能让这个世界变好。"

袁飞骨子里是个理想主义者，听到如愿这么说有些生气，道："那你为什么还这么尽心尽力？我们为什么还要来援非？既然这个世界只是这个样子而已，不能变好了，我们为什么还要这么拼命？"

如愿能理解袁飞的愤怒，她也这样无力彷徨过。

"因为我喜欢这个世界呀！"如愿笑眯眯地答道。

即便见过世态炎凉，即便每天都在面对疾病和死亡，即便满目疮痍，即便人性一点都不美好，她还是喜欢这个世界。

这个答案让袁飞无言以对，如愿总是这样，叫他没有办法。只要她一嬉皮笑脸，他就没了脾气。

"这算什么理由。"袁飞无奈地笑起来，摇摇头，叹息一声站了起来，又戴上防毒面罩道，"好了，我们继续工作吧。"

又是累了一天，大家疲倦地回营地，只有如愿还是很有精神，逗着大家开心。

车子停下来，有人打趣道："如愿，你男朋友又来了。"

男朋友？

如愿疑惑地看过去，远远地就见到一个人笔直地站在她的帐篷外面，像是一个骑士。

那个身形如愿一眼就能认出来是谁，真像啊，连身材都像他。

是顾向阳在等如愿。

顾向阳看向如愿，目光坚定，眉眼倔强，如愿的心脏又突突地剧烈跳动起来。

这个人怎么又来了，说话不算话……

Chapter 05

我希望有一天你也会爱上一个人，让那个人像你欺负我一样欺负你。

顾向阳面前是两个白色的塑料桶，里面全是水。

"你好好洗个澡，听说这里有流感，你每天接触那么多病患要做好清洁。"

"你哪里搞来这么多水？"如愿惊讶地问，"这里打水每天都要排好长的队的……"

"找中国的维和部队要的，都是温水，我算好时间开车过来，应该温度刚刚好。"

还是中国人有办法！

如愿很想拒绝，觉得周围的人看到她用这么多水洗澡不大好，但是她现在的情况也真的很需要洗澡，挣扎了一下，点了点头。

"浴室在哪里？"

如愿指了指她窝棚后面道："那个小棚子就是。"

顾向阳看过去，哪里叫什么棚子，连顶都没有，只是四面用塑料布围住而已，他把水桶放过去，然后说："你放心进去洗吧，我在外面守着。"

"你觉得你在外面守着我会更安心吗？"

顾向阳严肃地点点头。

如愿无奈地笑起来，不知道说顾向阳什么才好，只得进去洗澡。

顾向阳站在棚子外，专心地做如愿的骑士，可是却不自觉地被里面的声音吸引，他听到如愿脱下衣服搭在棚子上，听到水声，听到在帘子里移动，就忍不住胡思乱想起来。

想她柔软的嘴唇，想她光滑的皮肤，想她在她怀里轻轻地捶他的胸口，让他不忍用力。

顾向阳捏紧了拳头，不让自己再胡思乱想下去，怕自己会控制不住，便走远了几米，远远地盯着。

还是这个距离比较能保持冷静。

如愿洗完澡浑身舒畅，提了剩下的一桶水走出来，见到顾向阳远远地站在五米开外的地方，一副紧张戒备的样子。

"你跑那么远做什么？"

顾向阳便又走过来，看了一眼如愿手里的水问道："没用完吗？"

他记得如愿原来洗澡总是要很久的，他们的家乡很湿润，有江有湖，从不缺水。

"我想把这个拿去给人。"

顾向阳也不问她给谁，接过水桶，只说："我陪你去。"

如愿拿了一桶水和一些食物给第一天刚来难民营遇见的那个人，天没黑，但已经有些暗了，应该不会太引人注目，她悄悄地掀开帘子，把东西扔进去就拉着顾向阳跑了。

"为什么不直接拿进去。"

"以防万一嘛，免得以后有人找我要我却没有，不如一开始就不要让他们知道我有比较好。"

"听起来这里的人不大善意。"

"哪里都有好人有坏人，一样的。"如愿漫不经心地说。

顾向阳又觉得挨了一击闷拳，如愿从前总是相信世界是一片花园，相信人心都是好的，相信这世上还是好人多，相信就算别人骗了她也不会有恶意。他曾经想，就让如愿这样傻傻地下去就好，永远不要变，他来对抗这世界的恶毒，让她永远纯净简单就好。

但是他还是没有做到。

"唉……"

如愿忽然叹了一口气。

"怎么了？"

"忽然想到我前男友了……"像是有心电感应一般，如愿笑眯眯地说，"他要是知道我现在学着防备人了也不知道会怎么想，应该会觉得很欣慰吧……终于不傻了，哈哈哈。他原来可嫌弃我了。"

顾向阳不说话，他从前总是不会表达，怎么可能会嫌弃她，她是他最珍贵的宝贝，给人看一眼都舍不得。

"对不起啊，老是提那个人，搞得跟祥林嫂似的。唉，也不怪我，你这张脸在我面前晃，我就忍不住想起他来。"

"你……还爱他吗？"顾向阳忽然问。

如愿被问得一愣，笑了起来。

"你笑什么？"这个问题很好笑吗？

如愿深呼吸，耸了耸肩道："我一直都特别希望他能爱上什么人就好。"

虽然想到了，可是顾向阳还是忍不住有些沮丧。"那就是放下了，挺好的。"

如愿冲顾向阳眨眨眼，笑眯眯地说："我希望有一天他也会爱上一个人，然后让那个人像他欺负我一样欺负他。"

顾向阳停下脚步，如愿还在慢慢地往前走。

如愿发现顾向阳没有跟过来，疑惑地转过头来，问道："怎么了？被我吓到了吗，我的想法是不是太邪恶了？"

顾向阳大步走向前，终于克制不住，伸出手将如愿扯到怀里，紧紧抱住了她。

他一直都爱着她啊，爱这个可爱又残忍的她。

如愿还来不及震惊于这突如其来的拥抱，不远处就传来了激烈的枪声，顾向阳猛地将如愿扑倒在地上，护住她，挡开了横扫过来的流弹。

难民营里的人惊恐慌乱地跑着，不知道是哪一方的反抗军又打来了！

"你好厉害，我还正奇怪你为什么无缘无故地抱我呢，原来是有反抗军！"

顾向阳也不解释，误会了也好，要不然他也不知道应该怎么解释自己一时的鬼迷心窍。

"你开车。"顾向阳一面把如愿推进驾驶座上坐好，一面掏出了枪来。

周围是胡乱奔走的难民们，饱受饥饿、疾病的折磨，还要时不时面对战火，这里的人没有一天是活得安宁的。

顾向阳让如愿把车子往中方维和部队的驻扎地方向开，这周边的各方的武装力量都不敢惹中国的部队。

如愿的车开得又稳又快，四周是胡乱奔走的难民，她都稳稳地绕开，这让顾向阳有些惊讶。

"你的车什么时候……你的车怎么开得这么好？"

"嘿嘿，惊喜吧！我特长多着呢！"

遇到这么危险的情况还有空得意，也只有如愿了。

顾向阳却不敢放松，他举着枪禁戒着四周，他发现他不在的这几年，如愿成长了许多，她没有因为他变得黯淡，而是变得更加耀眼了。

一辆皮卡开来，上面的人拿着机枪对着难民扫射，顾向阳举起枪瞄准了拿着机关枪的黑人，一枪毙命。又连续开了几枪，一个不留地击毙了车上其他的叛军。

如愿把车子开得飞快，危险渐渐远离，顾向阳看着一脸冷静严肃的如愿，忽然觉得就这样也很好。

虽然身后是战火纷飞，血染了这片焦土，但是她在他身边，他们一起亡命天涯，也算幸福。

他活了这么些年，遭受过背叛，失去过至亲，破碎过理想，对一切都否定了，只有如愿，顾向阳唯一肯定的是，世上只有如愿永远是好的。

因为吻过她最柔软的嘴唇，看过她最温暖的笑意，因为知道她还生活在这世上的某个角落，他才有勇气对抗这世态炎凉，苟且地活到现在。

袭击难民营的是埃塞俄比亚的一个极端叛乱组织，抢夺钱财并且掳掠儿童做童子军，这几年有上万的儿童被他们掳走。对于这种游击一样的抵抗军政府很头疼，只有在难民营里的部分区域里拉起了铁围栏，派武装部队日夜把守，但是最近灾荒严重，难民越来越多，管理也越来越疏漏，反抗军便时不时要来骚扰……

这里的人对战争已经习以为常，每日做着薪水微薄又辛苦危险的工作，活一天是一天，反正就算没有死在战争里，也有可能死于饥饿和瘟疫。对他们来说，枪声一直都是生活的背景音，很快大家就恢复了日常的生活。

顾向阳还是每天按时来守着如愿，今天竟然还给她带了一包板蓝根来。

"这是哪里弄来的，也是维和部队的啊？"

顾向阳点点头。

"你是怎么认识维和部队的人的？"如愿一边泡着板蓝根一边随口问道。

"我跟他们的队长在联合国的时候相识，是很好的朋友。"

如愿点点头，了然，又觉得哪里不对，疑惑地问："你为什么会在联合国？你不是那个水利专家的保安吗？"

顾向阳解释道："我是中国派往乌干达维和警察战斗二分队的队长，我们维和警察的指责之一就是保护本国国民在外的安全，所以我和我的分队被派去保护这次水利项目的专家。"

"原来如此，难怪你的枪法那么好！"如愿也不好追问那个水利专家到底有什么危险，就不多说，把泡好的板蓝根分一半给顾向阳道，"你也喝一点吧，你每天都离我这么近，也应该好好预防一下。"

顾向阳捧着杯子坐在如愿身边，一起看着地平线上的夕阳，这些年他无数次幻想过再与如愿并排坐在一起，却没有想过会是在战乱、瘟疫、饥荒蔓延的非洲大陆上。

不过有她就好了，哪里都无所谓。

顾向阳在心里组织着语言，想着这时候告诉她真相好不好，会不会吓着她，会不会让她增添烦恼，会不会让她流泪。

"如愿。"

"嗯？"

如愿抬起头来，倏地见到一双炙热的眼睛。顾向阳凝视着她，似乎有千言万语。如愿被看得脸红，抱怨道："你这个人都是这样看人的吗？"

顾向阳不解："怎样看人？"

如愿叹气，刚想解释，可她的对讲器却忽然响了起来。

"有情况，红十字会的人叫我们赶紧过去！"

如愿一口干了杯子里的板蓝根就往袁飞的棚子跑，顾向阳也跟了过去。大家都聚集在棚子里分发着防护面罩和防护服。

"出了什么事情吗？"如愿有些不安，"疫情不是控制住了吗？"

袁飞递给如愿一整套防护服道："他们叫我们过去，说是发现一例病患，似乎是埃博拉。"

大家的神情都沉重起来，如愿迅速上了车，顾向阳拉住她，刚想说话如愿就按住了他的手，笑眯眯地说："放心吧，我会回来的。"

车子消失在顾向阳的视线里，他多少次出生入死，跟最凶恶的犯人周旋，被枪抵住脑袋，却都没有这一次让他害怕。

Chapter 06
在深渊的边缘上，你守护我每一个孤独的梦。

如愿喜欢诗歌。

沈云峰不懂这些，他不是浪漫主义，他是现实主义。他觉得如愿喜欢的那些东西都不符合逻辑，理论上说不通。

如愿有时候把喜欢的诗句给沈云峰看，他总是皱皱眉说："这个没有道理啊，面对着大海怎么看得到春暖花开？世上没有这样的事情。"

如愿说不赢沈云峰，只能气急败坏地说："你这个人没有想象力！"

"想象力也应该建立在逻辑上吧。"

如愿在一旁生闷气，沈云峰毫无办法，他以为如愿气他的不解风情，其实如愿是在气他不懂她，不懂她多么希望能和他一起在这个尘世里获得简单的幸福。

"我要走了。"沈云峰无奈地说，"今天能不要跟我生气吗？好歹也等我回来了再气，要不我也没法哄你。"

"你又去哪里？"如愿可怜兮兮地问，"这一次又是什么时候回来？"

沈云峰总是这样说消失就消失，不知道去哪里，也不知道什么时候回来，有几次半夜如愿闻到淡淡的血腥味，睁开眼一看，见到沈云峰沉沉地睡在她身边，手搭在她的身上，腰上缠着绷带。

所以她总是做噩梦。

"去工作，一两个星期吧。"

"我不想你去。"如愿祈求道,"你不是说这个生日跟我一起过的吗?"

"以后还有机会的。"

与如愿分开很久之后,沈云峰有一次在书店看到一个诗人的作品集。他记得如愿喜欢,便随手翻开来看。一翻开就看到一句话:人在的时候,总以为有机会,其实人生就是减法,见一面少一面。

沈云峰苦笑,怎么没有早点懂得这个道理呢。

他想,其实不是如愿喜欢的东西缺少逻辑,而是他,一直以来都对生活了解得不够。

顾向阳从噩梦里惊喜,一身的冷汗。

如愿好几天没有回营地,红字会的那片区域被隔离了起来,难民营里人心惶惶,就连维和部队里都散发着一股不安的气氛。

徐山他们一行人完成了初期的勘查工作,准备返回坎帕拉,队友在问顾向阳什么时候回到,可因为发现了病毒,整个区域都在实行隔离检疫,顾向阳就算想走一时也走不了,那边也就不再催了,给他放了长假,要他确认安全之后再回去。

接下来半个月,难民营里陆陆续续来了许多人,是联合国的支援还有各国派来的病毒学专家,每一个都面色沉重,穿着白色的隔离服,宛如世界末日。

神秘而恐怖的瘟疫席卷着这片土地,每天都可以看到用白色隔离袋装载的尸体被卡车拖走焚毁。

除了第一天有人过来帮如愿拿了生活用品,顾向阳就再也没有她的消息。顾向阳也不知道里面的情况,只能每天去她的帐篷等她,然后跟联合国的人打听她的消息。

前几天听到有消息说有中方来的医护人员被感染了,顾向阳吓得差点不顾阻拦冲到隔离区去,直到听说被感染的是一个男人他才稍稍冷静下来。

死神挥舞着镰刀收割着他胜利的果实。

顾向阳终于有些懂得从前自己出发去工作的时候,如愿为什么总是露出那么悲伤的神情了。以前总以为她傻,其实哪里是傻呢,她比他成熟懂事多了,知道这世上的苦难和意外太多,谁都没有那个幸运敢说自己能一生远离劫难。

人生是做减法,见一次便少一次。他现在终于也变成了宿命论者。

周边的林子里展开了猎猴行动，几乎所有猴子都被猎杀焚烧。

穿着白色防护服的疾控人员出没在难民营里，每天都有新的家庭和区域被隔离。大家不敢随便出门，躲在家中不再出去工作，让粮食和饮水的日常发放变得更艰难。

有人因为恐惧瘟疫想要逃离难民营，为了得到粮食和钱财逃走，于是便出现了很多哄抢商铺和居民的事件。在这里，粮食就是性命，于是械斗不断，几乎每天都有血腥的惨案发生。

有时候人的恶念才是最可怕的瘟疫。

武装部队不得不加强了巡逻，整个难民营外都竖起了铁丝网，与世隔绝，避免疫情输出。

死的人越来越多，成堆的尸体被焚烧，抬起头，死神的翅膀已经笼罩了整个大陆。

又过了一段时间，有传闻说第一批医务人员度过危险期要被轮换下来，顾向阳听到消息就去隔离区外面等如愿，区域里发生了什么外面的人都不知道，他甚至不确定如愿会不会出现，但是还能等她总是好的。

顾向阳在心里祈祷着，希望一会儿就能见到如愿，她一切都好。

等了很久，每一秒钟都像一辈子那样漫长，远远的顾向阳见到一个疲惫的身影低着头缓缓地走过来，虽然瘦了很多，但是顾向阳还是一眼就认出来，他终于有一种如释重负的感觉。

如愿也看到了顾向阳，她有些发怔，眼眶红红的。

顾向阳什么都不想，走过去紧紧将如愿抱在了怀里，轻抚着她的背脊，安慰着情绪陷落的如愿。

如愿靠在顾向阳身上，压抑了许久的情绪终于爆发出来，号啕大哭起来，悲痛地说：
"学长死了。"

第一个发病的是一个五岁的小孩子，表现为高烧、寒战、腹泻和呕吐，一开始都以为只是一个普通的流感患者，可是当他身上出现了红斑和丘疹之后大家便意识到情况兴许不是想的那么简单，很快这个小男孩便出现全身器官衰竭和免疫抑制，大家才终于意识到问题的严重性。

这不是流感。

患者体内外开始大出血，医生怀疑是埃博拉。

如愿他们赶到之后立刻开始了工作，先立刻就地隔离了病患和与他有过接触的人群。然后将病毒样品连夜送到四级生物实验室做了检测，经过检测发现并不是埃博拉，而是一种跟埃博拉一样恐怖，却更加古老的第四级病毒——马尔堡病毒。

在此前这个患儿已经因为发烧和腹泻在医院待了两天，无法排除其他病患被传染的可能，只得把整个医院都变成了隔离区，包括红十字会的医生，在确认安全之前都不能离开。

如愿询问了小孩儿的家人，得知前几天小孩儿的爸爸在山上砍柴的时候捡到了一只不明原因死去的猴子，全家人一起分食了这只猴子。

他们小心地回收了剩余的猴子尸体，经过检测，这是死猴子便是这次马尔堡出血热疫情的感染源。

疫情马上被通报给周边国家的政府和联合国，然而感染的事态已经很严重。

小孩儿在确诊两天之后死亡，他的家人也都相继确诊，与这一家人有密切接触的人、医院里的病人，也开始大面积爆发疫情，甚至有红十字会的医生以及很多非洲的医护人员也被确诊了。

所有人最害怕的事情还是发生了。

前期工作人员严重不足，虽然后来联合国支援的专业人士及时赶来，可感染的情况已经非常严重，不到半个月已经有一百多例确诊的病患死亡。

不断地有人来支援，又不断地有新的病例出现。将近一千五百人被隔离，其中七百人为疑似病患。

被褥上、墙上、帐篷上、地上，极目之处都是病人流出来的鲜血。病患一点点在他们面前融化，剧烈的疼痛，内脏一点点坏死，浑身渗血，肠子被拉出体外，原本的白墙变成了红色，上面都是病人在极度痛苦中印上去的血手印……

如愿他们每一日都在极其残酷的环境里工作，他们这才知道，地狱以下还有地狱，原是无穷无尽。

巨大压力几乎把救援人员压垮，第一批的救援人员准备被轮换下来休息，如愿他们才终于有喘息的机会。

埃博拉和马尔堡病毒都是靠接触传染，比较容易被隔断，只要穿好防护服，戴好防护面罩和手套，尽量减少侵入式工具的使用，医护人员的安全还是可以得到保障的。然而那一天却发生了意外……

在高强度高压力长期间的工作之后，得知可以从第一线撤离下来，大家的精神终于松懈了一些。而一直压力最大的便是袁飞。他是这种丝状病毒的专家，本身就是研究埃博拉和马尔堡病毒的，是整个团队的核心。卸下担子的他，终于不堪重负，在工作交接的时候晕倒了，病床上凸出的螺丝划破了他的手套……

那是一个末期病患，被褥和墙上到处都是她吐出来的、排泄出来的血液和内脏。看着袁飞破掉的手套和手上那条淡淡的血痕，所有人都呆住了。

他们是医生，最明白这意味着什么……

袁飞被隔离起来，如愿拒绝去轮休，每天都守着学长。

"也活该我倒霉。"袁飞无奈地苦笑道，"戴了三层手套，竟然都划破了，也是命该如此。"

如愿嘴笨，不会撒谎，想不出什么安慰的话，只能簌簌地掉眼泪，隔着防护服紧紧握着袁飞的手，祈祷着奇迹发生。

三日之后袁飞出现马尔堡出血热的症状。

"我想中国……"从昏迷中清醒的时候，袁飞抓着如愿的手道，"我想回家。"

支持治疗没有起到任何效果，袁飞渐渐丧失凝血功能，出现免疫抑制和系统感染。

八日之后，袁飞在巨大的痛苦之中死在了异国他乡。

这里的夜晚依旧星光璀璨，黑暗是死亡的爪牙，掩盖住了鲜血的颜色，粉饰太平。达达拉布难民营的夜晚静悄悄的，这里的每一个人都是劫后余生。

如愿躺在她的棚子里，久久无法入睡。顾向阳在帐篷外点了一盏小煤油灯，他的影子被印在帘子上，形单影只，看起来让人觉得有些寂寞。

"你在做什么？"如愿隔着帘子问。

顾向阳放下手里的书，轻轻靠在树干上，道："在看书，是不是影响你睡觉了？"

"不是。我本来就睡不着。你在看什么书？"如愿又问。

"北岛的诗集。"

她也喜欢北岛。如愿又忍不住想起了沈云峰，他们真的不一样，沈云峰最不喜欢看这些了。

"你能给我念诗吗？我想听。"

外面沉默了一阵，如愿以为顾向阳是不是不愿意，正想说算了的时候就见到帘子上的那个影子动了动，翻开了手里的书。

一个清朗的声音传来：

> 在深渊的边缘上，
> 你守护我每一个孤独的梦
> 那风啊吹动草叶的喧响。
>
> 太阳在远方白白地燃烧，
> 你在水洼旁，投进自己的影子
> 微波荡荡，沉淀了昨日的时光。
>
> 假如有一天你也不免凋残，
> 我只有个简单的希望：
> 保持着初放时的安详。

Chapter 07
只要你给我一个解释，我就能再相信一次人世。

如愿红着眼看着他，努力地克制着眼眶里的泪珠不掉下来，却看起来更可怜了。

她哭是什么样子？可沈云峰忽然想起，如愿从未在他面前哭过，一次都没有。不是他对她太好让她不用流眼泪，是她太体贴，总不愿意让他为她烦恼。

"我不知道怎么解释，也没什么可解释的。"沈云峰的声音闷闷的，他要用尽全力才能克制住自己的情绪。

幸好如愿泪眼蒙眬，所以看不出沈云峰的故作冷漠，也看不清他痛苦又悲伤的眼神。

"只要你给我一个解释，我就能自己想通，你知道的。你说什么我都愿意相信，别的我都不信，我只信你说的。你给我一个解释就好。你连一个理由都不愿意给我了吗？"

只要你给我一个解释，我就能再相信一次人世。

沈云峰还是不说话，只是站在原地悲伤地看着如愿。

如愿终于无法克制了，眼泪簌簌地往下落，哭得脸都皱在了一起。

"我怎么这么傻！"如愿用尽全力才能说出这句话来。

她转身就走，车水马龙的路上，如愿像是一只掉进围场的猎物，四周都是猎人。车子猛地停下，司机愤怒地咒骂，如愿迷茫地看了一眼马路，失魂落魄地转身继续走。

沈云峰跟在如愿身后，差一点吓破胆。可他却不敢上前，不敢让她知道他还关心她，还爱着她，还依旧把她视作自己的生命。

原谅他如此卑鄙，因为只有用这个办法才能让她恨他，让她再也不愿意见到他，让她永远地离开他的世界。因为他太懦弱了，没有办法主动离开她，因为他了解自己，无论隔了多少公里，无论过了多长时间，千山万水，沧海桑田，他也还是想要回到她身边。

所以，只有让如愿不要他。

沈云峰目送着如愿走进了小区，抬起头看着她家的灯亮起又熄灭。

短信声响起，是如愿发来的。

"我们就这样吧，以后不要再联系了，好聚好散。"

好聚好散。

沈云峰看着手机，半天回不过神来，然后这个堂堂七尺男儿，竟蹲在地上痛哭了起来。

顾向阳惊醒，第一件事情就是掀开帘子冲进屋子里。

如愿还安安静静睡在那里，呼吸均匀，顾向阳松了一口气，昨夜竟然靠在树上睡着了，幸好什么都没有发生。

他想退出屋外，可是却又舍不得。

就看一会儿，他对自己说。

直到现在，顾向阳都还不大敢相信如愿又回来了，这些年来，他只有在梦里见过她，梦里她对他笑，一切都静静地流淌，一如往昔。然而每每他一睁眼，便又是血雨腥风的长夜，无边无际。

顾向阳偷偷掐了自己一下，并不是梦，他忍不住幸福地笑起来。如愿睁开眼，正见到顾向阳对自己傻笑，她摸了摸嘴巴，没流口水啊……

"你干什么？"

顾向阳这才回神，严肃地说："看你睡觉。"

如愿撇撇嘴坐起来道："你这人怎么这样啊，你该不会拍了我睡觉的丑照吧？"

闻言，顾向阳后悔起来，真应该偷偷拍张照片的，这样就能随时拿出来看了，他脖子上那张小照片很旧，都快磨白了。

顾向阳是个很有行动力的人，拿出手机就咔嚓给如愿拍了一张照，如愿跳起来，激动地说："你为什么偷拍我！给我看看。"

顾向阳笑眯眯地伸手给如愿看。

如愿探头看了一眼，拍得难看死了。"不行，快删了，这张好丑！"

"很好看啊。"顾向阳笑眯眯地说。

"丑死了！完全没有拍出我百分之一的美，不行，删了删了！"

顾向阳不愿意，如愿便去抢，窝棚里很狭窄，一来二去两人便双双跌落在如愿的床上。顾向阳再尊重如愿，可依旧是个男人，身下压着自己深爱的女人，怎么会一点反应都没有。他看着如愿羞红的脸，不愿起身，也不想再当一个绅士。

如愿也不是不谙世事的小女孩儿，怎么会没有察觉顾向阳的眼神变得不一样了呢，她侧过头去，推了推顾向阳道："你快起来，别压着我了。"

顾向阳回神，理智还是占了上风，有些尴尬地站起身来，收起手机道："我出去等你。"然后掀开帘子走了出去。

如愿坐起来，懊丧地扶着额头，怎么会变成现在这个状况？

不可以的，她绝对不要跟一个长得跟沈云峰一模一样的人有任何关系！等回了坎帕拉就赶紧跟他断了联系！

如愿走出来，顾向阳已经洗漱完了。

"你什么时候把东西都搬来的。"如愿问。

"之前你在疫区的时候我每天都来等你，干脆就把日常用品拿来了，你要是介意的话我今天就拿回去。"

"没事儿，我就问问，不介意。"

如愿拿着水杯刷牙，心里直叫苦，这个顾向阳为什么要这么好，让她一再动摇。

如愿刷牙洗脸，顾向阳就在一旁默默地守着她，静静地看着她。他忽然觉得这难民营也可爱起来，因为这里没有现实的骚扰，每一天的岁月都是静静的，他可以等着如愿，守着如愿，看着如愿，他真恨不得再也不回去才好……

"你能不要一直盯着我看吗？"如愿被顾向阳看得不好意思。

"好。"顾向阳转过头去，脸上还是淡淡的微笑。

如愿看一眼不知道在高兴什么的顾向阳，忍不住嘟囔了一句："傻子……"

没想到顾向阳的笑容却更深了。

如愿转过头去，默默地刷着牙，跟她从前一样傻。

难民营连续四十天未发现新的马尔堡出血热病例，世界卫生组织终于在这个月的十六号宣布——肯尼亚达达拉布难民营马尔堡疫情结束。

这场瘟疫一共杀死了五百一十三人，其中有五十九人是医护人员，这些医护人员中有九人是国际人士。

袁飞的骨灰最终由国内来的专家带回中国。

难民营里举办了一场小型的送别仪式，哀悼在这次马尔堡热里殉职的所有医护人员。

"他们不会被历史铭记，他们的一生不会被世人所知，但他们的光辉不会因此黯淡一丝一毫。"难民署的负责人双眼含泪，哽咽着停住。

天气闷热，衣服贴在身上并不舒服，但没有一个人移动，每个人都肃穆地站立着，凝望着那一盒盒等待重返故乡的骨灰。

"世界因为他们的存在而更加美好。"

哀乐响起，维和部队护送着这些骨灰前往机场。

人们目送着英雄们离开，平地里忽然起了风，如愿抬起头看着阴沉的天空，感到有一滴水滴在了她的脸上。

整片大地都在狂欢，难民从屋子里跑出来，跪在地上接受这天空的恩泽。

下雨了。

众人返回了坎帕拉，顾向阳开车把如愿送到出租屋，沉默地帮她把行李拎到门口，还不待如愿开口就主动说："我先回去了。"

如愿叫住他道："你要不要进去喝口水？"

"好。"顾向阳毫不犹豫地答道。

他提起如愿的行李，帮她拎进了屋。如愿请他坐下，自己去厨房烧水。

顾向阳坐得直直的，虽然表面平静，可心里已经在打鼓。他好多年没有像这样紧张过，简直就是活回去，又变成了一个毛头小子。

如愿在厨房里翻箱倒柜地找东西，他沉默地坐在沙发上，打量着如愿的小屋。

这个小区地段非常好，就在总统府附近，虽然比起国内依旧算不得什么，但在乌干达也只有富人才能住得起。住在这里的中国人和印度人都不少，但大多是商人，照说如愿不应该住在这里才对。

"这是你们中心给你安排的宿舍吗？"

"不是。"如愿一边翻着冰箱一边说，"这里是我哥的房子，他觉得这个区域安全一些，非要我住过来。不过他很少在家，总是在外面跑，平时都是我一个人。"

顾向阳一直都知道如愿有一个哥哥，好像是个商人，长年在外面跑，非常疼爱她，从前就时常听如愿提起。但是她这个哥哥非常忙碌，每年见如愿也就两三次，从前他们在一起的时候，顾向阳都没有机会见他。

"你哥哥怎么也来乌干达了？"

"他不放心我呗，说到哪里都一样做生意，就跟我来乌干达了。"如愿关上冰箱门，无奈地笑了笑道，"停水了，冰箱里也没有矿泉水了，你等我一下，我下楼买点。"

"我去买。"

顾向阳立刻起身出了门。

他一走，如愿就立刻懊丧地捂住了自己的脸，她不明白自己到底是怎么想的，为什么要邀请顾向阳进屋里来！她到底是招了什么魔，接下来要怎么收场？

她绝对不允许自己在两个长得一模一样的坑里跌倒两次！

深呼吸……

如愿深呼吸，要让自己淡定一点。

一会儿顾向阳回来，她就提议两个人出去吃饭，她请客，感谢他这段时间对她的照顾，然后就挥手告别，反正以后也没有什么理由再联系了。

门铃响起，如愿心里疑惑，冲过去开门，问道："你怎么这么快就买回来了？"

但门口站的人不是顾向阳。

眼前的这个男人长相精致，个子虽然不算高大，但是身材精瘦修长，眉宇之间有一种阴郁迷人的气质，是个百里挑一的美男子。

"哥哥！"

Chapter 08

只要世上还有一个她，他便觉得世事尽可原谅。

"刚刚你把我当成谁了？"木如夜一坐下就问，"在等人吗？"

哥哥还是那么敏感，如愿故作平静地说："哦，就是最近认识的一个朋友，家里停水，他下去买水去了。"

"朋友？"木如夜眯着眼看着如愿，她不自然的表情和故作轻松的语气是糊弄不了他的，"女性朋友还是男性朋友？"

如愿有些尴尬地说："男的。"

木如夜轻笑一声道："那一会儿我得好好看看才行。"

"哎呀！不是你想的那样！以后也不会有什么联系的，就是非常普通的朋友。你不要吓着人家！你这个人就是防备心重，之前对我们中心的学长也是的，阴森森的，幸好学长人很善良，不跟我们计较……"

"你们那个学长人倒是不错，有机会可以再一起吃个饭，这一回我不会恐吓他了。"

如愿脸上的笑容凝结起来，垂着脑袋，有些哽咽地说："学长死了……"

"怎么回事儿？"

"在肯尼亚的难民营里染上了瘟疫。"

屋子里安静了一会儿，木如夜沉默地轻轻拍了拍妹妹的脑袋，如愿便又掉下泪来。

"你们学长家里还有什么人吗？"

"有爸爸妈妈，还有一个没出嫁的姐姐，都住在乡下。"

"他们以后的生活怎么办？"

"单位有赔偿金，还有出国前单位给我们买的保险，我们疾控中心的人自己还捐了一点……"

木如夜叹息一声道："你把地址给我，我寄点钱过去，算是我们兄妹俩尽的一点心意。"

如愿点点头，擦干了眼泪。

"你也要小心些，凡事多想想我这个哥哥。"

"我知道的……"如愿一直都知道哥哥不喜欢自己这个工作。

"行了，哥哥回来了你别哭丧着脸，开心一点。"木如夜从口袋里拿出一条项链递给如愿道，"送你的，这次我去刚果的时候在一家小店里看到的，不是什么贵重的宝石，你随便戴着玩儿吧。"

这是一条做工很朴素的项链，镶金看起来有些旧，上面雕刻的是乌干达本地的图腾，女孩子戴有些粗狂，但是中间那颗小拇指盖大的蓝色宝石却晶莹剔透，非常迷人。

如愿立刻戴在脖子上，笑眯眯地问哥哥好不好看。

木如夜揉揉如愿的脑袋，温柔地说："我妹妹戴什么都好看。你喜欢就好。"

"我当然喜欢啊！谢谢哥哥！"

"你呀，只要乖一点，别到处乱跑我才是谢谢了……"

如愿不接这个话茬，亲昵地挽着哥哥的胳膊道："一会儿我们一起去吃饭吧！我请客！"

"又给我转移话题。"

"真的！还有我那个朋友一起，你这回可不要故意恐吓别人，人家这一回在肯尼亚难民营里很照顾我的。"

"今天就不跟你们一起吃饭了，改天有机会再约吧。我一会儿还有事儿，要去找一个朋友。"

说到这个如愿想起来了，道："我去肯尼亚的路上碰到一个叫葛平秋的女人，说是你救过她的命！"

"嗯，我听她说了。我一会儿就去找她。"

如愿忽然有一种不好的预感。"哥哥，人家有未婚夫了，你可别祸害别人。"

木如夜拍拍如愿的脑袋。"想什么呢，我找她是正事儿，跟生意有关，她不是资源勘探的专家吗？我刚好跟这边的当地人合资了一个公司，想找她帮忙。"

那就好，这些年哥哥可没少祸害姑娘，有几个都找到如愿这里来了，要死要活哭天抢地的，最后还是蝎子过来把人拖走的。

"你还是赶紧给我找个嫂子吧。"如愿嘟囔着，"你也安定一点，别总是在外漂着让我担心。"

"你什么时候辞了这个工作回国我就什么时候给你找嫂子。"

如愿被噎住，知道自己没资格说哥哥，嬉皮笑脸地站起来说："我去给你切水果吃。"

"不了，我赶时间。"木如夜看了一眼手机里的短信道，"我要先走，改天再跟你的朋友吃饭。"

如愿早就习惯了哥哥的来去匆匆，虽然不舍得但是也无可奈何。

"你最近又要离开乌干达吗？"

"嗯，可能要去一阵子，电话不一定随时打得通，你有什么事情就找蝎子，他这一回不跟我去，就留在坎帕拉。"

如愿点点头，送哥哥出了门。

身后的门一关上，木如夜就拨通了刚才给他信息的那个电话。

"查到了？"

电话那一头的人在国内，毕恭毕敬地说："保密工作做得很好，不知道他的去向，现在只查到他的真实姓名。"

"继续查吧。"

木如夜神情阴鸷地挂断了电话，动了动手指，眼里透着狠毒的光。总算找到那个叛徒的消息了。他摸了摸脖子，那里挂着一枚染了血的狼牙，看起来很旧了，也不知道戴了多少年。

他走进电梯里，与此同时另一侧的电梯门也打开来，顾向阳抱着两箱子矿泉水走出了电梯。

电梯门缓缓合上，木如夜只看见两个箱子和半只手。他笑起来，这个应该就是如愿的那个朋友了，倒是挺殷勤……

如愿打开门，顾向阳把两箱水搬到厨房放下，也不多言语。

"你买这么多做什么？"

"多买点，免得你还要自己搬。"

坎帕拉常常停水停电，就算是总统府附近也不例外。所以家里的确要常备一些矿泉水。

"我找店家给我搬上来就是了，你这样多累啊。"如愿不好意思叫顾向阳这么辛苦。

"你一个女孩子住在外面，不要随便让陌生人进屋，尤其是在国外，还在乌干达这种地方。"顾向阳严肃地说，"以后这种事情你叫我来做就好了。"

"哪来那么多坏人。"

"到处都是坏人。"顾向阳认真地说。

顾向阳这一点倒是跟她哥哥很像，一个个都对人类没有信心，成天觉得外面的都是坏人，都要伤害她。

如愿失笑道："我找的都是中国人开的店铺，很安全的，又不是第一次了，你放心吧。"

"还是不安全。"顾向阳想了想道，"以后还是我定期给你送来吧。"

"不用！有人给我送。"就算要找人送也找蝎哥帮忙啊，怎么会去麻烦顾向阳这样八竿子打不着的人。

"谁给你送？"顾向阳有些紧张地问。

"反正有人就是了。"如愿懒得跟顾向阳具体说，开了一瓶水递给他道，"一会儿我请你出去吃饭吧。"

"不用了，我还有事，坐一会儿就得走。"

怎么人人都有事儿，就她没事儿？算了，如愿嘟嘟嘴，一点都不觉得可惜，不吃算了，还省得尴尬呢。还省钱！

如愿喝着水，顾向阳注意到她脖子上的项链，问道："刚刚怎么没看你戴。"

"戴什么？"

"项链。"

如愿低头一看，笑眯眯地解释道："哦，这个啊，刚刚我哥来过，坐一会儿就走了，他送我给我的，好看吧？"

"嗯，好看。我能看看吗？"

如愿毫不犹豫地就把项链取下来递给顾向阳，然后自己去厨房里切水果。

顾向阳仔细看了一番之后才把项链还给如愿，道："这么贵重的东西，还是不要总是戴在脖子上比较好。"

"我哥说很便宜的！"

顾向阳没有戳破如愿哥哥的谎言。他受过训练，眼光很准，绝对不会看错，虽然这个项链做得很粗糙，但是中间那一颗是蓝钻，这样剔透的成色和这样的大小并不常见，市价至少能卖到百万元。也只有如愿会把它当成便宜货戴。

顾向阳记得，如愿的这个哥哥从前也时常送如愿一些贵重的礼物，虽然没有到这条项链的这个程度，但也价格不菲，同样都不告诉如愿真实价格。如愿性格丢三落四，时常弄丢身上戴的东西。可他哥哥却一点都不在乎，下一回还是不会告诉如愿礼物的真实价格，由得如愿弄丢。

行为反常，行踪神秘，出手阔绰，背景模糊。

如愿的这个哥哥到底是什么人？

顾向阳敏锐的直觉让他嗅到了一丝危险的气息，他觉得如愿的哥哥可能不是一个简单的商人那么单纯。

"发什么呆呢！"如愿笑眯眯地插了一个水果递给他，道，"给你吃！"

顾向阳回神，看着如愿灿烂的笑容，心又软了下来。他不想去想太多，他的潜意识决定忽略那不好的预感。何必呢，让如愿烦恼是他最不愿意做的事情。

他接过水果，看着如愿温柔的笑容，就像是看着夏天的黎明。

什么都不重要。

只要世上还有一个她，他便觉得世事尽可原谅。

Chapter 09
如果非要有一个信仰的话，她的信仰就是避孕套！

这是一家印度人开的酒吧，来这里的本地人很少。角落里坐着一个中国男人，独自一人喝着酒，散发着一股生人勿近的气质。他有一双忧郁迷人的眼睛，什么都不用做便能吸引女孩子的注意。有几个欧洲女孩儿一直都在打量他，却没有上前。

葛平秋走进酒吧里，难掩紧张的情绪，她拉了拉身上的短裙有些后悔起来。她也不知道自己是怎么鬼迷心窍了，今日出来竟然还特意化了妆。

出门的时候，徐山随口问了一句她今天去哪儿，葛平秋还有些心虚，然而可笑的是，徐山压根就没有发现她有什么不一样，甚至没有仔细看她一眼，匆匆地穿好了鞋便走了。

木如夜抬起头见到了葛平秋，他扬起嘴角温柔地笑了起来，笑得葛平秋越发心虚。葛平秋低着头，脸红彤彤的，匆匆走到木如夜面前坐下，有些拘谨地说："对不起，我迟到了。"

木如夜含笑凝视着葛平秋，给她倒了一杯酒递过去，葛平秋紧紧握着酒杯，一口灌下去，才稍稍缓解了一点紧张的情绪。

酒量倒是不错，那么一大杯一口就干了。

葛平秋看向木如夜，他还是含笑凝视着她，一句话都不说，让她怀疑自己今天是不是看起来很奇怪，她是不是不该化妆的，平时很少打扮，只怕忽然打扮起来叫人觉得做作。

她后悔起来，恨不得赶紧转身回家，可是忽然的，木如夜伸出一只手来，轻轻取下了她的眼镜道："这么好看的眼睛，遮住了真可惜。"

葛平秋又紧张又害羞，涨红了脸，闪避着木如夜赤裸裸的目光，故作镇定地说："把眼镜还给我，我还要帮你看资料呢……"

木如夜觉得有些好笑，这个葛平秋也有三十多岁了，在行业里也是鼎鼎大名的专家，怎么说话做事的姿态跟个少女似的。

明明心里很喜欢他，却不接他伸过去的茬，也难怪只能找徐山那种无趣的男人在一起。

木如夜又把眼镜又替葛平秋戴上，替她整理了一下头发，凑到他面前，语气暧昧地说："好，我们先做正事。"

葛平秋工作的时候总是认真严肃，她只有这个时候是自信和全情投入的。她迅速地看了一遍木如夜带来的资料，忍不住皱了皱眉。

"有什么问题吗？"

"这个报告做得很粗糙也很不专业，没有什么有价值的信息。不过这也很自然，这是你从当地政府那里弄来的吧？乌干达的经济水平比较落后，绝大部分地区的资源勘探都是空白的，的确没有办法从现有的资料里找到有用的信息。"

木如夜思考着，又问："如果是你去的话，你觉得你能找到吗？"

"能。"葛平秋对自己的专业非常自信，"如果你确定那块区域真的有，我就一定能找到。"

木如夜扬起嘴角，意味深长地笑了起来。

他早打听过，虽然这个女人是跟随未婚夫一起来乌干达的，但是她在自己专业领域里比她的未婚夫厉害很多。年纪轻轻就评上了正教授，本来这样年纪能评上正教授的人就极其少见，更别说是在国内同等水平的男女，女性的职业发展要远远不及男人，受限很多。所以要能得到同样的成就，她必然得比相同位置的男人优秀并且努力许多倍。

果然，找她没有错。

"你为什么这样看着我？"葛平秋被木如夜直勾勾的眼神看得不知所措。

木如夜的手轻轻地放在了葛平秋的腿上，葛平秋没有拒绝，只是脸上有惊愕的神色。他稍稍靠近她，闻到她身上淡淡的洗发水的清香，他这才注意到葛平秋的皮肤很好，又白又细腻，此刻因为羞涩泛着红润，还真有几分少女的味道。

他的手滑进她的裙子里，往里伸，碰到了她两腿之间的地方。

葛平秋吓得猛地站起来，动作太大带倒了身后的椅子，酒吧里的人不多，纷纷向他们这里看来。

"你定好了时间再联系我，我先走了，再见。"

葛平秋简直就像是逃避什么洪水猛兽似的走了，木如夜喝干杯子里的酒，看了一眼自己的手指，嘲讽地笑起来。指尖似乎还能感受到一丝湿润，这个女人还真的是矫情，半点都不坦诚。

木如夜又恢复了那阴郁冷漠的样子，拿出一本写满了笔迹的《矿物岩石学》认真看起来，又大概过了两个小时，他看了看时间，起身出了酒吧门。

一个又高又瘦的中国男人开着吉普车在外面等着木如夜，他的手臂上文了一只华丽阴森的蝎子，脖锁骨上有一条刀疤一直延伸到衣领里。

"那个叫阿明的非洲人今天来过，好像是说当地政府那边他已经打点好了。"

"什么叫好像？"木如夜皱眉道。

"你也知道我英语不好。"

"都叫你好好学英语了，不思进取。"木如夜叹一口气道，"算了，我抽时间见他一面。"

"那个性冷淡的女博士被你搞定了？"

木如夜不置可否，冷冷地说："少废话，开车。"

旱灾过去，疫情结束，乌干达的日子又恢复了平静，国际上的援助下来，疾控中心又回复了日常的运转。

电视上放着总统夫人的慈善演讲，如愿看了一眼堆放在角落里的安全套，心情抑郁。

乌干达是一个宗教国家，这里生活的每个人都有宗教信仰。三千万人口里，有百分之八十五的人口都是基督教派。这位总统夫人就是一位福音派的基督教信徒，不仅如此她还是一个安全套的抨击者。

珍妮特女士号召婚前禁欲和婚后忠诚，在她不遗余力的大力宣传下，乌干达的许多人都开始对避孕套感到厌恶。他们艾滋病疾控中心本该免费分发的安全套，全都堆积起来没人要。不仅如此，这位总统夫人还主张每年在全国范围内进行处女普查！

对于这一点，如愿是很想骂娘的。无论这位珍妮特女士出于什么目的抨击避孕套，对于这样不要男人戴套，却要女人保持处女的政策，如愿都感到非常厌恶。

曾经乌干达的艾滋病感染率从百分之十八下降到了百分之六，是非常成功的抗艾国家，但是经过这么些年的"控制欲望不戴套"运动，现在乌干达的艾滋病感染率又已经成功地回到了百分之二十，每年都有上百万人死于艾滋病。

每次乌干达人惊讶地问如愿你们中国人为什么没有信仰的时候，她就很想反问，你们乌干达人为什么不用避孕套？

作为一个艾滋病防治的医生，她的信仰就是避孕套！

如愿深知自己的力量渺小，她只是一个极其平凡的人，此生注定不会变得耀眼，也无法做出伟大的事业来，更不可能改变一个国家。但是她去街上发发避孕套总还是可以的吧。

所以每周都有一天，如愿会搬两箱避孕套在坎帕拉最繁华的街头，把避孕套和艾滋病防治的传单粘在一起，逢人就发。

中心的人不理解她，因为她的这种行为其实很招当地人反感的，但是如愿无所谓，她不怕被人讨厌。而且她发现了，其实乌干达的女性对避孕套并不反感，有几次她同当地的女性聊起来才知道，她们中许多人都是被丈夫传染上艾滋病的，有的人怀疑丈夫有艾滋病，或者已经确切地知道了丈夫患有艾滋病，可嫁过来之后依旧不能拒绝丈夫性行为的要求，也没有资格要求丈夫戴避孕套。

一开始如愿还很愤怒，可是后来这种事情听得多了只有深深的无奈，她只能鼓励那些女性尽可能地争取自己存活的权利，除此之外，她也是无能为力。

一只黄种人的手接过了如愿分发的避孕套，如愿有些惊讶，抬起头一看，见到顾向阳手里拿着她刚刚分发的避孕套站在她面前，站得直直的，正低头认真地看着传单上的文字。

如愿觉得有些尴尬，想缓解一下这种尴尬，便随便扯道："这个是非洲人的尺寸，你用不合适。"

她在说什么？如愿后悔了，为什么要把话题引导到这个方向来！

顾向阳面无表情地看着如愿，问道："你怎么知道我的尺寸。"

如愿满脸通红，为了不让顾向阳看出自己的尴尬来，故作冷静地说："这有什么不知道的？你忘了我做什么工作的吗？生殖器这种东西见得不要太多。亚洲人和非洲人的差别很大的！"

顾向阳还是面无表情的样子，如愿见到他这个样子更加后悔了。

真的是越紧张越容易胡说八道，越是说得错就越紧张，然后就说得更多！真是丢死人了，也不知道顾向阳是怎么想自己的。

如愿不知道怎么缓解自己的尴尬，干笑两声道："呵呵……不过这个是人种差别，也没有什么好自卑的，真长得跟非洲人一样也怪可怕的。"

一说出来如愿就又后悔了，天啊，她到底都说了些什么……

顾向阳终于忍不住噗一声笑出来，见到如愿羞红的脸，又只好低着头强忍住了笑意，道："没关系，我没有自卑。"

墙呢！哪里有墙！

如愿现在就想一头撞死！

Chapter 10

我单纯而热烈地爱过你，于是从前的幸福成了如今的劫难。

　　"你怎么跑这里来了？"如愿尝试着转移话题。

　　"我去了一趟你们医院，他们说来这里可以找到你。"顾向阳接过如愿手里的那一沓避孕套道，"我也帮你一起发。"

　　顾向阳背对着如愿，站在熙来攘往的街头，面无表情地把避孕套塞到路人的手里，也不管路人要不要，反正他就是塞。

　　如愿忍不住无声地笑起来，心情好了许多。有顾向阳帮忙，避孕套发得很快，如愿提议请他吃饭，也算是感谢这段时间以来她对他的照顾。

　　"我请你吃吧。"顾向阳说，"今天来找你就是想请你吃饭的，我都准备好了。"

　　"也行，那下次我请你。"如愿也不矫情，这种事情没什么好抢来抢去的，一边收着东西一边问，"我们去哪里吃？"

　　"去我家吧，我买了菜。"

　　如愿一愣，防备地看向顾向阳，可他却是一脸正直的样子，丝毫没有觉得什么不妥的模样，搞得如愿觉得自己反应过度。可能人家就是个耿直的好青年，没觉得孤男寡女在家里做饭有什么暧昧的吧，她想歪了倒是显得心虚。

　　"那……也可以啊！"如愿笑眯眯地说，"就尝尝你的手艺好了！"

　　如愿跟着顾向阳一起回了家，然后一路她都在后悔，刚刚为什么鬼迷心窍要答应。

　　虽然她相信顾向阳是一个正直绅士的好人，不会对她做什么，但是她会胡思乱想啊！

　　如愿发现自己现在已经完全控制不住自己的想象力了。她看了一眼顾向阳结实的胳膊，就忍不住想要再碰一碰他。

被他拥抱的感觉一定很好吧……

完了，不行不行！

肯定是太久没有碰过男人，所以思春了！

克制！

"你怎么了？"顾向阳疑惑地问，"有什么不对吗，为什么一直在摇头。"

如愿尴尬地笑了笑道："没……没什么不对劲，有蚊子。"

顾向阳伸出手扇了扇，然后卷起了袖子，露出了结实的胳膊，喃喃自语道："奇怪，应该咬我才对。"

如愿深深吸了一口气，移开了目光。

真的是煎熬。

如愿硬着头皮跟着顾向阳进了屋。顾向阳的房间比她以为的还要整洁，地板纤尘不染，一个大男人竟然卫生比她做得还干净。

顾向阳请如愿坐下就进了厨房，他从前一直答应有机会要做饭给如愿吃的，但是竟然一拖再拖，一直都没有做成，现在有机会，他想试试。

如愿跟进来，探着脑袋看着道："没想到你还会做饭啊？看起来真不像。"

顾向阳一看就是一个刚毅正直的大男人，完全跟厨房不能联系在一起，他的手应该拿枪而不是拿锅铲。

"不会。"顾向阳耿直地回答道，"但是应该不难吧，做熟而已。"

如愿看顾向阳这么自信，也就不打扰他，自己在房间里晃。这个男人，房间里真的是一点蛛丝马迹都没有，反侦察的能力这么强，当他的女朋友可是抓不到他的小辫子的。

忽然，如愿闻到一股煳味儿，她觉得不妙，冲到厨房里一看，这里已经是一片狼藉。如愿无可奈何地接过了顾向阳的锅铲，赶着他道："算了算了，还是我来吧！"

"说了我请你吃饭的。"

"你出材料，我出技术，就当你请了我，我也请了你。我也不好吃白食啊。"

顾向阳老老实实地退到一边去，看着如愿麻利地刷锅、切菜、炒菜，一气呵成。有时候她显得很笨拙，可有时候她有显得那么聪明。

"油烟大，你出去等呗。"

"不用，我就在这里。"跟她在一起的时光，一分一秒他都不想浪费。

饭做好了，如愿让顾向阳摆桌子准备吃饭。

"你坐着，还有一个汤。"

"我去端。"

"你帮我摆碗吧。"如愿把顾向阳按在椅子上，又匆匆跑进了厨房。

顾向阳摆好碗，如愿便端着一碗热汤就走了过来。顾向阳刚想起身去接，如愿不耐烦地说："哎呀，不用你帮忙！我稳着呢。"

如愿从前就老是摔东西，家里的碗和杯子常常碎，走路不是撞着桌子就是踢翻了板凳，穿着平底鞋在平地上走也能崴着脚，所以从前她做什么顾向阳都不放心。

现在看来，她这几年是真的不一样了。

顾向阳刚这么想，就听到哎哟一声。只见如愿一个崴脚，扑向前方，把热汤泼了顾向阳一身。

如愿吓了一跳，但是很快就反应过来。

"快快快！"如愿伸手脱掉顾向阳的衬衣，然后拉着愣神的顾向阳冲到浴室里，打开莲蓬头用冷水往他身上浇，赶快帮他散热。

要是真的烫伤就麻烦了，乌干达这边的医疗条件又不好，万一感染了怎么办。

"疼吗？"

"还好，一点点。"顾向阳的声音闷闷的。

"那应该不严重，再冲一会儿……"如愿松一口气道，"幸好我反应快，要不然烫出泡可就麻烦了。"

"嗯……"顾向阳应了一声，不再说话。

如愿觉得顾向阳的声音有些不对劲，她抬头一看，见到顾向阳正直勾勾地看着她，眼神炽热，看得她没来由的脸红起来。

如愿终于意识到两人现在的状况多么的暧昧，在狭小的浴室里，顾向阳赤裸着上身，水珠打落在他身上，从他紧绷着的肌肉上滑落，看得如愿口干舌燥。

如愿垂着脑袋，紧张地吞咽着，小声问道："现在还疼吗？"

顾向阳没有回答，而是忽然往前走了两步，一只手撑在墙上，把如愿逼到了墙边。

两人之间的距离窄得只隔着那还在喷着水的莲蓬头，冷冰冰的水在两人之间喷洒着，把他们的衣服都给弄湿了。

如愿感到自己的呼吸急促起来，体内似乎有什么在发酵，冰冷的水也无法让她燥热的呼吸冷却下来。她发现自己真的很渴望有人能在此刻拥抱她，炙热的皮肤只有靠另一双手才能降温。

顾向阳的目光叫如愿无处躲藏，他低下头吻上她的嘴唇，如愿没有闪躲。

太久没有亲吻过了，她的身体和灵魂一起封闭了许久，没想过有一天会再对一个人敞开。想要他的唇吻在她耳边喘息，想要他的手抚摸她的身体。而顾向阳仿佛知道她在想什么，每一个动作都落得刚刚好。

"嗯……"

如愿被自己呻吟的声音吓了一跳，手上花洒掉在地上，两人都是一愣。

如愿深呼吸，找回一点点理智来，她想把花洒捡起来，却被顾向阳挡住，只能推了推他道："你让一下，花洒掉在地上了。"

顾向阳依旧沉默，却没有让开。他缓缓地蹲下身，离如愿近在咫尺，仿佛随时他的嘴唇都会碰到她的身体似的，也不知道是不是故意的，他的动作那样慢，一点点地弯下身，如同他的吻缓慢地划过她的身体一般。

如愿觉得自己的体温在升高，这狭小的浴室又变得炙热起来，残存的理智灰飞烟灭。

她就是喜欢他啊，怎么办，就算她跟那个人长得一模一样，就算她心里知道这样做很危险，但是她就是喜欢他啊。

喜欢他笔直地站在帐篷外等待她，喜欢他夜夜守在她的屋前守护她的梦，喜欢他沉默不语时微微皱起的眉头，喜欢他偶尔的傻笑像是冬日的暖阳。

她从来不是扭捏的人，喜欢了就要去要呀。

顾向阳捡起花洒，递给了如愿，继续撑着墙壁欲念深重地盯着她看，如愿紧张地咬咬嘴唇，继续用花洒给顾向阳被烫了的皮肤降温。

顾向阳的手缓缓地放到了她的腰间，如愿抖了抖，没有阻止，因为她也一样渴望。

她感觉顾向阳炙热的目光就在上方，她没有抬头，一动不动地盯着顾向阳的胸口，一只手继续给他被烫红的地方降温，一只手轻轻地抚摸了上去。

她不想冷静了，反正也只是适得其反而已。

如愿感到顾向阳似乎抖了抖，呼吸更加急促粗重，如愿喜欢顾向阳身体的触感，紧绷的，硬硬的，让人想要被他拥抱。

可忽然，如愿看到了一样东西。上一次她只注意到这里没有痣，现在仔细看才发现，顾向阳的胸口有一块皮肤跟别处的颜色不一样，要浅许多。她心里咯噔一下，忽然有了一种不好的预感。那块浅浅的地方的位置，跟沈云峰当年的痣的位置一模一样……

如愿的呼吸急促起来，她感觉有什么在她心上崩裂开来，她看到顾向阳脖子上的项链，隐约觉得有些眼熟，却想不起来到底是在哪里见到过。

她伸出手，缓缓地从顾向阳的右胸滑到他的项链上，还不待顾向阳阻止，如愿就打开了那个坠子。

如愿想起来了，她见过一次这个项链，是沈云峰爸爸的东西。

把这个拿回来的那一天，沈云峰的心情似乎不是很好，她不小心把项链掉在地上还被他凶了，那是唯一一次沈云峰用那么严厉的语气跟她说话，从那之后如愿就再没碰过那个项链，也没见到沈云峰再把这个项链拿出来。

她记得，项链里面原来放了一张沈云峰妈妈的照片。

可是如今，这里面是一张小小的，旧旧的，如愿的照片。

"我应该叫你沈云峰还是顾向阳？"

顾向阳呆住，一时语塞，笨拙地说："我的名字一直都是顾向阳，沈云峰是假名。"

如愿把花洒仍在了地上，浑身的血液都冰冷了。

回忆一阵阵袭来，那些炽热、温柔、心甘情愿，还有那些嫉妒、委屈、黯然神伤。她曾经单纯而热烈爱过他，可是现在，从前的幸福成了她如今的劫难。

在劫难逃。

如愿垂着头，浑身都在颤抖，顾向阳多想抱住她，却不敢，怕惹得她讨厌。

"所以不仅仅是虚情假意而已，就连名字都是假的吗？"

"不是……"

"你不用解释。"如愿抬起头，半是愤怒半是心凉地看着顾向阳，自嘲地说，"你说，我怎么总是这么傻呢？"

又是这句话，上一次如愿离开他的时候，也是说这样的话。

顾向阳害怕起来，伸手想拂去如愿眼角的眼泪，却被她狠狠地打开了手。

如愿推开他，冲出了家门，顾向阳听到门被狠狠砸上的声音，颓然地闭上了眼。他竟然在最糟糕的时机，用最糟糕的方式让如愿知道了一切。

Chapter 11

白昼如焚，黑夜如冰，我的灵魂困在这里，日日夜夜凝望你。

孤独、心碎、挣扎，每一个深渊边缘的日子，何飞龙都痛苦得夜不能寐。

仿佛活在永夜里，何飞龙觉得自己像是变成了一只夜行生物，一只蝙蝠，一只蜘蛛，一只老鼠。只有脖子上的那一条项链提醒他，他还是人。

蝎子把何飞龙和狼五拉开，章鱼走了出来，不冷不热地打量着鼻青脸肿的何飞龙。

"身手不错，能跟狼五打成平手，还把他伤着了。"

这个人外号叫作"章鱼"，真实身份不祥，是这个跨国组织里的第二层人物，半个打手，半个军师，年纪轻轻就深得老大的信任。章鱼为人狡猾阴险，多疑善变，而且喜怒不形于色，比他们的老大还要难缠。

"他有问题。"狼五吐了一口血道。

章鱼的眼神阴沉下来，蝎子拔出了抢来。

"他有什么问题？"

"他脖子上的那条项链，我总见他戴着，还时不时拿出来看，我说想看一眼，他非不让，肯定有问题。"

章鱼对蝎子使了个眼色，蝎子走进屋里拿了一个电子设备来，在何飞龙身上扫了一圈，尤其是那一条项链，反反复复扫了几遍。

蝎子摇摇头，站到了一边。

章鱼收起方才那狠毒的眼神，漫不经心地笑了笑道："什么宝贝不让人看？"

"里面有我女人的照片，不想给他看。"

章鱼轻笑起来，又问："那能给我看吗？"

"也不能给你看。"

狼五气炸了，骂道："我呸，什么臭婊子还看都不能看一眼了！"

何飞龙一拳把狼五打翻在地上，拎着他的领子就轮拳头。"不准这样说她！"

蝎子拉开何飞龙，狼五跳起来要还手，被章鱼喝住道："住手，你被打也是活该。"

狼五只听章鱼的话，老老实实地就退到了一边，却还是恶狠狠地瞪着何飞龙。

章鱼走过来拍拍何飞龙的肩膀，目光里有些许的赞赏，道："我欣赏重感情的男人，也欣赏尊重女性的男人。我家里也有个小妹，也是舍不得给这群糙人看一眼的。"

何飞龙低着头不说话，紧紧地捏着拳头，目光毒辣地看着狼五道："他骂了她。"

"还不道歉。"

狼五不愿意，可是章鱼都说了，他只得不情不愿地说："我是粗人，说话不好听，对不起了。"

"行了，给我个面子，这件事儿就这么算了。"章鱼拍拍何飞龙的肩膀道，"你这个人身手好，有原则，有血性，重感情，以后跟着我混，我不会亏待你。"

何飞龙没想到一直苦苦没有机会接近章鱼，竟然阴差阳错因为这条项链让他成功了。

他点点头，看了一眼章鱼，语气软下来道："谢谢大哥。"

"既然是弟妹，有机会带来大家一起吃个饭，你放心，我会管住这几个人的嘴，不让他们吓到弟妹。"

何飞龙撇过脸，语气痛苦地说："她死了。"

章鱼打量着何飞龙，语气阴阴地问："哦？怎么死的？"

何飞龙回过头来，与章鱼对视，眼里是抑制不住的怒火，神情阴鸷地说："在边境，碰到警察和毒贩火拼，被乱枪打死了。你还有什么想知道的吗？她身上中了几枪？流了多少血？"

章鱼面不改色地看着何飞龙，何飞龙也毫不畏惧地看着他。他的手心在冒汗，不知道章鱼相不相信他的话，但是他的确听说几年前一个布依族的女孩子在边境被乱枪打死了。

当你与罪恶四目相对的时候，罪恶也正在凝视你的双眼。

章鱼的眼神，饶是何飞龙也不禁觉得不寒而栗。

何飞龙能不能取得章鱼的信任，成为他的手下，全看这一次。

"好了，瞧你，防备心太重了，大哥也是关心你。"章鱼拍拍何飞龙的肩，又看了一眼那项链，笑道，"这件事情以后大家都不要提了，来，我们出去吃饭，喝了酒，大家以后就都是兄弟。"

不久之后，集团里的人都知道了龙哥这个人，还知道他有个死去的情人，脖子上挂了情人的照片，谁都不能碰。

狼五与飞龙也算是不打不相识，很快就称兄道弟起来。

"我也有个项链，不过我的可以给人看！"狼五把脖子上的狼牙取下来给飞龙道，"你看，这个是狼牙，我小时候在林子里捡了一只小土狼，它死了之后我就把它的狼牙戴身上了。"

"嗯，很好看。"

"那当然！"狼五戴上狼牙，锤了一下何飞龙道，"你看开点，我们山里人靠山吃山，别的不懂，但是懂一个道理，从哪里来的就回哪里去，生生死死的事情都是很自然的，不是坏事儿。我见你半夜总是看你的项链，我说你咋这么想不开呢？活着一日就过好一日，也不知道哪一天我们就回土里了，总归都是要相会的。"

"总归都是要相会的吗？"

"对啊！"狼五打了个哈欠道，"不跟你说了，老子困死了，要睡了。"

狼五倒床就睡，不一会儿就开始发出巨大的呼噜声。

月光明亮，何飞龙坐在床边打开了他的项链，上面是一个小小的肖像，肖像上的女孩儿笑容温柔灿烂，就像是夏日的黎明。

有人说走在黑白边缘上的人总是容易彷徨不定，一不小心就会踏错了路。可是何飞龙从未有过，因为他心底有一个信念。

她还活在这个人世的某一处，她还能跑、能跳、能笑，即便她的笑容不再为他展开，即便她的幸福已经与他无关，他都还能继续坚持下去，为了守护这个她所生活的世界。

白昼如焚，黑夜如冰，我的灵魂困在这里，日日夜夜凝望你。

中心给如愿安排了新的工作，陪同联合国的艾滋病亲善大使去探访乌干达西南部的艾滋病孤儿学校，顺便送一些药物过去。

中心的人都是好心，见到如愿最近心情不好才特意把这样轻松的事情交给她，却不知道如愿最怕这类工作，因为如果没有实实在在的事情给她做，她就不知道干什么了……

据说这一回过来的艾滋病亲善大使是国内的一个大明星，如愿也不追星，不知道来的是什么人，但是愿意来这么偏远贫瘠的地方，应该不是一个浮夸浅薄的人。

这个艾滋病孤儿学校在乌干达的西南部，地处偏远，比较贫穷。本来是联合国的活动，他们疾控中心就只有如愿一人去，便没有给她安排车，不巧的是因为这个大使临时多带了一个自己的摄影师来，再加上拍摄设备，还有如愿准备带过去的药品，联合国那边的车子都安排满了，如愿就坐到了明星的那辆车上。

后座上坐了两个人，一男一女。女的年纪比较大，长相精明，应该是明星经纪人。男的非常瘦，一脸疲惫，虽然精神也不大好，有很重的黑眼圈，但是五官非常深邃，浓眉大眼，鼻子又高又挺，长了一双桃花眼，一看就是一张明星脸。

如愿礼貌地跟两人打招呼，经纪人倒是很热情地招呼了如愿，然而大明星却连头不抬，专心地看着自己的手机，抱怨这里怎么没有信号。

没礼貌，如愿对这个大明星的第一印象就不是很好。

一路上大明星都在闭目养神，经纪人则一直在打电话，安排着大明星后续的工作，直到开到没有信号的地方才消停。

"你看，非洲这破地方风景倒真的很好！"经纪人兴奋地对大明星说。

大明星这才睁眼，拿起一直在手里的书，一边看一边面无表情地说："我不喜欢自然风光，我只喜欢摩天大楼。

如愿好奇地回头看了一眼，那本书的名字叫作《一场心灵旅程：男人一生要读的100本书》……

"哈哈哈哈哈……"

如愿转过头来，没有忍住大笑了起来，大明星和经纪人都用奇怪的眼神看着她，她立刻拿起手机假装自己在看信息。

经纪人继续跟大明星说："你也拍几张路上的风景啊，一会儿好发微博，再自拍一张，放中间。"

听到经纪人这么说，大明星才放下了书，咔嚓咔嚓拍了几张路上的动物，然后把头凑到车窗边专心致志地开始自拍，如愿偷偷地从后视镜里往后瞧，这才知道一个男人自拍也可以有这么多姿势。

"这张好，这张好！"经纪人说。

"你没有审美，你说的不算。喂……你给我看看。"一只手忽然伸到了如愿面前。

如愿一呆，看了一眼手机里的照片道："挺好的啊。"

"你前后翻翻，看哪张好。"

如愿无语，只能拿着手机前后翻了翻，除了做作和更加做作，并没有看出什么区别来，便随便找了张侧面看窗外的递给他道："这张吧。"

"嗯，不错。"

这一路他们再没有说过话，直到夜里到达目的地之后，经纪人才又找如愿要了联系方式。他们去了当地的华人旅馆休息，同行的人里只有如愿一个女孩子，所以她便自己一个人住一间房，才刚刚躺下就收到一条陌生人发来的信息，写得很简单：来201。

如愿有点蒙，201是什么？

她发了个问号过去，那边迅速回复道："我在201，你现在过来吧。"

"我过去做什么？"

"你说做什么？"

"我不知道做什么啊！"

如愿有点搞不清楚情况，那边没有再回复，如愿只好莫名其妙地去敲了201的房门。

开门的是大明星，他上下打量了一番如愿，笑了笑，让开身子，声音很温柔地说："进来吧。"

这个大明星一路都对她爱答不理的，怎么态度忽然变得这么好了？

如愿走进屋，大明星便关上门还把门栓给拴上了。如愿有一种不好的预感，问："你找我来到底有什么事情？"

大明星轻笑一声，稍稍带一点嘲讽。

"是你先去洗澡，还是我先去洗澡？"

"哈？"

大明星走过来，低头暧昧地对如愿说："难道你想跟我一起洗？"

如愿的尴尬症都要犯了，到这一刻总算明白那条信息叫她来房间是做什么的了，无奈地说："你是不是误会什么了啊？我没有那个意思。"

如愿准备走，却被大明星从背后抱住，他叹息一声道："宝贝，我们直接一点好吗？"

如愿心里只剩下两个字：智障！

妈的智障！

她伸出手重重地给了大明星一肘子，然后转过身一个踢腿把大明星踹翻在床上。

"女人说不要，意思就是不要！"

大明星瞪圆了眼睛不可置信地看着如愿，如愿嫌弃地看了一眼那张奶油小生的脸，重重地关上房门走了，走时还没忍住骂了一句："傻×……"

Chapter 12
他的心上忽然溢出了一种温柔的感情，像是空酒杯里忽然溢出了美酒。

早晨，如愿和大明星及经纪人一桌子吃早饭，气氛有些尴尬，大明星对经纪人使了个眼色，经纪人便说："我们给孩子带了点玩具来，我去搬出来，你们慢慢吃。"

桌子上只剩下大明星和如愿，如愿低头吃饭，不言不语，也不跟大明星打招呼。

大明星嬉皮笑脸地凑到如愿面前道："昨天对不起了，我可能对你有误会。"

大明星倒是不怕尴尬，如愿想，可能当明星都要脸皮厚吧。

如愿放下勺，很不解地问："我到底做了什么能让你有那样的误会？"

"在车上你不是一直偷偷从后视镜偷看我吗？难道不是喜欢我？"

如愿也是傻了，面无表情地说："我只是没有见过那么爱自拍的男人而已，没有别的想法！"

大明星大笑起来，一双勾魂夺魄的桃花眼直勾勾地看着如愿道："那你一定从没见过男明星。"

如愿面无表情，丝毫不受大明星的媚眼影响，冷淡地说："我不追星。"

"为什么，一个喜欢的明星都没有吗？"大明星似乎很惊讶。

"就觉得没什么好崇拜的啊，大家都是做好自己的工作而已，没什么特别的。"说着如愿指了指大明星旁边的罐子道，"大明星，把那个老干妈给我递一下。"

大明星脸上露出一丝不悦来，道："叫我名字就好了，叫大明星是故意讽刺我吗？"

"没有那个意思啊，我不知道你叫什么啊，他们好像跟我提过，我有点忘记了，哎呀，你先把老干妈递给我。"如愿有些不耐烦起来，她觉得跟这个大明星聊的每一句话都是在浪费时间。

大明星呆了呆，不可置信地问："别来这一套了，怎么可能有人不认识我？你知道我在国内现在有多红吗？"

大明星甚至怀疑，如愿是故意这样说好让他觉得她与众不同。

"我不知道啊，"如愿直白地说，"我已经三年没回国了。"

"你不刷社交软件的吗？上面都是我！"

"我不刷啊。"如愿一脸无辜地说，"我每天很多事情要做的，哪里有那么多时间玩这些无聊的东西。"

"全世界几十亿人都用社交软件，这些人都无聊吗？"

"我不知道他们无不无聊啊，跟我有关系吗？反正我只有无聊的时候才会想想看一下社交软件，但是我这几年都不无聊。"

大明星也是没了脾气，重重地把老干妈放在了如愿面前，一字一顿地说："我叫陆云尘！"

"哦……"

陆云尘一推桌上的食物，气呼呼地走了。

除了国内来的明星团队，一行人里只有两个中国人，再加上如愿跟这边的孤儿院比较熟，所以很多情况都是由她来给亲善大使介绍。

陆云尘起来光做发型和化妆都用了快两个小时。

"要画得自然一点，憔悴一点，粗狂一点。"陆云尘对化妆师嘱咐道，"要有布拉德·皮特那种感觉。"

如愿忍不住在一旁翻白眼，她不敢相信自己的时间都浪费在等大明星化妆去了。

"怎么，没见过男人化妆吗？"

"没有。"如愿直白地答道。

陆云尘笑起来，看了看镜子道："差不多了，就这样吧。"

化完妆整个人的确是闪耀一些，如愿忍不住问道："用得着花这么长时间化妆吗？"

浪费她的时间，早知道要等这么久就在自己的房间里多待一会儿了。

"当然需要。你说的有一句话我很赞同，大家都是做好自己的工作而已，没什么了不起的。不过我的工作就是来非洲作秀，而我是一个非常有职业道德的人，用最好的状态作秀，就是我的工作。"

如愿被说得哑口无言。陆云尘觉得自己胜了一城，得意地走了出去。

如愿跟上去，在心里检讨自己的态度，这个大明星倒是说得在理，他做他的秀，不但不影响反而会帮助她的工作，这有什么不好的呢？

"也对，无论是作秀还是做实事，能帮助到别人就够了。"

陆云尘冷笑一声，轻蔑地说："谁在乎这些黑人啊？我当慈善大使完全是为了提升我的形象，骗那群粉丝，让他们觉得自己的偶像是个没有七情六欲只有人间大爱的完美先生。我的目标可是当中国版的安吉丽娜·朱莉！哦不对……是中国版的布拉德·彼特！"

如愿听得一脸黑线，却忍不住被逗笑了。她倒是欣赏这种不戴假面具的人。

"你又笑什么？"陆云尘黑着脸说，"别以为我不知道，来的路上你就笑话了我一次了。"

倒是很敏感。

"也没有别的意思，就是想笑一笑。"如愿笑眯眯地说，"觉得你这个人挺有意思的。"

"你这种高尚的人，难道不会瞧不起我这种市侩俗气没有灵魂的人吗？"

如愿被问地一愣，摇摇头道："没有瞧不起你啊，我从来没有觉得追求梦想、真爱、人道主义就一定比追求金钱、名利高尚。我们都是自我满足嘛……所以我不要求别人一定要跟我一样，各人过好各人的生活，不影响别人就好了。"

这个说法陆云尘倒是第一次听说，想了想虽然不大明白为什么，但是却觉得挺有道理的。

"嗯，我喜欢这个说法！"陆云尘也不生气如愿笑话过他了，心情不错地问道，"你呢，你为什么来非洲？为了理想还是真爱？"

"当时失恋了……"如愿老实回答，"中心派我过来我就过来了，没想那么多。"

"不是为了帮助水深火热的非洲人民吗？"

"是啊，我的工作就是这个啊。"如愿并不觉得骄傲，很平静地说，"尽我们所能地控制瘟疫和疾病在人类社会里蔓延，这就是我们的工作。"

"那你们的工作比我们的光荣多了。"

"我也没有这样觉得，你说得对，你的工作就是作秀，做好了也一样很光荣。"

陆云尘笑起来，又问："你现在记住我名字了吗？"

"记住了啊，我还去网上搜索了呢。"

"我们现在算是和解了吗？"

如愿一愣，道："我本来就没有记你的仇啊，误会而已。"哪里来那么多时间去记恨无关紧要的人，不过是一面之交罢了。

"那你帮我拍张照吧！"陆云尘把手机递给如愿道，"就这个背景，这些破烂的屋子，然后一个光芒万丈的我！"

如愿无奈，觉得这个大明星有时候倒也挺有意思的。

孤儿学校的行程很短，第一天陆云尘陪着孩子们玩游戏，抱着孩子们聊天说话，分发了一些礼物和玩具，第二天给孩子们上课，教他们学中文。第三日一行人就返回了坎帕拉。

陆云尘的航班在晚上，还有半天空余，他便提议要去探望如愿的病人。

"你为什么忽然有这个想法？"

"我是艾滋病亲善大使，去看艾滋病人不是很正常的事情吗？"

"我的病人很多都是末期病患，你真的不害怕吗？"

"你都不怕，我怕什么？"陆云尘满不在乎地说，"不要觉得我是 super star 就吃不了苦，我们拍戏有时候也很辛苦的。"

如愿没办法，只得带着他一起去。经纪人不愿意沾这些事情，说要在酒店里休息，只有如愿、陆云尘和摄影师三人同行。

因为如愿认识路，所以由如愿开车，陆云尘捂着嘴坐在副驾驶上，不断抱怨说："非洲怎么这么臭。"

"现在都受不了，一会儿怎么办？"

"还能更臭？"陆云尘目瞪口呆地问。

"超出你的想象。"

车子开到了坎帕拉的贫民区，这里的路又脏又破，一旁的房子也越来越残破不堪，路上甚至有无人看管的死人，陆云尘一脸的惊讶。

"怎么没人管？警察呢？"

"这里是坎帕拉。"如愿无奈地说。

"坎帕拉怎么了？"

如愿只得解释道："在乌干达，警察只收钱，不管死人的事儿。"

陆云尘叹口气道："还是祖国好。"

"哪里都没有祖国好。"

卡丽芭是如愿跟踪的一个艾滋病末期患者，这一家四口人，全部都是艾滋病毒携带者，母亲卡丽芭已经是艾滋病末期患者，发病一年，如今瘦的只剩下一个人干，身上到处都是肉瘤和烂疮，散发着阵阵恶臭，裹在又旧又脏的被褥里，已经不像是一个人。

如愿看了一眼陆云尘，他的脸都吓青了。

她拍拍他的肩，对他说："你可以在车里等我。"

陆云尘摇了摇头，严肃地说："没关系，我在这里就好。"

"车里有我带来的食物，你去帮我搬进来吧，顺便透透气。"

陆云尘这一回没有拒绝，过了一会，他把粮食搬进来，还在箱子里塞了一点美金。

这是一个非常贫穷的家庭，地面就是泥地，上面放了一张床褥，卡丽芭就躺在上面，瞪着圆圆的双眼。她两个大一点的女儿都出去工作了，家里只剩一个八岁的小女儿照顾她。卡丽芭疼得从床上摔下来，自己爬不上去，小女儿也搬不动她，只能拿被褥给她垫在身下。

听到如愿的翻译，陆云尘立刻走过去抱起了卡丽芭，这个女人已经被折磨得不像样子，陆云尘感觉自己像是抱着一个小孩儿，而不是一个成年人，轻飘飘的，随时都会碎掉。

他把卡丽芭抱回了床上。如愿给陆云尘介绍着卡丽芭的情况。

在乌干达，女性的地位非常低下，就算明知道自己的丈夫身患艾滋病，她们也没有资格拒绝丈夫与她们发生无保护措施性行为的权利，卡丽芭是一个少见的，敢于拒绝的女性，可是当身怀六甲的她被赶出家族之后，还是很快被诊断为艾滋病毒携带者。

之后她独自一人来了坎帕拉，一直做着保姆的工作，参加了"支持艾滋病人"协会，成为了协会里的骨干，并且收养了协会里两个死去的艾滋病患者的女儿。可是两年前卡丽芭身体里的病毒爆发，发展成了艾滋病，她的健康便一落千丈。

如愿也跟卡丽芭解释了一下陆云尘的身份，卡丽芭知道陆云尘是联合国的艾滋病慈善大使非常高兴，向陆云尘伸出了手，希望他能让世界更加关心非洲女性的生存状况，不让她身上的悲剧反复地发生。

那是一只极其枯瘦的手，感觉稍稍用力就能把她捏碎，手臂上还有暗疮，形容可怖，但是陆云尘没有犹豫，他也伸出手握住了卡丽芭的手。

如愿本来有些担心，怕陆云尘会不愿意，没想到他一点犹豫都没有，就算他真的只是为了作秀，一般人能做到这个份上已是不易。如愿觉得，其实陆云尘这个人也还不错。

离开卡丽芭的家之后，陆云尘就在路边吐了，一路上都在对如愿道歉。

"对不起啊，我没有别的意思，更没有觉得艾滋病人恶心的意思，我真的是控制不住……"

"没关系，第一次见到这种情况是这样的。"如愿递给陆云尘一瓶水道，"她的情况很严重，应该也撑不了太久。"

又过了一会儿陆云尘才稍微缓过来一点，问："你每天都跟这些事情打交道吗？"

"差不多吧。"

"你怎么忍受的，我只不过来了几天就觉得压抑得受不了，每天看这些，我觉得我早晚要自杀。"

如愿笑起来道："哪里那么夸张，你们大明星说话总是这么戏剧化吗？"

"真的，你难道不会觉得特别压抑吗？这里简直就是人间地狱。如果我是你，一辈子都开心不起来了。"

如愿觉得这个陆云尘说话真是像个小孩子，笑起来无奈地说："把这个当成一份普通工作就好了，不要把自己当成所有人的天使，就不会给自己那么大的压力。"

陆云尘似懂非懂，叹息一声道："反正这种事情不适合女孩子做。"

"没有什么适不适合的，总得有人做。"如愿语气平静地说。

总得有人做……

陆云尘想着如愿的话，看着如愿平和温柔的脸，忽然觉得心上一片宁静。

他什么都没有说，什么都没有做，却感到心上似乎溢出了一种温柔的感情，像是空酒杯里忽然溢出了美酒。

一开始他觉得如愿是故意装作跟一般的女孩子不一样，可现在他确定了，她就是跟一般的女孩子不一样。

陆云尘没什么文化，明星基本都没有什么文化，所以他想不出什么美好的词汇来形容如愿，他就觉得如愿很好，如愿简直就是天使。也许她不是所有人眼里的天使，但却是他一个人的天使。

车子开到如愿的医院，陆云尘送她下来。

"我晚上就走了。"

"我知道啊。"

"你回国了记得找我。"

如愿大笑起来道："你一个大明星，哪有空见我这种小人物啊。"

"你找我，我就有空。"陆云尘认真地说，"真的，一定要联系我。"

"好，回去找你。"

陆云尘松一口气，笑起来。

如愿笑眯眯地看着陆云尘，等着他走，可是却半天没见着他动。

"你不是还要去赶飞机的吗？走吧，再见！"如愿挥着手道。

陆云尘看着如愿，半天不动，如愿正纳闷儿呢，他却忽然走上来，捧住她的脸，在她的额头上印了一个吻。

"给你个粉丝福利。"陆云尘放开如愿，有些不好意思地说。

如愿摸着自己的脑袋，有些蒙，点了点头。"谢……谢谢啊……"

"我走了，国内见。"

陆云尘上车走了，如愿转身准备回医院，却见到不远处笔直地站着一个人。

顾向阳。

Chapter 13
既然注定要相逢就从容一些面对，既然注定要分开就温柔一些告别。

有人说，只有到生命的尽头才知道一生所爱。但是和如愿在一起之后，顾向阳便觉得自己找到了心的归宿。虽然，他们其实是完全不同的两种人。

顾向阳一直都是一个自律谨慎、凡事讲规矩，现实严肃的人，但如愿跟他完全相反，如愿随心所欲、崇尚自由发展，多愁善感。

顾向阳从前最无奈的一点就是如愿是一个没什么时间观念的人，约会常常迟到。有一次在路上遇到了一只野猫，硬是逗了半个多小时的猫才记起来要去见他，气得顾向阳半天没有理他。

如愿还总是丢三落四。有一回扔手里的垃圾，垃圾没扔，把手机扔了，走了半路才猛地想起来，顾向阳只得陪她回去翻垃圾桶。还有一回她蹲下来系鞋带，顺手把拿在手里的钱包放在地上，系好鞋带就把钱包给忘了，起身就走。幸好捡到钱包的人一直在原地等她。

迷迷糊糊的，对什么事情都不上心，顾向阳觉得如愿能没缺胳膊少腿的活到现在完全是靠运气。动脑子的事情倒是能做得好，反而不用动脑子的事情做得一团糟。

如愿身上有许多地方是从前的顾向阳无法忍受的，跟她在一起，他必须得接受她总是不会把东西放回到原处，必须接受她总是丢三落四，必须接受她不喜欢带手机时常找不到人，必须接受她永远扫不干净地板，擦不干净浴缸。

但是即便如此，顾向阳仍然深爱着她，所有她做不好的事情他都愿意为她做，当她一辈子的骑士、保镖和仆人。

可是他忘了，她不只有一个骑士。

他看得懂那个男人的眼神，那个男人也喜欢如愿。

顾向阳不是没想过有一天如愿也会喜欢别人，交新的男朋友，嫁人生子。但是真的看到了这一幕，竟然比他想象中的还要难受千倍万倍。

有时候顾向阳觉得全世界没有其他男人比自己更爱如愿，可有的时候顾向阳又觉得全世界只有他最配不上如愿。因为他让如愿伤心过，流泪过，失去爱情过。

如愿知道，有些事情是躲也躲不过的，她与顾向阳的这一面早晚要见。

其实仔细想想，一切都是最好的安排，若是早两年在国内遇到他，自己可能根本就处理不好这么复杂的情绪。

来非洲的这三年，如愿对很多事情的看法都改变了。曾经幻想过很多重逢后的场景，自己要对他说的话，现在想想，都用不上，也不想用。

这个世界上每天都在发生大的小的不幸，各种各样的劫难，更别说他们一个是疾控医生，一个是维和警察，能够在这战火纷飞、灾难肆意的时节里不缺胳膊断腿的重逢已经够不容易了。还是善良一点，既然注定要相逢就从容一些面对，既然注定要分开就温柔一些告别。

如愿对顾向阳笑了笑，点了点头。

顾向阳笔直地站在那里，凝望着如愿，眼里似乎有万千星辰。穆拉戈医院外人来人往，可顾向阳的世界仿佛静止了下来，只有如愿安安静静的微笑是活生生的。

如愿走到顾向阳面前问："你找我有事？"

"有些话想对你说。"

"这是我工作的地方，也不好说话，我还有两小时下班，我们到时候再说吧。"

"我等你下班。"

"你可以找个地方逛逛或者坐坐，干等多无聊啊。"

"没关系，我就在这里等你。"

现在再做出这副样子又有什么意思呢？要是从前兴许她还会心软，现在如愿已经很少被这种事情感动了。

"你爱等就等吧。"

如愿头也不回地走进医院，继续工作。

疾控医生的工作不仅仅是给病人发药而已，他们要找到病人感染疾病的原因，追踪病人病情的发展，尤其是艾滋病人受到的歧视很严重，关注他们的心理问题也是疾控医生工作的一部分。总结各个地区感染的主要原因，疾病发展的趋势，都是他们的工作，所以每天也有许多文本上的事情要处理。

如愿写了一会儿，心里又忍不住惦记起站在医院外的人。那个人性格耿直，说站在那里等，绝对一步都不会挪。如愿忍不住一直看时间，好不容易熬到了下班，走出医院顾向阳果然还是笔直地站在原地。

周围是熙来攘往的人流，这个声色犬马的世界里，只有顾向阳像是一棵笔直的树，根牢牢地扎根在土地里，向着阳光，不疾不徐地生长。

如愿走到顾向阳身后，拍了拍他的肩。她有一瞬间的恍惚，仿佛回到了从前。

以前她也总是让顾向阳等，每次都害怕他会生自己的气，总是小心翼翼地从背后拍他的肩膀，想着他会皱着眉，或是有怒意，或是会怪罪她。可是每一次他的神情都那么温柔，没有一点不耐烦。

"我等你是应该的。"他总是这样对自己说。

顾向阳回过头来，见到是如愿，严肃的眉眼缓缓展开，柔和地微笑起来，他低头看了看时间道："提前了十分钟。"

如愿知道顾向阳指的什么，有些不好意思地说："这么多年过去了，总不能一点长进都没有吧……你开车来了吗？我今天没开车。"

顾向阳点点头。

"去吃饭吧，上回没吃成的。"如愿自顾自往前走。

如愿越是这样无所谓的态度顾向阳越是害怕，她愿意恨他还好些，现在这样客气，简直就像是对一个陌生人。

如愿走了几步停住，回过头来有些尴尬地说："怎么我走前面了，我又不知道你的车子停在哪里……"

顾向阳忍不住笑了起来，她还是那个样子。

"没关系，你走的方向是对的。"

顾向阳愿意一直这样，她决定路往哪里走，自由的，无拘无束的，随心所欲的，而他跟在她身后，做她的保镖、家长和爱慕者，就这样一直守护着她。

上了车，如愿和顾向阳有一搭没一搭地聊着，慢慢地往约定的餐厅去。

当年分手的时候可没想过他们再见面能这样和平相处。如愿那时候觉得她一定会痛哭流涕，歇斯底里。爱得那么浓烈，怎么可能做得到云淡风轻，哪里能想到还能像个老朋友似的一起开车去吃饭。

毕竟她当初爱"沈云峰"爱得自己面目全非。

和"沈云峰"分手之后，如愿整整两周都没有出门，用完了她的年假，又请了病假，躲在屋子里，不想跟这个世界再有什么牵连。冰箱里的东西吃完就吃泡面，泡面吃完了就吃外卖。家里到处都是肮脏的盘子和碗。窗帘从来不拉开，虫子就在地上爬，她像是一只夜行生物，活在阴沟和深渊里，跟蛆虫为伴。

如愿有时候想，她如果真的是一只动物就好了。如果她是一只狗就能咬烂家里所有的家具，能够狂吠一场。可她是一个人，一个人伤心愤怒的时候，就只能待在自己的屋子里，不能去街上随便咬人，只能沉默坐在自己的屋子里杀死自己。

像是一种暗喻，如愿恨不得一枪射杀自己，用这种方式让"沈云峰"知道，他是怎样毁灭了她。

分不清白昼和黑夜，如愿感觉自己在一点点腐烂。

在与"沈云峰"分手的第十五天，如愿终于无法忍受屋子里糟糕的空气，她拉开窗帘，阳光刺得她几乎睁不开眼，打开窗子，清新的空气吹进来，她才觉得自己稍稍活过来一点。

她悲哀地发现，痛苦也杀不死自己，她是个悲哀的人，最终还是要被求生的本能所左右。

她转身想继续回沙发上躺着，可就在这时候一阵音乐声从窗外缓缓飘进来。

是哪里在放音乐……

恢弘的交响乐团，深沉庄严的男低音，混声合唱队分离，交错，咏叹着人世的悲苦。

如愿突如其来地掉下泪来，连她自己都感到意外。这段时间她没有再哭过，眼泪跟着她的心灵一起都荒芜了，她是干涸的，从情感到灵魂，又哪里来的泪水可以流呢。

可现在，她却毫无预兆地被这一段窗边飘来的音乐给弄哭了。

她听不懂唱词的意思，听起来好像是德文。但即便她什么都听不懂，却依旧从音乐声里感到了一种神性的温暖、慈爱和悲悯，感到了一种属于人的正义、热情和崇高。

她顺着音乐寻过去，敲开了邻居的房门。

邻居是一个独居的老太太，如愿从前是一个不懂得怎么跟邻里交往的人，习惯回家就大门紧闭，所以从来都不知道自己两边住着的是什么人。

老太太自然也没有见过如愿，见到她蓬头垢面忽然找来，还以为是哪里来的乞丐。

"姑娘，你需要什么吗？"老太太白发苍苍，目光柔和而悲悯，"要不要进来我家里坐坐，我刚做好了午饭，你进来陪着我吃一点。"

如愿摇摇头，低头一看自己，才意识到她现在多么的狼狈荒唐。

"我是住隔壁的……"许久没有跟人类说过话，如愿已经有些恍惚，不知道怎么措辞才合适，只好木然地问，"我听到您家里在放音乐，想问一下您放的是什么。"

"要不你进来坐坐吧？"

"不用！"如愿有些羞愧，她身上又脏又臭的，而老太太家里纤尘不染，她不想把人家家里弄脏了，抱歉地说："对不起，打扰您了，我回去了。"

"小姑娘，你等我一下。"

老太太转身进了屋，过了一会儿音乐声停了下来，老太太拿出一张CD递给如愿道："我刚刚听的就是这一张。"

如愿眼里有泪水，她接过CD，看了看封面，是交响曲。

老太太忽然柔声道："只要还活着，就没什么是最后不能原谅的。"

如愿一愣，有些惊讶，老太太似乎知道她身上发生了什么事情一般。

老太太慈爱地看着如愿道："年轻的时候啊，什么都浓烈，其实什么都还是淡淡的好，越是长长的路更要慢慢地走。下一回谈恋爱的时候，你就知道了。"

看着老太太关怀的目光，如愿一阵羞愧。

"这张CD送给你了，你不用跟我客气，我去吃午饭了，你也快回去收拾一下自己吧。"

老太太关上了房门，如愿回到家，才知道自己这几天过着怎样不人不鬼的日子，扑面而来的异味，满屋子的垃圾，脏兮兮的地板，连蟑螂都忍受不了。

如愿把CD放进音响里，悲哀庄严的乐声，有一种让人重生的生命力。

巴赫的《马太受难曲》，咏叹着耶稣基督被背叛、逮捕、审判、钉上十字架，又被安葬，再重生的故事。

如愿开始收拾屋子，整整装了四个黑色大塑料袋子的垃圾。

通通扔掉，把思念、煎熬和痛苦，全都一起扔掉。

她跪在地上擦拭着地板，用尽全力地擦拭，擦得手臂酸痛，擦出了整整三桶黑水，直到地板又光洁如新。

屋子干净了，心就清静了。

她洗干净所有的盘子和碗，沥干，收到玻璃柜子里，再把冰箱和柜子里所有的酒都扔掉。

不要再麻醉自己，不要再妄图假装不痛。痛就痛啊，痛又怕什么，谁没痛过呢？难道不是我们从前的痛苦成全了我们后来的自己吗。

她走进浴室里开始清洗自己，洗出来一地的黑水，再把打结的头发洗得柔顺，让浑浊的心再一次恢复天真。

她曾经下定决心，此生什么都不要再去爱了。可是凭什么？好好的一辈子，凭什么因为遇到了一个烂人，就要对一切感到失望？

等她洗干净自己，丢掉所有的垃圾，打开窗户，她一定可以再重新活一次。

如愿走出浴室，地板这时候已经干了，清新的空气从窗子里吹进来，窗上的风铃丁零零作响，她深吸一口气，给桌子铺上干净的桌布，把刚刚订购的鲜花插进花瓶里。

CD 正好在这时候放到最后一声咏叹曲：

> 我们匍匐在地，
> 为墓中的你痛哭流泪：
> 请你安息吧，安息吧
> 安息吧，精疲力竭的躯体
> 这坟墓和这墓碑
> 将成为所有灵魂的休憩之地，
> 将温馨地抚慰
> 每一颗痛苦的心。

二十三岁这一年，如愿经历了一场刻骨铭心的恋爱，有欢笑有泪水，去过天堂也见过地狱，每一个女孩子都是这样在疼痛里渐渐长大的。

Chapter 14

也许我们都太会隐藏自己的悲伤，最心酸的泪水，最炙热的感情，都藏在心间，小心翼翼地不敢让对方知晓。

坎帕拉没有什么公共交通，再加上管理混乱，堵车的情况很严重，车子在路上堵了一小时，也没怎么移动过。

"要不就随便找一家吃吧。"如愿提议道。

"还是去那家华人餐厅吧，黑人开的餐厅我不放心，不卫生。"

"你不知道，坎帕拉一堵起来五六个小时也是有可能的！那里有一家印度餐馆，去那儿吧！"

顾向阳拿如愿没有办法，只有把车泊到路边，临时换了一家印度餐厅。

等餐的时候两人一言不发，面面相觑，如愿很无奈地说："不是你来找我的吗，为什么不说话？"

如愿不知道，不是顾向阳不想说，是他舍不得。虽然还是有期待，但是顾向阳心里知道，如愿接受自己的可能性微乎其微，所以他不想说话，怕说完就没得可以再说的了。

如愿晃了晃脑袋，大概是有蚊子，顾向阳立刻把袖子卷起来。

"得了吧，才不咬你呢，你的肉没有我的香。"

顾向阳又笑起来，说："原来都是咬我的。"

"你变臭了呗！"

顾向阳还是笑，巴不得能每天都被如愿嫌弃一两句，就这样一辈子下去。

见到顾向阳这副模样如愿也是无可奈何，瞪他一样道："好赖话都听不出来……"

"你还肯跟我说话我就已经很高兴了，骂我，怨我，都好。"

"我才不骂你呢……"如愿垂着眼，平静地说，"我仔细想了想，也没有那么值得生气，算了呗。想想你的职业，你骗我大概也是有苦衷的。"

如愿总是这样，总是用最大的善意去看待别人。她越是这样，顾向阳越是觉得对不起她。

"当年我在做卧底，沈云峰是我的化名，并不是想欺骗你，可是我们有纪律。"

如愿点点头道："嗯，想到了。顾向阳也是化名吗？"

"不是，是真名。我现在不做卧底工作了。"

"挺好的，做卧底很危险。"如愿想了想又道，"不过现在跑来保护专家也没有多安全就是了……"

"也还好，目前为止没有遇到什么危险……"

"嗯，还是要小心点。"

顾向阳不知道该说什么了，来之前他想过许多如愿的反应，她哭了怎么办，她骂他怎么办，她恨他怎么办，她要他滚这辈子都不要见他怎么办……

但是如愿都没有，如愿对待他就像是对待一个好久不见的老朋友。她越是这样子云淡风轻，他越是不知道应该怎么办。

本来有千言万语要告诉她，可是真的坐到了她面前，却又一个字都说不出口。

"当年……我并没有别人……只是我准备去执行一项危险的任务，为了不让你以后成为犯罪分子的报复对象，所以才会跟你分手。"

千言万语，最后却落得这几句不咸不淡的话。

如愿准备说话，却噎了噎，停下来，轻轻地深深地吸了一口气。

"你为什么不直接对我说呢？"她的语调依旧平静，只有一丝难以察觉的哽咽，"我总不会不理解你吧……"

"我不能告诉组织外的人具体的工作。更重要的是那并不是执行完了就能安全的任务，那一伙罪犯报复心很重，我……我们有过很惨痛的教训。所以当时的我觉得我们最好还是分开比较好，免得波及你。"

"真是的……"如愿挤出一个艰涩的笑容来，开玩笑似的说，"这样一想我该多冤枉啊，白白为了没有的事情伤心了那么久……浪费我的感情。"

顾向阳又不知道该说什么了。对不起吗，太轻薄了，再重的话也抵不上自己让人家受的苦。

如愿看到顾向阳脸上的神情有些不忍心，何必呢，都过去五年了，何必再彼此伤害一次呢。

"算了，没关系，其实我也能理解你当时为什么那样做。"如愿苦笑起来，无奈地说，"我从前绝对是不见棺材不掉泪的个性，面对感情又天真又幼稚，太炙热了恨不得把心都掏出来，哪里懂什么保全，退让，遗憾，无奈？你要是跟我实话实说，我百分之百是不会跟你分开的，死也要跟你死在一起。非得你使个大招让我死心才行。"如愿忍不住笑起来，自朝着说，"当年也真是个小孩子，凡事都要刨根究底，没意思。"

"你当年很好，现在也很好，怎么都是很好的。"顾向阳凝视着如愿，认真地说，"从前是我没有能力，不能保护你。"

如愿无声地叹息。"算了，从前的事情都过去了。"

"你不怪我？"

"我还是个讲道理的人的，站在你的角度看，你的行为无可厚非。我不知道你每天面对的是什么，但是从我自己的工作经验来看，现实总是比想象残酷。你们警察的工作我不清楚，只能想象，但是我相信肯定比我想象里的还要难得多。我相信你的人格，真的，即便当初你的人设是个小混混，但是我还是觉得你有一颗正直真诚的灵魂，否则我也不会跟你在一起。卧底的工作应该很危险吧？按照你的个性，如果不是真的很险峻，你不会伤害我的。既然如此，我何必苦苦相逼？仔细一想，我们两个的工作性质，如今还能活生生地坐在一起吃饭都是一件很不容易的事情。"

是啊，多少次刀尖舔血，徘徊在生死边缘，他真的想过可能此生都再也见不到她了。

只是顾向阳还是有些惊讶与如愿的宽容和柔和，他知道如愿本性善良温柔，但是他是个罪人，并不配被这样宽容地对待。

"你现在真的变得了很多。"

"总不能永远当个小女孩儿吧！你也不要苦大仇深的，我都不怪你了。"如愿重重地叹一口气，笑起来，用打趣的口吻说道，"就这样吧，挺好的。以前的事情都说清楚了对我们来说都是个解脱。我也不用老是觉得我爱错了人，不用总是在半夜里百思不得其解，好好的一个人怎么说变就变了呢？"

顾向阳觉得自己嘴里似乎含了一块黄连，苦得他说不出话来。

"哎呀，开玩笑的。"

"对不起……"顾向阳还是说。

　　"没关系。"如愿笑着说。

　　顾向阳凝视着如愿，她的样子和五年前相比并没有多大区别，可是神情已经不一样了。从前的她像是一只等待被猎人诱捕的小鹿，天真纯情，可现在她像是草原上的一只羚羊，冷静空灵。

　　他的小如愿已经长大了，不可避免地抛下了过往，也抛下了他。只有他，还活在回忆里，并将一生用那段回忆补给自己的生命。

　　如愿已经往前走了，所以她不恨他，不怪他，也不爱他。

　　虽然心里有一万个舍不得，但是顾向阳觉得自己是时候放手了，让她去，让她走，让她像一个最普通的朋友那般活在他的生命里。

　　也许如愿现在对他这样平静的态度才是最好的，虽然显得冷漠生疏了一些，但是情深不寿，越是激烈越容易被损毁。

　　他应该也表现得云淡风轻一点，不让她知道他心里那卑微又汹涌的爱意，这样她兴许就不会觉得见他是一种麻烦，不会觉得他的感情太沉重让她感到辛苦。

　　这样，下一回他们还能像这一次这般若无其事地相见，甚至友好地拥抱彼此。

　　"我们……还可以做朋友吗？"顾向阳忍住胸口的苦涩问。

　　"当然可以啊，能再遇到本来就是缘分。"

　　这样最好，关上心上的闸口，浓烈的感情都藏在身体里，淡淡地，久久地，悄无声息地继续爱她，这样就好了。

　　服务员终于上了菜，如愿松了一口气，拿起叉子专心吃饭。这一家的菜意外的好吃，两人有一搭没一搭的说话，都在尽力地克制。

　　终于吃完了饭，离开了餐厅。

　　外面已经不堵车了。如愿说："我还约了人，就在这里等，你先走吧。"

　　"我陪你等吧。"顾向阳提议。

　　"不用，被看见了也不好。"

　　顾向阳一愣，想到白天见到的那个亲了如愿的男人。

　　如愿是在等他吧……

　　"好。"顾向阳忍住苦涩道。

　　"拜拜！"

　　可是顾向阳还是站着不动，如愿觉得自己已经快要到极限了。

"你快走吧,他要来了。"

这么害怕那个人误会吗?顾向阳自嘲地笑起来,他现在有什么资格吃醋呢,他又不是不了解如愿,如愿爱起来总是义无反顾的。

"好,我走了,有机会再见。"

顾向阳转身准备走。

"哦,对了……"如愿叫住顾向阳,笑眯眯地说,"作为朋友呢,给你一个建议。以后谈恋爱啊,别再做这种自我牺牲,保护对方的事情了。你保护不了我,谁都保护不了我,谁都保护不了任何人。"

顾向阳沉默了一会儿,点了点头。

有些道理只有经历过才明白,年轻的时候总是愚昧又自大。

"我知道了。"

"嗯,拜拜!"

"再见。"

如愿笑眯眯地跟顾向阳道别,直到他的车子开出去了好远,她才脱力一般地蹲在了地上,颓然地捂着自己的脸,不让眼泪从指缝间溢出……

也许我们都太会隐藏自己的悲伤,最心酸的泪水,最炙热的感情,都藏在心间,小心翼翼地不敢让对方知晓。

最冷酷的人最温柔。他见不到如愿流泪的样子,因为只有他背对着自己的时候如愿才敢哭。

最无情的人最深情。她见不到顾向阳最爱她的样子,因为只有在如愿看不到的地方他才敢爱她。

有情人总是最笨拙,最无辜,最冤枉。

Chapter 15
我们不治病救人了，也不出生入死了，我们就做两个世上多余的人，好不好？

一辆吉普车在如愿面前停下，一个瘦高的男人坐在驾驶位上，他长了一张阴狠的脸，手臂文了一只蝎子图案的花臂，习惯性地机警地看了一圈周围的情况。

"蝎哥……"如愿走到车边，一脸抱歉地说，"对不起啊，这么晚了，还麻烦你跑一趟接我。"

"没事儿，上车。"

乌干达没什么公共交通，大晚上的私人的小巴又不安全，哥哥是绝对不让她坐的，所以如愿只得打电话叫蝎子来接他。

"今天怎么没开车。"

"跟朋友吃饭……就没开车。"

"什么朋友这么不靠谱，把你一个女孩子扔马路上。"

如愿沉默了一会儿，小声说："不怪他，是我要他走的……"

看如愿这个模样，蝎子就知道是怎么一回事儿了，问，"你哥哥是跟我说你最近交了个男朋友，要我盯着点，就是这个吧？"

"不是男朋友……"

"分手了？"

如愿懒得解释。"算是吧。"

蝎子忍不住笑起来，如愿不满地问："你笑什么劲儿？"

蝎子立刻又严肃起来，道："我觉得你哥哥知道了一定特别高兴。"

"我都二十八岁了，又不是十八岁……"如愿嘟囔道。

"在你哥心里，你永远都只有八岁。"

如愿心里一酸，沉默起来。

他们的父母过世的那一年如愿刚好就是八岁，从那个时候开始，哥哥对于如愿来说就既是兄长，又是父母。

木如夜大如愿八岁，他们的父母都是吸毒人员，死于艾滋病。这对兄妹从小就受尽白眼和欺辱，尤其是如愿，她的童年过得非常糟糕。所以木如夜对她总有一种补偿心理，永远把如愿当作一个需要保护的小女孩儿。

其实不是如愿没有长大，是哥哥从来都不愿意她长大，这样子木如夜才能偿还十六岁时无法保护自己小妹的情感缺失。

如愿心里一直都知道，所以在哥哥面前，她愿意做一个小孩子。

"我哥最近又去忙什么了啊？这半年总是见不到他的人影……"如愿从来不当面问哥哥他自己的事情，总是通过蝎子他们旁敲侧击。

"哦，去搞资源勘探去了。"

"资源勘探？"如愿一脸惊讶地问，"我哥什么时候开始搞这个了？他不是一直搞进出口贸易的吗？"

"进出口贸易能挣几个钱啊。他虽然不会勘探资源，但是他救的那个女博士会啊！人家可是业内专家，多少人抢着请的。"

如愿叹息一声，无奈地说："我其实一直都不知道我哥哥到底想要做什么，东一榔头西一棒子的……"

"对于你哥哥来说，做什么都不是最重要的。"

"赚钱才重要吗？"

"赚钱也不过是手段，获得权力才是最终的目的。"蝎子一只手握着方向盘，伸出另一只手来，拍拍如愿的脑袋道，"算了，这些你也不懂，你哥要是知道我跟你说这些又要跟我发脾气。"

如愿怎么可能会不懂，她只是装作不懂。

从小到大，他们这对兄妹受了多少欺辱和白眼。哥哥那样骄傲的个性，可为了生存，多少次的抛下尊严，只为了求得他们兄妹的苟活。

所以如愿知道，哥哥心底最渴望的是什么。

他渴望像别人当初掌控他们的生活一般，也去完全掌控别人的生活，他要再无人可以欺辱、控制和强迫他。

如愿心疼哥哥，心疼哥哥那一颗永远在被灼烧的心。

"我最近有些事情要忙，可能暂时顾不上你。"蝎子说，"这段时间，你好好照顾自己。"

"嗯，我就待在坎帕拉，不会出什么事情的。你也要去我哥那儿了吗？"

"不是，是你哥和我一直在找的人有消息了，说起来也巧，好像说那人也来乌干达了。"

如愿也不多问，问了蝎子也不会说，这几年一直听说他们在找人，也不知道是恩人还是仇人，神神秘秘的……

蝎子把如愿送到家门口，如愿问他要不要进来坐坐。

"别！被你哥知道还不得杀了我。"

如愿无奈得很，道："你他有什么好不放心的？"

"就是我他才不放心。"蝎子拍拍如愿的肩膀道："行了，好好休息，我现在要去见我们的线人，你有事儿电话联系我。"

蝎子连再见都没有说就急匆匆地走了。

看来他们要找的那个人，对于哥哥来说比她这个妹妹都重要！

如愿洗了澡出来，却一直在打冷战。天气并不冷啊……

窗帘在飘，窗子开得很大，如愿便走到窗前想关窗，却见到楼下停了一辆吉普车，车边有一个笔直的身影。

如愿套上外套，急匆匆地想要下楼，可是走到门口却犹豫了。最终还是轻轻拉上窗帘，脱下外套，关上了灯，缓缓地躺回了床上。

见不到如愿的日子，就连梦都生了锈。

顾向阳也知道自己不该来，但是却还是不自觉地把车子开到了如愿家楼下。楼上的灯光熄灭，如愿应该睡了，顾向阳也靠在车里闭上了眼。

那一日，顾向阳与如愿在那家印度餐厅分别之后，他便再也找不到理由去找如愿了，所以每次从外面执行任务回来，顾向阳都会来如愿楼下，看着她家的窗子，直到灯光熄灭。

　　他也不是不知道自己这样做既变态又卑鄙，但是他只有在离她很近的地方才能安睡……

　　第二天顾向阳早早就醒了，他照常把车子开到不明显的地方，想看着如愿去上班了再走。可是很奇怪，今天等来等去也等不到如愿下楼，眼看都过去一个多小时了，也没有见到如愿的影子。

　　如愿不是一个会随便对待自己工作的人。

　　顾向阳的脑海里一闪而过那些陈旧的画面：凌乱的屋子，一地的血污，顺着楼梯一直绵延下来的血手印，被吊住脖子开肠破肚的狗，还有坐在屋子中间已经陷入疯狂的姐姐……

　　顾向阳感到一阵恐惧的颤抖，也管不了那么多，冲上了楼去敲如愿的门。

　　没有人开门。

　　不会的，他的保密工作做得很好，这些年他们都没有找到过他，现在来了非洲，怎么可能找来？

　　可是他不敢保证，那些人穷凶极恶，他什么都不敢保证。

　　顾向阳正准备踢门的时候，如愿打开了房门，她神态很憔悴，脸色难看，似乎还没有睡醒，愣愣地问："你怎么来了？"

　　长长地舒了一口气，顾向阳有一种劫后余生的感觉。

　　调整了一下呼吸，顾向阳故作镇定地说："见你还没去上班，怕你出了什么事情。"

　　"你去医院找我了吗？我请假了，今天有点不舒服。"如愿有些摇摇晃晃地，打开门让顾向阳进来。

　　"你生病了吗？我开车送你去医院看看吧。"

　　如愿点点头道："有点难受，现在就想睡觉，你能给我烧点水吗？我口渴。"

　　"好。"

　　顾向阳立刻进厨房烧水，一面在心里嘲笑着自己的草木皆兵，幸亏如愿没有追问，要不然怎么解释他跑到他家楼下偷窥她的事情。

　　正接着水，顾向阳却忽然听到外面传来一声巨大的闷响。

　　"如愿？什么声音？"

　　没有人回答他。

　　"如愿？"

外面依旧安安静静的……

顾向阳立刻放下手里的水壶，慌张地冲出去一看，发现如愿倒在地上昏迷不醒，整个人已经烫得像是烧起来一样……

顾向阳抱着如愿冲下楼，把她放在副驾驶上，立刻开车去穆拉戈医院。

路上如愿醒来了一会儿，可又昏昏沉沉地睡过去，每次醒来都痛苦地嚷着头疼，叫着难过。

如愿是一个非常能忍受的人，如果不是真的很痛，很难过，她不会叫出来。

顾向阳着急得恨不得从行人身上碾过去！可是这里是坎帕拉，根本就没有交警指挥交通，顾向阳焦急地开着车在车流里穿行，可这时候一个交警把他拦了下来。

坎帕拉的交警总是会拦中国人的车，没有原因，就是找碴要钱。

顾向阳丢给他五十美金，让他赶紧让开，可这个警察觉得顾向阳这么大方，哪里肯就这样罢休，非要顾向阳把护照给他看，纠缠不休。

这世上只有如愿的事情顾向阳没得商量，他拔出手枪，指着那个黑人警察，愤怒地说："拿着这五十美金滚开！"

他再不让开，顾向阳觉得自己真的会开枪。

顾向阳的眼神充满了压迫感，让人不敢直视，黑人警察也不过是为了要钱，立刻举起手让开了。

可是没有开一会儿就又遇上了堵车，坎帕拉的路况非常不好，堵起来几个小时都有可能。

顾向阳看了一眼副驾驶上的如愿，她又闭上了眼，一张脸痛苦地皱成一团，一头的冷汗。看她这个样子，顾向阳急得要命。

路上寸步难行，顾向阳没有办法，只好就地停下了车，对昏昏沉沉地如愿说："堵车了，我背你去医院。"

如愿打着冷战，脑袋剧烈的疼痛着，迷迷糊糊地点了点头。

顾向阳背起如愿就跑，恨不得自己能长出四条腿来。可是如愿的手无力地搭在他肩上，整个人都是瘫软的，只要顾向阳稍稍跑快一点如愿就恨不得要从他身上滑下去。

"如愿，再坚持一下，我们快一点到医院记好了。"

如愿艰难地应了一声，细细的胳膊环住了顾向阳的脖子。

　　她的身子那么烫，她的呼吸那么轻，她细细的手臂那么无力，顾向阳感觉自己随时都会失去如愿。

　　"我好难受。"如愿气若游丝地说，"叔叔，我好难受……"

　　顾向阳的脚步缓了缓，眼眶不住的湿润起来，悲从中来。顾向阳大如愿几岁，为人处世比较老成严肃，如愿从前总说他像个老人家，所以当年她对他撒娇的时候，总是喜欢叫他叔叔。

　　"乖，不怕，就快到了。"如愿带着哭腔说："叔叔，我想回家，回中国。"

　　顾向阳的心颤了颤，加快了脚步道："好，病好了我们就回中国，我送你回去。"

　　可如愿没有回答顾向阳，她的手臂又垂了下去，彻底陷入了昏迷，顾向阳再怎么叫她，她都不理。

　　"病好了我就带你回家，我们不在非洲待了，哪里都没有家里好。"

　　"我还有好多事情答应你了没有做呢，你记不记得，有一场电影，我们看了好多次都没有看成？不是遇到了流浪猫就是遇到了流浪狗，或者是遇到需要帮助的拾荒老人，好不容易没有遇到需要帮助的人了，又遇上坏天气，狂风暴雨的。我们一定要找机会把那场电影看了。"

　　如愿依旧安安静静的，没有一丝回应。

　　顾向阳哽咽着说："你不治病救人了，我也不出生入死了，我们就做两个世上多余的人，对别人没有用处的人，好不好？"

　　如愿不回答，她没有力气说话，她的身体正在被疾病攻击和摧毁，她用最后的力气伸出手，又轻轻地环住了顾向阳的脖子……

　　能做两个世界上多余的人，该有多好。

Chapter 16

纵然要被判处终身孤寂，纵然有一天月光都不会照亮他的坟墓，他也要继续守卫正义和理想，全力以赴、自始至终、心无旁骛。

到达穆拉戈医院的时候如愿已经陷入了彻底的昏迷之中，高热四十摄氏度，伴有脾肿大。医生在如愿的血液里检查出来了恶性疟疾原虫，确认为恶性疟疾，情况危险，立刻展开了治疗。

光是在非洲，每年因为疟疾死亡的人就有数百万，从中国来非洲务工的人员里也有不少死于恶性疟疾的，所以医院里并不敢掉以轻心。然而治疗了三日之后，如愿的情况并不见好转，依旧在昏迷之中，病情发展得极为严重，伴有肝衰竭、急性肾衰竭、DIC和横纹肌溶解综合征等多器官功能衰竭，随时可能有生命危险。

如愿全身的血液里现在都有恶性疟疾原虫，每个红细胞里有两到三只，医院建议马上进行换血辅助治疗，以便特效药能够起到更好的治疗效果。

换血治疗需要连续进行五天，每天要输入四升的血液，四升血相当于一个成年人全部的血量。目前的状况，只能寻求亲友献血。

"我跟她是一个血型，我可以献！"顾向阳说。

医生无奈地说："你一个人能献多少？还能全抽光吗？"

"你全抽光就是了！"顾向阳早就急红了眼，失去了往日的冷静。

顾向阳已经在医院里守了一个星期，维和警队里理解他的特殊情况，不仅批准了假期，同事们还轮流过来帮忙照顾。警队的同事安慰道："还有我们呢，把警队的人叫来，总不会不够吧？"

"你们冷静一点……"医生无奈地说，"我们也都是如愿的同事，不可能不在乎她的性命。现在就是真的把你的血都抽光，再加上你们警队的也不够啊。如愿至少要输五天血，每天至少四升，这还是最好的情况。如果中间输血中断过那还要延长输血时间……我们计算了一下，总共需要两百人献血才够……我们已经在联系坎帕拉的华人组织了，号召坎帕拉的华人都来献血，你们也找找周围的亲朋好友，多叫点人来……"

几乎坎帕拉所有的华人都知道了穆拉戈医院有一个疾控医生得了恶性疟疾命悬一线的事情，纷纷都来医院里献血，几乎乌干达所有的华人，只要是 AB 血型，身体健康符合条件的都来献了血。

顾向阳所在的维和警察分队里每个 AB 型的警察都献了五百 cc 的血，顾向阳抽了两次，一次四百 cc，一次二百 cc，他还要献，但是医生死活都不愿意，说是不愿意到时候再多抢救一个人。

"你们知不知道血液对于人来说是多宝贵的东西？要不要命了！"

还陆陆续续的有人来，每个人一次献两百 cc，一天也至少得要二十个人才够。可是 AB 型的人就只有那么多，尤其是在中国人里 AB 型的人只占不到百分之八，况且这里还不是国内，总共就只有那么多华人，哪里能找得出那么多 AB 型的人。

勉强输到了三天，便再也想不出别的办法了，只能指望血输完之后，药物治疗能够起到好的疗效。最贵的特效药都给如愿用上了，所有人都在祈祷，华人组织也在努力寻求别的渠道帮如愿找到可以用的血液。

顾向阳一直守在医院里，如愿的同事和顾向阳的同事都提出来要把顾向阳换下来，怕他的身体受不了，可顾向阳固执得很，寸步都不肯离开如愿的病房。大家只好随他，再安排如愿医院的同事和顾向阳维和警察队伍里的女同事们轮班，来帮着顾向阳一起照顾如愿。

到了第三天下午，如愿还在昏迷里，只剩下最后两袋血了，顾向阳又要献，被医生严厉地喝止了。

"你身体好也抵不住这样献血啊，这三天你已经献了七百 cc 了，绝对不行。"

"我没关系，我体质好，更多的血我也流过，更何况我已经休息一天了。"

"胡说八道！绝对不行！"

一旁来陪顾向阳的警察也很激动，尤其是陈元，顾向阳曾经救过他的命，他更是诚心诚意地要帮忙，嚷嚷道："我们警察身体好，老顾献了两次，我们其他人也可以献两次啊！这样总能再撑一天吧！"

"两次献血的时间至少要相隔一百八十天！你们懂不懂献血法啊！还警察呢！你们队长那是跟如愿关系不一般，我们才勉强破例的。"医生教训道，"你们都别吵了！再着急，也要按照规矩来！不要影响我们的工作！"

顾向阳制止了几个吵吵嚷嚷的手下，严厉地说："别嚷嚷了，你们几个再打扰医生治疗，回去罚你们扫厕所。"

几个大男人一下子就安静了，嘟囔道："那怎么办，除了中国人也没有人会帮忙的。"

顾向阳又问："如果不继续输血会有什么影响？"

"最好是不要停的……但是没有新的血也没有办法，就药物治疗吧，我们有特效药，再加上换了快三天的血，应该还是有希望治好的。"

"可是她到现在都没有醒过……"

医生沉默了，无奈地叹息一声道："还是要抱有希望的，也有疟疾病人昏迷两个月之后醒过来的例子，说不定会有奇迹出现呢。"

奇迹……

已经到了要等待奇迹出现的地步了吗？

这几日顾向阳每天都在查恶性疟疾的资料，这才知道，每年有几百万人死于这种小小的原虫，而他的如愿每天就生活在这些威胁里。

如愿说得对，他保护不了她，谁都保护不了任何人。

他能保证她不受他工作的影响，不被罪犯报复，但是他能保证有疟疾的蚊子不叮她，未知的疾病不找上她吗？他能保证从此之后她的人生里不再有任何灾难和意外吗？

他从前怎么那么蠢？人活着要面对各种各样的意外，在一起的每一天都是向老天爷赊来的。他却浪费了那么多跟她在一起的时间。

这么简单的道理，他为什么现在才懂？

"我先回病房陪她。"

见到顾向阳颓丧的样子，医生也想不出什么话能够安慰他，点点头，无奈地叹了一口气道："你放心，我们会尽全力照顾她的。"

顾向阳走了，医生才问陈元："陈警官，如愿的家属你们还是没有联系到吗？"

陈元摇摇头，因为顾向阳一心照顾如愿，所以这些事情都是他在查，道："木如愿的父母都过世了，还有一个叫木如夜哥哥也在乌干达，但是我们去他哥哥的公司问过，他好像去刚果了，也不知道什么时候能回来。"

"他那个哥哥也是，这种时候找不到人……"

"应该快要回来了吧……"

顾向阳在病房里守着如愿，正看着如愿的脸发呆的时候，病房门忽然被推开，陈元冲进来激动地叫道："老顾！好消息！"

"怎么了？"

陈元身后又跟着走进来一个人，那个人穿着迷彩训练服，戴着佩戴着联合国徽章的蓝色贝雷帽，身材高大，黑黝黝的，长相粗狂刚毅。

"老何！"

顾向阳激动地站起来，来的这个人是中国驻刚果（金）维和部队的队长何放，顾向阳的老朋友。

"我带人来了。"何放说。

顾向阳走出去看，见到外面整整齐齐站着几十个维和部队的军人，都穿着统一的训练服，戴着蓝色贝雷帽，正在排队抽血做检查。

"这些都是 AB 型的，一共三十人。"

"你们从刚果过来的？"顾向阳惊讶地问。

"对啊，你放心，我们领导很支持，这可是救我们中国人！"

顾向阳有些哽咽，不知道说什么才能表达自己的感谢，说什么都是不够的。

何放用力地拍了拍他的肩膀，豪爽地说："行了，都是生死之交！你们维和警察的家属，就是我们维和部队的家属！"

一旁的陈元打趣道："什么家属啊，我们队长还没追到呢。"

"还没追到啊？都几个月了啊，不是在难民营里就天天守着的吗？"何放推了推顾向阳道，"你小子不行啊，要不要哥教教你？"

"不用了，我自己会追。"

"行！那我不多说了，我也去献血了。"

三十多个维和军人坐在诊室里排队抽血，这么多人却一点都不乱一点都不吵，也不打扰其他的病人。

刚好有外国记者来医院拍照，见到这个场面觉得奇怪，询问得知这些人都是为了救治一个得了恶性疟疾的中国女孩儿，便用相机记录下了这一刻。

献完血，维和部队又要连夜赶回刚果（金），大家上了卡车，何放拍拍顾向阳的肩膀道："行了，回去照顾心上人吧。"

顾向阳知道所有感谢的话都太轻了，他站得笔直，对何放还有车上维和部队的所有军人郑重敬了一个礼，何放也站得笔直，回敬了一个军礼。

"再会！"

维和部队的卡车在傍晚驶离坎帕拉，血色的夕阳凝结在凄美的天空之中，这一天的傍晚深深地印刻在顾向阳的脑海中。

后来很多次，他在这世上颠沛流离，有家不能归的时候，都是这一天的夕阳坚定着他的信念。

纵然要被判处终身孤寂，纵然有一天月光都不会照亮他的坟墓，他也要继续守卫正义和理想，全力以赴、自始至终、心无旁骛。

Chapter 17
你在，我在。你还想要怎样更好的世界？

开始换血疗法的第七天如愿苏醒过来。

天已经黑了，但大概又还不够黑，还是能听到窗外嘈杂的噪音。黑人们总喜欢把福音音乐放得震天响，原来如愿总觉得很讨厌，现在却觉得亲切可爱起来。

顾向阳趴在如愿的病床前睡着了，如愿伸出手，轻轻地摸了摸他的头发。这个人脾气犟得很，可是头发却很软。她又把手滑到他的脸上，轻轻抚摸着他倔强的眉毛，这个人平时的表情总是太严肃，只有睡着的时候最安宁，像是一个小孩子。

顾向阳感觉有一只柔软的手在摸自己的脸，那感觉太熟悉太舒适，以至于他都不想醒来。他迷迷糊糊地睁开眼，还没有彻底清醒，只是下意识地一醒来就抬头去看如愿。

他愣住了，看着在微笑的如愿，忘了反应。

"怎么睡在这里？"如愿问，可是一开口如愿才意识到自己的声音有多干涩和沙哑，"我睡了多久？"

"十天……"

"这么久，吓坏了吧……"

顾向阳点点头，抓着如愿的手放在自己的脸上，吻她的手背，像是在吻一个失而复得的宝贝，他激动得话都说不出来，眼眶泛红，恨不得要哭的样子。

"傻瓜……"

顾向阳没有哭，可如愿自己却掉下泪来。逃过一劫，越发觉得活着不易，心里对这个世界一丁点的抱怨都没有了，原来还有妄念有欲望，现在觉得有健康便已经是被恩赐了。

身体还是很虚弱，空气依旧难闻，窗外嘈杂的噪音没有要停止的意思，可是如愿却觉得这是最好的世界。

你在，我在。你还想要怎样更好的世界。

虽然如愿脱离了危险，但是还需要在医院里待两周，直到血液里检查不到疟疾原虫为止才能出院。但是她的精神状态很好，第二天就能吃流食了。

顾向阳喂如愿喝牛奶，一勺一勺的，如愿是个急性子，着急道："哎呀，你直接放杯子给我喝就是了，这慢悠悠地喝到什么时候去了。"

"你才醒，要喝慢一点，你平时狼吞虎咽惯了，对身体不好。"

如愿没有办法，只得慢慢地让顾向阳喂。

"队里要我回去上班。"

"你是该回去上班，总是迟到早退的……要是我是你们领导早就开除你了。"

"嗯，最近工作态度不是很端正，我是得注意一点。不过你放心，我每天工作完就过来看你。"

"我有什么不放心的？医院里有医生照顾，你不用那么辛苦。"

顾向阳没想到有一天还可以跟如愿这样话家常一般的聊天，心上升腾起一股温柔的情绪来。

"照顾你不辛苦，看不到你才辛苦。"顾向阳说。

如愿呆了呆，脸立刻红了起来，有些不好意思地说："你什么时候学会说这种话的？"

顾向阳有些蒙，疑惑地问："什么话？我说错什么了吗？"

"算了。"如愿不好意思地撇过脸去，嘟囔道，"跟你说不清楚……"

喂完了牛奶，顾向阳又拿纸巾给如愿擦嘴巴，简直把她当成一个生活不能自理的三岁儿童。

如愿抱怨道："我又不是残疾。"

"但你是弱智。"

"哈？"如愿瞪着顾向阳，不可置信地说，"我没听错吧？你说我是弱智？"

顾向阳面无表情地说："你作为一个疾控医生，连自己得了疟疾都注意不到，你不是弱智吗？"

如愿气死了，想反驳，但是发现自己竟然无言以对。

"这次是意外，我聪明的时候多着呢！"

"算了，还是以后我替你注意吧。"顾向阳严肃地说。

如愿隐约又有一种回到了过去的感觉，从前也是这样，他总是像是教训一个小孩子似的念叨她。其实如愿平时是个非常懂事的女孩子，凡事都能自己做好，从不给人惹麻烦，可到了顾向阳面前，就会变成一个麻烦精，这也做不好，那也做不好，让他操心。

有时候如愿想，兴许不是因为她不懂事，是因为她喜欢在顾向阳面前做一个小孩子。人人都要你成熟，要你承担，要你负责任。但是他却让你做个小女孩儿。

"如愿，我有事情要问你。"顾向阳忽然转换话题。

"什么事情？"

"你愿不愿意再给我一次机会？"

"啊？什么机会？"

顾向阳直视着如愿，目光坦然，眉眼偏强，严肃地问："你愿不愿意再跟我在一起一次，你愿不愿意做我的女朋友？"

如愿呆住，这个顾向阳怎么总是这样，每次都丢直球，让你想闪躲都做不到。哪有这样突然问人的，一点心理准备都不给，当这是打仗啊，还得出其不意，攻其不备？

如愿不说话，面无表情地看着顾向阳。

顾向阳等了一会儿，见如愿不回答自己的问题，便不再多说，拿起一旁的粥，吹了吹，像是没事儿人似的继续喂给如愿。

他并不觉得沮丧，因为他心中有信仰，所以不害怕她的沉默，不恐惧她的拒绝。顾向阳很坚定，他就是要爱如愿，天塌下来也要爱她，千万人阻挡也要爱，她不要他也要爱。

"你知道的，你的工作会遇到很多危险……"如愿说。

"你怕吗？"顾向阳问。

如愿摇摇头。

"每年都有很多同事牺牲。"顾向阳说。

"嗯，但是有些事情总得有人做。"如愿面色平静地说，"我不怕你死，你死了我给你收尸，给你建一座坟墓，等我死了之后就跟你葬在一起。我也不怕我死，反正人总是会死的，病死、饿死、累死、炸死、淹死、憋死、意外死，我见过各种各样的死法，所以我不怕。但有一件事情，我真的很怕……"

"什么事情？"

"你已经放弃过我一次了，如果有一天你遇到比当年更凶险的情况，你会再放弃我一次吗？"

"不会。"顾向阳毫不犹豫地答道。

"你永远都不会再放弃我了吗？"

"永远都不会。"

有人说，不要相信爱情和承诺，因为他们迟早都逃不过幻灭的命运。我们迟早有一日要被扔进遗忘的背篓，被移交给永恒的孤寂。

可是顾向阳说不会，如愿就信。

"啊……"如愿笑眯眯地张开嘴。

顾向阳继续给她喂粥，温度吹得刚刚好。

"烫不烫？"

"不烫，好吃！"

如愿不是健忘，上一次多痛啊，她的伤疤还在呢，她当然也心有余悸。

但是因为受过伤害，就再也不去爱人了吗？那样的自己该是多么懦弱？

因为被人欺骗过一次，就不相信世界了吗？未免也太不堪一击了。

爱情里的男女，总是把对方当仇人当对手，偏偏就是不当爱人，该勇敢的时候懦弱，该说话的时候沉默，斤斤计较，睚眦必报。

她也要这样吗？

她不要。

没错，眼前这个人让她哭过，恨过，怨过，让她在地狱里走过一遭，给过她此生最大的一次伤害。但是那又如何？她不怕。

无论过去多久，如愿还是从前那个如愿。

只要我喜欢，万丈深渊我也要跳。

你们要我学会世故，学会保全自己；你们说爱情是博弈，是必须得有赢家的战争；你们说爱谁都不要用尽全力，要量力而行；你们出了好多爱情教程，告诉我怎么才能像一个猎人一般步步为营；你们把人量化成了一条条的指标，说这样的可以爱，那样的不能爱；你们要让我做一个聪明的女人，不要爱得忘我。

可我不。

如愿问自己，她还爱不爱顾向阳？她发现答案呼之欲出，甚至不需要思考。她就是爱他，无论过去多久，无论以怎样的身份和名字再相见，她就是会爱上他。

既然爱，就去爱啊！

矫情什么！

"我要做你的女朋友。"如愿说。

顾向阳手里的碗差点没拿稳，漏了粥在如愿身上，他慌慌张张地放下碗拿纸巾给她擦，生怕烫着她，问："烫不烫？"

"不烫……"如愿红着脸，小声抱怨道，"你擦哪儿呢……"

顾向阳这才意识到自己擦的是如愿的胸，不好意思地收回手。

如愿白他一眼，把他的手拉回来，按在自己胸上道："擦干净，瞎害羞个什么劲呀，又不是没摸过。"

顾向阳笑起来，拿如愿没办法，有时候她单纯的像是个小孩子，有时候又热情如火完全不知道什么叫作害耻心。

他伸出手继续给如愿擦衣服，他盯着如愿，拿着纸巾在轻轻擦拭着被他弄脏的地方，越擦越慢，越擦越用力。

两个人的眼神都变得不单纯起来，病房里的空气越加暧昧和炙热。

直到陈元猛地推开了门……

"老顾！有任务！"

顾向阳杀了陈元的心都有，如愿也不高兴地瞪着这个不识趣儿的人。

陈元看到眼前这一幕，忙捂住自己的眼睛，"哎哟妈呀"地叫着："报告组织，这里有人虐狗！"

顾向阳故作镇定地轻咳了一声问："有什么任务？"

"人质劫持，上面要我们马上过去。"

顾向阳立刻站起来，对如愿说："我得先走。"

"去吧，我会自己吃饭的。"

"我忙完了就过来找你。"

"当然啊！你必须过来看我。"如愿笑眯眯地说，"你现在可是我的男朋友！"

顾向阳脸上升腾起一抹红晕，然后严肃郑重地点了点头，就差给如愿敬礼了！

一旁的陈元暧昧地看着顾向阳，小声打趣道："哟，要改口叫嫂子了啊？"

"对啊！"如愿抢先答道，"还不叫！"

"嫂子！"

顾向阳看着如愿，恨不得现在就冲上去亲她一口，但是碍于陈元在这里，只能强忍住自己的冲动，然后严厉地看了陈元一眼道："谁让你嬉皮笑脸的，走！"

两人走了，如愿端起粥，小口小口地吃。

这样多好，顺着自己的心走，不折腾。

只要还活着，爱上谁都不为过。

如果一切都终将抚平、一切都终会消弭，至少此刻我们还爱着。

蝎子知道如愿出事的时候人还在刚果，他收到消息，说那个叛徒在刚果出现过，可是依旧没有找到他的踪迹，本来准备继续去肯尼亚打探消息，没想到竟然得知如愿得了重病的消息。他连夜赶回乌干达，开了一晚上的车都没有合眼，总算在早晨抵达了坎帕拉。

因为木如夜不喜欢他们这些人跟如愿的生活接触过密，所以这还是蝎子第一次去如愿工作的地方。他停下车找不到医院的方向，见到前面停了一辆吉普车，隐约可以看到里面的人穿着蓝色的制服，似乎是中国来的维和警察。

他走到司机的窗子旁，低下头来问道："你好，我想问一下，穆拉戈医院怎么走？"

陈元他们赶着去执行任务，他匆匆指了指左侧的路道："左转直走。"

"走多久？"

"五分钟就到了。"

"谢谢。"

蝎子道谢，准备转身走的时候，却不经意地看了一眼副驾驶的位置，坐在副驾驶上的那个人警官刚刚整理好衣服，也转过头来看向他。

电光火石之间，无数的情绪在两人心中炸裂开，顾向阳死死地盯着蝎子，眼神坚定，视死如归。

蝎子扬起嘴角笑了起来，那个笑容阴森狡猾，看得人发麻。

终于找到你了。

陈元丝毫没有注意到这两人短暂的对视，他已经迅速地启动车子，目不斜视地看着前方踩下了油门。车子从蝎子身边驶过，蝎子对着车子做了一个割脖子的动作，他知道，那个叛徒一定看到了。

护士带蝎子进如愿病房的时候，她刚刚吃完粥在打饱嗝儿。蝎子见她这个样子觉得好笑，打趣道："你这个样子可不像是要死的样子。"

见到蝎子，如愿心里也高兴，笑眯眯地说："我哪敢死了，我死了我哥还不杀了你。"

蝎子笑起来，走到如愿身边坐下，道："问过医生了，说你情况很稳定，正在康复。对不起，我昨天才知道消息，连夜就赶回来的。"

"哎呀，你又想不到我忽然会病，我自己也没想到。而且我现在已经没事了。大难不死，必有后福！"如愿得意地说。

看如愿精神很好的样子，蝎子也松了口气，开玩笑道："幸好你没事，你哥哥要我照顾你的，他要是知道了这件事还不得剥了我的皮。"

"那就不要让他知道就好了呀。"如愿笑眯眯地说。

"我可不敢骗他，骗他的人都没好下场。"蝎子看了一眼一旁吃空的碗，又笑起来，问，"你还饿不饿，我买点东西给你吃。"

"饱了饱了，再吃要吐了。"

蝎子点点头，打量了一下如愿的病房，看到放在一旁的几件男士用品，扬起嘴角暧昧地笑了起来，道："这个人倒是把你照顾得不错，不是上回把你丢在路边的那个吧？"

如愿脸红起来，这个蝎子怎么这么敏感，什么都逃不过他的眼睛。

"害羞什么？有人照顾你是好事，你也不小了，这不是很自然的事情吗？我又不是你哥哥，成天担心你被猪拱。"

如愿忍不住大笑起来，她哥的确是那样，对她这个妹妹没有正确的认识，总觉得谁都配不上她，追求她的人他哥哥都当仇人，成天觉得别人居心叵测。

"这个人倒是不错，我路上听护士说起来，赞不绝口，都把他夸上天了。"

"他是很好啊。"

"嗯，这一回也多亏了他你才没事，我们都欠他一个人情。你放心，等你哥回来了，我替你们说好话。不过，要我给你说好话，总得让我先见见这个妹夫吧？"

　　如愿心里甜甜的，不好意思地说："他现在有事要做，忙完了就要来医院找我的，你应该有机会见到。"

　　"那好，我今天多待一会儿，等见到了他再走，也得好好感谢一下人家。对了，他叫什么名字，在乌干达来做什么的？"

　　如愿正想回答，可这时候医生正好来寻访，给如愿检查完了之后，见了一眼蝎子，似笑非笑地问道："这个又是谁呀？"

　　"我是她哥。"蝎子收起笑容，站起来道。

　　"哦，你就是那个妹妹快死了却找不到人的哥哥呀？"医生阴阳怪气地说，"怎么当人哥哥的啊……"

　　"不是那个哥哥，那个哥哥还没有联系上……"

　　医生莫名其妙地看着如愿问："你到底有几个哥哥？"

　　如愿无奈地说："就两个，一个亲哥哥，一个亲哥哥的兄弟，跟亲哥哥一样亲！"

　　"那都差不多，你妹妹这一回可是大难不死，好好照顾着。。"

　　"一定。麻烦医生了。"蝎子又问，"还有什么是我需要做的吗？"

　　"暂时没有，你过来先把费用交一下吧。"

　　"行。如愿，你先等我一下。"

　　蝎子跟着医生去缴费，办手续，看到这段时间如愿打了那么多药，输了那么多血，才意识到她受了多大的罪。

　　"你妹妹也是挺顽强的。"

　　能不顽强吗，那个人的妹妹。

　　交完费，蝎子回去找如愿，却在走廊里，见到了一个焦急的身影。

　　他站定，嘲笑地看着那个人，那个人也看到了蝎子，他笔直地站在原地，愤怒的双眼凝视着他，似乎想要他的命。

　　愤怒都是因为恐惧，蝎子笑起来，高高在上的。

　　来吧，他曾经同生共死的兄弟，他欠他们的，必须用鲜血来偿还，他只有死才能得到他们的原谅。

　　这一次，你死，还是我活？

顾向阳折了回去。

他有一瞬间的怀疑，怀疑自己看到的人到底是不是蝎子，因为这太巧合了，也太残酷了，刚以为逃出生天，回头一看却见到一只猛兽还在身后穷追不舍，像是一场不会醒来的噩梦。

他为什么会在坎帕拉？章鱼也来了吗？

他们是来寻仇的吗？

那群人报复心重，知道他的行踪之后，跑到非洲来杀他也不足为奇。可是他为什么要去穆拉戈医院，是生病了，还是要找什么人？

如愿！

顾向阳的心脏狂跳，想到了一个最可怕的可能。他们会不会去找如愿报复？

"停车！"顾向阳忽然叫道。

陈元吓得猛地刹住了车，问道："怎么了？出什么事情了？"

"我要回医院。"

"可是我们要去解救人质啊！"

"我回去之后会跟领导解释的。"

顾向阳下了车便往医院里跑，不可以，只有如愿不可以，要索命，就来找他。

"你来穆拉戈医院做什么？"顾向阳质问道。

蝎子是一个善于观察的人，他看得出来顾向阳的紧张，他不是一个慌张的人，若不是冷静机敏，心机深沉，怎么可能做得了那么多年的卧底。

可他慌了。

蝎子阴森地笑起来，看来医院里有什么人对于他来说很重要。

他把单据放进口袋里，模棱两可地说："来医院还能做什么？要么自己看病，要么就是看望病人。总不能是来医院杀人寻仇的吧？"

"你要报仇，冲我来。"

蝎子走到顾向阳面前，阴沉地看着他的眼睛，张狂地说："我就是冲着你来的啊。"

顾向阳一拳揍在蝎子的肚子上，蝎子不怒反笑。

"我要你马上离开医院。"顾向阳说。

"我们的警察生气了啊。"蝎子坐在地上，阴狠地笑着，向顾向阳伸出双手道，"我不走你能把我怎么样？要不要逮捕我？不过你没有证据，我现在是合法公民，你能关我几天？"

顾向阳拔出枪来，指着蝎子道："我让你现在就离开。"

蝎子举起手，脸上的笑意更浓。

"没问题，我马上就走。"蝎子笑意更浓，他享受这种折磨人的感觉，"反正，你的命，你爱的人的命，迟早都是我的。"

蝎子站起身来，从顾向阳身边经过的时候重重地撞了他一下。

很好，让他们就此开始吧。

在木如夜回来之前，他就能够收拾掉这个叛徒！

这里是乌干达，这里是法外之地，这里是完美的战场，是他最好的墓地。

Chapter 18

十六岁的木如夜弯下腰，抱住他八岁的小妹，兄妹俩在马路中间号啕大哭起来。那是如愿这辈子第一次，也是最后一次见到哥哥哭。

如愿没有把蝎子等回来，倒是把顾向阳等回来了

"人质解救出来了？"如愿看了看时间，一脸惊讶地说，"未免也太快了一点吧……"

顾向阳走到病床前，紧紧抱住如愿，抱得如愿整个人都蒙了。

"你这又是怎么了？"如愿心里不安，问，"顾向阳，是不是发生什么不好的事情了？"

两个便衣警员走了进来，顾向阳介绍道："我要回队伍里指挥行动，这两个便衣警察这段时间会一直保护你。"

如愿更蒙了。"是我有危险啊？"

"我不知道，但是我不能冒险。"顾向阳摸了摸如愿你的头发，眼神坚定地说，"不过不会太久的，现在不仅仅是他找到了我，我也找到了他。"

一直以来不仅仅是顾向阳在躲着那群人，他们也在躲着顾向阳，双方都争取不要出现在明处，现在两个人狭路相逢反而不是坏事。

如愿听到顾向阳这样说反而更加担心了，问："到底是怎么一回事，我有什么危险？"

顾向阳没时间解释，分秒必争，简单地说："五年前我在一个跨国贩毒组织里卧底，有几个漏网之鱼，没想到在乌干达遇到了。"

如愿心里咯噔一下，问："他们来找你报复了吗？"

"应该是……"

如愿握住顾向阳的手，笑眯眯地说："行，我知道了。"

"你不怕？"

"不怕。"如愿的手微微有些颤抖，心情起伏，她这辈子最恨的就是毒品，最恨的就是毒贩子，她和哥哥的一生都因为毒品而改变了，她有很多话要对顾向阳说，却也知道现在不是最合适的时候，所以她看着顾向阳，坚定地说，"去吧，做你的工作，把他们都抓起来。"

木家兄妹出生在云南边境的小县城瑞丽。瑞丽不大，只有十几万人口，以汉族、傣族、景颇族为主。这个小县城地处平原，四周环山，是滇缅公路中国终端，位于金三角地带的北部，每年来来往往的各国流动人口就有三百万人。

如愿的父母就是靠着边境贸易发家致富的。

如愿的父亲是一个正直的小商贩，母亲是一个小学老师，哥哥很聪明，一直都是学校里的优等生。对于这个家来说，如愿的出生是锦上添花。父母给她取如愿这个名字，就是希望她以后能够事事如愿，没有烦恼地长大。

在如愿还很小的时候，生活没有一丝的烦恼，父母都是敦厚善良的人，把她教育得礼貌懂事，邻居朋友都喜欢她这小天使。哥哥大她八岁，比爸爸妈妈还要溺爱她，总是会拿零花钱给她买东西。如愿有好多漂亮的公主裙和洋娃娃，她什么都不缺。

可是老天似乎是要开玩笑，告诉人，这世上没有人能真的如愿，事事不遂人愿才是生活的常态。靠着对外贸易发了财的木家招人嫉妒，她的父母被毒贩诱惑，双双染上毒瘾。家道中落，木家不仅生意荒废，家底掏空，还欠下了一屁股的外债，亲戚都怕了这对夫妻，全与他们家绝交。

有很长一段时间里，如愿总是饥一顿饱一顿，眼看着家里的家具的电器一点点被搬空，再没有公主裙，永远失去了她的洋娃娃。

如愿八岁那一年，父母因为吸毒染上了艾滋病双双过世，只留下一双儿女和巨额的债务。为了还债，成绩优秀的木如夜只能辍学出去工作，可是即便他没日没夜地打工，却也仅仅只能够维持两人的生活而已。

那时候，人们对艾滋病还没有科学的认识，恐惧很深，知道如愿的父母死于艾滋病，学校里的人简直就把她当作怪物。如愿在学校里被排挤，被恐惧，就连老师都害怕她。她被当成瘟疫和某种脏东西，没有人愿意跟她坐在一起，没有人愿意做她体育课的拍档，她总是站在角落里看别人玩耍，总是会被小朋友用小石子扔，总是伤痕累累地回家。

可这样都不是让如愿最伤心的，如愿最伤心的是哥哥要为了她吃苦。

债主每天来家里闹，哥哥为了把钱留下来给她买吃的，偷偷把赚来的钱藏在鞋子里，结果被那群毒贩子发现，打得站不起来。

毒贩子走的时候，还不忘记把木如夜买回来给如愿吃的泡鲁达给打翻了。

家徒四壁，连一张桌子都没有，没有床，只有一张捡来的破旧席梦思，空荡荡的家里，只有这兄妹俩。

如愿走到哥哥面前，把被打得鼻青脸肿的哥哥扶起来。

哥哥对她笑了笑，从衣服口袋里拿出一个包子来，笑眯眯地说："教你一个成语，有备无患。"

如愿拿着包子大哭起来，哥哥只是抱着如愿，小声地安慰她："如愿不怕，有哥哥呢，有哥哥在什么都不用怕。"

那个包子，如愿一口，哥哥一口，每一口都吃得小心翼翼。

如愿其实每天都吃不饱，但是她知道哥哥也没有吃饱，所以她从来不闹，吃完了饭就乖乖地去写作业。没有桌子，如愿跪在地上，把作业本放在小板凳上，哥哥就盘腿坐在旁边，教如愿做作业，这是这兄妹俩每天最快乐的时光。

只是如愿那时候成绩并不太好，她读小学三年级，课程简单，但因为在学校里总是被欺负，不能安心地好好学习，虽然有哥哥辅导，却还是有些跟不上进度。

如愿觉得很羞愧。

有一回如愿对如夜说："哥哥，我们换一换好不好？你去读书，我去挣钱。"如愿记得哥哥的老师是很喜欢哥哥的，说是他以后肯定能考到省外去，去最好的大学。

"你一个小孩子挣什么钱？你好好学习就够了。"

可是如愿不想哥哥那么辛苦，所以那一天放学之后，如愿就去街上一家家地问，问他们要不要招工，她年纪只有人家的一半，只拿一半的钱就好了。

她一直问到天黑，直到有一家老板给了她一块钱，要她洗两大盆子的脏碗。

木如夜夜里找到如愿的时候，她正在笨拙地刷盘子，身上脏兮兮的，木如夜跟那家餐厅的老板大吵了一架，差点没打起来。

如愿跟着哥哥回家，一路上都很担心哥哥在生她的气，要骂她，她垂着脑袋不敢抬头，老老实实跟着哥哥。

可是哥哥却一言不发，只是牵着她的手一直往前走。

如愿觉得奇怪，抬起头来看向哥哥，这才发现哥哥哭了。

"哥哥，你哭了吗？"

少年木如夜停住脚步，站在马路上，终于泣不成声。

见到哥哥哭，如愿也哭，她抱着哥哥，不停地道歉。

"哥哥，我错了，是我不好，你不要难过。我再也不做让你伤心的事情了。我不乖，我不听话，你打我吧，打我吧！"

"你很乖，是哥哥没用。"

十六岁的木如夜弯下腰，抱住他八岁的小妹，兄妹俩在马路中间号啕大哭起来。

那是如愿这辈子第一次，也是最后一次见到哥哥哭。

兄妹俩相依为命了两年，债主依旧天天来吵，虽然日子很难，但总还是可以过的。

直到如愿十岁那一年，那群要债的又来了。

这一回，债主说："你妹子长得还挺好看的，要不你把妹妹给我，我们的债就两清了。不仅如此，她挣的钱，我每个月还可以给你一份，怎么样？"

听到债主这样说，木如夜上去就要揍人，却被两个马仔拦住，反被揍了一顿。

"我对你们兄妹俩已经够宽容了，还不是看你们可怜。我们道上的人是讲规矩，有情意的，但是也有原则，再还不上钱，就拿你妹妹来抵债。"

那群人走了，那天夜晚木如夜抱着如愿一晚上没撒手，像是生怕如愿会被人抢走似的。

有时候人与人的依存关系很微妙，并不总是强者依靠弱者，对于木如夜来说，与其说是如愿依靠着他，不如说是他依靠着如愿。如果不是因为他还有一个小妹需要照顾，兴许他早就失去活下去的信念了。如果不是因为有妹妹，每一日对于他来说都是苟延残喘。每一次被人吼，被人骂，被工头用脚踹，被老板克扣工钱，去菜场捡剩菜的时候，木如夜只有想一想如愿才能够坚持下去。

他曾经是一个骄傲的人，可如今他的生活却是不断地向人下跪乞怜。

只有如愿是他唯一的尊严。

如愿缩在哥哥怀里，恐惧地问："哥哥，他们会把我带去哪里呀？"

木如夜紧紧抱着如愿，坚定地说："我不会让那种事情发生的。"

如愿在木如夜怀里瑟瑟发抖，如愿知道，那群人很恐怖的，不会那么轻易放过他们。

可是第二天哥哥回来的时候带了一个鸡腿给如愿，不仅如此，还拿了一沓钱回来。

"哥哥，你哪里赚来的这么多钱！"

如夜揉揉妹妹的脑袋道："哥哥什么时候说话不算话过？我说了的，不会让人带走你的。"

后来，每隔一段时间哥哥就会拿钱回来，还会买好吃的给如愿。

如愿真的以为哥哥找到什么方法赚钱了。

直到有一天哥哥又拿了钱回家，还买了一整只鸡，如愿欢天喜地地摆好木板，洗好碗，盛好米饭，准备跟哥哥一起吃饭，却在哥哥去洗手的时候看到了哥哥手上的针孔。

虽然如愿那一年才十岁，但是她比同龄的小孩子懂事很多，她知道瑞丽有人卖血，那么多针孔，不是跟爸爸妈妈一样吸毒，就是去卖血了。

哥哥是不会吸毒的，他跟自己一样恨毒品，所以如愿知道，哥哥是去卖血了。

她终于知道那些钱是哪里来的了，怎么可能会忽然找到赚钱的方法。难怪哥哥越来越瘦，身体越来越不好，难怪他总是不舒服，难怪他前几天会忽然在家里晕倒。

如愿看着哥哥手上密密麻麻的针孔，这才知道自己吃的鸡腿是从哪里来的。

那哪里是食物？那是哥哥的血啊，她吃的是哥哥的命啊。

木如夜走过来坐下，准备吃饭，却见到如愿满脸泪痕。

"怎么了？"木如夜紧张地问，"是不是学校里那群人又欺负你了？"

如愿摇摇头，抓起哥哥的胳膊，撸起他的袖子，看着上面密密麻麻的针孔，忍不住号啕大哭起来："哥哥，你把我给他们吧！我求求你了，我愿意跟他们走，我愿意的，我愿意的……"

"别说傻话。"木如夜夹了一块鸡在如愿碗里，催促道，"乖，快吃东西。"

如愿摇头，抽噎着说："我不吃。我不要吃你的血。"

"你不吃，哥哥的血不是白流了。"

"我明天就去找那些人！我要跟他们走！没了我，没了债，你就能回去继续读书，他们说我挣的钱每个月还能给你一份，你再也不用过这种的日子了！"

"你知不知道那些人带你走是去做什么？"如夜有些生气地说。

"我知道！你别以为我小！我什么都懂！我不怕！"

"胡说！"如夜吼道，可一吼出来就又后悔了，他把哭得不成样子的如愿拉到怀里，安慰道，"不能做那样的事情，我木如夜再没用，也没有到要卖妹妹的地步。"

"可你就算把身上的血都卖干了，也不够还钱啊。"

"会有办法的，相信哥哥。"木如夜坚定地说，"会有办法的。"

如愿不知道哥哥想了什么办法，那群人真的没有再来找过他们了。可是如愿也要跟哥哥分离了。

走的那一天，哥哥送如愿去站台，把她交给乘务员，给人包了一个红包，托人路上照顾如愿，等到了那边就有人来接她。

如夜告诉如愿说，他要出国打工，所以不能照顾他，只能把他托付给嫁到大城市的姑姑照顾。

"哥哥，我不想离开你，我会乖乖的，你不要送我走好不好？"

"如愿乖，等哥哥赚到了钱，就去找你。"

"我都没有见过那个姑姑……"

"你见过的，在你很小的时候，姑姑是好人，你放心，我每个月都会寄钱过去，你去那边读书，没有人知道你的爸爸妈妈是谁，就没有人会欺负你，多好啊。"

"我不怕他们欺负，我就要哥哥，我不要跟你分开！"如愿哭哭啼啼抱着如夜不撒手。

"如愿乖，哥哥只要有时间就去看你。大城市多好啊，你以后就在那里生活，瑞丽这个地方，一辈子都不要回来了，等哥哥去找你。你熟悉了那边的情况，以后才好给哥哥做向导，哥哥以后才好也去那里跟你一起生活啊。"

如愿乖乖地点点头，为了哥哥，她什么都愿意，可是眼泪还是忍不住流个不停。

如夜心疼妹妹，却又无可奈何，因为他们这对兄妹，已经走投无路。

"我也没有别的不放心的，我知道，我们如愿又聪明又漂亮，肯定会招人喜欢的。只是虽然姑姑那里条件比家里好多了，但怎么也不比跟哥哥在一起的时候有人宠着你，可以让你任性。你以后就是寄人篱下了，身边没有真正的亲人，免不了要受点委屈。所以你要记着，凡事要多忍让，有什么情绪不要表现出来，不要给人添麻烦，要懂得察言观色，知不知道？"

如愿说不出话来，哭着点点头。

"好，哥哥知道我们如愿最乖了。"

列车员已经在催促登车了，如夜把吃的塞给如愿，安慰道："好了，走吧，又不是见不到了，很快哥哥就会去找你的。"

如愿哭哭啼啼地跟着列车员上了车，木如夜站在站台，微笑着对她挥着手。

"哥哥！"如愿趴在车窗上，对哥哥叫道，"你一定要来看我！"

"好，我赚到了钱就去看你。"

"哥哥，我等你！"

"如愿，乖一点！"

列车缓缓驶离车站，如愿哭着叫着哥哥，木如夜追着列车，直到他再也追不上为止。

这一年，如愿十岁，如夜十八岁。他们都没有想到，兄妹俩这一分别就是十年。

木如夜猛地惊醒，帐篷外面还亮着灯，他坐起来，低头看了看自己的胳膊。

他十几岁的时候总是很瘦，胳膊很细，现在比从前壮实多了。直到现在，木如夜都还是会做噩梦，梦见自己又变成了那个毫无力量的少年，连亲妹妹都保护不了。对于他来说，变回从前的自己，比什么魑魅魍魉都要可怕。

他睡不着，走出帐篷来，见到葛平秋还在桌子上画图。这一回出来，木如夜倒是对这个女人有很大的改观，本来以为是一个柔柔弱弱的学究，没想到却比男人还能吃苦，有时候他们在烈日下连续爬几个小时的山，连男人都叫累，她却一声不吭，还能专注地工作。有些很难上去的崖壁，她靠着最基本的工具，没有保护措施也能徒手攀援上去察看，简直就是古墓丽影里的劳拉，把队伍里的男人们都给镇住了。

"这是什么图？"木如夜走到她身后问道。

"这个露头的断面图。"葛平秋解释道，"我们今天找到的新的克拉通，这是地层分界的标志，找到克拉通就找到太古宙的地层。"

"我们找了这么久，就为了找这个什么克拉通吗？"木如夜看不大明白，问，"这对我们找矿有什么帮助？"

葛平秋笑起来。"你以为跟电影里那样，找金子就是去沙里淘，或者随便捡一块石头就知道这里有矿吗？首先你要知道矿产是怎么来的，什么样的条件适合成矿。在非洲这一片区域里，太古宙的中晚期岩浆活动最频繁剧烈，区内有很多断裂和褶皱，地质情况复杂，非常适合成矿。所以非洲这一块地区的黄金矿，几乎都在太古宙中期的地层里。"

追本溯源，大概就是这么个意思。

"所以我们现在找到这个地层了。"

"非洲还跟我们国内的情况不一样，其实我们业内的人都知道，非洲还有很多资源沉睡在地底，但是非洲的地质条件很独特，主要是由前寒武纪的古老地块组成，在整个漫长的地质时期里，都是以风化、剥蚀、夷平为主，不受造山运动影响，所以地表的露头很少，我们没有办法用国内的方法勘察。所以只能根据旧的古金矿的资料，总结出非洲这一代的成矿模式出来。"

木如夜听得认真，葛平秋有些不好意思地说："我喋喋不休了半天，是不是挺无聊的？"

"没有，我在认真听。"

"其实，我们勘察的手段有限，但是如果你真的确定这个区域有金矿，那么只要找到所有的露头，画出这个区域的地质图，找到绿岩带，你就知道应该在哪里开矿了。"

"所以我们是找到了吗？"

葛平秋展开地质图。

"要扩大金矿的资源量，必须在大面积覆盖区域探寻到隐伏矿。传统的土壤化学检测方法在覆盖层厚度超过三米的地方效果不佳。但是这个区域的覆盖层几乎都大于三米，所以我建议用地球化学的方法，在这里布置六条线，西部两条线，线距四百米，南北走向，垂直连续刻槽样品。"

"然后呢？"

"然后送到坦桑尼亚的实验室做分析，我们就知道这里到底有没有开采价值的金矿了。"

"肯定有。"木如夜毫不犹豫地说。

"你这么肯定吗？"

木如夜说："去年我跟这里一个原始部落的酋长做生意，喝了酒之后酋长多说了几句话，说他们的部落受到神的庇佑，守护着金山。"

葛平秋目瞪口呆，惊讶地说："这算是什么理由？只是个传说而已。"

"没有空穴来风，也没有无缘无故的传说。别人都只是听听而已，但是我知道，这是一个巨大的机会，我不会放过任何出现在我面前的机会。如果这里真有金山，一定得是我第一个找到。再说了，你不是已经找到克拉通了吗？"

"花了几百万，就是为了追寻这么个传说？"

木如夜拿起葛平秋压在桌上的石头，掂了掂道："我不会错，我从来都是对的。"

葛平秋看着眼前的这个男人，她从来只信科学，在她看来，这样的自信简直跟迷信一样，放在从前，她一定觉得很无知。可是不知道为什么，从木如夜嘴里说出来，她便觉得他说的真的是对的。这个男人身上有一股劲，一种在城市里长大的人身上没有的劲儿，像是一个猎手，一只豹子，或者某种夜行生物，危险却迷惑人。

"你是不是对的，我们很快就能验证了，明天安排队伍的人取样，一共十四条线，九百五十一件样品，大概需要一周的时间，然后我们野外的工作就完成了。"

木如夜松一口气，这蛮荒的无主之地他早就待烦了。

"这次真谢谢你了。"

"不客气，我又不是没收钱。"

葛平秋收好地质图和笔记本，准备回帐篷睡觉。木如夜拦住她，低着头凝视着她，语气暧昧地说："就这样回去睡觉了吗？不多陪陪我？"

"我有未婚夫。"葛平秋知道木如夜的意思，这段时间给她的明示暗示都不少，但是她知道，这个男人很危险，不是她这样的人能碰的。

"我不介意啊。"

"我介意。"

"是吗？"木如夜步步紧逼，"但我觉得你其实也很想。"

"想的事情多了，每一件都要去做吗？"葛平秋推开木如夜往自己的帐篷走。

木如夜看着她的背影，笑了起来，大声说道："我想的事情就都去做了，为什么你就不行？"

葛平秋停下脚步，转过身看着木如夜，眼神里有些许的无奈和担忧，她声音低低地，叹息道："没有人想要什么就能做什么，为所欲为的人最后都会被自己的欲望吞噬。"

"你觉得我不会好死吗？"

"我希望你好自为之。"

葛平秋掀开帐篷走了进去，木如夜脸上的笑容渐渐消失，又变成了那副阴郁深沉的模样。

好自为之？

他早就是亡命之徒了。

Chapter 19

他曾经觉得自己是一座连月光都不愿意照耀的坟墓，可是如今，星光点点，他叫作顾向阳，如愿便是他生命里那明晃晃的阳光。

蝎子自从那一日在医院里出现了一次之后就消失了，虽然如愿心里觉得有些奇怪，但是蝎子和哥哥一样，都是行踪不定的人，平时基本找不着人，忽然不见了也不稀奇，如愿都习惯了。

顾向阳也见不着人，最近时局动荡不安，他们也很忙碌。一个星期过去，也没见着顾向阳说的毒贩子有什么动静，那两个保护如愿的警察便被调走了。

新闻里报道着乌干达的巫医杀人事件，在非洲仍有很大一批人信奉者巫医，在暗地里举行着残忍神秘的宗教仪式，他们用人的器官祭拜神灵，或者做药引，求取自己的财富和健康。

黑市上有人高价收购人体器官，这个已经不是什么少见的事情，如愿一来乌干达就听说过。可是最近坎帕拉发生了好几起案件，人们被割掉头颅，被肢解，残缺不全的尸体被随意地扔在路上，弄得人心惶惶的，乌干达的警察腐败贪婪，案子悬而未决，顾向阳他们似乎最近就是在忙这件事情。

新闻播完了，如愿关了电视，看了看时间已经很晚了，顾向阳今天大概不会过来了。

如愿今天才刚出院，顾向阳比较忙，是他的同事陈元送她回来的，如愿心里有些不安，她知道如果不是真的走不开，顾向阳是不会让她自己回家的。最近是怎么回事，顾向阳也好，蝎子也好，哥哥也好，一个个都找不着人。

还好如愿已习惯了，最开始她还会觉得不安，后来发现安全感这种东西，寄托在别人身上，那可算是这辈子都找不着了。反正她也什么都做不了，干着急也没用，如愿便关了灯准备睡觉。

也不知道过了多久，她感觉到旁边的床沉了沉，半梦半醒间，她闻到一股淡淡的血腥味，一只手臂轻轻地搂住她的腰，把她拥在怀里。

如愿醒了过来，问："事情忙完了吗？"

顾向阳"嗯"了一声，怀抱又紧了紧，把脑袋埋在她的头发里，沉默着。

"你受伤了吗？"

"已经包扎过了。"

如愿觉得顾向阳的声音有些不对劲，她转过身，见到顾向阳的眼睛血红，一脸的憔悴，像是走了一天一夜的路似的。

"怎么了？"

"行动结束，我们安全了。"

如愿一愣，惊喜地问："毒贩子抓到了？"

顾向阳点点头。

"那不是好事儿吗？"如愿不解地问，"你怎么看起来这么难过？"

顾向阳摇摇头，把如愿揽过来，紧紧地抱着她。

"你相信有地狱吗？"顾向阳忽然问。

"我只相信有天堂。"如愿看着顾向阳，疑惑地说，"怎么忽然提起这个来了。"

"如果有天堂，那就肯定有地狱。"顾向阳无奈地说，"怎么可以信一个不信一个呢……"

又来了，顾向阳这个人，总是爱在这种事情上纠结。

"我就是要信一个不信一个！"

"好好好，拿你没办法……"顾向阳终于露出一丝无奈的笑意，神情不再那么苦涩了，说，"如果有天堂，你以后肯定是要去天堂的。你说，天堂和地狱之间能不能交流，能不能打电话或者见面？"

如愿莫名其妙的，这个顾向阳怎么现在比她还爱胡思乱想。

"大概不能吧。"

顾向阳苦笑着说："那我死后岂不是见不到你了。"

"为什么，你当然也会上天堂啊。"

"也许吧。"

"肯定的！"如愿毫不犹豫地说。

"睡吧。"顾向阳抱着如愿不再说话。

他的如愿那么好，一定是会去天上的，全世界最好的她都值得。而他大概是不能上天堂的，地狱里留着他一个位置，他的兄弟们在那里等着他，要向他寻仇，要把他扔在火焰上炙烤，处罚他杀死恩人，处罚他背叛兄弟，处罚他忠义不能两全。

没过一会儿，如愿就已经睡着了，她平稳而缓和的呼吸声传来，她总是睡得那么香甜，大概是因为她对这个世界无愧吧。

如愿睡觉的样子像是一个孩子，顾向阳觉得心上一片安宁。

他曾经觉得自己是一座连月光都不愿意照耀的坟墓，可是如今，星光点点，他叫作顾向阳，如愿便是他生命里那明晃晃的阳光。

有她在他身旁，他就还能找到力量……

章鱼、蝎子、狼五、飞龙。

即便是兄弟，却都彼此不知道姓名，这是章鱼定下的规矩，彼此都只用代号互相称呼。

顾向阳曾经想要打探章鱼的真实信息，他却滴水不漏，除了知道他有个妹妹，之外的事情一概不知。就连这个妹妹，也很少见到章鱼跟她联系，每次联系都用一次性电话，联系完就销毁掉。

对于他们几个，章鱼也是一样的要求，不准说自己家乡的官话，身上不准有明显的标记。有一次章鱼见到顾向阳胸口的那颗痣，便要他找个时间去弄掉。

"做这种事情就千万不要被人记住。"

正因为章鱼的谨慎，以至于后来他的老大都被抓住了，他却像是一个幽灵一样从这个世界上消失，再无踪迹。

对于章鱼和蝎子的消失，其他人并不在意，这个跨国犯罪组织的主要骨干都已经落网，行动极其成功，一举捣毁了这个集团的根基，缴获了大量的毒品和现金，可谓历史之最，是有史以来最为成功的一次行动。而一两个打手的消失，并不能影响这次行动的荣耀。

只有顾向阳深深觉得不安。

章鱼不是普通的打手，他还是毒枭的军师。他从不直接参与毒品交易，却能够影响毒枭的决定。他非常聪明，有野心，手段干脆狠毒，还极其记仇，睚眦必报。不仅如此，他还眼高于顶，在顾向阳看来，章鱼其实一直都不是打心底里对毒枭忠诚，他只是想要从毒枭那里汲取自己需要的力量和权力而已。偶尔有一两次，章鱼会露出对毒枭的轻视，说他是时势造英雄，时代成就了他，脱去毒枭的身份，他顶多算是一个平庸乏味的市井英雄。

那时候还是飞龙的顾向阳就问他：

"你不想坐他的位置吗？"

"不想，我讨厌毒品。"

顾向阳有些惊讶，又问："难道你不想当老大？"

章鱼笑起来，道："一个小小的贩毒集团的老大有什么可当的。"

一个国际跨国犯罪团伙，一个让他们警方花了数年布局，动用了无数人力物力想要摧毁的大团伙，他却说只是一个小小的贩毒集团？

看到飞龙惊讶的样子，章鱼拍拍他的肩膀道："我告诉你，恶人都不是真正的恶人，我们的那个老大，在古代也就顶多算是个山大王。"

"那你觉得什么才是真正的恶人？"

"想要当一个真正的坏人，首先你得当一个好人。"

那时候章鱼的眼神，顾向阳总是忘不了，所以后来章鱼和蝎子消失，他就希望能够全力追捕他，只可惜当时所有人都沉浸在破了大案子的喜悦里，章鱼又来历不明，查了一段时间查不到他的踪迹，也就不了了之。

可是顾向阳却一直没有放弃找他。他总希望自己能够早一点找到他，在章鱼变成一个真正的坏人之前……

只是，他没有想到竟然是他先被找到了。

顾向阳相信，蝎子一定跟章鱼在一起，找到蝎子就一定可以找到章鱼，然而蝎子是章鱼的心腹，行事作风与他一样，想要从这几百万来非洲的华人里找出一只蝎子来简直就是大海捞针。

更何况，就算找到了蝎子，又用什么理由逮捕他呢？

唯一的办法就是诱捕，让蝎子先来找他，他知道，他与他们之间已经是不死不休的关系，章鱼不会放过一个背叛自己的人，这是他的规矩。

"这样做会不会很危险？"陈元有些担心地说。

　　"我们在明处，他在暗处，不快一点行动，我们只会越来越被动。蝎子的缺点是自负，并且以折磨人为乐，他上次去医院大概是知道穆拉戈医院对我的重要性，是给我的下马威。"

　　"他会对嫂子不利吗？"

　　顾向阳捏紧了手里的笔，那些毒贩的手段他已经体会过一次了。

　　"会。"

　　顾向阳爸爸和妈妈都是被毒贩的报复杀死的。

　　顾向阳的父亲当了二十年的缉毒警察，就在五年前，在顾向阳用沈云峰的化名在一个走私集团里做卧底的时候，得知他的母亲被漏网的毒贩报复，残忍地杀害，而他的姐姐，被二十多个人轮奸，精神崩溃，而他的父亲，在巨大的精神折磨之下跳楼自杀了。

　　"他不会杀我的，他们只会折磨我。所以如果他们抓走了她，就会用你能想到的最可怕的方式折磨她。"

　　五年前顾向阳选择了逃避，但现在他不会再这样做了。他尊敬父亲，但是他不会做他的父亲。

　　不能仗剑而生那就刺剑而死。

　　天空又悲又美，像是一个巨大的祭台，太阳受了伤，凝成了一摊血，缓缓下沉。

　　蝎子躺在地上，脑门上是一个血红的窟窿。

　　他死了。

　　陈元跑过来，扶起受了伤的顾向阳。

　　顾向阳摇摇头，跌跌撞撞地走到蝎子身边，蝎子瞪圆了双眼，似乎直到最后一秒都不相信自己的生命就这样结束了一般。

　　可是生活里的悲剧一向积极而来，荒诞残酷，没有一丝一毫的美感。

　　他疲惫地跌坐在地上，陈元在打电话给总部呼叫支援。

　　顾向阳伸出手，合上了蝎子的眼睛，然后筋疲力竭地躺在了地上。就仿佛很多年前，他们在丛林之中，也是这样并排躺在草地上的。

　　"你当初为什么会干这一行？"飞龙问蝎子。

　　不远处章鱼正在生火，加热食品。

狼五坐在树下削着木棍，他们剩下的弹药不多，不能浪费在抓野猪和兔子身上，只能做一点原始的武器。

"为什么问这个？"

"只是觉得你们似乎都很习惯这种生活，刀尖舔血的，日子过得一点都不舒服。"

蝎子大笑起来，道："日子过得舒服的人谁愿意做这一行？"

"你们可以改行啊。"

"那你为什么不改行？"

飞龙沉默了一会儿道："因为我没有别的路可以走。"

"对啊，有别的路可以走谁会走这一条路？"

飞龙没有继续问，问也问不出答案来，一生那么长，谁没有几段故事。

"我们如果能够活着走出这片林子，你们就不要回去了。"飞龙说，"这次交易失败，就算不被这帮人在林子里弄死，回去也一样被老大弄死。"

一直在一旁烤兔子没有说话的章鱼开口了："你以为我们不回去，老大就会放过我们吗？回去指不定还有一线生机，不回去就是死路一条。"

"你们走，我一个人回去。"飞龙说，"我就说你们全部死在林子里了，只有我活下来。你们随便去哪里都好，只要不回来，世界那么大，不是刻意去找，他们找不到你们。"

"那钱还在家里没拿呢！"狼五激动地说。

"傻子。"章鱼给兔子撒着盐，面无表情地说，"钱算什么东西，哪里不能再挣到，活着才是最重要的。"

狼五从不跟章鱼顶嘴，虽然心里舍不得，也不说什么了，继续削手里的木棍。

蝎子坐起来，盯着章鱼道："你不会真的在考虑这么干吧？"

"有什么不可以？"飞龙说，"老大也算是很欣赏我，他现在倒是越来越不信任章鱼了，你们不是一直都想找机会脱离他们么，这难道不就是最好的机会？"

"你怎么交代我们三个的去向？尸体呢？"

"我们在被那群缅甸人追杀，我哪有时间管你们的尸体，能活着逃出来就不错了。林子里那么多野兽，你们的尸体估计早被吃了。"

"他要你解释货和钱为什么都没了呢？"

"实话实说，谁能想到忽然出现条子？早就提醒过他，这群缅甸人第一次合作，有风险，是他自己非要一意孤行的。"

　　章鱼摇摇头："跟那群缅甸人交易，为什么出现的是中国警察？不像是他们那里出了问题。"

　　狼五又大惊小怪地，问："难不成是我们这里出问题？"

　　"有这个可能。"

　　"我可不是卧底啊！"狼五激动地说。

　　"你就是想当卧底也没有那个智商。"蝎子白了狼五一眼道，"反正问题肯定不是我们四个出问题。"

　　飞龙已经流了一身冷汗，笑着打趣道："你那么确定吗？你叫蝎子，照说应该疑神疑鬼一点才对。"

　　"这点自信还是有的。"蝎子又躺回草地上，看着雨林里璀璨的星空说，"我这辈子什么都不信，不信爹妈，不信鬼神，不信好人，不信坏人，不信钱，不信权，我就信章鱼，信你，信狼五，信我的兄弟。"

　　飞龙有些哽咽，想说的话都堵在了喉咙里。

　　"给。"章鱼把一只后腿递给了他，道，"你这几天受苦了。"

　　飞龙默默地接过兔肉，如果不是他被缅甸人抓住，他们冒险回来救他，他们三个早就逃掉了，哪里会在林子里被人追杀。

　　狼五早就跳过来，吵着要吃另一条后腿。

　　四个人围在火边吃兔子，章鱼突然说："我们四个都回去，你是新人，他虽然喜欢你，但是不一定会信你。我跟着他快十年，了解他，有办法对付。万一真的出了什么事情，考虑着我们手底下的兄弟，他也不会把我们都办了，顶多就办我一个。如果我死了，你们两个以后就跟着飞龙。他虽然来得比你们晚，但是做事谨慎细致，又大胆有魄力，像我。我相信他不会让你们出事的。"

　　"放屁。"狼五说，"那老家伙敢办你，老子就跟他拼命。"

　　"行了，还没到那一步呢。"章鱼把另一只后腿递给狼五道："拼命是最傻的方法。"

　　飞龙沉默地啃着兔腿。

　　"飞龙。"章鱼的目光总是像蒙着一层迷雾，让人看不清他的想法，可现在他却用一种郑重和坦诚的目光看着飞龙，"你能向我保证吗？"

　　"保证什么？"

　　"保证无论发生什么，都保全蝎子和狼五的命，我知道你可以做到。"

那一天，雨林里星光点点，飞龙许下了他的承诺，生活是一场晦暗的风暴，狂乱之中谁都看不见前路，他也想不到从此之后，命运就纠葛在了这一句荒诞的诺言之上。

天空又悲又美，像是一个巨大的祭台，太阳受了伤，凝成了一摊血，缓缓下沉。

蝎子躺在地上，脑门上是一个血红的窟窿。

他死了。

顾向阳躺在他身边，号啕大哭，他的手捏得紧紧的，那里捏着犹大的三十银币。

他觉得自己是要下地狱的，在炼狱的最深处，他的兄弟们等着他，日日夜夜，要亲手往炙烤他的火堆上添柴加薪。

"叔叔……叔叔……"

顾向阳睁开眼睛，发现如愿正在叫他。

他猛地坐起来，拿起桌边的枪，上了膛，把如愿护在身后，警惕地看着四周。

如愿无奈地笑起来道："你为什么这么紧张，你做噩梦了，梦里一直在叫，我就叫醒你了。"

顾向阳松了一口气，放下了枪，才发现自己一身冷汗。

如愿走过去开窗户，凉风吹进来，能够驱散梦魇。

窗外的天已经蒙蒙亮了，空气凉爽湿润，顾向阳一时有些恍惚，分不清自己身在何处，这雾霭沉沉的人生，走到哪里都看不见归途。

他也走下床，从身后紧紧拥抱住如愿。

"怎么了？你今天回来就一直怪怪的。"

"想抱抱你。"

"毒贩不是已经死了么，我怎么觉得你还是很担心。"

"还有一个没有踪迹，他非常小心谨慎，我们不知道他的真实姓名，也没有任何记录，非洲有几百万的华人，要从中找出一个人来，简直就是大海捞针。"

"从这个死掉的毒贩身上找不到线索吗？"

"他常联系的人里根本就没有我们要找的人，而且他家里有很多一次性电话，挂靠的公司也是他个人的，很干净，找不到任何线索。而且就算找到了那个人，我也不知道应该怎么办……"

"到时候再说吧，以后再烦恼，现在烦恼了也是白费，不到那一天谁都不知道是什么情况。"如愿安慰着顾向阳道。

"如愿，为什么我明明做的是正确的事情，却还是觉得这么难过。"

如愿不知道顾向阳和死掉的毒贩之间有什么关系，但是她能感觉到顾向阳的痛苦和挣扎。

"因为这是守护信仰所要付出的代价吧，孤独、心碎和牺牲，每一个有梦想的人都会遇到……"

"那我们到底还为了什么要坚持。"

"这个世界笑骂由人，越是有力量的翅膀，就越是寸步难行。但是英雄就是无论发生什么，由始至终，都能心无旁骛一直往前走的人。"

"可我不是英雄。"

"你是。"如愿转过身，捧着顾向阳的脸道，"你是我的英雄。"

顾向阳看着他的如愿，眼神渐渐变得坚定和温柔，他低下头吻着她，激烈又缠绵。他急需她，他汲汲地渴求她的眷顾和恩赐，就像是一个先民渴求着月光女神的造访。

如愿搂着他的脖子，回应着他的焦灼和渴望。

胸口阵阵地灼烧，顾向阳的手伸进她的睡衣里，抓住她跳动的心脏。

他是她的伤口，又是刀锋；她是他的软肋，又是盔甲。

他们是彼此的囚徒，又是看守。

迷失在这永恒的欲望里，求得片刻的宁静和满足，燃烧着彼此，在身体里摩擦冲锋，越来越坚硬炙热。

黑暗的屋子里，两个湿淋淋的人彼此交缠。

污秽的，你把它烧净。

粗糙的，你把它抚平。

软弱的，你使它坚强。

你是我一生一次的小小癫狂……

Chapter 20
相聚时用尽全力去拥抱，分离时能轻轻地挥手告别。

如愿醒过来的时候，顾向阳已经走了，大概又去执行任务去了。年轻的时候遇到这种情况，如愿心里总是空落落的，又担心他会出事，又害怕他会不会再也不回来，好好的给自己添许多不快活，什么都没有发生呢，脑子里已经演了无数出生离死别的戏码。

可现在如愿已经学会了人生取巧的办法，那就是把分别看得轻一些，做好准备柴米油盐彼此磨磋的一生，也做好准备就此失散在人海，再也不相逢。她知道人生总是悲哀多余欢乐，越是相爱的人就越是聚少离多，相聚时用尽全力去拥抱，分离时能轻轻地挥手告别，这样才活得轻松一些。

年纪越大，越不爱跟自己过不去。

洗脸刷牙，如愿换好衣服开车去上班，今天是她大病初愈第一天回去上班，同事们准备好了鲜花迎接她。

这一回能活下来，实属不易，当医生才知道，血液对于人来说有多么宝贵，可竟然有那么多素昧平生的人，愿意为了她而献血，千里迢迢地赶来，只为了救她一命。做疾控医生的日子里，她见识到了人性许多的恶与丑陋，却始终没对人性失去信心，对工作失去信仰，就是因为总有这样类似的时刻，平凡的，伟大的，闪耀的，让她相信，这个世界值得我们去奋斗。

回到办公室里，领导就单独叫她过去，向她宣布了调令。

"这是正式的文件，你可以回国了。"

如愿拿着调令，有些蒙，疑惑地问："我有什么地方表现得不好吗？"

"你表现得很好，但是也该回去了，都三年了。一个女孩子最美好的时光，不能都浪费在非洲这片土地上。"

如愿知道领导是为了自己好，可还是忍不住说道："我没觉得二十多岁就是一个女孩子最美好的时光啊。"

"不是二十多岁是多少岁，十多岁吗？"虽然领导是个好人，但是观念守旧，忍不住念叨说，"你也到年龄了，该回去成家生子了，不能总耗在非洲。"

"对于除了青春一无所有的人来说，的确十几二十岁是最美好的时光。但我不是啊，我觉得我的价值不仅仅是成家生子而已，就算到了三十岁，五十岁，一百岁，只要还能做有意义的事情，就一直都是最美好的时光。"

领导被如愿说得哑口无言，拿着手里的笔指着她，恨铁不成钢地说："你呀，就是这张嘴，平时看起来挺乖的一个小姑娘，怎么这么较真呢？活该你当初被调来非洲！"

如愿知道惹领导不高兴了，嬉皮笑脸地说："我是觉得我还能在非洲继续洒热血嘛……"

"祖国也需要你洒热血！就这么定了，这正式文件都已经下来了，你就别再想心思了。这也是组织、单位对你的一片关怀！不要不识好歹！你准备一下，下个月就可以回国了。"

如愿没有办法，只得拿着调令回了办公室。

你看吧，老天爷就是这样，好不容易的相逢，都还来不及好好温存，就又要面临分离。

正思考着要怎么处理的时候，如愿的电话响起来，是个没见过的号码。

"哥哥？"木如夜时常用不同的号码找如愿，她都习惯了。

"你没事吧，我听说你病了。"电话那头传来哥哥的声音。

如愿松了一口气，道："你才是没事吧，这么久都联系不到人……我的病已经好了，都已经开始上班啦。"

"我马上上飞机，晚上到了去医院接你。"

"好啊，我正好有个人想介绍给你认识呢。"

哥哥的声音有些警惕，问："什么人，上回那个普通朋友吗？"

"对呀。"如愿的声音喜滋滋地，提起那个人来，语气不知道多温柔，"你这回可得感谢人家救了你妹妹，一共找了一百多个人给我献血我才好起来的。你可不要又吓人家！"

"救了你我自然会感谢，但是一码归一码，想当我妹夫，我还得好好考察一下。"

"这又不是封建时代了，我谈个恋爱还得你允许啊！"

"对。你太容易被骗了。"木如夜看了看时间道，"我必须登机了，有什么事情晚上见面说吧。"

"好，那你路上小心。"

"哦，对了，蝎子有没有联络过你？"

"他来看过我一次，给我交了钱人就不见了，怎么，你也联系不上他吗？"

"没有，问一问他有没有好好照顾你。"

"有！你别为难蝎子啊！"

"行，知道了。"

木如夜挂了电话，心里升起一股不好的预感。蝎子常和他联系的手机已经停机了，另外几个备用的号码也全都打不通。他不是那种会凭空消失的人，一定是出事情了。

木如夜和蝎子之间从来没有明面上的接触，联系对方时都只用一次性电话，平时他给蝎子钱也都直接用现金，不会留下任何的交易记录。他们来非洲时，也挂靠的是两家在不同国家并且毫无生意往来的公司，基本上除了如愿，明面上没有什么可以把他们联系在一起。蝎子帮他处理事情，木如夜也从不过问他用了什么人、什么方法，只要求达成结果就好。当初木如夜做这一切是为了安全考虑，就算他们其中一人出了事，也能保障另外一个不受牵连。可如今反倒成了寻找蝎子的障碍。

到了坎帕拉还是下午，离如愿下班还有一阵子，木如夜直接开车去了安全屋，现在蝎子已经失去联系，他从前的住处都不安全。

在安全屋里，木如夜看到了一只狼牙。

那是狼五的，一共两只，原本是一条项链，镶嵌在一只银制的狼头之上，狼五死之后，他和蝎子一人取下一只戴在身上。如果不是去做非常危险的事情，蝎子不会把它取下来。

木如夜抓起那只狼牙，转身出了安全屋。

如愿和顾向阳饭都吃完了，木如夜都没有出现。

"算了，我哥哥肯定不会来了。"如愿有些失落地说，"他大概又有什么事情要忙吧。"

"没关系，以后还有机会。"

"他也忙，你也忙，我也忙，哪里来的那么多机会……"如愿嘟囔道，"我哥指不定就是故意不来的，他就是不想见你。"

顾向阳笑起来，问："觉得我把他的宝贝妹妹抢走了吗？"

"对呀。见了面呢，那就算是承认你的存在了，我哥哥可精明呢……"

"你哥哥是做什么的？"顾向阳心里一直都对如愿这个哥哥感到很好奇，问道，"虽然开了个进出口的公司，但是怎么没见他在公司里待，你病了那么久，都一直联系不上，是去哪里了？"

如愿的这个哥哥一直都是顾向阳的一块心病，但是又不好打探得太仔细，也不好真的去调查他，怕以后如愿知道了不高兴，所以他就干脆直接问如愿好了。

"他是那样的，我哥哥是个投机主义者，哪里有钱赚就去哪里。这一回听说是去刚果还是哪里找矿去了……"

"找矿？现在非洲不允许私人尤其是外国人在国内开发资源吧。"

"我也不清楚，他有门路吧。我哥哥那个人路子很宽的，非洲政府这边认识不少人。"

顾向阳皱皱眉，只希望如愿的这个哥哥真的只是一个商人就好。

"你哥哥是跟着你一起来乌干达的吗？"

"嗯，我来不久，他也一起来了。"

"那之前他在国内是做什么的？"

如愿想了想，发现自己也不是很清楚。"我也不知道，我十岁那一年被我哥送到我姑母家，之后我们有十多年都没有见过，我大学快毕业的时候他才来找我，这十年他做什么我也不清楚，他也没仔细说过，好像是在跑船吧……他说他是在海上做事的，有时候在船上一待就是半年，所以我们在国内的时候，每年也就能见个一两次。"

顾向阳低头沉思着，如果是跑船的，倒是也说得通。

"你问我哥哥的事情问得那么清楚做什么？"

"知己知彼啊。"顾向阳收起严肃的神情，轻松地说，"不了解一下你哥哥，怎么讨好他。"

"你不用讨好他，我哥哥那个人讨好不了的，不过他有两样东西是不喜欢的。"

"哪两样东西？我记着，不要踩着他的雷。"

"这也不喜欢，那也不喜欢啊！"

顾向阳大笑起来，问："那我怎么办？你哥哥看到我会不会揍我一顿？"

"我哥哥拿我没办法，所以你只需要讨好我就够了。"

"哦？那我要怎么讨好你？"

如愿咬咬嘴唇，含羞带怯地看着顾向阳，道："唉，我觉得非洲的气候不好，我最近都要枯萎了，特别需要滋养……"

顾向阳觉得好笑，故意逗如愿道："乌干达的气候在非洲出了名的湿润宜人，我看你皮肤挺好的啊。"

如愿气得跺了跺脚，瞪着顾向阳。

顾向阳觉得如愿生气的样子特别可爱，故意不装作不懂，问："到底要怎么讨好你？"

如愿不达目的是不会罢休的，她走到顾向阳面前，坐到他的腿上，搂着他的脖子，含情脉脉地叫道："叔叔……"

"叫我做什么？我不是在这里吗？"

如愿左看看顾向阳，右看看顾向阳，然后双眼含春地看着顾向阳，叹息道："你说你怎么长得这么好啊？"

顾向阳又笑，摇摇头道："夸张。"

"就是好看啊，看到你，我就浑身一点力气都没有了，就想被你抱着……"如愿一眼春水地看着顾向阳，走到顾向阳面前，在他腿上坐下，搂着他的脖子，含情脉脉地看着她，软软地叫道，"叔叔……你不抱抱我吗？"

顾向阳也快到极限了，手放在如愿的腰上，声音低低地说："我还要洗碗呢。"

"叔叔……"如愿的手放在顾向阳的胸口，咬着嘴唇，脸红红的，一脸娇羞的模样，"洗碗好玩，还是我好玩呀……"

顾向阳不再逗她，咬着她的耳朵问："不怕你哥哥忽然回来呀？"

如愿这才猛地想起来哥哥倒是随时都有可能回来，要是哥哥一打开门就见到他们俩衣衫不整地缠在一起，还不得气死。

如愿简直不敢想象！

"回房间！把房门锁起来！"如愿拍拍顾向阳的胸口，催促道，"赶紧的！"

顾向阳大笑起来，扛起如愿就往房间里跑，锁上房门，刚把如愿扔到床上，才压上去如愿就又推开他。

"可是你先撩的我。"顾向阳抓住如愿的两条腿，就把她又拽到了身下，"不准跑。"

"我先去把外面的灯关了。"

"干什么？"

"我哥哥要是回来了，可以假装我已经睡觉了呀！"

顾向阳无奈地摇摇头道："你倒是会跟你哥哥斗智斗勇。"

"那当然，我反侦察的手段可高了！"

"那你有没有对我用手段？"

如愿一条腿钩在顾向阳的腰上，笑眯眯地说："你去把外面的灯关了，我一会儿就让你见识一下我有什么手段。"

"等我！"顾向阳抓着如愿的腿，猛地亲了一口，就跑出去关灯。

迅速关上灯，又赶紧跑回来，锁上如愿的房门，爬到床上，掀开被子一看，眼神立刻变了。他深吸一口气，不让理智暴走得那么彻底，因为他现在真的很想一口口把如愿吃进肚子里。他甚至有些了解那些变态了，离得再近都还是嫌不够近，只恨不得能把彼此重新打碎，再融合在一起才好。

两人纠缠在一起，恨不得就这样终日在一起，从清晨到深夜，叫全世界都走开。

忽然，响起了门铃声，如愿和顾向阳都是一愣。

"你哥回来了？"

如愿一脸的吃惊，道："我哥有钥匙啊……不过他有时候是会敲门……"

两个人面面相觑，只觉得一盆凉水由上至下泼在他们身上，顾向阳觉得自己恨不得都要爆炸了。

"还不快出来！"如愿推着顾向阳，催促道，"快快快，穿衣服！"

顾向阳无奈地起身穿衣服，脸黑得都能去当门神了。

可这时敲门声停了下来，传来了转动钥匙的声音，顾向阳衣服穿得快，如愿内衣还没穿好呢，先打开门把他推了出去，道："你先给我应付一下我哥！"

如愿穿好衣服，听到外面传来说话的声音，不过奇怪的是，怎么听到一个女人的声音？

顾向阳敲了敲门问："宝贝，你衣服换好了没有？"

如愿打开门，探头一看，见到一个看起来有些眼熟的女人，却一时想不起来是谁。

"我是葛平秋，你哥哥的朋友，你还记得我吗？我们在去肯尼亚的路上遇见过。"

如愿终于想起来，恍然大悟道："哦，记得记得！您是那个女教授！"

顾向阳瞪如愿一眼，如愿立刻察觉到自己的用词不当，谄媚地笑起来道："我没有别的意思，就是……"

"我知道，我本来就是女教授嘛。"葛平秋微笑道，并不在意。

顾向阳接过葛平秋手里的行李道："我给你放到客房去吧。"

葛平秋点点头，对如愿解释道："我家里出了点事情，一时租不到房子，所以你哥哥叫我来你们家借住几天，对不起啊，没有提前跟你打招呼，你哥说这么晚你估计已经睡了，他准备明天再联系你的，就给了我钥匙，让我今晚先过来住。等我找到房子了，就马上搬出去。"

"这样啊，没关系，你就当这里是自己家就好了。我哥哥人呢？他为什么不自己送你过来。"

"都到楼下了，本来准备一起上来的，忽然接了个电话，就又急匆匆地走了。"

倒是哥哥的作风。

顾向阳把葛平秋的行李提到客房里，便走出了，葛平秋先回房间收拾。

"那我就先回去了。"顾向阳说，"我再待在这里也不大方便。"

如愿依依不舍地送他走到门口，扯了扯他的皮带，不甘心地看着他，咬着嘴唇一副可怜相。

顾向阳被如愿这副模样逗得笑起来，抱着她的脸重重地亲了一口，叹息一声道："在家里乖乖地等我回来，不要又惹事儿，知道吗？"

"你又去哪儿？"

"执行一个秘密抓捕任务，大概三天的样子。"

如愿掰着手指头算了算，一脸沉重地说："三天啊，算算日子我快来大姨妈了，你可得赶紧回来！"

顾向阳又大笑起来，一伸手把如愿拦在怀里，紧紧抱着她道："真是不知道拿你怎么办才好。"

如愿笑眯眯地说："还想怎么办，直接办啊！"

顾向阳神色蒙眬地看着如愿，手又不老实了，声音低低地问："那我现在就把你办了。"

"哎呀，"如愿打掉顾向阳的手，瞪着他说，"家里有客人呢！"

"那你还撩拨我？"

"逗你嘛……"如愿推了推顾向阳道，"行了，早点回去休息吧，三天之后我再撩拨你。"

顾向阳走了，如愿靠在门上，一直目送他走进电梯里，直到他的电梯门关上了，她都还舍不得挪开目光，站在那里一直傻笑。

"如愿……"身后的葛平秋叫道，吓了如愿一跳。

如愿不好意思地关上门，羞红了脸。

看到她这个样子，葛平秋也忍不住笑起来，难怪木如夜这么疼这个妹妹，看到她笑得像个孩子似的，心里的烦恼都要少一些。

"你有多余的牙刷吗？"葛平秋问。

"有的有的，你等等！"

如愿立刻去翻，找到毛巾和牙刷递给葛平秋道："这毛巾和牙刷都是新的，浴室里的东西你都随便用就好了，洗衣机在阳台上。"

葛平秋谢过，接了毛巾去浴室里洗漱。脱下衣服，浴室里的镜子映出她身上的吻痕来，葛平秋闭上眼，手轻轻地拂过被吻过的皮肤，回忆着木如夜激烈却不牢靠的吻。

镜子里的她脸微微发红，她忍不住笑起来，活到三十多岁，却才第一次有了初恋的感觉……

因为木如夜有急事要处理要提前返回坎帕拉，所以他们把样品委托给坦桑尼亚的实验室，就一起回乌干达了。葛平秋并没有提前通知徐山，按照他的个性肯定又要来机场接，而且还是手捧鲜花的那一套，葛平秋怕尴尬，便直接回了家。

可是哪里想到，她一回到家里，就撞见她的未婚夫和她的学生在床上翻云覆雨。

她开门的时候，两个人正忘情，女学生叫得很大声，以至于连她进来的声音他们都没有听到。葛平秋忽然想起，从前徐山总是嫌弃她，说："你能不能叫一叫，在床上像个死人似的。"

她忽然很想冷笑，看了一眼满头大汗叫得此起彼伏的女学生，真想感叹一句，现在的年轻人演技也是越来越好了。

　　葛平秋敲了敲门，两个人还没有察觉，徐山一个劲儿地往前，闷哼着，有些松弛的屁股晃来晃去，看得人反胃。

　　葛平秋又敲了敲门，女学生先看到她，吓得直往后缩，拿被单裹住自己裸露的身体。这套床单是她最喜欢的，去埃及的时候买的，现在只能扔掉，太浪费了。

　　徐山吓得差点没从床上摔下去，惊讶地问："你怎么回来了？"

　　"我不该回来吗？"

　　葛平秋真的没想过她这辈子也会经历这么狗血的场面，当初选择徐山很大一部分原因就是他的诚恳和善良。

　　葛平秋从小就是个好学生，对学习的热爱超过对篮球场上打球的男生的热爱，读完了本科都还没有谈过恋爱，父母便把徐山介绍给她。

　　徐山是葛平秋父母的学生，从小城市考进来，比不得别人聪明机巧，但是胜在够努力，父母都很中意他，觉得他老实，肯定不会欺负没有什么社会经验的葛平秋。

　　一开始也是有很多美好的，比如生病的时候，打开门就看到他拿着药和粥风尘仆仆地站在门外；比如凛冬日子里，他背着她蹚过积水的道路；比如他总是记得每一个纪念日，会送她价值不菲的礼物；比如他脾气很好，从来不曾对葛平秋说过一句凶话。

　　也是有一两年感情还不错的，后来是什么时候开始变了的呢？

　　大概是她开始嫌弃他不讲爱卫生、把袜子乱扔、吃饭吧唧嘴。大概是他嫌弃她不解风情，在床上不够主动，在外面不够让他有面子。

　　本就是细水长流积攒的感情，哪里经得住这么多细微的琐屑，彼此磨得没了脾气，剩下的就是相敬如宾。

　　可到底是意难平。

　　订婚是双方家长的期望，葛平秋也没有什么意见，两个人在一起除了激情和爱慕，还有亲情和责任，葛平秋并不想改变什么，徐山也是这样想的吧。他们这样的工作性质，有一个安稳平淡的家并没有什么不好，醉心在科研里，反正这才是葛平秋的热情所在。

　　她不是一个相信爱情和激情的人，她觉得爱只存在少女的幻想和情人节的电影里。发小说她最好的青春都拿去跟徐山这个呆子谈恋爱去了，都没享受过激情，太浪费，她却不以为然，不过是青春而已，她从未觉得青春有什么好的，不过是一段不成熟又愚蠢的时光罢了。

爱情和青春，迟早逃不过幻灭的命运。

所以在野外的时候，木如夜明示暗示了她无数回，她都拒绝了，不是这个神秘英俊的男人没有吸引力，只是她不想破坏了自己的原则，更不想让自己平静的人生起波澜。

记得在坎帕拉的机场分别的时候，木如夜说："要回到你那个无趣的未婚夫身边了吗？"

"我不喜欢你这样说他。"

"我说错了吗？我见过那个人几次，他不过是个平庸之辈，根本配不上你。"

"他很好，挺适合我的。"

"那也是，你们一个无聊乏味，一个懦弱无比，倒真的是绝配。"

"你说我懦弱？"葛平秋有些生气了。

葛平秋的同事们各个都觉得她勇敢果断，没有拿不下来的项目，没有完不成的任务，现在这个男人却说她懦弱。

"不是吗？你没有勇气面对自己内心的真实需求，为了虚无的安全感，固执地和不适合自己的人在一起。过于谨慎，不敢尝试新的事物。你甚至根本不直视自己的感受，压抑着自己的情感，这不是懦弱是什么？"

葛平秋瞪着木如夜，却找不到话来反驳。

"所以你才总是有挫败感，即便你是你行业里的翘楚，这种挫败感还是会一直伴随着你。小秋，你知不知道，你很不一样，你本来可以拥有很多东西的，很多徐山给不了你的东西……"

"我不需要。"

"你不想要吗？看你在野外的样子，我怎么觉得你是个渴望冒险的人呢？跟我在一起我保证你永远不会无聊。"

葛平秋不回答，逃避者木如夜的目光。

"你这算是拒绝我吗？"木如夜脸上挂着一抹嘲讽的微笑，"你这样活着不无趣吗？你告诉我，你和徐山，是不是除了男上女下，都没有试过别的姿势？"

葛平秋气得连再见都没有跟木如夜说，摔了车门，直接奔回了家。

他凭什么评价她的生活？她跟徐山在床上用什么姿势跟他有关系吗？怎么会有这么不识好歹又浪荡轻浮的男人？

这个男人就是魔鬼派来的使者，是道林·格雷，诱惑人堕落！

葛平秋只想赶紧回家，抱一抱她木讷的未婚夫，好让着狂乱的心赶紧平静下来。

可是葛平秋万万没想到，她那个无趣的未婚夫一点儿都不乏味，瞧瞧他给自己泼的这一盆狗血，从头发到脚趾，把她淋了个彻彻底底。

竟然还是跟她带来的学生，简直就是左边刚打完一巴掌，右边又给了她一耳光。

葛平秋静静地站在门口，看着两个人慌乱地穿着衣服，一阵阵反胃。她忽然想起这个学生在国内就特别积极地要求跟着她一起来非洲，别人避之不及，只有她反复要求，本来葛平秋更倾向于带一个男学生过来的，但是被她的热情感动，才带了并不优秀的她。

现在想想，还是自己看问题太简单了。这两个人指不定什么时候就搞在一起了。

女学生穿好衣服，走到门边，可是葛平秋挡在那里她不能出去。

"老师……"她可怜兮兮地叫道。

绝大多数男人都喜欢这种楚楚可怜的神态吧，有的男人就是这样，非要女人示弱才能感觉到自己的强大，所以徐山总是嫌弃葛平秋不给他面子，因为她不示弱，她不掩饰自己的能力和优秀，她不需要他的帮助，这便是她的原罪。

"滚。"

女学生落荒而逃，徐山一脸祈求地看着葛平秋道："小秋，你不要为难她……这件事情是我的错。"

葛平秋想冷笑，却觉得连做一个表情都是浪费。

怎么，这时候想到她的前途了，记起她是她的学生了？

葛平秋走到卧室里，掀起床单、被套，统统扔进了垃圾桶里。

徐山懊丧地坐在沙发上，道："平秋，我们谈谈。"

"好，谈谈。"葛平秋坐在徐山面前，表情平静，道，"你有什么要说的，赶紧说。"

"我会跟她断了的，这件事你不要告诉爸爸妈妈，好不好？"

"你的爸爸妈妈跟我没有关系，我自然不会告诉。我的爸爸妈妈，告不告诉他们是我的事情，跟你没有关系。"

"这件事情没有必要闹大，平秋，我真的是一时鬼迷心窍。你放心，我绝对不会再跟她联络的。"

"这就是你要跟我说的吗？"

到了这个时候，徐山担心的还是自己的前途，她的爸爸妈妈一个是副校长，一个是工程学院的院长，他怕他们知道他做的事情，他在学校里的前途就完了。

男人总说女人现实，可真要算计起来，哪有女人比得过男人呢？

"平秋，我真的很爱你。"

徐山要抓葛平秋的手，被她挡开。

"不要虚情假意了，恶心。"葛平秋站起来道，"我搬出去住，过几天来收拾东西，你的父母你交代，我的父母我交代，订婚的事情就这么算了吧，我们以后不相干。"

"你就不能原谅我吗？"徐山吼道，"你跟那个姓木的出去那么久，我不是也没说什么吗？"

"我跟他出野外完全是为了工作。"

"谁知道你们是为了什么？"

葛平秋气得笑了出来，得不到原谅，就开始往她身上泼脏水。她觉得一阵悲哀，在一起了这么多年，他对她却连基本的了解都没有。不仅仅是他，她自己不也一样不了解他吗。

"随便你怎么想。"

葛平秋拉着行李箱，关上了门，离开了家。也不知道在路上走了多久，天都黑了，她才打电话给木如夜。

电话那头传来木如夜愉快的声音："怎么，不生我的气了？"

"有空吗？"

"准备去我妹妹家吃饭，你要一起吗？"

十分钟后木如夜的车子停在了葛平秋的面前，葛平秋把行李放在后面，见到木如夜的行李也在车上。

"你还没有回家吗？"两个人同时问。

木如夜笑起来道："我有个朋友失踪了，一直在找他，没来得及回家。"

"找到了吗？"

"暂时没有消息，不过找人去打听了，应该很快就会有消息。"木如夜眉头紧锁，难得见到他为什么这样担心，不过他很快就又摆上了那副无所谓的神态，问道，"你呢，怎么不回家。"

"回了一趟，搬出来了。"

木如夜有些惊讶，但是没有多问，微笑着发动车子道："在找到房子之前，你可以先去我妹妹那里住几天，我也会帮你看着的，找到合适的房子就通知你。"

"谢谢。"葛平秋有些不好意思地说，"你不用对我这么好。"

"你可是我请来的专家，我当然得对你殷勤一点。"

车子往如愿家里的方向开，两个人都没有再说话，葛平秋看着窗外，也不知道在想些什么。车子驶进小区的车库里，木日夜停好车，准备解开安全带下车。

"你说我什么来着？"葛平秋忽然问。

木如夜一愣，不知道她指的是什么："我没有说话。"

"之前，在机场分别的时候，你说我活得很无趣，是吗？"

木如夜笑起来，眼神暧昧地看着葛平秋，问："怎么，想通了，想活得有趣一点了？"

葛平秋深吸一口气，像是在安抚自己。

她下定了决心，主动地吻上了木如夜。木如夜一愣，又笑了起来，低声道："我来教你应该怎么接吻。"

两个人的手同时碰到彼此的身体，木如夜抓住葛平秋的腿，把她拉到自己身上，狭小的车子里，温度骤然升高。

葛平秋从来没有这样激烈地亲吻过一个人，从未这样主动过，她丢掉了矜持，只想追逐心底那一直被她视若无睹的那一份悸动。

她已经厌倦了，厌倦做一个好女孩儿，厌倦做一个好人。

早上如愿去上班的时候顺便送葛平秋，在车上两人聊起来。

"我怎么称呼你比较好？葛小姐？葛教授？葛博士？"

"都可以，叫我平秋也行，我的学生也有叫我秋姐的。"

"秋姐可不行，你看起来那么年轻，叫老了。那我叫你小秋，你叫我小愿！"

葛平秋笑起来，也有可能是爱屋及乌，但是她真的觉得木如夜的这个妹妹很可爱。"小愿，你的车子开得不错嘛，你以后不做疾控了，我的项目组倒是挺愿意找你开车的。"

"那当然，在非洲练出来了，我哥说我回国之后可以去考赛车执照了！"

"你哥哥的确常常夸你。对了，听说你前段时间病了？你哥就是特意为你的病赶回来的。什么病，严重吗？"

"疟疾……早好了。我哥哥也是的，为了我的病回来，结果回来之后跟我一面都没有见，也不知道忙什么去了……"

提到这个葛平秋就有些脸红，昨天要不是两个人在车子里待了两个多小时，木如夜应该是有时间去见如愿的。

"小秋呀……"如愿挤眉弄眼地说，"你跟我哥走得近，你肯定知道我哥哥最近在忙什么吧？"

"好像说是有个朋友失踪了，在找。"

"失踪？该不会是蝎子吧！"如愿惊讶地问。

"不清楚，没听你哥哥提起过名字，不过看起来他好像还挺担心的，我还没见过他对什么事情这么上心呢……哦，除了你的事情。"

"那肯定是蝎子了！我得问问我哥，要是蝎子失踪了，我也得帮忙啊，我要顾向阳去帮忙找找，他们维和警察的眼线和渠道多一些。"

"你哥哥既然没有跟你提，你还是不问比较好。"葛平秋谨慎地说，"他不喜欢人多话的。"

"你放心，我不会说是你告诉我的，我就问问他蝎子去哪里了，看他怎么说。我最近也好长时间没见到蝎子了。"

"蝎子这个名字挺有意思的，他为什么叫这个名？"

"好像是因为他们说他这个人做事挺阴的吧，我倒是不觉得，不过是他是挺聪明的。哎呀，也就是个外号，我哥哥和他那帮兄弟都有外号，搞得跟黑社会似的。"

"你哥哥的外号是什么？"

"章鱼。"

葛平秋笑起来，倒是很形象，适合他，足智多谋，又狡猾多疑。

"那蝎子的真名叫什么？"

"不知道，我哥哥不让我问，神神秘秘的。"

"他做事是挺神秘的，让人猜不透。"

"我认识我哥哥二十多年了，也没看透他，而且他什么都不爱跟我说……小秋呀，以后我哥哥有什么动向你记得告诉小愿呀！"

"我哪清楚你哥哥的事情。"葛平秋红着脸道，"我跟他就是合作了一个项目而已。"

"我觉得我哥对你很不一般啊，一般的女人他是绝对不会介绍给我认识的！更别说让她来家里住了！"如愿偷偷打量着葛平秋，故意说道，"我觉得你在我哥哥心里，肯定特别不一样。"

葛平秋害羞地笑了笑，如愿觉得这件事情有戏。哥哥之前接触的女人没一个靠谱的，这个葛平秋很不一样，虽然不是那种哥哥惯常喜欢的美艳危险的类型，但是看着特别舒服，而且让人觉得很安心。就是有一点不好，有未婚夫了，要不然如愿还真想她当自己的嫂子。

车子开到葛平秋工作的地方，她今天要去实验室接收之前一个项目的实验数据。如愿开的是一辆敞篷吉普，视野开阔，停下车，正准备跟葛平秋告别，却见到葛平秋变了脸色，顺着她的目光看去，见到一个二十出头的女孩子站在不远处。

葛平秋黑着脸不下车，如愿也不催，那个女孩子也看到两人，犹豫了一下，还是走了过来。

这个女孩子长得不算很好看，但是有一副楚楚可怜的模样，葛平秋连话都还没说呢，她那可怜兮兮的样子，就弄得好像是人家对她做了什么十恶不赦的事情似的。

如愿打量着葛平秋，她一副冷淡的模样，瞧都不瞧这个女孩子一眼。人家的事情如愿不清楚，也不好发表意见，就坐在驾驶座位上假装玩手机。

"秋姐……"女孩子怯生生地叫。

"我是你的导师，不是你的姐姐。我记得我跟你没有血缘关系吧？还是你觉得睡了我的未婚夫，就跟我是姐妹了？"

如愿差点没把手机摔在地上，她抬眼打量了一眼这个小姑娘，真是想不到啊，看起来跟一只小白兔似的，胆子倒不小，连自己导师的未婚夫都敢睡，果然人不可貌相！

小姑娘哭起来，抽抽噎噎地说："葛老师，我知道错了……"

这世上有许多事情如愿不明白，眼前的这就算一件，明明受伤害的是葛平秋，为什么加害者先哭了？一旁有路过的人，纷纷侧目。葛平秋面无表情地说："你还是回国再哭吧，这里是乌干达，你演的这一出戏，没有合适的观众。"

"我不是演戏，我是真的后悔了……"女孩子跪在车边，祈求道，"葛老师，求求你不要把我换到别的老师那里去。我错了……"

"你不是后悔做错了事，你是后悔让我知道了。"葛平秋冷淡地看着哭得梨花带雨的女孩子道，"你的水平本来就不适合待在我的团队，你现在刚刚博一，换个导师，重新找个博士的研究项目，都还来得及，你留在我这里也不会有什么发展的。"

　　"可那是个小老师，手上什么项目都没有，也没有经费，我怎么毕业啊……葛老师，您不是那种会把私人感情带到工作中来的人啊，您真的不愿意见到我，可以把我换到陈教授那里，我……"

　　葛平秋举起一只手，打断女孩子的话，一脸不耐烦地说："陈教授是副院长，你倒是想得美啊。小姑娘，你该不会觉得你可以为所欲为，但是什么代价都不用付吧？"

　　气氛尴尬起来，有一阵沉默。

　　那个女孩子站起来，终于不哭了，愤怒地瞪着葛平秋："你一定要做得这么绝吗？"

　　"你放心，只要你不在我的面前晃，我也不会为难你。非洲的工作到了收尾的阶段，你就不用再操心了，以后也不用再来我的实验室，你手上的工作跟你师兄交接一下吧，还剩半年，你可以选择留在这里，也可以选择回国。现在请你让开，我还要去工作。"

　　女孩子冷笑一声，脸上的泪痕未干，眼里是嘲讽又恶毒的神情。

　　"这件事情传出去，谁的脸上都不好看，你一定要做得这么狠吗？"

　　"又不是我出轨，又不是我睡了有未婚妻的人，我不知道谁脸上会不好看，反正不会是我。我也不在乎别人怎么议论，反正我问心无愧。"

　　"嗬……你就是这个样子，一点情面都不给，半点女人的善良和温柔都没有，出了问题都觉得是别人的错，你有没有想过，为什么徐山选择我而不是你？"

　　如愿忍不住插嘴道："因为他瞎？"

　　女孩子瞪向如愿，如愿瘪瘪嘴，继续满不在乎地玩手机。

　　葛平秋笑起来，如愿这一嘴插得好，她看都不想再看这个女人一眼，也不想听她那一套女人要温柔善良的歪理邪说，微笑着问如愿道："小愿，我今天不想工作了，去你上班的地方看看怎么样？"

　　"好啊。"

　　如愿迅速发动车子，那个女孩子还想拦着两人，但是如愿加大油门，压根就没有要停车的意思，吓得她向后闪避一个没站稳摔倒在地上。

　　葛平秋回头看了一眼，笑起来道："我现在是发自内心觉得你的车开得好了。"

　　"那当然！"如愿又有些担心地说，"这个女孩子可会哭了，你不怕她回国之后恶人先告状呀？"

　　葛平秋淡淡地笑了笑道："现在又不是旧社会了，还凡事看名声吗？随便她怎么编排我，我不在乎。"

"嗯，你不在乎就行。"如愿嘟囔道，"我就吃了不少这种人的亏……"

要不然当初也不会是她一个小姑娘被安排到非洲来。

"她怎么说我都无所谓，现在的人现实得很，我每年能为学校争取到上千万的科研经费，她一个连论文开题报告都写不好的学生，她说什么有意义吗？"

如愿心悦诚服地点点头，果然事业才是女人最好的朋友，有安身立命的技能，怕什么流言蜚语。

"那你跟徐山现在是分手了吗？"

"嗯，找个时间我去把我的东西都搬走。"

如愿立刻殷勤地说："你搬家前提前跟我说啊，我跟顾向阳去一起帮你，免得徐山又纠缠你。"

"谢谢，你们兄妹帮我太多了。"

如愿笑眯眯地说："那不是应该的吗！"指不定什么时候就成她嫂子了。

到了医院就见到木如夜等在门口，木如夜见到葛平秋有些意外，皱了皱眉问："你怎么在这里？"

"今天不想去实验室，就来如愿单位看看。"

见这两人气氛有些尴尬，如愿立刻蹦上去，挽着哥哥的胳膊问："哥，你怎么跑来我单位了？"

"昨天有事没来得及看你，想着今天直接到你医院来看看。过来给哥哥看看。"木如夜把妹妹拉过来，捧着她的脸，左瞧瞧，右瞧瞧，皱着眉道，"怎么瘦了那么多？"

"病了肯定会瘦啊。"

"别上班了，我带你去吃饭。"

"哎呀，一顿饭又补不回来。"如愿瞟了一眼葛平秋，笑眯眯地说，"刚好，今天你没事儿，小秋也没事儿，你们两个去吃饭呗。"

"小秋？"木如夜看一眼葛平秋问，"你说葛教授吗？没大没小。"

"我们感情好着呢！"如愿把葛平秋推倒木如夜身边，对他们挥挥手道，"你们去玩吧，等我下班了你们再一起来接我吃饭！吃晚饭再送我和小秋回家！"

如愿一溜烟地进了医院里，葛平秋站在原地有些尴尬，一时不知如何是好，木如夜看她一眼，淡淡地说："上车吧。"

葛平秋沉默地上了车，木如夜一言不发，就仿佛昨天跟她肌肤相亲过的是另外一个人一般。

"你的朋友找到了吗？"葛平秋先开口。

木如夜开着车，漫不经心地回答："嗯，找到了。"

"那就好，没出什么事情吧？"

木如夜黑着脸，语气不善地说："你打听这么清楚做什么？"

"我只是关心一下……并不是非要你说。"

"关心？"木如夜冷着脸说，"跟你有关系吗？"

葛平秋噎住，涨红了脸，从未觉得这样羞辱过。是啊，关她什么事情，她自作多情，好像她跟他有什么关系似的，不过是做过一次的女人罢了，她何必把自己放在那么难堪的位置上。

两人沉默地坐在车里，葛平秋调整好心态，一言不发，三十多岁的人了，搞什么少女怀春的那一套，他要就要，不要她也不纠缠。

"你就在前面放我下来吧。"葛平秋说。

木如夜继续开车，不理她。

"我要下车。"

木如夜停下车，黑着脸看着葛平秋道："你能不要闹吗？"

"我没有闹。"

"那你现在要下什么车？"

葛平秋深吸一口气道："木如夜，我希望你知道，你生活里有什么不顺心的事情，不是我的错。我希望你能够像一个成年一样对待我们的关系，不要把你的不开心投射到我身上。"

木如夜第一次有了一种哭笑不得的感觉。葛平秋的语气非常平静，一如往常，冷冷淡淡的脸上藏着一股坚毅的神情。

"好。"木如夜冷笑一声问，"那你觉得我怎么对待你，你才觉得是像一个成年人？"

"我不要求你为我做任何事，既不需要你照顾我的生活，也不需要你负责我的情绪，更不需要你给我安全感和未来。我对你的要求很简单，尊重我，把我当作平等的人，而不是一件你想玩就拿来玩玩，不高兴了就发两句脾气，记不起了就丢在一旁的玩物。"

木如夜轻笑一声，摇摇头，还是第一次有女人给他提这种要求。

"行，我答应你，还有呢？"

"没有了。"

"是吗？不需要我陪着你，不需要难过的时候我给你擦眼泪，生病的时候我守在病床前吗？"木如夜语带嘲讽地问。

"一个人的时候我喜欢看书，难过的时候我自己会调节情绪，生病的时候我会去看医生。"

"那你要我做什么？"

"我什么都不要你做，你在那里就行了。如果你需要，我就在这里。只要你要的，只要我有的，我都给。这就是我对你全部的要求，没有别的。"

木如夜静静地看着葛平秋，葛平秋目光坦然地看着他，沉静的神情一如往常。

其实他早该知道她和别人不一样，在她徒手爬上九十度的崖壁的时候，在她带着他们横穿沙漠的时候，在她拿着地形图果断地安排着工人作业的时候。

她从来不是什么纤尘不染的百合花，她是野玫瑰。

"我现在就有一件事情，需要你帮我。"

"什么事情？"

"帮我去警察局认领一具尸体，我会帮你安排好说辞，但是一定会有警方盘问你，你绝对不能提到我，无论他们怎么逼问你，你都不能说是我让你去认领的。你做得到吗？"

"好。"

"你不问我为什么要去认一具尸体，那具尸体是什么人吗？"

"需要我知道的，你自然会告诉我。"

"你不怕我害你吗？"

"就算你真的害我，我也会信守承诺，一个字不提起你。"

Chapter 21
你我终将行踪不明，但你该知道我曾为你动情。

为了找到蝎子的同党，警方发布了发现一具无名男尸的消息，顾向阳知道，如果章鱼也在乌干达，一定不会让蝎子就这样客死他乡，他一定会来认蝎子的尸首，一定会带他回家。

但是顾向阳没有想到来认尸的会是葛平秋，葛平秋也暂时想不明白顾向阳在这件事里起到的作用，占据的位置。

两个人谁没想到会在这样的场合相见，但都是很理智的人，彼此点了点头算是打招呼，然后公事公办。

顾向阳知道葛平秋是如愿的朋友，但是此刻也只得做一个黑面警官，神态严肃地问："葛小姐，请问你跟死者是什么关系？据我们的调查，你和死者好像并不认识。"

"我是到了非洲之后才认识他的，通过社交软体。"

"可以问你们是什么关系吗？"

"情人关系。"葛平秋答道，脸上没有丝毫的羞愧和尴尬。

顾向阳只得紧逼地继续问："据我所知，你有一个交往多年的未婚夫，感情稳定，为什么还会跟死者有情人关系？"

一旁的陈元认真地记着笔录，心里却在暗暗咋舌。这个葛平秋他也认识，当初保护水利专家徐山，他也是队伍里的人，平时看着这里两人感情挺和睦的，这个葛教授也看起来一副最新学术的冷淡模样，真是想不到会私下里找情人……

葛平秋自嘲地笑了一声，向后靠了靠，跷起脚，轻蔑一笑道："因为我发现我的未婚夫和我的学生搞到了一起，我想报复他们。"

陈元忍不住瞪大了眼睛，这有学问的人私生活也这么混乱吗？他心里不知道多激动，却还是只能强忍着，故作镇定地继续记笔录。

"你什么时候发现你未婚夫和你学生之间不正常的男女关系的？"

"一来乌干达就发现了。"

"你是什么时候认识死者的？"

"来乌干达不久我们就在一个交友用的APP上认识了，具体时间我也不大记得，但也有半年了。"

"有聊天记录吗？"

"当然都删除了，哪有偷情还留着聊天记录的。"

"你们平时都是在哪里见面？"

"他家里，他有很多出租屋，我们常常换地点。"葛平秋脸上露出一丝不耐烦来，问，"我是来认领尸体的，我的私生活跟这有关系吗？你们该不会连我们做爱的细节都要问吧？"

陈元正色道："这个死者绑架警察，非法持枪，袭警，你觉得我们问这些问题有没有必要？"

"怎么会呢？"葛平秋惊讶地说，"惟慈是个很本分的生意人，为什么会绑架警察？他到底是怎么死的？"

"惟慈？"顾向阳没有直接回答葛平秋的问题，而是惊讶地问，"你知道他的名字？"

"当然，我们是情人，我怎么会不知道他的名字？"

"他叫什么名字？"

"季惟慈。"

季惟慈，相识那么多年，却是等到他死了才知道他真名实姓。总以为蝎子的名字要更刚烈一些，却没想到是这样一个有书卷气的名字。

顾向阳看了陈元一眼，陈元立刻起身出去，联系国内的同事，要他们查季惟慈这个人。

陈元回来，顾向阳继续问："你知道他在这边注册公司的身份是假的吗？"

葛平秋一愣，有些惊讶地问："他为什么要用假名，他到底是做什么的？"

顾向阳还是不回答，继续问："你知道他是哪里人吗？"

"他没具体说过，只是说他是看着长江长大的，他常常跟我提起他家乡的芦苇荡。"

葛平秋低下头，悲伤地笑了笑，有些哽咽地说，"他说以后要带我去看他家乡的芦苇荡的。"

"他家乡还有什么亲人吗？"

"他是祖父养大的，他的名字就是他祖父起的，不过他的祖父在他十几岁的时候就过世了。惟慈跟他的父母都没有什么感情，多年都不联系了，他们是死是活都不知道。他也没有什么朋友，总是独来独往的。"

顾向阳观察着葛平秋，没有再问问题。

葛平秋整理了一下情绪，深吸一口气道："我跟徐山已经分开了，这回搬出来就是跟他约好了以后要一起生活的，但是他没有在我们约定的地方出现，我找了他很久，没想到在报纸上看到认尸的新闻……"

"你们的感情那么深吗？应该在一起也就不到半年而已。"顾向阳问。

葛平秋直视着顾向阳的眼睛问："你觉得感情的浓度跟时间有关系吗？如果你遇到对的人，你就会知道，有一个词叫作动情。我们每一天会产生无数的念头，忽然想吃一样食物，忽然厌倦了一段感情，忽然爱上一个人，有什么可稀奇的？"

"所以你对季惟慈的感情只是一种忽然的心动吗？这就足以让你愿意做他的未亡人，给他收尸，是吗？"

"不可以吗？"

"没有什么不可以，只是感觉不像葛教授的行事作风而已。"

葛平秋笑起来，眼神放在前方，似乎在看着他们，又似乎什么都没有看。"我也不知道我爱不爱他，活了三十多年，我也没有搞清楚到底什么是爱。但是我很喜欢一首波德莱尔的诗——'你我终将行踪不明，但你该知道我曾为你动情。不要把一个阶段幻想得很好，而又去幻想等待后的结果，那样生活只会充满依赖。我的心思不曾为谁而停留，而心总要为谁而跳动'。"

"哇……"陈元笑起来，打趣地问道，"真是读过书的人，这首诗哪里的？什么意思？"

"波德莱尔的《恶之花》。"葛平秋又看向顾向阳道，"我不知道自己对他有多浓烈的感情，但是遇见他之后，我的每一次心跳就都与他有关。我不期待他能给我什么，我只想为他做一点事情，哪怕是做他的未亡人，给他掘一个坟墓，埋葬他……"

葛平秋的语气和神态都让人动容，并不是虚情假意。顾向阳也并没有察觉到葛平秋的表现有什么漏洞，可是他还是觉得有些不对劲，这一切在他看来还是太巧合了，他、蝎子、葛平秋，为什么会刚好是他们三个？一定有什么联系是他没有发现的，他感觉自己一定忽略了什么。

"我可以去见惟慈了吗？"葛平秋问。

"可以。"

顾向阳和陈元带着葛平秋去认尸，拉开裹尸袋，里面是一具冻住的尸体，高高瘦瘦的，身上结了冰霜，手臂上有一只蝎子图案的文身。

葛平秋的手轻轻拂过尸体的手臂，顾向阳和陈元交换了一个眼神，盯着葛平秋的脸，观察着她的神情。

"这个不是他。"葛平秋退后一步，欣喜地说，"这个不是惟慈，他是不是没有死？"

陈元脸上一闪而过失望的神色，然后看了看手上的板子道："哦，对不起，搞错了，不是这一具。"

顾向阳走到停尸房的另一头，又打开了一个格子，里面躺着一个赤裸的人，手臂上有一条华丽吊诡的蝎子文身，身上是深深浅浅，新新旧旧的伤口。

葛平秋的手轻轻滑过他的身体，终于掉下泪来。

"我可以把他带回家吗？我想按照国内的风俗安排他的丧礼。"

"可以。需要我们帮忙吗？"

葛平秋摇摇头道："不用，我已经联系好了灵车和抬尸的人，就不麻烦你们了。"

两个抬尸人把蝎子的尸体抬出警局，放进了灵车里。葛平秋跟送出来的警察告别，上了灵车。

司机发动车子，开出去好远，葛平秋才长长地舒了一口气，疲惫地靠在座椅上，道："出去爬一天的山都没有这么累。"

"谢谢你。"司机说。

葛平秋看一眼穿着司机服装的木如夜，叹一口气道："倒是不用谢，也不是什么难事，只不过他们看起来还是很怀疑的样子，特意带我去认一个错的尸体，如果不是你提醒过我，肯定就上当了。"

"他们可能还会找你。"

"我知道……"葛平秋犹豫了一下说，"警察跟我说他绑架了警察，还非法持枪，袭警。"

木如夜平稳地开着车子，眉毛头没有抬一下，面无表情地说："他不是什么好人，但是他是我唯一的兄弟。"

葛平秋没有再多问，有些事情不知道比知道了快乐，她对生活没有什么有用的经验，但是有一条是知道的，难得糊涂，做一个无知的人最快乐。

木如夜一直把车子开到一个偏僻的地方，观察了一下没有车子跟来，才停了车。两人下了车，走到车后，两个非洲的抬尸人很识趣地下了车，走到不远处抽烟。

葛平秋陪着木如夜上了车厢，木如夜伸手推开了棺木，却迟迟没有碰裹尸袋，他看着葛平秋，想说什么却没有开口。葛平秋无奈地叹了一口气，伸出手替他拉开了裹尸袋的拉链。

"是他吗？"

看到蝎子的脸的那一刻，木如夜平静的神情终于维持不住了，他双眼瞪得通红，脸上的神经抽搐着，艰难地点了点头，声音颤抖地说："是他……谢谢你。"

葛平秋第一次见到这个样子的木如夜，从不显山露水的他却已经压抑不住悲伤，手颤抖着，血充红了双眼，连一个字多余的字都说不出来。他的手轻轻划过蝎子的额头，那里有一个弹孔，在眉心，一枪毙命。

木如夜一把扯掉脖子上的项链，上面挂着两颗狼牙。他把狼牙放在尸体上，扭过头不再看那具尸体。

葛平秋替他拉上裹尸袋的拉链，合上棺木，抬起头来只见到木如夜闭上眼，浑身都在发抖。

"要不要我下车，给你们一点时间。"

木如夜摇了摇头，深深地吸了一口气，再睁眼的时候已经又神色如常。

"没关系，这样就够了，时间久了怕被发现破绽。"

葛平秋忽然觉得为他心痛，他是犯了多大的罪过才会被这样惩罚，落入情绪的牢里，被判处终生压抑，连为自己的兄弟哭一场都不可以。

两人又回到驾驶室，灵车一直开到闹市区，才在一个拐角的地方停下，木如夜说："接下来的事情都要麻烦你了。"

"你放心，我会好好安排他的后事的。他的骨灰先放在我这里，等我回国之后带去他的家乡安葬。"

"不要跟如愿提起这件事。"

"好。"

走来一个穿着司机衣服的人，那人是来接替木如夜的，木如夜取下帽子下了车，消失在转角处。

灵车再次启动，葛平秋看着窗外平静又喧闹的坎帕拉，意识到自己已经陷入这个男人一个又一个神秘的漩涡里。

可奇怪的是，她心底竟然一点点恐惧都没有。她能够帮助木如夜，能解除他的烦恼，能够保护他，这让她感觉到了力量。

Chapter 22
原来，神要惩罚一个人之前，会先让他如愿以偿。

葛平秋在如愿家里住了几天，很快就找到了房子准备搬出去，木如夜也过来帮她搬家，如愿难得见到哥哥会帮人做这种琐屑的事情，既惊讶又欣慰。

所以这世上没有不能改变的人，只有不愿意改变的人。

"晚一点再走嘛……"见两人收拾好东西就准备走，如愿笑眯眯地挽着哥哥的胳膊道，"一会儿叔叔下了班要来找我的，我们大家一起吃个饭。"

木如夜阴沉着一张脸，问："叔叔？你那个男朋友吗？"

"对呀！你不见见他呀？"

"不见。"木如夜冷淡地说，"今天没时间，刚果那边的事情有消息了，我要去处理，接待几个人。"

"你天天都没时间……"如愿瘪瘪嘴，哥哥就是不想见顾向阳，她甩开哥哥的胳膊，从桌子上拿了一张邀请函递给葛平秋道，"我们医院的同事给我办了个欢送 party，明天晚上，小秋你记得带着我哥哥一起来哦。"

"欢送？"木如夜皱着眉问妹妹，"欢送你去哪里"

"欢送我回国啊！"

"你怎么都没有告诉过我？"木如夜严厉地问，"这么大的事情，你就用这种方式告诉我？"

"那也得我有机会告诉你呀，你每天神龙见首不见尾的，要不是小秋，我哪里有机会见得到你呀！"如愿嘟囔道，"你的电话号码又总是换来换去的，怎么就成我的错了呢……"

木如夜叹了一口气，无奈地说："最近事情太多了，你几月走？"

"单位定的是下个月，我倒是想再拖一拖……"

"拖什么拖？这里又不是什么好地方，你越早回去我越安心。"木如夜把邀请函递给葛平秋，又问，"你那个小男朋友明天也会来吗？"

"应该会吧，也请了他和他的同事。你明天见见他，跟人家好好说几句话呗？"

"你那么想我见他做什么？"木如夜冷哼一声道，"我见了，就算是家长认可了是吧？你就可以明目张胆地谈恋爱了，是吧？"

"对啊！见了家长我们才好进一步发展嘛……"如愿知道自己这点小心思瞒不过哥哥，谄媚地说，"哥哥，你记得态度好一点！不要黑脸黑面的！"

木如夜脸色更阴沉了，道："你这就向着外人了？"

"怎么能说是外人呢，都是一家人。"如愿画了个大圈，把葛平秋也划了进去。

木如夜怎么会不知道自己这个妹妹的心思，恨嫁了，黑着脸说："能不能当一家人还不一定呢，就算我见了，也不一定同意。"

如愿瘪瘪嘴，可怜兮兮的样子，葛平秋偷偷对如愿笑了笑，然后温柔地对木如夜说："小顾我见过，人很好，是你会欣赏的类型。"

木如夜看着葛平秋，饶有趣味地问："我欣赏什么类型？"

"聪明的。"葛平秋想了想又道："像你的。"

木如夜淡淡地看了葛平秋一眼，扬起嘴角笑了起来。

"那就见见吧。"木如夜对如愿说，"明天我会早点到，要他也早点来。后天我跟小秋就去刚果了，不能待太久。"

还是小秋的话哥哥听得进去！

"我回国前你会回坎帕拉吗？"遂了心愿的如愿问道。

"尽量，回不来我也会抽时间去机场送你回国的。"

如愿点点头，笑眯眯地说："赶不回来就算了，叔叔会送我的。"

木如夜沉着脸，又严肃地重复了一遍说："我说了，我会赶回来的。"

"行行行……"如愿讨好着说，"你们一起送！"

木如夜越发不高兴，又想说什么，却被葛平秋笑着打断了："还约了人的，我们快走吧。"

"你老实点。"木如夜瞪着如愿说，然后牵起了葛平秋的手。

如愿看到两人交握的手，对葛平秋眨了眨眼，葛平秋笑得一脸柔顺，跟如愿道了别，跟在木如夜身后走了。

晚上顾向阳到如愿这来吃饭，问她具体的回国日期，好提前请假陪她。

"还没买机票呢，我觉得还是能拖就拖。"

"为什么要拖？早点回去好。"这一件事情上，顾向阳的看法和木如夜高度一致。

如愿心里不舒服。"你为什么要那么着急赶我回去？你都不会舍不得我吗？"

顾向阳很是无奈，又觉得很好笑。在非洲重新遇到如愿之后，总觉得她性子成熟稳重了许多，现在在一起久了，发现还是原来那个样子。她就是那样，越是在亲近的人面前，就越是像个小孩子，越是快乐就越是放松。

只要如愿愿意，他愿意让她在他身边做一辈子的小孩子。

"当然舍不得，但是这里又是埃博拉，又是恶性疟疾的……上一回你住院我真是被吓着了，还是回国好，至少医疗条件好多了，也没有那么多传染病，我安心些。"

"可是你还要一年半才回国。"如愿可怜巴巴地说，"那我们岂不是要异国恋，我不放心……"

顾向阳无奈地笑起来，道："你担心个什么劲儿？要担心的是我，我的如愿那么宝贝，回去得多少人排队等着你呢……"

"也对！"如愿得意地扬起下巴，可想了一想又叹息道，"怎么老天爷那么讨厌啊，好不容易跟你在一起了，就又要把我们分开……你说要不我辞职算了，小秋说他们队伍还缺个司机呢，我去给他们项目组开车算了。"

"胡闹。"顾向阳头都不抬，继续洗着碗。

如愿也就是说说而已，叹一口气，从身后抱着顾向阳，可怜兮兮地说："真羡慕小秋和我哥，能一起工作，每天都能看到对方，我也想跟你一起工作。"

顾向阳一愣，手里刷碗的动作停了下来。

"葛教授跟你哥哥有什么关系吗？"

"小秋现在是我嫂子了！"如愿喜滋滋地说，"我觉得我哥哥这回肯定是认真的，今天他是牵着小秋的手走的，他哪一回主动牵过姑娘的手啊！从来都是人家挽着他，粘着他的！不愧是小秋，把我哥哥都征服了！"

顾向阳有些意外，惊讶地问："你哥哥跟葛平秋在一起了？什么时候的事情？"

"对呀！你不知道吗？我觉得她们应该早就互有好感了吧……"如愿还沉浸在葛平

秋当上自己嫂子的喜悦中，丝毫没有察觉顾向阳的不对劲，笑眯眯地说，"我哥都一把年纪了，也该安定下来了，总是到处跑我也不放心，现在有了小秋，我感觉他人都阳光多了。我觉得小秋当我嫂子简直完美！她可是教授，智商肯定高，不是说小孩子的智商主要像妈妈吗？你说要是给我生个小侄女，长得像我哥哥，智商像我嫂子，那岂不是把别的小孩甩在起跑线后好多米！"

顾向阳紧锁眉头，心一点点地下沉，他知道为什么他一直觉得奇怪了，他，蝎子，葛平秋之间有一条隐形的线，是那条线把他们牵在了一起，他忽然意识到，那条隐形的线就是如愿，只是自己一直以来下意识地忽略了这个可能性。

人总是只愿意相信他们愿意相信的事情。

"如愿，你认识一个叫作季惟慈的人吗？"

如愿思考了一下，摇摇头道："不认识，为什么忽然问这个？"

顾向阳沉默了一回儿，他的脑子闷闷地，语气沉沉地问："那你认识一个叫作蝎子的人吗？"

"蝎子呀，认识啊！他是我哥哥的好哥们儿！"如愿笑眯眯地问，"怎么，你也认识他吗？说起来我都好久没有见到过蝎子了。"

顾向阳的身子震了震，如愿这才终于发现了他的不对劲。

"你怎么回事儿，今天莫名其妙的？你是怎么认识蝎子的？"如愿疑惑地问。

"上次在医院碰到过。"顾向阳低下头，收拾好心情，继续刷着碗，面无表情地说，"你不要跟你哥哥提起这件事情，我跟蝎子之间有些不愉快。"

那是不能提，免得哥哥对顾向阳印象不好。如愿满口答应道："嗯，不提，没事我提这个干什么？反正我们跟蝎子也不常常见，也不会穿帮，不过你为什么会跟蝎子有不愉快？难怪那天他来医院看我，一句话不说就消失了。他有什么麻烦吗？"

那天蝎子是去医院看如愿才会遇见他，并不是他以为的是来找他寻仇。

顾向阳的手微微颤抖着，如果早一点知道，他就不会设下陷阱诱捕蝎子，事情也不会发展到那么惨烈的地步……

为什么命运要跟他开这种玩笑？

"叔叔，你怎么了？发什么呆呀？"

顾向阳回过神来，解释道："没什么，误会而已，工作上的事情，他的公司有点问题，我们闹了点不愉快，不过现在已经处理好了。"

如愿也没有细问，点了点头，拿起顾向阳洗好的碗放到一旁沥干。

"你哥哥是叫木如夜没错吗？"

"对啊。"如愿漫不经心地回答道，"我难道没有跟你说过我哥哥的名字吗？"

"说过。"顾向阳故作平静地说，"我就是想多了解一点你哥哥的事情而已。"

"你放心，不用担心我哥哥会反对我们，他也不是针对你，反正我跟谁在一起他都要找麻烦的。但是他拿我没办法的。"如愿笑眯眯地说，"我哥哥就是个纸老虎，他知道你对我好，肯定不会反对我们的事情的。再说了，他反对也没用，我反正是一定一定要跟你在一起的！"

顾向阳挤出一个笑容来，轻轻揉了揉如愿的头发。

他忽然觉得心惊胆战起来，这段日子，他过得太快乐了，美梦成真，以至于变得粗心和盲目，那么明显的线索，却忽略了。

"我要走了。"顾向阳说。

"这就走吗？你今天不留下来陪我了吗？"如愿可怜兮兮地说。

"还有些工作上的事情要处理，有点急。"

那就没办法了，工作第一。

如愿并没有察觉到一场大的风暴在渐渐靠近，随时会着陆，席卷她的人生。

她此刻只知道，哥哥找到了幸福，她爱的人都在身边，一切都美好而平静，未来被包裹在一片祥和的微光里。

"你快去工作吧。"如愿的笑容灿烂得像是夏日的黎明，灼烧得顾向阳的眼睛微微发烫，"你记得明天的 party 要来，我哥哥说要见你一面呢，他可是好不容易才答应见你，你早点来，不要迟到了。"

顾向阳点点头，走出了如愿的家门。

一出去，他就立刻发信息给陈元，让他赶紧查一下木如夜的资料，把他的照片发过来。

过了一会让陈元回了信息，说是只找到一张登记照，已经发到他邮箱了。

顾向阳在心里祈祷着，就算是万分之一，千万分之一的可能都好，千万不要是他。

他双手有些颤抖地开了邮件，附件缓缓打开，他看见了一张熟悉的脸。

章鱼。

木如夜就是章鱼。

如愿的亲生哥哥竟然是他不死不休的敌人。

他终于知道这些日子无忧无虑的快乐是怎么来的了。原来，神要惩罚一个人之前，会先让他如愿以偿。

Chapter 23

烫痛过的孩子，依然爱火。

如愿的送别 party 开在一家酒店的小型宴会厅，大家兴致勃勃筹备了很久，还专门请了 DJ 来，如愿打趣道，他们是拿她做由头，自己找乐子。

除了医院里的同事们，还请了跟如愿有交情的联合国的朋友，然后这个带几个，那个带几个，最后竟然有上百人参加，如愿从前都不知道自己竟然这么"受欢迎"。

这群人平时的工作都很严肃艰苦，难得有机会放纵一下，大家都玩得很尽兴，没过一会儿 party 就热闹了起来。

可是如愿的心思却不在这里，她只着急顾向阳……

Party 都开始了许久也没有见到顾向阳的身影，打电话也不接，发信息也不回，完全不像是他平时的作风。

木如夜和葛平秋要坐第二天早晨的飞机走，不能待太长时间，久久等不来他，很明显木如夜已经有些不高兴了。

"你那个男朋友呢？"木如夜问道。

如愿一直打顾向阳的电话，也没有人接，只得尴尬地说："他说了今天要过来的，可能临时有什么事情吧……"

木如夜黑着脸，看着时间道："我们要走了，他没有诚意也就没必要见面了。"

这可怎么是好，还一面没见呢，哥哥就对顾向阳的印象不好了。如愿可怜兮兮地看着葛平秋，葛平秋立刻帮忙说好话道："小顾不是没有时间观念的人，他的工作性质特殊，当警察的人，时间哪里能是自由的，说不定是忽然有什么事情，执行任务去了。"

葛平秋的话一说出口，如愿就在心里暗暗叫了一声不好！

完了……

果不其然，木如夜的神情更加阴沉了，问如愿："你那个男朋友是警察？"

如愿一直不告诉哥哥顾向阳的职业，就是因为知道哥哥不喜欢警察，她想着，先瞒着哥哥，等到哥哥见到顾向阳的真人了，肯定会喜欢他的，到时候说不定就能不在乎他的职业了。哪里想到小秋一不小心说了出来。

如愿吓得大气都不敢出，点了点头，低声嘟囔道："他是维和警察……"

木如夜严厉地看着如愿，声音冷冷地说："你知道的，我最不希望的就是你找公职人员，警察、军人这些都不行。尤其是警察，绝对不可以。"

"你总得见他一面再决定他行不行吧？一个职业就把人家否定了？"

木如夜看了看时间，冷着脸说："我看我跟他还是别见了，反正你马上就要回国工作，趁这个机会赶你们紧断了。"

"警察怎么了？你为什么就这么反感警察？"

"因为他们的工作太危险了，别说他还是维和警察了，工作的地方都是全世界战乱最多的地方，我不想你年纪轻轻就守寡。也不想你有一天被他抓过的犯人报复。更不想像今天这样，你人生的重要时刻他都缺席。"

"你怎么这么不讲道理啊！那警察就都不用找对象了？"

"他们找谁都可以，但是就是不能找你。"

葛平秋也没有想到木如夜会有这么大的反应，她知道是自己说错了话，拉了拉木如夜道："今天就不要跟小愿吵架了，这又不是什么原则问题，以后再慢慢看吧……"

"这就是原则问题。"这一回木如夜连葛平秋的面子都不给了。

"你就不能先见见他，了解一下，再做决定吗？"如愿无奈地说。

"你非要跟警察在一起，那就别要我这个哥哥了。我们走。"木如夜拉着葛平秋走了，连一声再见都没跟如愿说。

如愿沮丧地站在原地，不知道如何是好。她也不是没想过哥哥会不高兴，但是哪里知道他竟然会这么生气，连顾向阳的人都不见，就要他们分手，如此武断粗暴。

哥哥的脾气如愿是知道的，极其顽固，从来听不进任何人的意见，他认为是对的，就绝对不会改。想要改变他的想法，不是一时半会儿的事情，只怕她跟顾向阳要做好长期斗争的准备了。

虽然心情沮丧，但是如愿还是只能强打精神招呼大家，这毕竟是她的送别会，心里再不开心，也不能让大家看出来，否则岂不是扫了大家的兴致，枉费他们一片苦心。

如愿在会场里转了一圈，该打招呼的人都打过了，却还是没等到顾向阳来，正想打电话的时候，却见到陈元在吧台边跟一个小护士聊天。

如愿走过去，拍了拍他的肩膀。

陈元见到如愿过来，站直了身子，敬了个礼道："嫂子！"

"我们家老顾呢，怎么就你自己过来了？"

"你们家老顾去执行任务了，他说他晚一点会过来的，叫我跟你说一声，要你哥哥他们别等他了。"

"那你怎么才告诉我，我不问你你是不是还不准备说了？"

"嘿嘿，这不是看见美女忘记了吗……"

陈元这人也是不靠谱，如愿无奈地问："什么任务这么要紧？你们最近不是没有什么特别紧要的事情吗？"

要不然陈元也不会有时间在这里跟美女搭讪啊……

陈元尴尬地说："嫂子，你这就是为难我了，我们的任务都是机密，就算是嫂子也不好随便透露的。"

如愿无奈，看着在一旁偷偷看陈元的小护士，如愿只得暂时放过他，毕竟他们当警察的要搞个对象也是不容易……

聚会进行了两三个小时了，大家都几杯酒下肚，气氛也越来越热烈，大家都有些high，有人硬要如愿上去说两句。

如愿最怕的就是人家叫她说两句，因为她真的也没什么话要对大家的说的……但是耐不住大家都起哄，只得站到了台子上。

如愿今天晚上心情不大好所以多喝了几杯酒，她的脸红红的，端起了酒杯，有些尴尬地说道："谢谢的话前段时间已经说太多了，今天就不说了，大家玩得开心！"

说完这句话如愿就匆匆下来，只想找个角落继续等顾向阳。

"不行不行！你可是最早一批来非洲的，老非洲啊！这要走了，也不说几句体己话！"有同事起哄道，"上去，上去，怎么也得说两句煽情的话，把我们的眼泪弄下来才让你下来！"

　　如愿没有办法，又被大家给推上去。

　　喧闹的音乐停了下来，所有人都注视着她，如愿端着酒杯，正不知道如何是好的时候，就见到不远处走来了一个人，他似乎看出了如愿的尴尬，停在她面前，冲着她端起酒杯笑了笑。

　　是顾向阳来了。

　　也不知道为什么，顾向阳在那里她就觉得对一切又有了信心，她笑了笑，大大方方地又站了回去。

　　"那我就再说两句煽情的吧！"

　　"好！"

　　"要把我们说哭啊！"

　　下面传来鼓掌和起哄的声音，如愿又看向顾向阳，他微笑着看着她，一脸的温柔。

　　"我要回国了！"如愿激动地叫道。

　　底下的人又叫起来，有人吹口哨，有人跟着一起喊。

　　会场又安静下来，如愿笑眯眯地说："当初和我一批来的同事，好像就剩我还在非洲了吧？我可真是老非洲了……待了三年，没什么别的深刻的想法，对这片大陆最大感触就是，这里真是一片有味道的大陆……"

　　大家都笑起来，知道如愿指的是非洲难闻的味道和黑人们身上的体臭。

　　"我想大家都跟我一样吧，对非洲这片土地是又爱又恨。比如说去菜场买菜只能买整数，因为买半斤的话，黑哥哥可能算不出来应该收多少钱了……再比如说坎帕拉的堵车，真的是堵得人没脾气。还有，是谁说非洲人民淳朴善良的？都是刁民不好不好！每天都在跟他们斗智斗勇，要不然就得被坑钱！尤其是交警，看到中国人的车就拦，每次都要被讹钱！"

　　大家又都笑起来，到这里生活，人人都经历过这些难堪。

　　"但是……这里的风景还是美的，肯尼亚大草原上动物迁徙的景象，见一次就一辈子难忘。还有你们，你们也都是美的！"

　　大家又笑起来，如愿继续说道："我在非洲待了三年，这三年切切实实地改变了我。我曾经幻想，世界是一片美好的花园，这世上没有真正的坏人。可到了这里，我发现原来世上是真的有坏人的，不仅有，而且还不少。我每天见到各种各样的死法，死于疾病、死于饥饿、死于战乱、死于迷信。小卖部的女孩儿，你上个星期才见的，每天都在她那里买水果，可今天却听说她昨天被发现死在了家里。"

大家静静地听着如愿说话，喧闹的 party 忽然变得安静下来。

"原来，世界不是一片美好的花园，它破破烂烂的，我却无从补救。我到了这里，才渐渐懂得了人性的限度，明白了自己的局限，最重要的是，接受了自己的无能为力。

"这个国家的政策变一变，我们几年的努力就付之东流了。领导人得罪了某个西方大国，救济的药品就不能按时抵达，我们就只能看着领不到药的病人回家等死。

"我们能拯救的人实在是太有限了，治得了病，却治不了命。但是我一直都相信，我们的工作不是没有意义的，的确，我们没有办法让这个世界不糟糕，因为它实在是糟透了，但是我们有实实在在地努力让它变好。

"我记得袁飞学长去世前，跟我说过一句话。他说，如愿，我真的一点都不后悔来这里，虽然我也怀疑过，愤世嫉俗过，但是能死在岗位上，我觉得很光荣，你记得，我不是死于马尔堡病毒，不是死于疾病，不是死于非洲，我是为了我的信仰而死。"

提到袁飞，大家都蓦然，有几个与他相熟的人，都红了眼。

如愿也有些哽咽，不知道是情绪上来了，还是那几杯酒弄得人无法自制。

"到了乌干达之后，本地人时常问我有没有信仰，你们肯定也都遇到过这种问题。每次一听说我们中国人没有信仰的时候，他们都可惊讶了，紧接着呢，他们就会来给我们介绍他们的宗教，恨不得我们马上能跟着他们一起唱哈利路亚。

"我原来也以为我是没有信仰的，可后来我知道，袁飞学长也好，我也好，还有这里的每一个人，我们兴许是无神论者，但是我们每一个人心中都有信仰。并且，我们没有一刻停止过为了信仰而努力奋斗。

"是的，这个世界一点都不美好，有生之年我们可能也没办法消除艾滋病、埃博拉、马尔堡病毒，还有饥饿，还有贫穷。但是我依然热爱这个世界，因为还有很多人跟我一起奋斗，有的是疾控人员，有的是无国界医生，有的是患者……我们都满怀着信仰，治愈着伤痛，弥合着差异，消除着偏见。如今我要回家了，但是我们永远是战友！

"最后，送一句我非常喜欢的诗给大家——烫痛过的孩子，依然爱火。敬你们。"

回家的路上，顾向阳一直都很沉默，虽然他平素也不是爱说话的人，但如愿总觉得他今天特别的闷闷不乐。

"你怎么回事儿？任务执行得不顺利吗？"如愿坐上车，一边系上安全带一边问道。

"没有，挺顺利的。"顾向阳发动着车子，问，"你哥哥今天来了吗？"

"来了呀……"如愿犹豫了一下，还是告诉顾向阳说，"你今天来晚了，我哥哥有点不高兴，提前走的……"

"我……要执行任务。"

"听陈元说了。是很重要的任务吗？"

"嗯。"

"那我到时候再跟我哥哥解释一下吧。"

顾向阳没有再说话，若有所思地开着车。

如愿叹息一声，又说道："你们这次没见到，都不知道在我回国之前还有没有机会让你们见面，我哥哥也去刚果了，不知道什么时候回来，你也忙，肯定也……总不能等我走了，让你们单独见吧……"

"既然你要回去了，我跟你哥就暂时不要见了，我们单独见也挺尴尬的。"顾向阳说。

"我也知道，我也不敢让你们单独见，但是我怕越拖我哥哥那边的态度越强硬……"如愿无奈地说，"我哥哥不喜欢警察，他知道我找了个警察当男朋友之后很生气，非要我跟你分手。我想着让他见见你，说不定见到真人他就改变主意，不在乎你是警察了呢？"

顾向阳猛地刹车，把车子停到了路边，弄得如愿莫名其妙的，话都没说完。

"你把车子停在这里你做什么"

"如愿……"顾向阳看着如愿，欲言又止。

如愿紧张地看着顾向阳，问："你为什么这个表情？不要吓我……"

顾向阳神色沉重地看着如愿，简直像是要跟她生离死别似的。

"顾向阳。"如愿黑着脸说，"你该不会想跟我分手吧？"

"当然不是。你呢，你想跟我分手吗？"

如愿摇摇头道："当然不想啊。"

顾向阳也松了一口气，他苦笑了一声，然后抓住如愿的手，郑重其事地说道："除非是你要我走，要不然就算是死，我也不会离开你，不会放开你的手，你记住了吗？"

如愿愣了愣，然后扑哧一声笑了出来，无奈地说："你为什么说得那么吓人，我哥哥还能杀了你不成？没关系的，我哥这个人是固执了一点，但是总能说服他的。他其实也是关心我，总觉得当警察的太危险了，怕你哪一天牺牲了我会守寡……哎呀，实在不行，我们就先斩后奏，到时候给他抱个小侄女儿过去，看他认不认你这个妹夫！"

如愿笑眯眯地看向顾向阳，本以为他会笑话自己，因为她也觉得自己挺不矜持的，人家还没发话，她就已经在心里把孩子都给他生了。

可是顾向阳没有笑，他依旧用那种心酸又悲伤的眼神看着如愿，看得如愿都难过了起来。

"叔叔，你到底怎么了？我总觉得你今天怪怪的，好像很难过。"

顾向阳紧紧抓着如愿的手，像是一松开她就会不见似的。"我只是很怕失去你……"

"可是你不会失去我啊。"

"如果……我跟你哥哥注定没有办法相处，你怎么办？"

如愿笑起来，捧着顾向阳的脸道："这种问题应该我问才对吧，我跟你妈妈掉进河里你先救谁？"

"我先救你，你不会游泳，肯定会淹死。"顾向阳毫不犹豫地说。

如愿也是蒙了，哈哈大笑起来道："我就是打个比方，不是要你真的回答。我的意思是，你跟我哥哥之间没有什么可比性，又不是二选一的事情，一个是爱人，一个是亲人，不矛盾啊。不就是现在他反对我们吗？这只是一点点小小的阻碍，这一点阻碍我们都跨不过去，那以后还有那么漫长的人生路，我们要怎么走？"

顾向阳苦笑着，伸出手把如愿揽进了怀里，他多想对如愿坦诚，可是又要他怎么说得出口。

黑白混沌，有人说这世上的事情绝大多数是灰色地带，可是顾向阳相信虽然这个世界黑白夹杂，交错横生，一片混沌，让人分不清是非曲直，但是黑与白之间一直都有一条清楚的界限。这条界线他看得很清楚，可是如今他即便看得清界限，却依旧不知道自己应该怎么办了。

原来，事情能分得出黑白，人却不可以。

如愿被顾向阳抱得有些蒙，这也抱得太久了吧，她笑眯眯地问："叔叔，是不是想到我要走了特别没安全感呀？"

"嗯……"

"是不是想到一年多见不到我，就特别舍不得呀？"

"嗯。"顾向阳闷闷地应了一声，把如愿搂得更紧了。

"傻瓜，只是一年半载而已，又不是再也见不到了，我就在家里等着你，每天好好吃饭，好好睡觉，按时上班，按时下班，哪里都不去。"

"好。"

"你也是，好好吃饭，好好睡觉，不要胡思乱想，注意安全，不要缺胳膊少腿的，完完整整地回家找我。"

顾向阳松开如愿，认真地看着她，诚恳地说："我不能保证不做危险的事情，我只能保证，我做任何事情之前都会考虑你。"

如愿噗嗤一声笑出来，伸出手揉了揉顾向阳的眉心道："好了，不要这么严肃，我知道的。就算你缺胳膊少腿地回来，我也不嫌弃，你变成什么样子我都要你！活着要你的人，死了要你的骨灰。"

"好。"顾向阳一脸正经地说。

如愿真是拿顾向阳没办法，玩笑都听不出来，如愿也懒得跟他解释了，就这样吧，他这样就很好。

"如愿，我想问你一个问题。"

"什么问题？"

"刚刚你在聚会上说信仰，你觉得一个人应该为信仰做到什么地步？"

如愿想了想，神情认真了起来："我一直觉得，如果真的是信仰，你可以为它活，也可以为它死。"

"如果我的信仰和你的信仰矛盾了呢？"

"我们的信仰不矛盾啊……"如愿一脸的莫名其妙。

"我只是打个比方。"

如愿想了想道："那你可以有你的信仰，我可以有我的信仰。我不会为了你妥协，但是我也尊重你捍卫理想的权利。"

"如果我的信仰会伤害你，或者伤害一部分人呢？"

"在这个世界上，如果要做正确的事情，就一定会损害一部分人。只有什么都不做，才谁都不用伤害。如果有一天你必须把枪口对准我，才能成全你的大义，那我一定会叫你开枪。"

"要是枪口不是对准你，而是对准你的亲人，你的朋友，你爱的人呢？"

如愿笑起来，无奈地说："这是不是变种的妈妈和我同时掉进河里的问题？"

"回答我。"

　　如愿叹一口气，无奈地思考着，想了想答道："那我希望你不要问我的意见，自己做决定。"

　　"我知道，枪口对准你你不会觉得痛，但是对准你爱的人，你会痛不欲生。"

　　如愿笑起来说："我痛不欲生，又叫你痛不欲生。是不是？"

　　"是。"

　　"所以，你背叛信仰，不是因为会让我痛不欲生，而是因为让我痛会让你更痛，这样想想看，是不是有点对理想不贞洁？"

　　顾向阳一愣，点了点头，苦笑道："我怕你痛，怕你恨我。"

　　"再说了，也没有谁规定我不准痛不欲生啊，如果是我该承受的，那我只能去承受。至于你……如果坚持信仰就要被我憎恨，那被我憎恨，就是坚持信仰要付出的代价啊。难道这不是每一个有信仰的人都要经历的吗？"

　　如愿看着顾向阳，目光一片坦然，"如果说我真的对你有什么希望，那么我希望你能够顺从命运的指引，向着太阳，没有悔恨地，笔直地走完这一生。"

　　"好。"

　　顾向阳面容沉静地着看着如愿，脸上已经不再被心酸和悲伤的颜色缠绕，他眉眼倔强，目光坦然，又是那个坚毅果断的男人，没有一点点彷徨。

　　阴霾都驱散了，即便前面的路没有一步是好走的，即便已经预料到了孤独、心碎和眼泪，但是顾向阳却不曾感到一丝一毫地彷徨。

　　前面的路，他要小心翼翼地走。

　　"心情好了？"如愿察觉到顾向阳的变化。

　　顾向阳点点头。

　　"我怎么这么幸运……"顾向阳说。

　　如愿疑惑地看着他。"嗯？"

　　"拥有你，我怎么这么幸运。"顾向阳的手轻轻地放在如愿的脸上，温柔深情地说，"我有时候都会怀疑，你是不是真的是我的。"

　　如愿被顾向阳说得脸都红了，这种不说甜言蜜语的人，一说起来真的是比书生还酸。

　　"当然是你的啊，你要不要赶紧确认一下。"

　　"要。"

　　"那还不快开车，好不容易能一起待一晚上，快快快！"

顾向阳愉快地笑起来，这还是他这两天第一次能发自内心地笑出来。

其实仔细想想这件事也没有到无法挽救的地步，至少是他提前知道真相，这样还有余地转圜。兴许他能说服木如夜，兴许木如夜能够选择不再纠缠过去。只要他放手，真的重新开始，顾向阳就算想抓他，也没有任何证据和理由。

也许他们之间并不一定非要你死我活呢。

也许一切都还来得及。

他一定可以想出办法来，一定可以的。

只是这个晚上，顾向阳决定暂时什么都不要想，只好好地享受和如愿在一起的温存，如愿说得对，我们应该顺从着命运的指引，没有悔恨，笔直地活着。

对于顾向阳来说，没有悔恨的生活，就是和如愿在一起。

Chapter 24

每个圣人都有过去，每个罪人都有未来。

　　木如夜觉得如愿真的是自己的福星。

　　八岁的时候他得了一场大病，久久不愈，父母找了个当地的神婆，神婆说他父母的下一胎要旺他，果不其然，如愿出生以后，病了一年多的木如夜就痊愈了。

　　后来木如夜成了别人的马仔，有一次要做一笔大生意，可是如愿生了病，要住院开刀，木如夜只得没有参与那次行动，来到如愿的城市，陪着她一个多月。等如愿病好了，木如夜才知道，那一次行动，有警方的卧底，所有人几乎被一网打尽，只有蝎子靠着狼五的拼死相救逃了出来。

　　失去一切的两人想要在大城市里重新开始可谓难上加难，这时候如愿被调派到非洲，木如夜担心妹妹，干脆也跟了过去，没想到，去了非洲却让他靠着走私发了一笔财。

　　现在，在刚果，他又找到了金矿，终于，木如夜拿到了他渴望已久的入场券，一张离开黑暗世界，迈向世俗成功的入场券。

　　队伍里的人表现得要比木如夜兴奋得多，对于这些人来说，金矿意味着钱，可是木如夜很明显考虑得更加深远一些。

　　如今确定了这块地有金矿，他反而忧虑的事情更多了。

　　虽然他们买下了地，拿下了开采权，可是按照这里的规定，必须和当地政府联合开发。他毕竟是个外乡人，除了开采权什么都没有，既没有技术，也没有军队，非洲人又不是那么靠得住，

　　找到金矿容易，想要在这里长久地开采下去，可不是一件容易的事情。更何况，他

一个中国人，就算在非洲做得再好，也没法进入他们的圈子里。他总有一天还是要回到中国人自己的圈子里去。

"你应该认识不少国内的资源公司吧？"木如夜问还在处理着数据的葛平秋。

葛平秋站在书桌前，她放下手里的数据，抬起头来，疑惑地看着他，问："认识不少，有很多合作过的，不过你问这个做什么？"

"想要找一家合适的公司合作开发。"

葛平秋一愣，倒是没有想到木如夜会这样做，到手的钱，要分出去吗？

木如夜看出了葛平秋心中的疑惑，温柔地说："少赚点钱没关系，我想早点回国，陪着妹妹和你。"

葛平秋垂着眼，笑了起来，点点头道："也好，找一个技术成熟的公司，比自己做轻松得多，事半功倍。"

"那就麻烦你帮我联系了。"

"你对我这么客气做什么？"

木如夜笑起来，走到葛平秋身后抱住她。透过窗子，可以看到外面热闹的街道，小摩托和拖车在狭窄的路上穿行，路旁的小商贩们叫卖着廉价的衣饰，有非洲的小孩子在路上跑来跑去，街道嘈杂，顶着水缸的女人来来往往。这些景象木如夜已经看了三年。

"我想回国。"木如夜说。

"嗯。"

"你跟我回去吗？"

"嗯。"葛平秋伸出手，抱住了木如夜的胳膊。

"带着蝎子的骨灰。"

"好。"

木如夜放开葛平秋道："我出去一趟，可能过两天回来。"

木如夜套上外套，在玄关穿鞋。他时常这样，不说清楚缘由地消失，这总让葛平秋觉得很危险，她不是一个缺乏安全感的人，可是待在木如夜身边越久，便越是觉得他的行事作风和普通人异样。

"你去哪里？做什么？"

木如夜无奈地笑起来，看着葛平秋的眼神里满是戏谑："小秋，你从前是从来不问这种问题的，我一直觉得这是你的优点。"

葛平秋不再说话，只是静静地看着木如夜在镜子前整理衣衫。

她不是担心他会背着她见别的女人，她担心木如夜是在走钢索，走钢索她也不怕，她怕的是一无所知，想象总是比现实更可怕。

"阿夜……"葛平秋叫住准备出门的木如夜。

"怎么了？"

"我有一个问题想问你，如果你不想告诉我，你也可以选择不回答，但是我必须问。"

木如夜叹一口气，又走进屋里来，皱着眉说："你问吧。"

"你从前到底是做什么的？"

木如夜笑起来，似乎早就猜到葛平秋的问题似的。"答案是什么重要吗？"

葛平秋看着笑得狡黠的木如夜，不知道为什么，即便这个男人和自己如此亲密，可绝大多数时候，她都觉得看不透他。

他神秘、狡猾、聪明，对一切都充满了怀疑，他不信任任何人，即便对她，他也是七分真，三分假，而那三分被他隐瞒的，往往才是事情最重要的部分。

"答案不会影响我对你的感情。"

"小秋，你难道不知道吗，有时候无知是一种幸运，是我对你的保护。"

"就像你对如愿那样吗？"

"我什么都不说，对你们才没有牵累。"

"好，我知道了。"葛平秋垂着眼，思索了一会儿，又抬起头来，眼神坚定又清明，说，"我问你最后一个问题，你真实地回答我，我保证以后永远不再问你相关的问题。"

"好。"

"你是好人，还是坏人。"

木如夜大笑起来，抱着葛平秋道："小秋，你为什么会问这么傻的问题？"

"你答应我了的，要真实的回答我。"葛平秋一脸的严肃，并不让木如夜蒙混过关。

木如夜狡猾地回答道："每一个圣人都有过去，每一个罪人都有未来。"

"那你到底是圣人，还是罪人？"

木如夜牵起葛平秋的手，像是一个骑士一般弯下腰在她的手背上轻轻地印下一个吻，然后抬起眼，用勾人堕落的语气说："相信我，我们会有未来的。"

门被关上，木如夜走了。

葛平秋给自己倒了一杯茶，她走到窗边，往楼下看，木如夜已经戴上头盔，骑上了摩托。他抬起头往这边看来，葛平秋对他笑了笑，招了招手，然后木如夜才驶着摩托，消失在了她的视野里。

有罪就有罪吧，她不怕命运的波折，爱了再失去，也好过从没有爱过。

去机场前，如愿去了一趟医院跟同事们告别。

"羡慕啊，回去就能吃火锅了！"

"我给你寄火锅底料！"

大家说说笑笑，却又不免有些伤感，都来自世界各地，再见也不知道是哪一年，缘分是很奇妙的东西，能把不相干的人牵连在一起，可是时间到了，各自天涯，想要再聚的可能性又是那样微乎其微。

如愿跟大家告别，难免掉了几滴眼泪，抽抽噎噎地上了车，可是等到车子在机场停下来的时候，如愿便又已经喜笑颜开，不知道多兴奋。

"你的情绪转变得未免也太快了吧……"顾向阳无奈地说。

"想到马上就能吃到地地道道的中餐了，当然高兴！"如愿拿出手机，敲了敲道，"我在里面列了一长串的单子，都是我回国之后要吃的东西！"

顾向阳很是无奈，帮她推着行李，机警地看着四周，装作漫不经心地问："你哥哥真的不来送你吗？"

"他说应该是赶不回来了……"

木如夜回不来，顾向阳倒是松了一口气，要不然还得找理由躲开他。

还有半个小时就要登机了，如愿恋恋不舍，像是一只树袋熊似的挂在顾向阳身上，可怜兮兮地说："我们怎么这么惨啊，才在一起这么短的时间就又要分开了……我们简直就是罗密欧和朱丽叶……"

顾向阳的身子一僵，道："罗密欧与朱丽叶……不像吧……"

如愿这才意识到自己的比方不对，笑眯眯地纠正道："也对，我们两家又没有仇，我们应该叫梁山伯与祝英台。"

顾向阳沉着脸说："你能不能不要说这么不吉利的话？"

如愿大笑起来，歪着头说："那牛郎和织女？"

"都不要，都不好。"顾向阳难得这么严厉地对如愿说，"以后不要随便说这种话，乌鸦嘴，不吉利，你不怕成真了吗？"

"我原来怎么不知道你这么迷信！"

顾向阳无奈地苦笑起来，还能为什么，还不是被命运吓怕了。

"那行，我们不是罗密欧与朱丽叶，不是梁山伯与祝英台，也不是牛郎和织女，行了吧？你说我们是什么就是什么，那顾叔叔，你觉得我们是什么呢？"

"我们是顾向阳和木如愿。"顾向阳温柔地看着如愿，无奈地叹息道，"别人都有人做了，我们做自己就好了，走我们自己的路，创造我们自己的结局。"

如愿伸出手画了一个大大的圆，笑眯眯地说："那我要一个大大的、圆圆的、童话里那样的 happy ending ！"

顾向阳凝视着如愿，沉默了一会儿，然后郑重其事地说："好，我答应你，给你一个童话里的结局。"

如愿就像是一个小孩子，开心地亲吻着顾向阳，蹦蹦跳跳的。

顾向阳看着她，温柔地说："可能过不了多久我们就能再见面了。"

"你有假期回国吗？"

"我可能会提前回国，有一些特殊情况，我的维和任务也许会暂时结束。已经提交了申请，现在等着批复。"

如愿惊喜万分："你怎么不早一点跟我说！"

"因为想看你高兴的样子！"

如愿搂着顾向阳，又凑过去要亲他，却忽然停住了，然后脸一红，松开顾向阳的脖子，尴尬地往后退了一步，红着脸，垂着脑袋，偷偷摸摸地看着前方。

顾向阳正觉得纳闷儿呢，却见到如愿冲着他身后说道："哥哥，你怎么来了……"

这一天迟早会到来，只是顾向阳没有想到会这样突如其来。

身后传来一个熟悉的声音，可语气却是少有的温柔，道："我妹妹要回国了我怎么可能不来送？我刚刚下飞机，送你走了马上就转机回刚果。"

是章鱼的声音，顾向阳不会记错。

如愿开心地扑过去，抱着哥哥的胳膊，他愿意来送她，是不是说明他愿意接受自己找了个警察当男朋友了？

"哥哥你不生我气了？"

木如夜冷哼一声，看向顾向阳的背影道："不给我介绍一下吗？"

如愿心里觉得奇怪，顾向阳怎么跟傻了似的，她走到顾向阳身边，拉了拉他，笑眯眯地说："你该不会紧张得不会动了吧？我给你介绍一下，这个是我哥，木如夜。"

顾向阳捏紧了拳头，下定了决心，他神态如常，转过身来，看向木如夜。

空气有几秒的凝滞，两个人男人之间只隔着一两米的距离，如愿站在中间，不明白为什么气氛变得如此诡异，两个人之间似乎有一种她看不懂的暗流在涌动，电光火石，刀光剑影。

顾向阳的目光坦然、严肃，甚至有一种视死如归。而木如夜眼里是挑衅、嘲讽和一丝难以察觉的愤怒。

片刻的震惊之后，木如夜的神情恢复如常。再看向顾向阳，跟平素没有什么两样，依旧是那副严肃的神态。这一切转变得太快，让如愿误以为方才只是自己太紧张而产生的错觉。

也是，两个人第一次见面，哪里来的深仇大恨，她老是自己吓自己。

如愿笑眯眯地扯了扯顾向阳，他才反应过来，对木如夜点了点头，伸出手道："你好，我是顾向阳，如愿的男朋友。"

木如夜扬起嘴角微笑起来，带着一丝淡淡的嘲讽，这样的神态常常出现在哥哥脸上，如愿也不以为意。他握住顾向阳的手，意味深长地说："顾向阳……如愿总是提起你，我都想见你很久了。"

两人松开彼此的手，顾向阳依旧站得笔直，木如夜把手插在裤兜里，依旧是那副漫不经心的样子。

如愿松了一口气，这场面比她以为的缓和多了，本以为哥哥会口出恶言，或是一上来就要打发人，要他们分手或者不要见面什么的。

"那你们现在算是认识了！"如愿笑眯眯地对哥哥说，"顾向阳才来非洲半年，很多地方不熟悉的，我回国了，哥哥你记得要帮我多照应一下他！"

如愿知道哥哥忙，他只是想试探一下哥哥的反应，看看他对顾向阳到底满不满意。

哥哥笑起来，竟然难得地和颜悦色，道："你放心，我肯定会照顾他的。"

如愿一脸的惊喜，这么看来哥哥应该对顾向阳很满意了！她喜笑颜开，笑眯眯地看着顾向阳，冲着他直眨眼，顾向阳心里无奈，只能对着如愿苦笑。

两个男人默契地保持着沉默，还有十几分钟就要登机了，如愿问哥哥："小秋没有跟你一起来吗？"

"刚果那边她还有事情要处理，不过她会提前回国，你们很快就能见到了。"

如愿点点头，又问："蝎子呢，我那次生病之后就一直都没有见过他，我这都要走了，他也不见我一面……"

木如夜目光一转，看向站在不远处的顾向阳，冷笑一声道："这个问题哥哥没有办法回答你，也许你应该问一下你的男朋友，小顾，你说说看，蝎子去哪里了？"

如愿也是一蒙，看向顾向阳，疑惑地问："你知道蝎子去哪里了吗？"

有那么几秒钟没有人说话，木如夜恶毒地看着顾向阳，嘲讽地笑着，顾向阳坦然地回应着他的目光，然后面无表情地对如愿说："不知道。"

如愿更蒙了，只觉得气氛说不出来的不对劲。

"你为什么要我问顾向阳蝎子去哪里了？"

木如夜只是想折磨顾向阳而已，并不是想妹妹知道真相，微笑着说："他不是警察吗？应该有办法能够找到蝎子才对。"

"连你也找不到蝎子吗？"如愿有些担心起来，如果连哥哥都找不到蝎子，那么仔细算起来，蝎子也失踪有月余了，她对顾向阳说，"那真的得拜托你了，你们维和警察应该有办法找到中国公民吧？现在非洲这么乱，我怕蝎子出事情。"

顾向阳感到喉咙里一股苦涩，他知道，这是木如夜故意的，可是对于这样的折磨，他只能承受。他不愿意对如愿撒谎，却也不能告诉她真相。

"好，我会帮你找的。"

木如夜伸出手揉了揉如愿的后脑勺，柔声道："好了，你也到时间该登机了。"

广播已经开始催促了，如愿心里有一万个不舍得，却还是只能跟哥哥和顾向阳告别。哥哥抱了抱她，说了几句关心的嘱咐，大概是回国之后要好好照顾自己，定期打电话回来，没有钱花了要找他要，不要让人欺负了之类的。

如愿眼睛红红的，虽然时常与哥哥分离，可每一次都依旧是舍不得的。

"傻孩子，哥哥又不是不回国的，去吧。"他看向顾向阳，意味深长地说，"去好好地跟你的男朋友道别……"

如愿又走到顾向阳跟前，眼睛红红的。

顾向阳无奈地苦笑，千言万语到了这个关头，却是一个字都说不出来。

"我要走了……"如愿可怜兮兮地说。

顾向阳点点头。

"你早点回来找我，要常常给我打电话。"

"好。"

如愿叹了口气，不甘心地说："你没有别的话要对我说了吗？"

顾向阳捧着如愿的脸，轻轻地在她额头上印了一个吻，柔声道："记住我对你说的话。"

"什么话？"

"每一句。"

如愿有些莫名，却还是点了点头。

真的要走了，一刻都不能再拖，如愿往登机口走，木如夜忽然叫住她道："如愿，你记不记得哥哥说过你是我的福星？"

一旁的顾向阳僵了僵，捏紧了拳头。

他听得出木如夜话里的深意，也感觉得到他的张狂。

如愿虽然莫名其妙，却还是笑了起来，冲着哥哥挥挥手，又对顾向阳丢了一个飞吻，然后转过身头也不回地走进了登机口。

她不回头，是因为她怕自己舍不得，也是因为如愿心里相信，她与自己爱的人再次相聚并不是不可期的事情。

人总是容易被快乐冲昏头脑，而忽略了命运的暗示。等回过神来，早已经被吊诡的生活无情地撕裂，命运的意外总是来得残酷暴力，他们支离破碎你的人生，再不留情面地掌掴。你总以为人生很美，可美丽背后总有一段哀绝的隐情……

只是此刻的如愿，还来不及明白。

如愿消失在登机口，木如夜与顾向阳并排而立。

"你知道我为什么说如愿是我的福星吗？"木如夜阴郁地笑着，"她当年大病一场，让我错过了一场绞杀，不仅如此，还让我摆脱了毒贩子的身份。我跟着她来到非洲，没想到竟然可以改头换面，有机会可以变成一个正正当当的生意人……但是最让我没有想到的是，她竟然帮我找到了我的仇人。你说，如愿是不是我的福星？"

顾向阳不回答，他神色坦然地看着落地窗前的飞机，平静地说："既然你已经改头换面，就应该把从前的事情放下，我可以不抓你。"

木如夜冷笑道："怎么，你不要你的原则了？"

"我尊重我在国旗前许下的誓言，我誓死都会捍卫法律和秩序。过去的事情都已经烟消云散，既没有证据，也没有证人，这是老天爷给你的机会，你应该珍惜。不要再走回头路。"

"这么说你是为我好了？"木如夜嘲讽地问，"你是为我好，还是你怕了？"

"我当然怕，但是我不是怕死，我怕最后受到伤害的是如愿。"

提到如愿，木如夜的眼神变得凶狠起来，他语气阴沉地说："你知道，我不可能放过你，所以你还是跟如愿分手吧。"

"我不会跟她分手。"

"你我之间，是不死不休的关系，总有一天要分个胜负，不是你死就死我活，无论是哪一种结局，对如愿都是伤害。你强留在她身边，并不能让她幸福，只是在毁灭她的生活。你现在所能做的，唯一的，明智的，合理的选择，就是跟她分开，彻底地分开。"

"我答应过如愿，我不会离开她，死也不会。如果你为了如愿好，也许应该放弃你的执著，从此之后选择做一个真正的好人。"

"好人？"木如夜大笑起来，摇摇头道，"我告诉你好人是什么，好人是无能的人用来自我催眠的词汇，然后创造出一个邪恶来，用来诬蔑那些有魄力和智慧的人。我可不上你们这些好人的当。"

"所以你是不会改变的了……"

"你不是第一天认识我，你应该知道我绝对不会改变。我要做的事情，一定会做到。所以无论如何我都不会放过你。至于如愿，我当然不愿意伤害她，所以，我希望你最好能够给自己编一个好一点的理由。"

"我说过，我不会跟她分手，这是我对她的承诺。"

"你误会了。我是说为你的身后事找一个好理由，毕竟要给你的死留一个光彩的说法，她才比较好接受，不是吗？"木如夜拍拍顾向阳的肩膀道，"不过，我是个知恩图报的人，如果你愿意离开我妹妹，我会感激你的牺牲，给你三个月的时间去逃命，去跟你的亲人朋友告别。你应该知道的，从这一刻开始，你就已经是猎物了，天涯海角，我都会找到你，捕杀你。我在非洲一开始就做的是动物走私，顾向阳，我比你以为的还要擅长狩猎。"

木如夜给顾向阳留下一个阴狠狡猾的眼神，然后转身离开了候机厅。

这一天，是乌干达雨季节结束的日子，漫长恶毒的旱季即将来临，枪声响起，时钟滴答作响，两人之间亡命的赛跑就此拉开序幕。

他别无选择，只能一路跑下去，不幸的是，无论他与木如夜谁先跑到终点，这个故事都只能以悲剧收场。

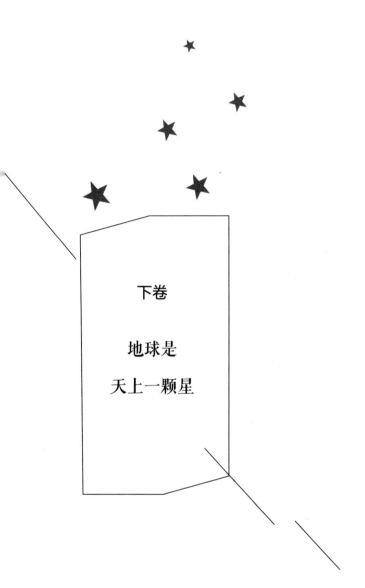

下卷

地球是
天上一颗星

Chapter 01

这一回输了也无妨。

飞机降落在国境之内，如愿终于理解了那种游子归乡的心情，像是走了一万公里的路终于可以休憩片刻的那种欢愉，当脚掌踏上土地的那一刻，便有一种被滋养的感觉，就像是被连根拔起的植物终于又回到了土壤里。

她走出接机口，来来往往都是熟悉的黄色皮肤，相似的面貌，相同的语言，她闭上眼，张开双臂，深呼吸，感受着这久违的湿润空气，她回家了，回家真好。

她睁开眼，见到眼前站着一个形迹可疑的男人，戴着口罩和能够遮住半张脸的墨镜，手里捧着一束华丽到浮夸的鲜花，如愿还来不及收回双臂，就被男人紧紧地抱住了。

"欢迎回国！"

如愿一时没反应过来，那人取下墨镜，笑意盈盈地说："如愿，是我。"

"你是谁？"如愿莫名其妙地问。

那人又迅速取下口罩，瞪着眼，夸张地说："我这么好看的脸，你竟然记不住吗？"

"陆云尘！"

"嘘！"陆云尘捂住如愿的嘴，迅速把口罩戴回去，小心翼翼地说，"小声点，除非你想搞个大新闻出来。"

如愿点点头，陆云尘这才松开手。

"给你。"陆云尘把花递给她道，"欢迎你回国。"

万万没有想到回到中国见到的第一个朋友会是陆云尘，更想不到这个大明星会来给她接机，如愿喜笑颜开地接过花束，都不知道怎么感激他的好意才是。

"你怎么知道我今天回来？"

"打听一个航班时间还是很简单的。"陆云尘接过如愿的推车道，"这边走，我带你去接风洗尘。"

三年，祖国的变化已经足够大，好多地方如愿都不认识了，这里修了新的大厦，那里开了新的地铁线路，可饶是陌生的建筑，依旧亲切可爱。

到了市中心，巨大的广告牌上是一张熟悉万分的脸，如愿激动地指着广告牌上的人，叫道："你快看，是你！"

陆云尘笑了起来，故作无所谓地说："大惊小怪……"

沿路有好多陆云尘的广告牌，如愿这才意识到他真的是个货真价实的大明星。

虽然回国这一路，加上转机的时间几乎花了二十个小时才到家，但是回家的兴奋还是打败了疲惫，陆云尘带着如愿去一个私人会所吃火锅。

这里地处偏僻，所有人说话行动都显得很低调。

如愿疑惑地问："这里人吃饭都这么抠抠搜搜，偷偷摸摸的吗？"

陆云尘黑着脸说："这不叫偷偷摸摸，这叫作注重隐私……"

如愿点点头，不置可否，安静地跟在陆云尘身后往里走。

看着会所里富丽堂皇的装修和陈设，如愿一瞬间觉得有些恍惚，二十四个小时前，她还在一个千疮百孔连死后都无处安息的贫瘠大陆上，天空上的秃鹫，等待着迁徙的饥民咽下最后一口气，焦灼的阳光炙烤着土地，寸草不生。可是不过是一场长长的睡眠的工夫，她就到了一个堆金积玉炊金馔玉的地方，人人鲜衣美食肥马轻裘，难以想象，这竟然是同一个世界。

陆云尘拿过菜单，一溜地点下去，如果不是如愿阻止，恐怕要把每样菜都来一遍。

"点那么多又吃不完。"

"你好不容易从非洲回来，还不得好好补偿一下？"

"那也不急着这一天。"

陆云尘没办法，被如愿逼着退了两个菜。

"知道你要回来，我别提多高兴了……"陆云尘身子稍稍向前探了探，一双电眼凝视着如愿，语气温柔地说，"我回国后时常会想你……"

"你为什么要想我，平时很闲吗？"如愿好奇地打量着这里的餐具，漫不经心地问，"也没见你平时联系我，问问好，关心一下我的身体什么的呀？"

陆云尘有些尴尬，虽然非洲之行他对如愿很心动，但是毕竟是异国，不知道什么时候相见。他平时忙，身边各种各样的诱惑也多，便没有想过要去联系如愿。

"你这是在抱怨我不关心你吗？"陆云尘笑起来，并不气馁，柔声解释道，"我是怕打扰到你，毕竟我们有时差，你的工作又很忙。你呢，你为什么不主动联系我，就一次都有没有想过我吗？"

"没有，忙着呢。"如愿面无表情地说。

陆云尘没想到如愿这么直接，脸上有点挂不住，可如愿很快就变了表情，看着餐牌上面的推荐，眼睛亮了起来，激动地说："我想吃这个糕！"

陆云尘长长地吐了一口气，无奈地说："吃吧吃吧……"

叫来服务员，加了个糕，两人又对坐无言。如愿似乎对他的事情一点儿兴趣都没有，他有意无意提及自己跟某个国际大导演的合作，想要在她脸上看到一点崇拜的神色，可她只是淡淡地笑着，甚至不多追问，他之前准备的台词完全没地方用。

如愿一直显得漫不经心，直到米糕上来了，她才又来了精神。陆云尘的内心几乎是崩溃的，他想不通，他一个风靡万千少女的 super star，竟然还没有一个米糕有吸引力！

陆云尘觉得跟如愿搞暧昧应该是没什么可能性了，以往积攒的套路全都毫无用处，简直就是一拳打在棉花上。

菜都上齐了，两人一边闲聊一边吃饭。

"也不知道你是真不懂还是假不懂……"陆云尘故意没头没尾地说。

陆云尘以为如愿会问他为什么这样说，这样，他就可以丢一个直球过去，说，你是真不懂我喜欢你，还是假不懂我喜欢你，让如愿无处可逃。

可是如愿没有问他为什么。

她慢悠悠地涮着羊肉，漫不经心地说："有的事情我是真不懂，有的事情我可以懂但是我不想懂。看起来聪明的人都活得累。有时候活得傻一点，自己和别人都轻松。要不然，人生真的有太多尴尬要解决，多辛苦。"

陆云尘愣了愣，如愿这段话说得别有深意，陆云尘在娱乐圈摸爬滚打这么多年也是个人精，怎么会听不出这话里拒绝的意思。这是叫他不要做多余的事情叫两个人都尴尬。如愿看起来大大咧咧的，其实很敏感。

看着如愿专心致志地涮着羊肉的模样，陆云尘低下头来，露出一个发自内心的柔和笑容来。很少有女孩子给他这样的感觉，玲珑剔透却一点都不世俗。

陆云尘就是喜欢如愿这一点，这是她和别人不一样的地方，一方面她纯粹天真，可另一面她又聪明克制。明明是两种矛盾的性格，却在她身上浑然一体，多么难能可贵！

这样的女孩子，要么就娶回去做老婆，要么就做一辈子的朋友，跟她玩感情游戏实在是太可惜了。

陆云尘在心里估量着，他到底应该选择哪一种才好。虽然已经三十多岁了，但是他不确定自己有没有做好尘埃落定的准备，有没有能力爱一个人一辈子，在片场里看到穿着比基尼的美女从眼前经过的时候，能不能忍住来一发的冲动。

陆云尘慢条斯理地吃着饭，不再故意跟她调情，而是正经地聊着天。他发现，如愿的很多想法都很特别，既简单又充满智慧，很能让他觉得平静和开解。

要不然就这样吧，陆云尘想，做朋友也很好，毕竟要跟她在一起，也有很多的阻碍要克服，克服了阻碍，又要抵制诱惑，指不定，两个人做朋友，关系还能长久一些。

"差点忘了！"如愿拿出手机来，笑眯眯地对陆云尘说，"对不起啊，我打个电话，报个平安。"

一下飞机如愿就跟哥哥联系过了，但是跟顾向阳打电话却一直都打不通。路上也打了几次，也是没有人接，现在又打，还是没人接。

陆云尘好奇起来，问道："看你打了一路了，怎么没人接？"

"我也不知道……奇怪……"如愿嘟囔着，脸上是藏不住地担忧。

陆云尘觉得有些不对劲起来，问："谁啊，怎么重要，非要打通不可。"

如愿有些害羞地笑起来，在陆云尘面前，如愿总是显得冷静又干脆，那小女孩儿似的神态陆云尘还是第一次见，他已经觉得有些不舒服了，男人有时候就是这样，分不清虚荣和真爱的区别。

"我男朋友……"如愿一脸幸福地说，笑得就像是个情窦初开的少女。

陆云尘脸上还是朋友一般的柔和笑容，可是心里的那张脸已经黑了。

"男朋友？我记得我离开坎帕拉的时候你还是单身，这么快就交男朋友了吗？"

"对啊，在一起也没有多久。"

"什么人啊，提起他你就这副模样。"

"什么模样？"

陆云尘不阴不阳地说："少女怀春的模样。"

如愿的笑容更深了，提起那个人眼睛都在发光。

"那么喜欢他吗？"

如愿点点头，一点儿都不掩藏。

陆云尘捏紧了筷子，瞬间就下定了决心。不管了，森林和大海都不要了，他必须要追到她！

如愿联系不上顾向阳，但是这也算不得什么稀奇的事情，有时候他们需要执行什么机密任务的时候，的确会突然失去联系。

回国之前如愿托朋友请了保洁阿姨把家里里里外外打扫了一遍，如愿并不是一个喜欢储存东西的人，所以也没什么可收拾的，到了家酣畅淋漓地睡了一觉就已经是第二天中午。她被哥哥的电话吵醒，问她安顿得如何。

聊了两句，哥哥就要挂电话，如愿忙问："那天在机场我走了之后你没有为难顾向阳吧？"

"我一直是那个样子，谈不上为难不为难。"木如夜冷冷地问，"怎么，你那个男朋友跟你告状了？"

"他才不是那种人呢……就是这两天都联系不上他，我有些担心。"

"哦？他没有联系你吗？"木如夜的语气愉悦多了，道，"不联系你就算了，刚好趁这个机会分手。"

"你怎么又说这种话！"如愿还以为哥哥的态度已经转变了，没想到还是一样，"我说了我不会跟他分手的。"

"算了，电话里跟你也说不清，我下个月回国，等我回国了再收拾你。"

木如夜挂了电话，看了一眼跪在地上瑟瑟发抖的黑人侍应生。

那人哭着求饶，可木如夜连眼睛都不眨一下，对手下使了个眼色，他们便把侍应生架了起来。木如夜带戴特质的手套，上面是尖锐的金属，动了动手腕，便朝他的肚子揍上去。哀号声响彻整个后巷，却没有人敢来瞧一眼到底发生了什么。

黑人已经被打得连哀号的力气都没有了，可这一场私刑却还在继续，路过的非洲警察看到这一幕走了进来试图阻止，马仔塞了点钱，他们便又视若无睹地离开。

木如夜脸上的神情很平静，既不愤怒也不残酷，就像是在打一个沙包，不带丝毫感情。

本来他就谈不上对这个人生气，只是这是他的规矩，他定的规矩自己也必须遵守，那就是得罪了他的人，就必须付出代价，没有例外。

一直到黑人失去了意识，木如夜才停了手，他取下手套交给马仔，转身出了小巷，走回街对面的那家印度餐厅里，葛平秋已经从卫生间里回来，可是衣服上的印记却还在。

"你去哪里了？"葛平秋问他。

木如夜拿起叉子，发现手上沾了一点血迹，他不动声色地擦掉，又面色如常地说："哦，刚刚出去给如愿打了个电话。"

"她在国内还好吗？"

"嗯……"木如夜沉吟了一下，皱着眉道，"我平时还是太惯着她了，现在越来越不听话。"

"如愿都二十多岁了，又不是小孩子，她的人生你就不能让她自己过吗？我觉得你也不要太干涉她了，小顾真的挺好的。如愿的幸福应该由她自己决定。"

木如夜冷冷地看了葛平秋一眼，语气严厉地说："我们兄妹之间的事情，你不要插嘴。"

葛平秋被木如夜的话噎住，不再说话。

最初的热恋之后，他们之间的差异越来越明显，相处中矛盾也越来越多，这样的情况也不在少数。就说刚刚，有一个服务生把东西泼在了葛平秋身上，非但不道歉，还怪葛平秋先撞了他。这本是小事，葛平秋觉得投诉一下经理就够了，木如夜非要找那人麻烦，她好不容易才拦住他，木如夜还有些不高兴。

平时可能葛平秋劝一两句木如夜也不会说什么，可大概是刚才她拦着他不让他找人麻烦的情绪还没有消化，他便对她口出冷言。

葛平秋有些受够了这些大大小小的争吵，木如夜许多行为处事的方法她都难以理解，她也懒得再温柔相劝，也冷着脸道："好，以后你们兄妹的事情，我这个外人一句话都不再说。"

木如夜重重地放下叉子，冷眼看着葛平秋道："你这是在跟我耍脾气吗？葛平秋，你应该知道，我对你已经足够忍耐了。"

"那你兴许应该好好想清楚，你还能忍耐我多久，因为我是不会迎合你的趣味，变成一个唯唯诺诺，在你面前连话都不敢大声说的女人的。"

葛平秋拿起包就站起了身准备要离开，木如夜还是第一次被女人甩脸，他冷眼看着葛平秋，并不打算管她。他不喜欢女人的这些花招和小脾气，也没有时间和精力去哄她们。原来的那些女人都是假装乖巧，但是时间越久想要的就越多，忘记了自己的本分。

　　木如夜从来都是毫不犹豫地抛弃她们，甚至连一个改过的机会都不会给她们。他喜欢葛平秋，是因为他觉得葛平秋冷静自如，聪明有度，却没想到，她也跟他来这一套。

　　葛平秋走出去几步，又走回来，对木如夜说："我想跟你说清楚的是，我刚刚说的话都是认真的，你仔细考虑一下到底要不要继续我们的关系，如果继续下去，今天的状况不会只发生一次。还有就是，我走并不是要你来追我哄我，我是此刻真的不想见到你，你明白的话，就让我自己回家吧，你今天不要回来住了。"

　　说完这句话，葛平秋才真的离开，木如夜哭笑不得地坐在餐桌前，第一次有一种败了的感觉，他向来讨厌失败，可这一回竟觉得输一场倒也无妨。

Chapter 02
美丽背后，总是藏着哀情。

如愿一直联系不上顾向阳，但是一回单位就有任务给她。

本以为她去了三年非洲，回来好歹能坐几天办公室，可是领导说，她既没有结婚也没有怀孕更没有孩子要带，找了一圈还是她最适合出差。如愿没有办法，收拾好行装便去了云南。

云南是如愿出生的地方，可是她十岁离家之后，就再也没有回过家乡，兴许是那里有太多不好的记忆，她下意识地想要避免想起。可是偏偏，这一回她要去的地方就是瑞丽……

这一回他们疾控中心是受到医科大学流行病室周晖杨教授的邀约，一起参与一个UNDP（联合国开发计划署）的课题，主要是针对瑞丽的艾滋病疫情和由此产生的社会经济影响展开现场调查。UNDP把这个叫作田野人类调查，这种人类学研究，如愿还是第一次参与。

整个调查的跨度大概是一个月，除了医科大学、疾控中心之外还有中国预防医学科学院和云南社科院的人参加，整个大团队先在昆明集合，一起前往地处边陲的瑞丽，然后再驱车前往一个著名的"艾滋病乡"。

整个旅途大概花了三十多个小时，一起的还有教授带的研究生和科学院的学生，这些学生大概是第一次参与类似的工作，之前也没有接触过真实的艾滋病人的生活，所以一个个显得意气风发，一副要做一番大事业的样子。

如愿安安静静地坐在车里，听着他们讲话，看着车窗外陌生又熟悉的滇西风光。

八岁那一年她因为艾滋病失去了父母，家破人亡，被迫离开自己的家乡，跟最爱的哥哥分离。哪里想到这么多年过去，她竟然又因为艾滋病回到了这里。

"小木，听说你是瑞丽人？"带队的周教授问如愿。

"嗯……是在瑞丽出生的，不过十岁就离开了。"

"那你是少数民族咯？好像这边傣族比较多？傣族有姓木的吗？"

"嗯，我爸爸是纳西族的，妈妈是傣族。我们的姓在这边比较少……"

"难怪，我是记得木姓应该是丽江、玉龙那边比较多才对。"

"为什么啊？"有一个男学生好奇地问。

"木府嘛，原来云南这边木王府土司势力是很强盛的，直到清朝之后才渐渐式微，所以木姓多。"

男学生恍然大悟，问如愿道："那小木老师，你岂不是王族土司后人？"

如愿哭笑不得，哪里有她这么落魄的王族土司后人。

"你离开瑞丽之后，就没再回来过吗？"

如愿摇摇头道："没有亲人在这边生活，就没想过回来。"

"为什么啊？"大学生就跟好奇宝宝似的，自以为是在跟如愿套近乎，热情地问，"小木老师你们全家都迁出外省了吗？云南多美啊！"

如愿冷淡地说："我父母都死了，艾滋病。我是去外地投靠亲戚的。你还有什么想知道的吗？"

气氛一下子冷下来了，男学生面露尴尬。如愿也不知道自己这是怎么了，明明可以说得婉转一些，可是到了云南之后，她的心情总觉得有些压抑，在非洲的时候都不曾这样失控过。

男学生一脸尴尬，识趣地闭了嘴。如愿意识到自己的失态，想说点什么挽回一下气氛，又无从开口。

幸好周教授见状，把话题又扯回工作相关的事情上来，道："我们这回去的几个乡都比较偏远，说傣语方言的比较多，小木你走了这么多年，还记得怎么说吗？"

"记得。"有谁会忘记乡音呢？

"那就好，我们也比较好开展工作。你会傣语，又有很多跟艾滋病人接触的经验，可能许多走访工作都需要你带着我的几个学生进行，没有问题吧？"

如愿神色严肃地点点头。

"你们几个要配合小木老师的工作，做好打硬仗的心理准备。"

一个女学生笑着问："走访调查难道会很辛苦吗？"

周教授无奈地摇摇头，看了一眼如愿。

"说不上辛苦，但是肯定是一件让人笑不出来的事情。"

"为什么啊？"那个好奇的男学生又忍不住问道。

如愿无奈地笑起来说："因为幸福的人都是相似的，但是不幸的人，却各有各的绝望。"

窗外依旧是美丽的热带风光，可美丽背后，总藏着悲哀的隐情。

只不过是过去了两天而已，那群士气高昂的学生们就已经灰头土脸的了。也有遇到一些比较热情的村民，可是很多都异常地冷淡。

"为什么啊？我们明明是来帮他们的……"

"只有别人向你开口寻求的帮助才叫帮助，其他的都叫自以为是。"如愿对几个学生说，"你们首先要做的就是抛掉这种高高在上的救世主的念头，然后才能平等地跟这些人交流。准确地来说，是我们到这里来寻求他们的帮助。"

几个学生点点头，如愿分配了几个家庭下去，大家分成两组，继续做走访。

这个乡里的人，绝大多数都是因为毒品染上艾滋病。

毒品在云南有一定的政治历史渊源，当年英国占领了缅甸，引入了鸦片种植，到了二十世纪五十年代，一些撤退到金三角地区的国民党军残部要靠着贩卖鸦片来供养军队，所以在金三角地区，毒品的兴盛一直都没有禁绝过。

新中国成立之后情况好了许多，可是依旧有许多老年人吸食鸦片，毕竟这里地处偏远，缺医少药，有很多人把鸦片都当作万能药，甚至有儿女为了孝顺父母，去缅甸那边搞来鸦片孝敬父母。

情况恶化是在鸦片变成海洛因之后。

瑞丽出现海洛因是在二十世纪八十年代，由于地理和经济原因，这里的禁毒战争打得极其艰难，虽然人人都恨毒品，却依旧只能看着自己的亲人朋友们开始吃"四号"，又从吃"四号"变成注射"四号"，艾滋病就是这样逐渐泛滥开来的。

如愿走在村寨之间，竹林掩映着这个被毒品和艾滋病啃噬的村庄，歪歪斜斜的竹楼似乎随时都要坍塌，里面多半是吸毒者的家。

这一次的调查主要分成两部分，除了座谈和访谈之外，最艰巨的一部分就是入户调查，统计 HIV 的感染状况，对这几个村庄的全部家庭入户调查，调查内容包括艾滋病知识、毒品使用、获得的信息来源，还有家庭的经济状况，这个难啃的任务就交给了如愿和她的团队，现在她要调查的就是一个四口之家。

和如愿的家庭很像，这个家里父母都是吸毒者，并且是艾滋病患者，有两个孩子，一个女儿十五岁，一个儿子八岁。

这家的女儿叫作旺品，如愿他们到的时候，只有她一人在家。她的弟弟没有去上学，脏兮兮地坐在角落里自己玩。旺品没有读书，在家里帮着做一点农活，家里也没有打算叫弟弟读书，能养活他已经是不易。

走访完，旺品送他们出去，前面走来一个又瘦又高一直在咳嗽的中年男人，他伛偻地走着，不看他的脸还以为是一个老人。

"那就是我爸爸！"旺品说。

记录里，旺品的爸爸是 HIV 携带者，看他一直咳嗽的样子，如愿怀疑他是不是有肺部感染，便让旺品告诉他爸爸，说他应该去医院检查一下。

"不用，我们家就种点稻谷、养几只鸡鸭生活，爸爸病了住院就没人做农活了，所以一般抓点药吃就好了。"

一旁的学生还想说点什么，如愿摇了摇头，她便闭嘴了。

来这里几天，他们也都习惯了，学生们身上那使命的光环退去，开始接受沉重的现实。

这里的人并不关心他们宣传的这些东西。对艾滋病，对死亡，对生活本身，这里的人都表现得很漠然，甚至麻木冷酷。

也许最可怕的并不是疾病和死亡，是已经没有信念的人生。

如愿又想起哥哥，想起自己十岁那一年号啕大哭地离开瑞丽，她想起跟哥哥分别，觉得心酸又庆幸。小时候也不是没有在心里怨过哥哥抛下自己，一次都不来看看她，可现在看到眼前这些景象，如愿才知道，哥哥当初走的每一步，做的每一件事，都是在为她殚精竭虑。

半夜葛平秋醒来，翻来覆去地便再也睡不着。兴许真的是不年轻了，不像少女时期那般倒在床上就能睡。十八岁的女孩子不知道失眠为何物，人生最大的烦恼不过是暗恋的男生交了女朋友，和期末考没有考到第一名。可一过了二十五岁，烦恼便开始成指数增长，生活不是一条直线，而是无数根纠缠在一起的线团，想通都难。

葛平秋爬起来去厨房里找水，房间里黑漆漆的，凭着直觉和记忆走到厨房，恍恍惚惚地觉得自己像是回到了少女时代……

也是在夜里汗涔涔地醒来，穿着短裤和小背心去厨房里找冰水喝。

时光之中似乎有一条看不见的线，把过去和未来连接。她明明应该还是她，葛平秋，一样的身高和体重，一样的名字，只是多了十多年的时光而已，但她却觉得她已经不是从前的自己了。

她忽然很想回到十八岁，不为改变过去，只是想看一看自己那时候的脸庞，可是她不知道十八岁的自己敢不敢和三十岁的自己相认。

"想什么呢？"

葛平秋吓了一跳，手里的水瓶落在地上，冰箱的灯光亮亮的，说话的人走过来，捡起水瓶递还给她。

"你怎么来了……"葛平秋皱着眉问。

"怎么，不想见到我吗？"木如夜问。

葛平秋轻轻地叹气，她想见他，又怕见他。

"还在生我的气吗？"

葛平秋摇摇头道："我生什么气呢？你也没做错什么，只是我们其实并不合适，硬要在一起才有那么多摩擦。"

"什么叫作我们不合适？什么又叫作硬要在一起？有人逼我们吗？还是我逼你了吗？"

葛平秋无奈地苦笑道："你瞧，又要吵架……"

她明明也没有想要激怒他的……

木如夜今天是来找葛平秋求和的，并不想跟她争执，只得忍住怒意不再说话。

黑暗的屋子里两个人静静地站着，只有电冰箱昏黄的光照亮他们的半张脸孔。

葛平秋叹一口气道："说我们不合适，是因为我们两个人对待世界的态度南辕北辙，你喜欢征服，有野心，而我呢……我喜欢我的山，我的水，我的石头。相爱很容易，相处却很难，我们生活在一起的时候，总是有各种各样的矛盾，因为我们的步调总是不一致。你累我也累，你要压抑自己的情绪，可我也并没有因此感到开心。"

木如夜的语气冷冷的，说："你现在说这种话是什么意思？"

"我不知道……"

"你想跟我分开吗？"

"我不想。"

木如夜叹一口气道："那就不要想那么多，既然都已经上船了，不靠岸你也下不去。"

葛平秋无奈地笑起来道："你是说我上了你的贼船的意思吗？"

木如夜伸出手搂住葛平秋的腰，把她拉进怀里，扬了扬嘴角，笑得邪恶又诱人，轻声道："你以为我会是那种随便被人抛弃的男人吗？"

"你不是……"葛平秋犹豫了一下说，"可你真的受得了我吗？说不定哪一天你就烦了。"

木如夜又笑起来，语气里带着一丝讽刺又带着一丝温柔，说："如果你是在问我会不会离开你的话，那你记好了，我不会。不就是吵架吗，我如果是图清净省心，也不会找你了，我们吵一辈子也无所谓……只要……我真的有一辈子。"

木如夜伸出手关上了冰箱的门，屋子又陷入了彻底的黑暗里，只能凭借感知感受对方，葛平秋想要开门说话，却被封住了嘴唇。

炙热的吻让人的理智迷失在欲望里，也许木如夜并不懂得什么叫作爱情，但是他一定非常懂得什么是做爱，一个抚摸就能让人奋不顾身。

黑暗里，眼睛看不见，可别的知觉却变得更加的敏锐，彼此的汗水交融，葛平秋感到一阵顶峰的恍惚，明知道不应该相爱，却还是爱了，也许他真的是她的孽缘。又或许十八岁的那个少女并不是真正的她，这个遇见了木如夜的自己才是她真实的自我。

她兴许一直就不是个好女孩，十八岁时，站在厨房里，听到浴室里爸爸和借住在家的小姨翻云覆雨的时候，属于她的一部分就出走了。她一直渴望去另一个世界，摆脱这家常世俗的伦理闹剧，却偏偏戴着面具。当了三十年的好女孩她也当够了。

她的确不应该跟木如夜相爱，可是注定她只会爱上这样的男人。

木如夜难得地睡过了十点，葛平秋做好了早餐准备去叫他，却见到他已经坐起来，正在跟人打电话。

"他回国了？什么时候的事情？"木如夜的神情冷酷，可是葛平秋却喜欢他这个样子，即便她知道他心如钢铁。

木如夜赤裸着上半身，身上是新新旧旧的伤口，有刀伤，有枪伤。葛平秋走过去，坐在床边，手轻轻地抚上他的皮肤。木如夜还在讲电话，微笑着抓住葛平秋的手，翻了个身把她按在了身下。

"什么都不用做，派人继续跟着他就好了。"木如夜继续对电话里的人说。

"现在不出手等到什么时候？他要是又跑了呢？"那边说。

"我答应了给他三个月时间，你们盯着就好了，而且狩猎的快感不在于杀死，而在于让猎物恐惧。"

木如夜挂了电话，葛平秋已经不再会追问他要做什么了，反正他想要做什么，也不是任何人能够阻止得了的。

葛平秋推推他道："吃早饭去吧。"

木如夜不动，只是盯着葛平秋看，看得她都不好意思起来。

"你看我做什么？"

"我们结婚吧。"木如夜忽然说道。

葛平秋呆住，一时反应不过来。

"我们回国，然后结婚，怎么样？"

Chapter 03
用最好的时光，等一个最爱的人，才不是浪费。

　　如愿在瑞丽待了十七天，田野调查终于要进入尾声，今天走访完最后一个家庭，明天就可以离开这个村落了。晚上大家聚餐后就各自回去休息。如愿是为数不多的女生，又是合作单位派来的，所以大家安排她住在村长家的竹楼里。

　　晚餐的时候人人都喝了一点酒，尤其是几个男生都喝得醉醺醺的，如愿今天便也没有让人送，自己一个人顺着村里的小路回竹楼。

　　如愿走在黑暗的路上，与月光为伴。

　　哥哥说下个月准备回国，要在国内开一个新公司，还准备跟小秋结婚。顾向阳不知怎么的一直都没有消息，她问陈元，可陈元支支吾吾地不直接回答，如愿便识趣地没有再找过顾向阳的同事和朋友。

　　她想过的，顾向阳可能去任何地方，可能做任何事情，但是这都跟她没有关系。他若是死了她一定会收到他的消息，他若是活着他联不联系她，还来不来见她，她都无所谓，反正她就在这里，哪儿也不去，一直等着。

　　她轻快地走在路上，凉风吹散了酒意，她甚至并没有太担心顾向阳，现在什么消息都没有，担心再多都是多余的，一点用处都没有，还不如好好地过好自己的日子，不给他找麻烦。

　　身后传来一阵脚步声，如愿停了停脚步，回头看了一眼却没有看到人。

　　夜深了，村寨中的人家都已经休息，风过处，是竹林摇曳的声音和偶尔传来的犬吠声。

　　如愿心里发毛，有些后悔没有让人送，加快脚步往前走，一边走一边回头看，身后的竹林黑黢黢的，除了自己的影子，并没有别的人影。如愿觉得自己大概是太多心了，来了这么多天都没事儿，明天就要走了，哪里那么巧就偏偏出事了。

她嗤笑自己的草木皆兵，继续轻快地往前走。

可就在这时候，如愿觉得胳膊一痛！

竹林里忽然跳出一个人来，伸出手就把如愿往林子里拽！

如愿惊恐地看向那人，认出来是早前采访过的一个吸毒仔！

"救命！"如愿惊恐地喊着，挣扎着。

可是吸毒仔却把如愿越抓越紧。

吸毒仔的眼神如愿见过很多次，疯狂又迷乱，他大概刚刚吸了"四号"，所以整个人都在癫狂和亢奋之中。

一个重重的巴掌打在如愿脸上，吸毒仔双眼血红地瞪着如愿，空洞又狂乱，像是一个人失去灵魂的怪物。

如愿从前不是没有遇到过比这危险的情况，在非洲，在反抗军的枪林弹雨里，在难民营面对四级生物病毒的时候，她都不曾这样害怕过。

没有什么比一个失去理智空洞疯狂的人还要恐怖……

如愿被拖进竹林里，她的胳膊被草木划伤，她的呼救声被掩盖在风声之下。

毒品让吸毒仔浑身充满了蛮力，如愿毫无反抗之力。

头一次如愿感到了绝望，她记得这个吸毒仔是 HIV 的感染者……

就在如愿几乎要认命的时候，一个黑暗的人影出现在了吸毒仔身后。吸毒仔忽然被一股强大的力量拉开，压在如愿身上的力量消失，她慌忙起身，都来不及看一眼救自己的人就跌跌撞撞地跑出了竹林。

如愿顾不得身上的疼痛，准备去找人来帮忙，可才往回跑就见到吸毒仔被人一脚踹了出来滚落在地上。

吸毒仔的两只手被手铐拷住，鼻青脸肿的，可目光依旧空洞疯狂，脸上是痴狂的笑容，似乎还在幻觉之中。

竹林里又发出声音，一个人高大的男人走出来，月光洒在他身上，照得他的脸孔一半亮一半暗。他的袖子卷到手肘以上，露出结实的手臂来，那双手臂如愿最喜欢。

救她的人是顾向阳。

顾向阳带着惊魂未定的如愿去镇上的派出所做了笔录，如愿没有再回村寨，而是直接在镇上的招待所休息。

顾向阳安排好所有事情才回招待所找她，如愿刚刚洗完澡，见顾向阳进屋来，立刻把他拉过来，前前后后地打量，问，"你没有哪里受伤吧？"

"没有，抓一个吸毒的我要是也会受伤，就别干警察了。"

"你今天怎么会忽然出现这里？"如愿惊喜地问，"也不提前跟我说一声……"

顾向阳的神情平静，不像如愿那样因为重逢而激动，侧过脸解释道："我过来调查一个旧案……知道你在这边，就顺便过来看看你。"

"不是特意来看我的啊……"

"嗯……"

如愿觉得要跟顾向阳聊不下去了，只觉得被顾向阳泼了一盆冷水。

见到如愿不高兴的样子，顾向阳只得又神情严峻地补充道："我有任务，上级不允许我跟你联系……"

听到顾向阳这样说，如愿才一下子明白过来，惊讶地问："该不会刚刚一直跟在我身后的人是你吧？我一路上就觉得有人跟着我似的……"

"嗯……"

如愿一点气都没有了，一脸地羞愧，问："那现在怎么办，我是不是要害你受批评了？"

顾向阳看向如愿，轻轻地握住了如愿的手，难得温柔地说："没关系，我不怕那些，你没事就好。"

如愿的心软下来，又说："你给我看看有没有受伤。"

"没有，你不用担心我。"

"你不知道，那个人是 HIV 携带者……"如愿皱着眉说，"不行，我不放心，你把衣服都脱了给我检查一下。"

顾向阳无可奈何，只得把上衣脱了，如愿检查仔仔细细地看了一圈，没有看到伤口，这才稍微松了一口气。

"裤子要不要也脱掉？"见如愿那副紧张的样子，顾向阳无奈地问。

如愿脸一红，想起他们也许久没见了，从背后搂住顾向阳，笑眯眯地说："好呀，你给我检查一下……"

顾向阳捏了捏如愿的手，又放开，起身道："你今天肯定吓坏了，早点休息，我去洗个澡。"

说完顾向阳就站起来，看都不看如愿一眼，自顾自地去了浴室。

如愿蒙了，浴室里传来水声，她从床上跳下来，看着镜子里的自己，左右打量着。难不成最近变丑了，对顾向阳没有吸引力了？

她心情闷闷地钻进被子里，过了一会儿浴室里的水声停止，顾向阳走出来，身后的床向下沉了沉，顾向阳关了灯，背对着如愿睡下。

如愿等了半晌，身后都没有任何动静，她终于忍无可忍，猛地坐起来瞪着顾向阳。

顾向阳也没有睡着，黑暗里他的眼睛却很亮，一直打量着如愿，温柔又坚定，让如愿都忘记自己为什么生气了。

"怎么了？"顾向阳打开床头的灯，无奈地说，"还以为你睡着了……"

"你这是什么意思……你为什么忽然对我这么冷淡？"如愿向来不喜欢把心事藏在心里，问顾向阳，"我是不是哪里得罪你了？还是我害你违反了守则，所以你生我气了？"

"都不是……"

"那就是对我厌倦了……"

顾向阳无奈地笑起来，不再是苦大仇深的样子。他叹息一声，从身后抱住如愿，轻声道："我是怕抱了你就再舍不得放开了。"

顾向阳的声音里有一丝若有若无的悲伤，如愿心里不安起来，问："说得像是我们再也不见了似的，你执行的任务很危险吗……"

顾向阳没有回答，只是紧了紧怀抱。

"该不会真的被我说中了吧？顾向阳，你不要吓我……"

"我可能会被调到别的城市去……"顾向阳酝酿了半天说道，"直到案子有眉目之前，我都不会回去。"

"这样啊……那有什么，我跟你一起去就是了。"如愿握住顾向阳的手，漫不经心地说，"你去哪个城市？最近刚好是招聘季，我重新去那边找个工作就好了。这点小事儿，你为什么那么苦大仇深的，我不问你你还准备闷着不说啊？"

顾向阳又不说话。

如愿无奈地叹了口气道："你跟我哥哥一样，什么事儿都爱瞒着我，都把我当小孩子，搞得像是我一点儿承受能力都没有。你以后不要有什么事情都放心里，说出来我们商量着好吗？这世上的事情再难都有个解决的方法。"

顾向阳紧紧地抱着如愿，像是恨不得要把她塞进自己的身体里似的，这样反常，让如愿不安起来。

"你倒是说句话啊……"

"我不能带你一起去……"顾向阳的声音轻轻的，沉沉的，可每一个字都说得很清楚，"我也不能告诉你我去哪个城市，不能告诉你我什么时候走，什么时候回来。我不能见你，不能联系你。"

"那总有个大概的时间吧？一年，两年？三年！"

"我不知道……"顾向阳暗暗地捏紧了拳头，"我要抓的是一个跨国走私集团的首脑，聪明谨慎，心黑手狠，我不知道什么时候才能拿住他的把柄。"

"要是一直拿不到呢？案子结不了难不成你就一辈子浪费在这个案子上了吗？"如愿完全不能理解，说，"凡事有开始，就有结束，总能回来的吧？"

"这个案子不一样……"

顾向阳没有办法跟如愿解释，组织上不让，他的感情也不让。

只要木如夜一日不落网，他与如愿就一日都没有办法活在阳光下，可是即便木如夜落网了，他也不知道还有没有资格继续跟如愿在一起。

如愿无可奈何地说："那好吧，那我等着呗……五年十年，总不会要等一辈子吧？"

顾向阳有些哽咽，却还是说："如愿，你其实不是非要等我的，不用浪费了你的青春。"

"可我愿意啊……"如愿语气温柔，笑眯眯地说，"有的人总是厌恶等待，动不动就拿青春和时光说事儿，可是青春那么好，拿去做什么事情你最后回头看不觉得浪费呢？世俗地活着，追名逐利，或是为了求个安慰，找个合适的人迅速地结婚生子？比起这些，我觉得用最好的时光，等一个最爱的人，才不是浪费。"

这是如愿能想到的，青春最好的去处。

"好。"顾向阳说。

"什么好？"

如愿坚定，顾向阳就不彷徨。

"我答应你，我肯定会回来找你。只要你那时候还愿意跟我在一起，我就再也不走。"

如愿微笑着转过头，吻着顾向阳，丝毫没有察觉到命运的恶意。

"除了我身边，你还想去哪儿？"她笑眯眯地说。

顾向阳回吻着如愿，手轻揉着她激动起伏的胸部，如愿伸出手环住他的脖子，轻轻地喊着他的名字。

如愿不知道顾向阳为何做得这样竭尽全力，为何他的亲吻里有绝望的味道，但是她不在乎，他怎么做她都接受。

爱是什么？

爱是接受你的全部，宽容你粗暴的刺入，接受你的秘密，原谅你的隐瞒。

爱可以很汹涌，用汗水和体液淹没彼此，也可以很静止，留在原地，送你离开，等你回来。

顾向阳不想停止，想一直这样纠缠着她，在她的身体里，不离开。

要是永远这样多好，没有明天，把时光凝结在这个长夜里，再不醒来。

Chapter 04
能够见证他这一路的人都死了，没有人来得及看到他走到终点。

与国内的公司合作项目定下来之后，木如夜的公司完成了融资，一夜之间他就从一个籍籍无名的非洲商贩变成了炙手可热的青年才俊。

手握金山，衣锦还乡，当地的报纸还专门为木如夜做了专题报道，把他刻画成了一个道德高尚、毫无瑕疵的人。

神秘的非洲大陆，年轻英俊的男人，一座等待发掘的金山，这一切都引人遐想。

木如夜终于得到了他想要的，不用像是一只黑暗里的生物，躲避着正义的追捕。他再也不是章鱼，他现在是木如夜，他就是正义，可以落落大方地活在阳光之下，手握力量。

木如夜站在刚刚装修好的办公室里。

落地窗前，整个城市的夜晚都被收藏，他终于如愿地站在了城市的顶端，可当初一起打江山的兄弟都死了……

没有人可以同他分享此刻的快乐和满足，就算是葛平秋也不行，就算是如愿也不行。别人不会懂的，他们不知道他是怎么从阴沟里爬出来的，没有人知道他在湿热的丛林中那段不人不鬼的人生，不知道他曾经怎样被人踩在脚下，被人拽住命运，无法反抗。

现在他拿回了他所有失去的，夺得了他所有渴望的，可见证他这一路的人都死了，没有来得及看到他走到终点。

活着的人里只有一个人懂得他，他的仇人，他的犹大。

"哥哥！"

如愿推开办公室的门走进来，手上拎着大包小包的，一脸喜气洋洋的模样。

见到如愿，木如夜的神情温柔下来，问："你怎么跑来了？"

"我拿衣服给你试呀，你不是没空吗？真是服了你们俩，真不知道是你们结婚，还是我结婚，小秋试完礼服就回实验室了，要我把你的衣服拿给你。"

"放那儿吧，我晚点儿再试，一会儿我要去见市里一个领导……"

如愿点点头，放下袋子就准备走。

"如愿……"哥哥忽然叫住她，上下打量了她一番道，"你最近心情好像挺不错的。"

"对呀！"如愿笑眯眯地说，"你要结婚了我难道应该不高兴吗？"

木如夜试探着问："你的那个男朋友呢？还有联系吗？"

哥哥问起顾向阳来，如愿就心慌，她已经三个月没有跟顾向阳联系过了，她怕哥哥对顾向阳有想法，掩饰道："有啊……他还在国外呢……"

木如夜的脸色变得有些阴沉，问："你们还没有分手吗？"

"好好的，为什么要分手。"如愿走到哥哥身边，心里还指望着这一回依旧能够蒙混过关，"你妹妹都已经认定那个人了，你就不能试着接受一下他吗？你了解了顾向阳之后，肯定会喜欢他的。"

"我比你以为的了解他，你以为这个人有情义吗？"木如夜冷笑一声道，"你看事情很简单，女孩子总是容易被那些英雄主义迷惑，但是有信仰的男人都只会让身边的女人陷入悲剧。"

"这是哪里来的道理？小秋跟你不也很幸福吗？"

木如夜笑起来，捏了捏妹妹的脸道："你错了，你的哥哥没有信仰，我除了我自己，谁都不相信。"

"顾向阳不会让我不幸的。"如愿嘟囔着。

"他已经让你不幸了。"木如夜冷笑着，问，"你连他现在在哪里，在做什么都不知道吧？"

"我知道啊……"

"不用对哥哥撒谎，我看着你出生的，你说真话假话我还不知道吗？他早就不在乌干达了，他现在在国内，而且他也没有联系过你，如果他联系你，我会知道。"

如愿愤怒地盯着哥哥，质问道："哥，你是不是监视我了？"

"那不叫监视，我是不想你受伤害。他真的对你好，为什么这么久都不联系你？我看，放弃你对于他来说轻而易举。他那样的人，感情不是最重要的事情。"

即便是哥哥，如愿听到他这样说顾向阳也有些不高兴。

如愿有些生气地说："他没有放弃我，这是我们约定好的，他要执行任务，所以不能联系我，也不能告诉我他去了哪里……但是他答应我，他一定会回来的。"

"所以他就叫你这样没名没分地干等着吗？浪费你的青春，等着他一个不可能实现的承诺？"

如愿脸上的笑容彻底消失，语气沉沉地说："我自己愿意等他，不是他叫我等的。"

"你愿意是你的事情，但凡是爱你的男人，都不会愿意这样让你空等。"

如愿这一回是真的生哥哥的气了，从前她从来不跟哥哥争论，顶多是撒撒娇，说几句软话，可是她不希望哥哥这样说顾向阳。

"哥哥，我希望你知道，等顾向阳是我自己的选择，不是顾向阳要我等的。我做一切都是因为我愿意，这是我自由的选择！而且什么叫作空等？我是没有自己的工作，没有自己的生活吗？我的生活又不是全部用在等待他去了。哥，你能不能暂时丢开你大男子主义的那一套，把我当作一个平等的人来看待？我是你的妹妹，但是我不是你的附属品！顾向阳至少有一点比你好，他尊重我的选择，我做什么决定他都支持我，而不是告诉我什么可以做，什么不能做！"

如愿还是第一次这样顶撞自己，木如夜冷冷地看着他道："你现在为了他要这样跟我说话吗？"

"是你不讲道理！"

"如愿，我说过，我与他你只能选一个，你以后就会懂的，我不是在开玩笑。"

"凭什么非要选一个？我两个都要！"如愿不解地问道，"为什么非要我选一个？你们有什么深仇大恨的非要我选择？他是我爱的人，我不会放弃他。你唯一的哥哥，这个世界上我最重要的人，这一点不可能改变！"

"是吗？那如果有一天，我与他之中，只能活一个，你选择谁活？"

如愿愣住，她忽然想起顾向阳也问过类似的问题……

顾向阳问过她，如果……我跟你哥哥注定没有办法相处，你怎么办？他还问过她，要是枪口不是对准你，而是对准你的亲人，你的朋友，你爱的人呢？

"你是选择让他杀死我，还是选择让我杀死他？"木如夜又问。

"哥哥，我真的不懂，你们又没有什么深仇大恨，为什么你就这样容不下顾向阳？"

"你没有回答我的问题。如愿，不要逃避，我和顾向阳，肯定有一个要死的话，你要谁死？"

如愿答不上来，她忽然有一种不好的预感。

如愿的脑子里忽然闪过很多细节，顾向阳的反常，他与哥哥相见时两人之间奇怪的气氛，他几次都不愿意见哥哥，party 的时候忽然去执行任务，哥哥走了才来，去机场送她的时候，也反复问哥哥会不会来，就像是他不想跟哥哥碰面似的……

如愿忽然觉得她不是想得太多，而是一直以来她都想得太少了。

她担忧又惊恐地看着哥哥，问："哥，你告诉我，你和顾向阳是不是从前就认识？你们之间是不是发生过什么我不知道的事情？"

要不然要怎么解释哥哥这种强硬的态度？哥哥虽然固执，但是也不会到这么不讲道理的地步。

木如夜漫不经心地笑起来，他知道自己对如愿逼迫得过了，他恢复了那副温柔的样子，揉了揉妹妹的头发道："你太多心了。你只需要知道哥哥做的每件事都是为了保护你。我这样问你，是想知道，在你心里，是哥哥重要，还是那个没有血缘关系的警察重要而已。"

真的只是这么简单吗？真的是她想多了吗？

"你真没有事情瞒着我？"如愿问。

"没有，我只是希望你能幸福，不希望你找个工作那么危险的男人。好了，回去吧。"木如夜又说，"我让司机送你，我今天还有应酬，你感情的事情我们改天再聊。"

如愿没有办法，只得心情沉重地离开了哥哥的办公室。

如愿的思绪纷乱，回到家里依旧觉得很不安。

直到今天跟哥哥吵完架她才意识到一直以来自己不是想得太多，而是想得太少了。

如愿思考着那些被自己忽略的细节。

她忽然记起一件事情来！

那一次在乌干达的时候，顾向阳问过她认不认识蝎子，还说两人有过节，态度奇怪得很，明明说好了晚上陪她的，却忽然说有任务，急匆匆地走了。当时她没有多想，现在想起来却怪得很，仔细想想，好像就是从这件事开始，顾向阳不再积极地想要跟她的哥哥见面，甚至开始逃避哥哥……

蝎子，蝎子去哪里了？为什么哥哥回国了他却没有一起回来？哥哥说蝎子在非洲给他打理生意，如愿想不通，立刻打电话过去，可是蝎子的电话却打不通。

如愿挂断电话，心里越发不安起来。

不对劲，有什么正在暗地里发酵，只是她不知道而已。

Chapter 05

上帝要毁灭一个人之前，会先让他嚣张。

应酬完政商界的朋友已经是深夜，木如夜难得地觉得疲惫，坐进车里对司机说："去学校吧……"

回国之后葛平秋没有跟木如夜住在一起，为了方便工作，她还是住在学校分配的两室一厅里，即便是快要结婚了，两人也并不常常腻在一起。

人生像是一个钟摆，摆动在痛苦和倦怠之间。木如夜也就只有在葛平秋身边的时候神经才能放松下来。虽然大多数时候葛平秋都在做自己的事情，两人的交谈并不多，但是仅仅是看着她坐在书桌前，专心地看着文献资料，偶尔撩一撩两鬓的碎发，木如夜的心情便觉得安定。

木如夜闭着眼休息，疲惫地揉着太阳穴。

车子开了大概十五分钟，便忽然在路边停了下来。

木如夜睁开眼，神色不善地问司机道："怎么回事，我让你停车了吗？"

司机没有说话，车窗忽然落下，一把枪抵住了他的脑袋，一个妖冶的女人声音传来……

"没想到你现在混得不错嘛，章鱼，还记得我吗？"

看到眼前的人，即便是木如夜也忍不住露出了惊诧的神色。

梅丹！

　　昂山梅丹是中缅混血，父亲是缅甸人，她十岁就被父亲送给了毒枭坤泰，坤泰一共有六个妻子，她在坤泰身边待了十五年，最受坤泰宠爱，也是唯一参与坤泰生意的女人。

　　一直以来木如夜都并不把坤泰当一回事，在他心里坤泰不过是时势造的英雄，太过江湖气，迟早会死在自己的嚣张和狂妄手上，但是他却一直很忌惮梅丹，即便在很多人眼里她只是靠着坤泰而已，但木如夜却觉得这个女人比坤泰还有胆色，也比坤泰还要冷酷。这个女人是个绝对自私且毫无底线的人。她不聪明，但是她这个人无所畏惧、无义无情，这样的人，最难缠。

　　梅丹坐在木如夜对面，木如夜身后是两个打手模样的男人，一左一右，神情严肃地站着，紧盯着他的一举一动。

　　"梅丹，熟人相见用不着这个样子吧？"木如夜扬起嘴角，神情暧昧地看着梅丹，微笑着说，"你不知道我看到你多高兴，还以为你当年也死在那场抓捕里，我可是为你伤心了好久。"

　　"我可没那么容易死。你也不用跟我来这一套。"梅丹冷笑道，"那么舍不得，怎么也没见到你回来找我？原来在坤泰面前装得有情有义的样子，可你的大哥死了，怎么也没见你去他的墓前献一束花？跑得倒是挺快，消失得无影无踪……"

　　"我当然想回去看，可是我回去祭拜坤泰，警察会怎么想我？"

　　"还是这么小心谨慎啊？难怪混得这么好。"梅丹嘲讽着说，"如果不是看到新闻报道，我都不知道你现在都是成功的商人了，看你这个样子，是已经洗心革面重新做人了吗？"

　　木如夜笑了笑道，"做点小买卖而已，才刚开始起步，日子难得很，也不是什么成功商人。"

　　"哦？那你是不干老本行了？"

　　"早收手了。不过……"木如夜微笑道，"你永远是我的嫂子，该孝敬嫂子的，我一分一毫都不会差。"

　　"嗬……你是打算用钱打发我吗？"梅丹又是一声冷笑道，"章鱼，你该不会真的觉得你可以当好人了吧？有的历史是抹不掉的，做我们这一行的，有进无出，做了一天就要做一辈子，没有什么收手，你想金盆洗手只有等到你死的那一天。"

　　木如夜故作无奈地叹息一声道："梅丹，现在时代已经变了，这不是乱世，出不了枭雄，刀尖舐血，迟早自掘坟墓，想要在这个世界取得一席之地，就要利用他们的规则……"

"别跟我扯这些没用的！"梅丹打断木如夜，她扬了扬鲜艳的红唇，得意又狂妄地说，"我十岁跟着坤泰，什么大风大浪没有见过？被他玩了那么多年，那个老东西死了我都没有死，你知道这说明了什么吗？这说明老天爷偏爱我。我也不想跟你啰唆，我知道坤泰有一批价值十亿的货，只有你知道那批货在哪里……"

"这很简单啊，我从没有动过那批货，你是坤泰的妻子，继承了他的江山，还给你也是应该的。我告诉你在哪里，你自己去找就是了。"

梅丹哈哈大笑起来，晃了晃手里的枪道："章鱼，你该不会觉得我傻吧？我去找？万一你给我设陷阱怎么办？万一你通知警察怎么办？"

"我为什么要这么做，对我又没有好处。"

"当然有好处，你想洗白了重新做人，我们这些老朋友当然是死得干干净净最好，要不然有一天拖你下水可怎么办？"梅丹恶毒地笑着，继续说道，"你把那批货取出来，交给我，由你亲自跟我交接，只有我们上了一条船，我才可能相信你。"

"我做不到，有警察一直在盯着我，他们对我的调查没有停止过，这段时间我不能有动作。"

"我理解，我可以等，不过你准备让我等多久？"

"至少这一两年不能有动作。"

梅丹脸上的笑容消失，她阴狠地看着木如夜，身后的打手忽然拿出一个绳子套住了木如夜的脖子，用力地往后一拽。

木如夜脸涨红，双眼痛苦地突出，死死瞪着梅丹。

梅丹冷笑一声，摆摆手，身后的缅甸人才松开了绳子。

木如夜这才重新呼吸到空气，咳了好几声，脸色才渐渐恢复了正常，他双眼闪过一丝阴翳，却依旧不露声色地抬起头看向梅丹道："老朋友了，用不着这样吧？"

"两个月，我只给你两个月的时间。"梅丹在桌上拍了两张照片，道，"这两个人是你的未婚妻和妹妹吧？"

木如夜忽然变了脸色，阴狠地看着梅丹道："梅丹，你了解我，你敢动她们，天涯海角我也会找到你，杀了你。"

"我又不是疯子，无缘无故何必伤害她们？"梅丹凑近了木如夜，微笑着说，"章鱼，你以为阴沟里的人有仰望星空的权利吗？我们这种人一辈子都得活在黑暗里，你以为你能重生吗？活在阳光里，就要有被缠上的准备。你现在已经不比从前了，你知道的，你拥有的太多，已经没资格跟我鱼死网破。"

梅丹站起来，身后的两个缅甸男人也走到她身后。

"我还会再去看你的，不要忘了我们的两个月之期。"

木如夜看着梅丹的背影，紧紧地捏住了拳头。

木如夜讨厌这种被人扼住咽喉的感觉。他本来以为自己已经焕然一新，所有的罪恶都被埋葬，谁都抓不到把柄，哪里知道命运还给他留了一手，叫他猝不及防。

现在他在明处，梅丹在暗处，他防不胜防……

木如夜想起一句话，上帝要毁灭一个人之前，会先让他嚣张。他是活得太张扬了吗？太急不可耐了吗？所以才会横出一个梅丹来？

不，木如夜不信上帝，他只信他自己。

如愿好几天都没有跟哥哥联系，就连小秋找她，她都推了。

她的心里乱成了一团，她记得顾向阳问过她认不认识一个叫作"季惟慈"的人，如愿想季惟慈大概就是蝎子的名字，只是她弄不清楚到底是哪三个字，又不知道蝎子具体的年龄和出生地，就算托系统里的朋友，只怕也找不到人。

她知道，顾向阳一定知道发生了什么，可是为什么他也要隐瞒她？为什么顾向阳跟哥哥一样，竟然也不愿意告诉自己真相。

是什么真相那么恐怖，让这两个最爱自己的男人同时选择了缄默？

办公室里的天都黑了，大家都走了，只剩下如愿还在办公室里写报告。她不想回家，回家面对空荡荡的房子更加惶恐。

拖到了九点，如愿才收拾东西离开单位。她其实很想找到顾向阳，当面问一问他，却又不知道她是不是真的想知道答案。

知道了真相就要做选择。

顾向阳说，如果有一天他的枪口要对准她的亲人，她要怎么办。

哥哥说，如果有一天他和顾向阳只能活一个，她选择谁活。

如愿不知道，她根本就选不出来。

选择一种可能，就失去了另一种可能。这世上所有的选择背后都藏着一个让人心碎的事实，那就是选择就是放弃，选择就是失去。

如愿心事重重地往前走，寒夜的马路空荡荡的只有她孑孓独行。

滋啦一声，一辆车子猛地在如愿身前停下，差一点撞到她。如愿一直在埋头想事情，以为是自己胡闯，点头对司机道了歉，正想继续走，却见到车上走下来一个女人。

女人面容艳丽，化着浓妆，远远都就闻到一股张扬的香水味。她微笑着走到如愿面前，对她笑了笑，问道："美女，我没有撞到你吧？"

"没有，是我走路想事情，没关系。"

那个女人打量了一番如愿，似乎在思考着什么。

"我好像在哪里见过你！"她一副惊喜的模样，问，"我想起来了，你是木如夜的妹妹吧？"

如愿看着这个女人，心想，该不会又是哥哥哪里惹的情债吧？

"对，你认识我哥？"

"当然认识，章鱼嘛！"女人热情得夸张。

能说出哥哥的浑名，大概真的是老熟人。

如愿对她点点头，笑着说："我还有事儿，先走了，再见。"

"别走啊，你去哪里，我送你。"

"不用。"如愿不想惹麻烦，道，"我家住得近，我走一会儿就到了。"

"我送你！"那个女人抓住如愿的胳膊道。

女人抓着如愿的手很用力，指甲恨不得要掐进如愿的肉里。

如愿觉得有些不对劲，想摆脱她，道："我想走路，请你放开我。"

"我说了，我送你。"女人脸上的笑容消失，变得阴狠，面如蛇蝎的样子叫人心里发毛。

如愿感到有什么顶在了自己的腰上，低头一看，是一把枪。

"上车。"女人说。

车子飞快地开着，车上还有两个男人，如愿一上车，就被人一边一只手给按住了。

"你哥哥最近都不理我，看来他很忙嘛……"梅丹冷笑着说。

如愿打量着四周的环境，知道自己无路可走。

她小心翼翼地说："我跟哥哥吵架了，而且我哥的事情从来不告诉我，你找我也没用。"

"找你当然有用……"梅丹冷笑着说，"我要你帮我给他传个话。"

如愿深呼吸，紧张地点点头道："好，你说，我一定告诉他。"

"我的话不用你口头传。"

梅丹笑得阴狠，如愿右边的男人拿出了一把钳子……

"你做什么！"如愿惊恐地挣扎着。

可是一旁的打手死死按住了她，她根本就动弹不得。如愿死死被箍住，梅丹抓住她挣扎的手按在了座椅上。

"好妹妹，希望你不要太怕疼。"

梅丹眼里满是疯狂，她一边阴森地笑着，一边把钳子夹在了如愿的手指上。

痛苦的叫声划破黑夜，保姆车停下，把一个满手鲜血的女人从车上被扔下，路过的人看到已经痛晕过去的女人，吓得立刻报了警，可那辆黑色的保姆车已经彻底消失在了夜色里。

Chapter 06

只要踏进了这条河，就不可能全身而退。

做完笔录，警员送如愿走出来。

派出所门口停了一辆车，如愿看了看车牌，认出来那是哥哥的车子。

如愿对警员点点头，感激地说道："是我哥哥来接我，今天麻烦您了，我自己过去就好。"

如愿走过去，司机下车替如愿打开车门，木如夜面无表情地坐在后座上，如愿无声地叹息了一声上了车子。

车子开出去好一阵子，木如夜才转过头看向自己的妹妹。

"把手给我看看……"木如夜说。

"没什么好看的……"如愿不想给哥哥看，神情冷淡。

"给我看。"

如愿没有办法，只得伸出手来，她右手的无名指上裹着厚厚的纱布，也看不出来什么，她安慰哥哥道："医生已经处理过了，指甲以后也还会长出来。"

木如夜的手因为愤怒而微微颤抖，他压抑住心里的怒火，轻声问："疼吗？"木如夜问。

如愿收回手，淡淡地说："现在已经不疼了。"

"你放心，我一定十倍地叫她还回来。"

如愿不喜欢哥哥这样的态度，神态更加的冷淡，道："我不用你帮我伸张正义，事情的情况我已经都跟警察说了，坏人有警察抓，我的事情你不要管。"

"我不管还有谁管？"木如夜语气有些严厉，但是看到如愿包着厚厚的手指还是生不起气来，叹息一声，无奈地问，"警察都问你什么了？"

"就问了一些事情的经过。"

"你怎么跟警察说的？"

"你放心，我没有提到任何关于你的事情，我只描述了一下那个女人的样貌、口音、年龄，做了一个肖像。也暂时没有告诉警察她为什么来找我……"

"她跟你说什么了？"

"她说她下次找你的时候，你必须见她，不要躲着她。别的就都没说了。"

"我知道了……"木如夜的脸色阴沉沉地，道，"这段时间你住我那里，我派几个人保护你。"

"不要。"如愿毫不犹豫地拒绝。

木如夜心里觉得亏欠了如愿，也不跟她置气，只是好言好语地劝道："目前为止，这是唯一能避免这种事情再次发生的方法。如愿，那是我的敌人，如果她把你抓走，用你的安全逼我做任何事我都会做。你希望这样的情况发生吗？"

如愿冷笑一声，第一次用这么冷淡的声音对哥哥说话。

"我对你来说有那么重要吗？"

木如夜心里也气，但是还是压抑住那股不悦，好言好语地对妹妹说："我知道你生哥哥的气，可你是我在这个世界上唯一的亲人，你对于我来说怎么会不重要？你的命比我自己的命都重要。"

"如果你真的那么在乎我，为什么到现在都不肯告诉我发生了什么？"

如愿瞪着哥哥，希望他能给她一个答案。

哥哥生气，如愿就不愤怒吗。她做错了什么要经历这么恐怖的事情，要被拔掉指甲！而哥哥却什么都不告诉她，顾向阳也消失不见。

她仿佛被蒙住眼睛丢进了满是陷阱的丛林里，而蒙上她眼睛的人就是她最亲最爱的人。

如愿神情激动，可是木如夜只是沉默地看着他，然后扭过了头去，并不回答她的问题。

"你先乖乖去我安排的地方住，等我把这件事情处理完了咱们再说。"木如夜说。

"我现在就要知道！你把一切都告诉我，我就去你安排的地方住，接受你的保护！你告诉我，那个女人是什么人？蝎子去哪里了？你从前到底是做什么的？你现在又在做什么？你跟顾向阳之间到底有什么深仇大恨？你为什么会跟一个警察有仇？"

木如夜的神情冷淡下来，毫不犹豫地拒绝道："我不能说，有的事情你不知道才是保护你。有的事情你这辈子都不需要知道，我也不会让你知道。"

"停车，我要下去。"如愿道。

"不要胡闹。"

"停车！"如愿吼道。

对于如愿来说，木如夜不仅是哥哥，也是父母，是教养她长大的人，所以除了亲昵，哥哥对于她来说还有威严，这是她第一次吼哥哥。

木如夜瞪着如愿，脸上很是震惊，从前如愿没有在他面前这么反叛过，可是这次回国之后，她越来越不听话。

如愿转过头来，语气已经恢复了平静，却还是很坚定地说："你不停车，我就跳下去，除非你也跟那个女人一样，找两个人把我抓住。"

"好，你也威胁我。"木如夜也很生气，冷着脸吩咐司机道，"靠边停车！"

车子停了下来，如愿看了一眼一脸震怒的哥哥，道："哥，你什么时候决定跟我说实话了，我们什么时候再见面吧。"

如愿下了车，重重地关上车门，大步地往前走。

木如夜心里窝火，却无处可发，这世上他对任何人都有办法，只有如愿他毫无办法，从前如愿多么听他的话，可在遇见顾向阳之后，自己那个乖顺的妹妹就变得叛逆起来。

然而木如夜没办法怪自己的妹妹，多年来，他习惯了疼爱她，就只好把这愤怒转移到别人身上去，梅丹、顾向阳……

如愿在前面走着，她个子小小的，又瘦瘦的，还刚刚经历过了一场惊吓，受了伤，看着她孤孤单单的背影，木如夜天大的气也消了，但是却又不能失去哥哥的威严，只能阴着脸对司机说："慢慢跟着她……"

如愿在路边快步地走着，木如夜的车子就缓缓地跟在她身后，始终保持着不远不近的距离，她若是停下脚步，身后的车子也停下。她知道拿哥哥没有办法，也懒得管，干脆就走自己的路。

她其实一下车就不生哥哥的气了，因为她知道哥哥一定不会害她，全天下的人都害她，哥哥也不会害她。她永远也不会忘记，小时候哥哥为了养活她去卖血。不会忘记哥哥为了她放弃自己的前程，放弃学业，放弃了自己的人生。

如愿如今安宁的生活，都是靠着哥哥的牺牲换来的，如果没有她，哥哥的人生一定比现在要好。所以就算哥哥有罪，那罪过里也有她的一半。

然而如愿也没有办法啊，她感觉哥哥在走一条无比危险的路，她不能让哥哥就这样越走越远。

兄妹俩就这样一前一后，一个在人行道上快步走着，一个在车子里慢慢跟着，谁都没有服软，谁都没打算改变自己的想法。

木如夜的车子一直到如愿上了楼才离开。

接下来几天，如愿无论去哪里身后都有人跟着，应该是哥哥派来的人。有的时候哥哥也会来看看她，但也总是远远地跟着，坐在车子里，她若是回头他便摇上车窗离开。

如愿知道，她只要走过去，对哥哥说几句软话，哥哥一定又会跟从前一样。她也很怀念能够挽着哥哥的胳膊，跟他撒娇的日子。但是她隐隐约约有一种感觉，她要哥哥选择的其实并不只是要不要告诉她真相，她要哥哥选择的是他从此之后到底要过怎样的人生。

哥哥的日子从未像现在这样春风得意过，可如愿知觉得他似乎走在深渊的边缘。

幻灯片在屏幕上切换着，专案组的成员介绍着案件的进展。

"这个女人叫作昂山梅丹，今年二十七岁，中缅混血，十岁嫁给坤泰，跟在坤泰身边将近十五年。三年前坤泰落网，她带着坤泰的残部逃窜回缅甸，自立山头，不过似乎做得不是很顺，很少有她的消息。有人目击她这段时间出现在 W 市，据我们的了解，她这次应该是来找坤泰旧部。"

幻灯片切换，屏幕上是一个穿着精致西装、神情阴郁的男人，他身后跟着两个高大的保镖，正在打电话。

"这个是本案的二号人物，木如夜，外号章鱼，曾经是坤泰贩毒集团的军师，坤泰的左右手，2·18 大案的漏网之鱼。2·18 大案之后，作为骨干的章鱼就彻底消失在人们的视野里，直到最近才以成功的华商身份重返国内，有一定社会的影响力，为人狡猾，较为难缠。"

"季惟慈，外号蝎子，章鱼的手下和最好的朋友，在非洲的诱捕行动中已经被击毙。"

"葛平秋，木如夜的未婚妻。地质专家，与木如夜在非洲相识，暂时没有她参与过犯罪行动的证据。"

幻灯片再次切换，屏幕上是一个年轻的女孩子，笑容柔和，有一双月牙一般的笑眼。

"这个是木如愿，木如夜的亲生妹妹，暂时没有证据显示她与这个犯罪团伙有联系。但是前几天梅丹接触过她，并且拔掉了她的一根指甲。所以我们猜测，梅丹和木如夜这两个人之间的关系应该已经破裂，两人的矛盾可能是我们的突破口。"

顾向阳坐在专案组的会议室里，看着如愿的照片，努力地克制着自己的情绪。

为了避嫌，顾向阳并没有加入专案组，但是对于这批人他是最了解的，因此专案组还是把他请过来，为他们办案提供一些意见。

顾向阳曾经还自欺欺人地以为如果木如夜愿意金盆洗手，做个好人，兴许如愿可以一辈子都不被牵扯到这些事情里来，可他还是太一相情愿了。

只要踏进了这条河，就不可能全身而退，迟早如愿都会被他这个哥哥带进漩涡里。

"顾警司，你有什么需要补充的吗？"

顾向阳放下笔补充道："梅丹虽然是个心狠手辣的女人，但是她从不做无用的事情，不会因为跟木如夜有了嫌隙就拔如……木如愿的指甲。她千里迢迢从缅甸来到 W 市，绝对不是过来找木如夜麻烦那么无聊，她做任何事都无关乎感情，不因为愤怒、仇恨以及热爱，只为了利益，所以她过来肯定是对木如夜有所求。"

顾向阳继续分析道："木如夜好不容易挣到今天的地位，是不会为了梅丹冒险的，所以梅丹才会对木如夜的妹妹下手，向木如夜表示她的决心，同时也是对他的威胁。木如夜睚眦必报，他为人极其记仇，对一般人都很冷酷，只疼这一个妹妹。当年就是因为这个妹妹他才没有参与 2·18 大案的那次行动，当时他甚至不惜惹怒坤泰也一定要来 W 市陪妹妹做手术。现在梅丹拔了木如愿的指甲，对于梅丹来说只是一点小小警告的意味，可是同样一件事情在木如夜眼里意义就完全不同了，这相当于对木如夜宣战。按照木如夜的个性，他是绝对不会放过梅丹的，更不可能跟她做生意。"

"那就奇怪了，梅丹既然找木如夜有所求，为什么会把关系搞得这么僵？"

"木如夜的弱点是固执盲目，梅丹的弱点是自以为是。梅丹是个感情冷淡的人，生命中没有任何人是她在乎的，所以她也不会觉得拔了木如夜妹妹的一根指甲会造成多大的影响，在她眼里不过是表达了一下自己的态度而已，却不知道踩到了木如夜的地雷。"

"梅丹找木如夜要什么，木如夜已经出局很久，在非洲也是做走私生意，并没有再碰过毒品，难道梅丹是为了钱来的吗？"

顾向阳摇摇头道："梅丹一直是个很有野心的女人，但是之前大家看得起她是因为她是坤泰的妻子。坤泰死后，缅甸那边的人就不怎么再搭理她，并不把她当一回事，并不愿意带一个女人一起做生意。"

"木如夜能帮她做生意？"

"据我所知，坤泰藏了一笔价值十亿的货，还有一批军火。但是坤泰只信任章鱼，当初放货物和军火的地点都是交给木如夜安排的，我们全都不知情。"

"所以你觉得梅丹是为了那一批货物来 W 市的？"

"极有可能。否则我想不通有什么值得梅丹跟木如夜撕破脸。"

队长布置下任务来，安排了监视的人员，一方面也开始深入调查木如夜的贸易公司和他在 W 市的其他情况。

会后，队长叫住了顾向阳。

"顾警司，我知道你的情况很尴尬，但是木如愿和这个犯罪团伙有着千丝万缕的关系。我希望你还是能够克制一下自己……"

顾向阳点点头。"我知道分寸。"他沉默了一会儿又问，"她伤得严重吗？"

"不算严重，但是肯定吃了大苦头，毕竟十指连心，又是那样娇娇弱弱的女孩子……你要是想知道具体情况，我可以调医院的病历记录给你看。"

"好，那就麻烦你了。"

顾向阳转身离开，队长又叫住他道："顾警司……你应该知道你现在不能跟木如愿见面吧？"

"我知道。"

"那就好。"

队长回到了办公室里，长长的走廊上只剩下顾向阳一个人。

顾向阳觉得自己仿佛是在走一条黑暗的甬道上，靠着远处那微弱的光芒才能确认走得是正确的方向。

他拿出手机，手机屏幕是在乌干达的难民营里他给如愿拍的照片。

那时候的她还没有被亲哥哥卷入复杂的斗争中，心里只有一个单纯的信念，那么简单，那么快乐，那么平和。

顾向阳只想把这简单、快乐、平和还给如愿而已。

Chapter 07

就算有一天全世界都唾弃他，就算有一天他要接受审判，把牢底坐穿，谁也没有资格剥夺你为他说话，给他送饭，替他添衣的权利。

　　如愿感觉有人在跟踪自己，她有一种强烈的感应，这几天有人一直在盯着她，不是哥哥安排的两个保镖，而是别的什么人……

　　难道又是那个拔她指甲的女人？

　　保镖没有门卡，所以不能进她住的大厦，见她进了大厦便又回到车子里继续等待。

　　如愿走进大厦里，不知道为什么像是有心电感应一般，感到那个人还跟着自己。她警惕地走进电梯，里面只有一个保洁阿姨，如愿笑着跟阿姨打了个招呼，按了自己的楼层。

　　阿姨中途出了电梯，如愿也不知道是不是自己太敏感，明明跟往常没有什么不一样，却总觉得哪里不对劲。如愿安慰自己，一定是这几天加班太累忙得有些神经质了，她走出电梯，掏出钥匙打开了门。

　　如愿走到玄关准备换拖鞋。

　　家里的鞋柜整整齐齐的，拖鞋放在最上层，一伸手就可以拿到。

　　如愿浑身的鸡皮疙瘩都竖了起来……

　　寂静的屋子里，如愿只能听到自己的心跳声。

　　她忽然转身就跑出了屋子，锁上门冲到电梯门口拍按钮。她回头看着紧闭的房门，只觉得寒毛直竖。幸好电梯来得快，保洁阿姨也还在里面。如愿冲进去，马上按了一楼。

　　"木小姐，你忘记拿什么东西了吗？怎么一头的汗？"

　　如愿勉强地笑了笑，点了点头说："有东西忘在单位了。"

出了电梯如愿就跑了出去，哥哥派来的人还没走，停在小区的车位里，两个人正在抽烟，见到如愿出来立刻掐了烟。

"木小姐，出了什么事情吗？"

如愿气喘吁吁地跟两个人说："我家里有人，你们跟我上楼看看吧。"

两个保镖跟着如愿一起上了楼，一个先进屋子查看，还有一个陪着她等在门外。过了一会儿让先进屋的人走出来道："屋里没人别人，木小姐，你确定吗？"

如愿摇摇头道："我没看见人，但是家里肯定跟我走的时候不一样。"

两个保镖互看了一眼，问："是不是错觉？"

"绝对不是。"

如愿走进屋里，她记得很清楚，拖鞋她早上脱下来之后没有放回鞋架上，而是随意地放在地上的，所以肯定有人进过她的房间。

她走进屋里查看，两个保镖亦步亦趋地跟着她。堆在沙发上的衣服都折了起来，地板上纤尘不染，因为手受了伤她一直没有打扫厨房，可现在厨房却白得发光，一点油迹都没有，她就是手没伤也打扫不了这么干净。空荡荡的冰箱里被放满了，保鲜盒里是洗好切好的水果，鸡蛋格也装满了，有牛奶有酸奶，还有从超市买回来的包装盒饭……

这来的哪里是犯罪分子，简直就是田螺姑娘。

如愿忽然明白过来，一下子就想通了前因后果，她哈哈大笑起来，笑得一旁的两个人都蒙了，笑着笑着，如愿的眼眶就有些红，一阵心酸，既甜蜜又痛苦。

保镖面面相觑，问："木小姐，有什么不对劲吗？要不要我们帮你装个监视器？"

"不用，我知道是怎么一回事儿了，麻烦你们跑一趟，没事儿了。"如愿忍住哽咽道。

"确定吗？"

"确定，谢谢你们。"

"那我们就在楼下，有任何事情随时找我们。"

"好的。"

如愿送两人出了门，回到屋子里，拿了一盒水果，坐在沙发上抱着抱枕，一边吃一边看资料，看着看着脸上又忍不住露出一个浅浅的笑容来。

顾向阳……

如愿在心里默默地念着爱人的名字，就算不见面，不联系，不说话，她也知道他就在她的身边。如愿甚至舍不得开窗，因为顾向阳在这里忙了一天，空气里有他的味道。

两天之后，葛平秋忽然约如愿一起吃饭。如愿以为她是替哥哥来，帮着缓解他们兄妹俩的关系的，可是没想到葛平秋竟然只字不提哥哥的事情。只问了那天她有没有事情，然后就问起她工作的事儿去了。

葛平秋不说，可是如愿想知道啊。

"小秋……"如愿假装漫不经心地问，"你跟我哥哥的婚礼准备得怎么样了？"

"交给专业人士了，我们都忙，就没怎么操心。反正结婚这个事情就是给家里人一个交代而已。"

"哦……那我哥哥最近情绪怎么样呀？"

"你哥哥的情绪呀，还不是那个样子，没什么变化，你知道他的，总是不阴不阳的。"葛平秋给如愿夹了菜，问道，"你跟小顾最近怎么样？他准备什么时候回国啊？"

"挺好的呀……"如愿笑眯眯地说，不过忽然意识过来，忙道，"不过你不要跟我哥哥说呀！"

"你放心，我跟你哥哥可没有家常话聊。"

"那你们平时都聊什么？"

葛平秋想了想道："也不常常聊天，大多数时候都各自做事儿，你也知道的，他不知道多忙……"

"这样啊……"如愿酝酿了半天，才故作漫不经心地说，"我哥哥没有跟你提过我吗？"

"提你呀……"葛平秋疑惑地问，"你是指什么？"

"就是……就是说起我啊，他没有说起过我吗？"

葛平秋忽然大笑起来，笑得如愿莫名其妙。

"小秋你笑什么？我问的事情很有趣吗？"

葛平秋收了笑容，打趣着说："我就知道你憋不住……真不懂你们兄妹，明明非常关心对方，偏都这么犟！你哥哥也是的，让我来找你吃饭，要看看你过得好不好，伤还疼不疼，但是却特意嘱咐我，一定不让我说是他问的。你也是的，一直欲言又止，想问又不肯问，憋了半顿饭才开口。从前觉得你们不像，今天看来，你果真是你哥哥的妹妹，骨子里都一样犟。"

"我哥哥要你来找我吃饭的吗？他不生我的气吗？"

"他哪里舍得生你的气……"葛平秋道，"来，给我看看你的手，好些没有？你哥哥可是专门嘱咐我的，一定要看看你的伤，说什么手是女人的第二张脸，要我嘱咐你定时换药……要不是你，我都不知道他那么会关心人。"

如愿伸出手，心有余悸地说："我现在想起那个女人还是觉得很害怕……怎么有人这么狠。"

葛平秋看了看如愿手上的伤，已经有一些指甲长出来了，但是看起来还是有些狰狞，也觉得心疼，叹息道："听说多喝牛奶，补充钙质指甲会长得快一些。"

"知道了……"如愿收回手，犹豫了一下说，"小秋，你就一点都不好奇我哥哥从前到底做过什么吗？"

"不好奇。"葛平秋给如愿夹了菜，柔声安慰道，"以前的事情不重要，以后的事情也没必要提前担心，反正你哥哥那个人啊……他的人生我们是控制不住的。"

"为什么？你都要嫁给我哥哥了，却还是一点儿都不管他吗？"

"其实我本质上跟你哥是一种人，就像你本质上和顾向阳是一种人一般。你们俩呢都有信仰，爱这个世界，渴望造福别人，而我和你哥哥，什么都不信。你们相信人性，可是我们对人性毫无期待。"

如愿看着葛平秋，无声地叹息道："有时候我觉得我真的不懂你，也不懂哥哥。"

"亲人之间本来就不必懂得，懂得这种事情是朋友和爱人之间的事情。因为亲人不是我们选择的，所以无关乎我们的世界观、价值观、人生观。亲人就是亲人。朋友和爱人是我们选择的，才需要懂得。"葛平秋放下了筷子，双手交错放在桌上，忽然低下头淡淡地笑了起来，道，"我有时候想，亲人向我们展示的是一种爱的可能，是一种更接近于神性的爱。即使我不赞同你的观念，即使我不欣赏你做事的方式，即使我们的性格完全不能相容，即使你的存在就是对我的折磨，可是我还是会爱你……"

如愿的手抖了抖，忽然觉得有些哽咽，想起哥哥从前种种对自己的付出，就算是她的爸爸妈妈都还在也不一定会像哥哥这样对她好……

"如愿，我也问你一个问题吧。"葛平秋问道，"你觉得这个世界上有绝对意义上的好人吗？"

如愿摇摇头。

"如果有一天你哥哥做了不好的事情，你觉得他在你心里就是坏人了吗？"

"当然不是……人哪里能用那么简单的好坏区分开。"如愿沉默了一会儿，垂着脑袋叹息道，"我知道你的意思，我其实没有想过哥哥是好人还是坏人，我只知道他是我哥哥，我本身就不是一个靠理智决定人生的人。"

"那如果你知道你哥哥做了什么坏事，你会去警察局举报他吗？"

如愿想了想，摇摇头道："不会……"

虽然她知道这不对。但是她没有办法这样对哥哥，她想她一定会保护他吧。

"所以你为什么要知道呢？"葛平秋苦笑着说道，"这也是你哥哥不告诉你的原因。他做任何事，都是为了保护你。"

如愿无言以对，苦笑着说："你话都说到这个份上了，我还有什么不懂的呢……"

她不确定哥哥是好人还是坏人，但是她知道，哥哥肯定是个边缘人，如果他什么错误的事情都没有做过，又何必如此秘密，什么都不告诉她。

"小秋，我哥哥是有罪的人吧……"

葛平秋又拿起了筷子，神色如常，平静地说道："无论木如夜是好人还是坏人，是圣人还是罪人，他都是你的亲生哥哥。就算有一天全世界都唾弃他，就算有一天他要接受审判，把牢底坐穿，谁也没有资格剥夺你为他说话，给他送饭，替他添衣的权利。无论他是好人还是坏人，圣人还是罪人，你爱他都没有错。"

如愿微微有些震撼，她知道，这些话不仅仅是对她说的，也是对葛平秋自己说的。

如愿看着葛平秋，第一次意识到这个看起来没什么个性的嫂子，是这样一个拥有力量的女人。兴许越是沉静的人就越强大。

葛平秋的神情坚定，目光坦然，似乎已经做好了为了哥哥承担一切风暴的准备。

"我懂了……"如愿说。

她的心结稍稍解开了一些，本身跟哥哥的这一场拉锯战就不可能有结果，又何必非要坚持下去呢？

"可是我哥哥和顾向阳……"

"你现在跟你哥哥犟着，你哥哥就能跟顾向阳和平相处了吗？"

如愿一呆，无奈地笑起来道："也是，按照我哥哥的个性，只怕会觉得是顾向阳离间了我们兄妹，害得我都不听他的话了。"

"对呀。这两个人无论有什么深仇大恨，都是从前的事情了，现在他们之中夹着一个你，两个人都爱你，无论做什么总得顾及你的。他们两个最终怎么了结，你很重要。这世上，除了你，还有谁能让你哥哥妥协呢？"

"我明白了……"

葛平秋欣慰地笑起来，握住如愿地手道："过几天去看看你哥哥，他很想你的。"

见过葛平秋之后，如愿的心里放松了不少，对哥哥派来保护自己的人也不再排斥，去医院换药的时候就干脆直接坐了他们的车子，省得浪费钱。

回家的路上，前面的保镖就把电话递给了如愿道："小姐，老板的电话。"

哥哥现在的做派，还真的跟黑社会老大似的，如愿心里有些不安，但又安慰自己，能有多坏，总不会是杀人贩毒吧。

她叹息一声，接过了电话。

"医生怎么说的？有没有说指甲什么时候能够长出来？"木如夜在电话那头说，语气自然，就像是他们兄妹俩根本就没有吵过架，这半个月的冷战都是如愿的幻觉一般。

哥哥决定模糊处理，如愿也不想那么清楚，也像是没事儿人似的回答说："医生说手上的指甲长得快，估计再过一个月就会长好了。"

木如夜在电话那头有些不耐烦地说道："什么医生，靠得住吗，怎么还要一个月？要不还是我给你重新找一个吧。"

"指甲的生长周期就有那么长，你就是把神仙找来也不会好得更快呀……"

"那好吧……"木如夜在电话那头沉默了下来，如愿也不说话，两个人就安静地拿着手机，直到木如夜轻轻地叹了一口气。

"你叹什么气？"如愿惊讶地说，"哥，我还是第一次听你叹气！"

木如夜忍不住笑起来道："我为你叹的气可不少。"

如愿笑起来道："哥，你还是别叹气了，你一叹气我就觉得你老了。"

木如夜淡淡地笑了笑答道："我本来就老了。"

"你才刚成家立业呢，老什么老？"如愿笑眯眯地说，"我还等着你和小秋给我生小侄子，小侄女儿呢！"

听到如愿语气活泼起来，木如夜也很高兴，道："你不跟哥哥闹脾气了就好。"

如愿沉默了下来，思索了一下道："哥，我别的都不问，我就只问一个问题，你老实回答我，我就不要你非要给我一个什么答案了。"

"好，你问。"

"蝎子是不是死了？"

电话那头沉默了许久，木如夜才说："过两天我抽时间带你去祭拜他。"

Chapter 08

世界是傻子蠢货建立的，聪明人只能遵从他们的规则才能在社会里活下去。

照片上蝎子的模样依旧，眼神带着点邪气，又精明又狡猾，嘴角是一丝淡淡的笑意。他的模样被定格在他神采飞扬的时代，狂傲不羁，不可一世。

季惟慈……

如愿终于知道蝎子的名字是哪三个字了，他的名字这样书卷气，不知道如果他一直都叫季惟慈，会不会看起来温柔一点，而不是当蝎子的时候那般脸上总是带着一种阴冷狡猾，让女孩子不敢接近。

兄妹俩给蝎子烧纸，木如夜从头到尾一言不发，只待如愿给蝎子烧完了纸才说："蝎子也没有别的亲人，就只有我。以后每年清明还有他的祭日，只有你来祭奠他了。"

"你不来吗？"如愿心里有些不安地问。

"我在的话自然会来。"

如愿心里一沉，紧张地看着哥哥，问："你这是什么意思？什么叫作你在的话自然会来，难道你还会不在吗？你是不是要做什么危险的事情？"

木如夜没有回答。

如愿心里更慌了，她一把抓住哥哥的手道："哥哥，你跟我保证，你不会死！你不会跟蝎子一样的结局。"

木如夜轻笑一声，揉揉如愿的头发道："我只是随口一说，你想到哪里去了？"

"那你跟我保证。"如愿不依不饶。

木如夜永远拿自己的妹妹没有办法，他沉默了一会儿，笑起来道："我答应你，我不会跟蝎子一样的结局。"

"你不骗我？"

"我不骗你。我发誓，我绝对不会落得跟蝎子一样的下场。"

死在异国他乡，死在最恨的人的枪口下，在冰冻的铁盒子里待了半个月，无人问津，灵魂孤苦无依，死后连一个悼念的人都没有。

他决不允许自己落得这个结局。

一阵凉风吹来，吹散了地上还未燃尽的纸钱，半空中星星点点的红色火光随风而去，木如夜和木如愿这对性命相依的兄妹站在高高的墓园上，相对而立。

这一日并不是清明时节，冷清的碑林里只有他们兄妹二人而已，他们谁都没有想到这一日的誓言有一天会左右他们的命运。

如愿看着墓碑上蝎子的照片和名字，终于还是忍不住哭起来。

木如夜叹息了一声，伸出手拍拍妹妹的背道："哭吧，蝎子死了之后，都没有能为他哭一场的人，你为他哭一哭也好，要不然他也走得太凄凉了。"

如愿替蝎子哭，也是替哥哥哭，更是为这悲凉诡谲的命运哭。

也不知道过了多久，等到所有的灰烬都被吹散了，撒在墓碑前的酒都干了，插在土里的三支烟都燃尽了，如愿的眼泪才渐渐止息……

一阵阵风吹过墓园的竹林，传来苍凉的簌簌声，似乎在诉说着生命的悲情。

"走吧。"木如夜说。

两人离开墓园，木如夜试着聊些高兴的事情想转换妹妹的心情，如愿知道哥哥的心意，想到下个星期就是木如夜和葛平秋的婚礼，就问起他关于婚礼的事情，可是哥哥却是一问三不知。

"都有专人准备，提前一天走一下流程就好了。"

"你怎么也这样满不在乎啊？你们俩都一个样，真不知道你们为什么结婚。"

"我现在做生意，都是跟政要商人打交道，中国人还是很看重家庭的，结了婚方便些。"木如夜看着手机里的文件，漫不经心地答道。

如愿惊讶地说："你就是为了这个原因跟小秋结婚啊？小秋知道吗？你怎么这样啊！"

"她知道啊，她跟我结婚也不过是为了打发她的父母，再加上他的那个女学生怀了那个徐山的孩子，学校里风言风语很多，跟我结婚堵了那些看好戏的人的嘴。"

"我以为小秋不在乎这些呢……"

"怎么可能完全不在乎？她又不是神仙又不是仙女……我们是人，只要还需要跟人相处，就难免不为了无聊的人生气。世界是傻子蠢货建立的，聪明人只能遵从他们的规则才能在社会里活下去。"

如愿瘪瘪嘴，嘟囔道："你们俩都太务实了，这样结婚不是很没意思吗？"

"你以为婚姻是什么？婚姻本来就是个契约合同而已，只是利益关系，跟爱情没什么联系，只是因为有爱情所以有的婚姻才可以被忍受而已。"

哥哥一向很多这样的"歪理邪说"，如愿也找不到什么理由反驳。

"我不管，我以后结婚一定是因为爱情。"

如愿笑眯眯地看着哥哥，可是哥哥却不搭腔，表情忽然严肃了起来。如愿这才意识到自己一不小心聊到了他们兄妹之间的雷区。

她的爱情是哥哥一直都强烈反对的。这段时间他们谁都不提这件事情，不代表他们之间的矛盾已经解决了，而是谁都不想再吵架，想安安生生过几天日子。

如愿知道，顾向阳是他们兄妹之间的一颗定时炸弹，迟早都要引爆。

车子里的气氛忽然变得沉默又尴尬，两人一时无话可说。

墓园远在郊外，回城的路都很荒凉，没什么车子，如愿想看窗外转移注意力都没得风景可看。都怪自己多嘴，哪壶不开提哪壶……

就在这时候，车子忽然刹住。

如愿疑惑地探出脑袋看，只见从路口窜出来两辆吉普车拦住了他们的去路……

木如夜立刻把如愿拉回来，神情严肃地说道："坐好等我。"

后面的一辆车也停下来，车子的保镖下来，为哥哥打开车门，护送着哥哥下了车。

如愿没有忍住好奇，探头看，见到那两辆吉普车上陆续走下几个穿着迷彩服的人，看肤色和长相应该是东南亚那边来的。如愿心里咯噔一下，有一种不好的预感，果不其然那几个军人打扮的人站定之后，车子上走下来一个女人。

那个女人长相艳丽，化着浓妆，有一双妩媚的眼睛，然而眼神却锐利狠毒，就是那天拔掉她指甲的女人。

如愿立刻下了车，冲到哥哥身边站到了他身后，小声在他身边道："就是这个人拔了我的指甲……"

"我知道。你先回车里等我。"

如愿准备回车里，可那女人已经带着手下走到了兄妹俩面前，她看了一眼如愿的手，一脸笑意地问："小妹，你手上的伤还没好呢？看来姐姐还是下手太重了……唉，也怪我，做事情不想仔细，应该知道你细皮嫩肉的，跟我们这些粗人可不一样。"

木如夜神情阴冷地看着梅丹道："不要烦我妹妹。如愿，你先回车里等我。"

"等等。"梅丹叫住准备离开的如愿，不怀好意地说，"有什么事情你还不敢在你妹妹面前说吗？我看我们家妹子挺通情达理的。"

"如愿，回去。"

"站住！"梅丹厉声喝止住如愿。

梅丹身后的军人拔出抢来对着她，吓得如愿一动不敢动。

木如夜身后的人也立刻拔出枪来，两方对峙着，谁都不敢轻举妄动。

"梅丹，你这是做什么？你就不怕周围有警察盯着我们吗？"

"我就是想跟妹妹聊聊而已，怎么，这么怕我欺负她啊？"

木如夜一动不动地站在原地，他冷冷地看着梅丹，眼里没有一丝的温度。

梅丹是故意针对如愿的，本来这件事情就不关如愿什么事情，但是她讨厌如愿，即便她与如愿之前素未谋面。但是从十多年前起，她就开始讨厌如愿了。

她们是那么相似，都是年纪小小失去父母，都是一家的瘾君子，都是只剩下长兄，可是如愿被木如夜用性命疼着，为了这个妹妹，木如夜把自己卖进毒窝里，赔上自己的一辈子。而她的兄长却把十岁的她卖给一个恋童癖的老头子做妻子，让她被那个老男人糟蹋。

那一年她才只有十岁，她每天哭，一直哭到绝望，哭到再也没有眼泪。

她讨厌如愿，因为她们的命运如此不同。

凭什么？

凭什么木如愿可以如此无辜？她却生来就要做一个恶毒的婊子？

两边的人紧张地相持着，直到梅丹这边先收起抢来。

"这么认真做什么？跟妹妹开个玩笑而已。……真没想到，你还挺护着这个妹妹的，还以为你对谁都跟对我一样冷漠呢。"

"不要明知故问。"木如夜看了一圈周围，冷着脸道，"有什么话我们两个换个地方说，这里不安全。"

"怕条子啊？"梅丹冷笑道，"什么时候我们的章鱼也怕起来警察了？"

如愿露出疑惑又担心的眼神来，她看着自己的哥哥，一脸的彷徨，梅丹看到她这副样子，忽然生出了恶毒的看好戏的心态。

她笑起来，笑容里满是恶意。

梅丹的声音不大，却把每一个字都说得清清楚楚。

"是不是我们的章鱼当好人当久了，忘记自己原来是毒贩子了？"

"你闭嘴！"木如夜拔出枪指着梅丹。

两边的人又都拿枪指着对方，场面一触即发。

"怎么？这么不想让你妹妹知道这件事情，都不怕警察了？"梅丹恶毒地说，"这么多年，我可是第一次看到你急。"

木如夜愤怒得手都在抖，手上的青筋爆出，恨不得现在就一枪爆了梅丹的脑袋。

如愿目瞪口呆地站在原地，不敢相信自己刚刚听到的话。

木如夜紧紧握着手里的枪，双眼通红地等着梅丹，像是一头饿了一个月的狼。

他不敢看如愿，他现在只想杀了梅丹。

"你撒谎。"如愿红着眼瞪着梅丹，斩钉截铁地说，"不可能，你骗我。"

梅丹恶毒地大笑起来，道："小妹妹，我骗你做什么？你哥哥不对你说实话，我好心帮他坦白而已……"

"你他妈给我闭嘴！"木如夜怒吼道。

木如夜打开了手枪的保险，梅丹立刻捂住自己的胸口，像是被吓到的模样，然后又一副无辜的样子道："这么激动做什么？我又不知道这件事情不能告诉妹妹。"

"如愿，回车上等我。"木如夜说。

如愿失魂落魄地站在那里，木如夜的手下要过来扶她，却被如愿打开了手。

有时候，不回答就已经是回答了。

见到如愿转身走回了车子里，梅丹才幸灾乐祸地看着木如夜道："看来我们的模范兄妹要闹矛盾了呢……"

"你这么做有什么意义？"

"我这样做高兴啊。"梅丹向前走了一步，手轻轻放在木如夜的胸口道："章鱼，我是看在我们往日的情分之上才多给了你时间，不要想轻易打发我。"

"时间这么仓促，你就是在找死，你不怕把我们都害死吗？"

梅丹收起了笑容，她看着木如夜，眼里有一闪而过的沧桑。

　　她轻哼一声，自嘲地说道："你怎么知道我不是在找死？可是老天爷就是这样，越是想死的人呢，他就越不让你死。偏偏是你这种想活的人才是要小心一点，说不定哪一天不小心就死了……"

　　梅丹咯咯地笑着，美丽的脸却让人觉得如同蛇蝎。

　　"你放心，我很小心，没有警察跟着。"梅丹继续说道，"你的婚礼我就不去参加了，我可不想被条子盯上。今天就是想来确定一下你的决心，你知道的，我被缅甸那边的那群老头子们踢出局了，我没有别的路可以走，你是我唯一的路，你可不要让我失望。"

　　梅丹把手放在嘴唇上印了一个吻，然后又轻轻贴上木如夜的脸颊，笑得妖艳又狂妄。

　　"让一个绝望的人失望，可是非常危险的事情哦。"梅丹说，"你知道怎么联系我。"

　　梅丹上了吉普车绝尘而去。

Chapter 09

这个世界谁又救得了谁？都是尽力而为而已。

天气渐渐转凉，街上的人都已经换上了大衣，如愿这几天过得浑浑噩噩，也没有看天气，穿得有些单薄，瑟缩地走在长街上。

这几日木如夜的车子和保镖都没有再跟来，大概他已经跟那个女人达成了什么协议吧。

如愿不想思考那么多，裹了裹衣服走进小路里。

这条路很安静，适合一个人走走。

天黑得早，路灯昏暗，这里周围都是市政单位，平素人就不多，长长的小巷子里就只有如愿一人。

走着走着，她忽然听到身后有一个脚步声亦步亦趋，她走那个声音就跟着，她停下来那个脚步声就停下。

她加快了脚步，可忽然意识到应该不是那个女人跟来的，哥哥不是说了她不会再找自己的麻烦的吗。

如愿想到一个可能性，她停下脚步来，转过身惊喜地叫道："顾向阳，是你吗？"

巷子里空无一人，没有人回应她。

如愿有些失望，垂着脑袋站在原地，模样可怜，像是一只被抛弃的小狗。她掉下一滴泪来，轻轻叹息一声，转过身继续慢悠悠地往前走，却不小心撞上一个人。

"对不起。"如愿失魂落魄地说。

如愿头也不抬，绕过那人继续埋着头往前走，可那人却往右移了移挡住了她的去路。她这才抬起头，见到一个整张脸都遮得严严实实的人。

"顾向阳是谁？你男朋友吗？"

说话的人取下墨镜，满眼的笑意。

"陆云尘？怎么会是你！"如愿惊讶地问，"刚刚是你跟着我吗？"

"还能有谁？你难道希望是别人吗？"

陆云尘伸出手，抹了抹如愿脸上未干的泪痕，吓得如愿往后退了一步。

"谁把你弄哭了，我去找他！"陆云尘忿忿地说。

"没有谁，心情不好而已。你一个大明星，难道还去找人打架吗，也不怕被狗仔队拍到啊……"

"不怕，为你出头我愿意。"

如愿忍俊不禁，苦笑着道："不用你给我出头，没有人能给我出头……算了，你为什么会来找我？"

"没什么啊，就是……路过，想着很久没见你了。一起走走？"

两人慢慢地散着步，陆云尘又跟如愿讲起他工作的事情，原来如愿肯定不感兴趣，可今天她却很想认真听一听。

什么都好，只要能把她暂时从现在的生活里抽离开就好。

陆云尘那个世界又华丽又遥远，正适合如愿现在听。不用思考，就跟着陆云尘的描述一起笑，一起皱眉就好。

"你的工作怎么样了？前段时间我要人帮我找你，可你单位的人说你出差了……"陆云尘说。

"我去云南待了一阵子，去的一个小城……瑞丽，也不知道你有没有听过。"

"瑞丽是在边境上吧？边境那边艾滋病也挺多的吧，如果我没有记错的话，好像中国第一例艾滋病群体事件就是在云南瑞丽爆发的吧……"

"对！你怎么知道？"如愿有些惊讶，可又很快想起陆云尘是艾滋病亲善大使，笑了笑道："我忘记了，你是亲善大使，看来你的工作做得还是蛮认真的。"

"当然，只要是我接受了的工作，就不会随意对待，你以为随随便便就能当 super star 吗？不是每个人都是陆云尘。"

如愿忍不住被陆云尘逗得笑起来，每次跟陆云尘待在一起心情就很轻松。

"你这回去那边是做什么？"陆云尘又问，他总是对如愿的工作很感兴趣。

"做一个人类田野调查，联合国规划署的一个项目。我就是临时参与一下，因为我比较了解那边的情况，跟艾滋病人打交道的经验也比较多，主要工作还是科学院那边在做。"

"什么叫作田野调查？"

"就是看看大家对艾滋病的了解情况，看一下主要的传播途径，了解一下艾滋病人的心理状态之类的。"

"那又是去救苦救难的。"

如愿苦笑起来道："哪里是救苦救难，这个世界谁又救得了谁？都是尽力而为而已。"

"不过总比非洲好吧？"

"肯定比非洲好一些，不过……你也知道的，人性在哪里都是一样的，有好有坏，不要太苛刻就好了。"

陆云尘点了点头，想了想道："哦……那个……你知道……"陆云尘欲言又止地说，"卡丽芭死了，这件事你知道吗？"

如愿一愣，停下了脚步。

"你还好吧？你不知道这件事？"

如愿摇摇头，又继续往前走。"怎么死的？"

"艾滋病的并发症，我联系了乌干达那边的负责人，她的几个女儿成年前的费用我都会负责的。"

如愿问："你上个月找我就是为了这件事吗？"

"嗯……我觉得你应该会想知道……"

其实还因为他想见如愿，但是陆云尘不希望如愿对他有防备的心理。

如愿点点头，说不上来心里是什么滋味，她有些内疚，被生活里的琐事缠绕着，她都很久没有好好工作了……

如愿忽然觉得对这一切都很厌倦，哥哥和梅丹之间的事情，哥哥和顾向阳之间的事情，顾向阳和蝎子之间的事情，她忽然都不感兴趣了，甚至觉得很厌恶。

为什么想要简单的生活，不与人争不与人抢，却也会这么难。

"谢谢你。"如愿长叹一声，对陆云尘说。

"谢我什么，我也是尽力而为而已。"陆云尘犹豫了一下，又问，"木如愿，我觉得……这一次见你，你看起来不是很快乐，是不是出了什么事情了？有什么我可以帮你的吗？"

"没有……就是觉得有点累……"

"累就好好休息啊。"

如愿苦笑起来，忽然问："陆云尘，你会不会有特别想逃跑的时候？"

"逃跑？逃什么？"

"逃离现在的生活，想离一切远远的。"

"有吧，但是逃也没有用，问题又不会消失……"

如愿笑起来道："你倒是想得挺明白的。"

"当然，我是谁啊！ super star ！"

如愿笑起来，无奈地摇摇头。

陆云尘忽然停下脚步来，如愿疑惑地看着他问："怎么了？"

"如愿，虽然我们逃不掉，但是偶尔逃避一下还是可以的。"

如愿一愣，点了点头。

陆云尘忽然张开双臂道："你想逃的时候可以随时来找我，我的怀抱给你躲。"

如愿呆了呆，然后忽然大笑了起来，此刻她发自内心地觉得快乐，她伸出手在陆云尘的胸口锤了一下，道："谢谢你！能交到你这个朋友，我真的很幸运。"

陆云尘一脸的尴尬，他张开双臂不是给如愿锤一下胸的！这不成哥们儿了吗？不行，他工作忙，必须加快速度，赶紧进攻，感情的事情越拖越没戏！

"其实吧……"陆云尘说，"你对于我来说，就是一个逃避的地方。"

"我？你到我这里来逃避什么？狗仔队吗？"

"不是……每次见你，我都觉得内心很平静，在浮夸虚荣的圈子里待久了，人也变得很轻狂浮躁，像是被一个无形的人举着镰刀追着，赶着。我们的这个圈子资源有限，机会更有限，可是想要出名的人却千千万万。所以我们都认为生活就是一场战争，必须踩着别人的尸体才能胜利，击败越多的人就越是成功……"

"这么说来，你们的工作其实也挺不容易的。"

"所以跟你在一起的时候我最开心。听你说说你们疾控中心的事情，聊聊你认识的病人，谈谈你的工作，我就觉得至少这一刻我不用算计，不用争夺，不用小心翼翼，不用戴着假面具。如愿，你知道吗，你让我看到生活里纯粹简单的那一面，这世上真的有人做一些事情，不为了名，不为了利，不为了被人崇拜，就是为了一个简单的信念而已。"

如愿有些感动，又有些无奈。

陆云尘见如愿没有反应，转过头看着她，只见她垂着脸，眼前像是蒙了一层薄薄的雾，两只手放在口袋里，慢慢地走着。陆云尘觉得心都要融化了。如愿身上总有种跟这个世界无关的气质。

"你怎么不说话……"陆云尘笑着说，"好歹我表了一番衷情。"

"我想……做人可以纯粹，做事可以简单，信仰也可以单纯，可是唯独只有生活，生活永远是复杂的……"

陆云尘笑起来。"有道理，这样想想我也没什么好抱怨的。"

他忽然觉得浑身一阵轻松，他动了动胳膊，跟如愿在一起真的很轻松。

"其实跟你一起我觉得特别轻松。"如愿说。

陆云尘一呆，只觉得心上被人击中了一下，他笑起来，问："你为什么这样说？我也觉得跟你在一起特别轻松。"

"因为我觉得你是一个快乐的人。仔细想想看，我身边的人都是些悲观主义者，就连我自己都是假乐观。你不是，你是真的会快乐的人，所以跟你在一起很轻松啊。"

陆云尘有些得意，道："那就跟我在一起啊，我会让你一辈子都开心的。"

如愿笑起来，又捶了一下陆云尘的胳膊道："朋友本来就是一辈子的啊。"

陆云尘噎了噎，这个丫头，又跟他绕圈子！

两人随意地走了几圈，碰到有人好奇地看陆云尘，两人怕被认出来，就直接回了如愿的家。

到了门口，如愿把手从口袋里拿出来，陆云尘才看到她手上的伤口。陆云尘抓过如愿的手，紧张地问："怎么回事儿？"

"没什么……做菜的时候不小心切到了。"

"怎么这么不下心！你的手那么好看，留了伤疤怎么办？"

如愿一边打开门一边哭笑不得地说："你倒是观察得蛮仔细。"

"当然！"陆云尘得意地说，"在乌干达的时候，见你的第一面，你站在车外，跟我们打招呼，我就看了你一眼，就那一眼，关于你的事情我就什么都知道了。"

如愿打开了门，走进去，忍俊不禁地问："那你告诉我，你那一眼都知道我什么了？"

陆云尘关上门，忽然把如愿压在了门上。

"知道你有多高，多重，你的手好不好看，你的腰细不细。知道你的脸上有没有算计，知道你的眼神里对我有没有兴趣……"

如愿对现在的状况感到有些发蒙。

"那时候你对我没兴趣，现在呢？"陆云尘问，"现在你要不要考虑一下我，我不会让你一个人走在路上流泪，我会让你过得很轻松，很快乐。木如愿，你要不要跟我在一起？要不要感受一下被一个集万千星光于一身的人宠爱是什么滋味？"

如愿推了推陆云尘，无奈地笑道："陆云尘，你别跟我开玩笑了，我们是八竿子打不着的人。"

"我没有开玩笑。"陆云尘一动不动，继续把如愿夹在他与门之中，"我们怎么就八竿子打不着了，我们不是已经认识彼此了，不是正站在一起吗？"

"你让开……"如愿又推陆云尘，却推不动他。

"不让！我知道你有男朋友，但是我也没见到他在你身边，也没见到你过得很快乐啊。换我来，我会是一个让你快乐的男人，怎么样？"

"你不会是认真的吧？"

"我看起来像是在开玩笑吗？"

如愿一时不知道该怎么反应。

是啊，跟陆云尘在一起，或者跟别的什么人在一起，她现在的生活也许会简单许多，可以没有那么多矛盾和不得已。

但是为什么，她竟然从没有想过这个选择。

陆云尘趁着如愿发蒙的时候，把手轻轻地放在了她的肩上，他缓缓地低下头，想要吻她。如愿还是呆在那里，这是陆云尘的机会，他要一击必胜！

可就在他快要碰到如愿的嘴唇的时候，一个人按住了他的肩，一股强大的力量就把他拉开了，他一个趔趄差一点儿就摔倒。

昏暗的屋子里隐约看到一个高大的男人的身影，如愿惊讶地打开了灯，陆云尘这才看清眼前的人，是一个神情刚毅的男人，个子高高的，体格比他强壮多了，正怒气冲冲地瞪着自己。

"顾向阳？！"如愿惊呼道。

原来这个就是如愿的那个男朋友啊……

Chapter 10
孤独和心碎，也许这是每一个灵魂还没有生锈的人，必经的路途。

　　三个人站在屋子的三角，没有一个人先开口说话，顾向阳沉着脸看着陆云尘，眼神不激烈却让人有一种毛骨悚然的感觉，陆云尘忍不住起了一身的鸡皮疙瘩，这个人是杀人犯吗，怎么看人的眼神这么可怕。

　　如愿还是第一次看到这样的顾向阳，那个眼神真叫人不寒而栗，她这才意识到，顾向阳是一个真的在血光里成长起来的男人，见识过这世上最黑暗和最危险的一面，并不只是那个在他面前温柔沉默的男人而已。

　　她有些迷茫，哥哥也好，顾向阳也好，她以为最亲近的人，其实她都不曾真正了解他们。在她面前的他们，只展示了哥哥和恋人的那一面，而另一面，属于雄性之间的那一面，她一无所知。

　　陆云尘之前哪里接触过顾向阳这样的人，一时被他的眼神吓住，竟然连话都忘了说。还是如愿最先反应过来，走到陆云尘面前，尴尬地笑了笑道："对不起，我改天再请你吃饭赔罪吧，今天我还有些事情。"

　　"这个就是你那个男朋友吗？"

　　如愿点点头。

　　陆云尘看向顾向阳，他还是用那种不动声色却又让人毛骨悚然的眼神盯着他，让陆云尘有一种在非洲草原上被一只狮子王盯上的感觉……

　　但是他是男人，就算眼前的男人给他一种危险的感觉，他也不能示弱！

　　"你不需要我在这里吗？"陆云尘看着如愿道，"你需要，我就在这里陪你。"

"不用了……"如愿垂着头道，"我跟他有话要说……"

"好吧……"陆云尘走到门口打开门走出去，关上门之前停了停，回头看了一眼，见到顾向阳正看着如愿的背影，那个眼神跟看他的时候简直像是变了一个人，坚定又温柔。

陆云尘这才稍微安心一点，道："小心点儿，你对她不好，我可是随时会来抢走她的。"

顾向阳皱着眉看他，如愿一副蒙了的样子，三个人沉默尴尬地对峙了几秒之后，陆云尘才无可奈何地走了。

屋子里又只剩下顾向阳和如愿两人，如愿抬起头看向顾向阳，他看起来没有休息好的样子，一脸的疲惫。

如愿无奈地叹息一声，问："前段时间，三不五时来我家打扫卫生，给我冰箱里塞东西的人是你吧？"

顾向阳沉默地点点头。

"今天也是来给我当田螺姑娘的吗？"

顾向阳摇摇头。

如愿瞪他一眼，问："怎么连话都不会说了？我又没对你怎么样，为什么一副小媳妇儿的模样？"

"你都知道了吧……"顾向阳的声音有些沙哑，眼里有淡淡的红色血丝，他看着如愿，似乎背上有一千斤的重担，"你哥哥的事情，你是不是知道了？"

"你为什么这样问？"

"他们说你跟你哥哥在街上争吵过，提到了那两个字，而且你的情绪很激动……"

"嗯……"如愿低下头，摸了摸自己的手臂，轻轻地问，"你们是不是在调查我哥哥？"

顾向阳不说话，两个人又是一阵沉默。

如愿道："如果你是来问哥哥的事情，我什么都没有办法告诉你。真的，他什么都没有说，他只是说，他不能告诉我是也不能告诉我不是……所以你今天来是问这个的吗？"

"不是……我今天只是想来看看你，本来没打算出现在你面前的……"

只是看到那个男人要亲如愿，顾向阳没有忍得住，要是能眼睁睁地看着别的男人吻自己的女人，他真的就不要做男人了。

如愿打趣道："那我还得感谢陆云尘了，不是他我都见不着你，我看我平时得多邀请他到家里坐坐才行……"

"你敢！"顾向阳严厉地说。

如愿一愣，没想到顾向阳对这件事会这么在意，忍俊不禁道："我开玩笑的，你这么认真做什么……"

顾向阳叹一口气，走到如愿面前，牵起她那只受了伤的手。

"还疼不疼？"

如愿笑着摇摇头。

"对不起……"顾向阳的手微微颤抖着，声音里满是矛盾和懊丧，"我没有能陪在你身边……"

"又不怪你，既不是你得罪的人，也不是你拔的指甲，难不成你还能挂我身上，无时无刻地保护我不成？有的事情只是意外，谁都不想，我谁都不怪。你也别做出这副样子，多大的事儿啊，苦大仇深的……"

"我们会抓住梅丹的。"

"那个女人叫梅丹呀……"如愿的声音轻轻的，她垂着眼不看顾向阳，平静地问，"你们也会抓住我哥哥吗？"

顾向阳一愣，欲言又止，最终只是悲哀地看着如愿。

见顾向阳不回答，如愿抬起头来，苦笑道："你为什么这个样子，怎么表现得比我还痛苦似的？要被抓的又不是你的哥哥……"

"如果可以，我也不想抓木如夜。"

"我想起来，那天送别派对后你问我的那些话，其实你那个时候就知道会遇到今天这种情况的，对不对？"

顾向阳羞愧地点点头。

"你真坏，也不给我一点提醒，搞得我现在措手不及……"

"对不起……"

"你今天都说多少遍对不起了，烦不烦呀……"

如愿脸上还是淡淡的笑容，既不委屈，也不怨恨，她还是那么温柔，对这人世施加给她的一切都坦然处之。

"我又不怪你，你有你的立场。我又不是不讲道理，非要所有人围着我转才高兴的人……"如愿说。

"我不是想骗你。"

"我知道。"如愿紧紧地捏着自己的手臂，问，"顾向阳，你之前跟我说，你要抓的那个人是我的哥哥吗？"

顾向阳不说话，为难地看着如愿。

"我忘了……你不能回答……"如愿自嘲地笑起来，抬起头看向顾向阳问，"我知道，你跟哥哥一样，不能告诉我是，也不能告诉我不是，是不是？"

顾向阳缓慢地点了点头。

"好，我都懂了。还有一个问题，哥哥不能回答我，我不知道你能不能回答我。"

"能告诉你的事情，我都不会瞒你。"

"你跟我哥哥之间，除了立场相反之外，是不是还有什么私仇？"

"我当年做卧底，跟你哥哥曾经是兄弟……"

顾向阳没有说完，如愿就大概明白了，她也不为难顾向阳，不逼着他非把当年的事情说得那么清楚不可，总之哥哥是不可能原谅背叛过他的人。

见到顾向阳表情那么沉重，如愿打趣道："我哥哥叫章鱼，季惟慈叫蝎子，你呢，你当初叫什么？"

"我卧底时候的名字叫作何飞龙，你哥哥他们都叫我阿龙，但是别人都叫我毒蛇。"

如愿笑起来，伸出手摸了摸顾向阳的脸，笑眯眯地说："你这个样子，哪里有一点像毒蛇呀？一点都不适合你。"

"我还有另外的样子，只是我永远都不想让你看到而已。"

"是吗？"如愿又问，"那你杀过人吗？"

"杀过。"

"你杀过谁？"

"很多……包括蝎子……"

如愿脸上的笑容僵住，颤抖着收回了放在顾向阳脸上的手。

蝎子，把她当亲妹妹一样疼的蝎子，不久前她刚刚为他哭过一场的蝎子。

两个人站在屋子里，一时又无言，无论如愿多么想粉饰太平，现实就是她与顾向阳之间有一道跨不过去的坎。

如愿想起有一次她开玩笑，说她跟顾向阳是罗密欧和朱丽叶，顾向阳还跟她生气了，那时候总以为顾向阳迷信，现在才知道原来那真的是预言。

如愿觉得眼睛酸酸的，想克制却还是忍不住掉下泪来，她从无声地落泪，变成低声的抽泣，最后又变成了号啕大哭。

她觉得这一切真的快要叫她承受不住了，她再也假装不下去了。

顾向阳紧紧抱着如愿，一直等到她哭完，哭得再也没有眼泪。

如愿轻轻地推开顾向阳，神情已经恢复了平静，问他："你今天见到了我，回去会被批评吗？"

"随便他们怎么想，我不在乎。"

"还是要在乎一点的……我没事了，手上的伤好得差不多了，你不用担心我，也不用再来看我，我自己可以照顾得好自己。这么些年我自己一个人生活不也好好的吗？"

顾向阳盯着如愿，眼睛里满是血丝，问："如愿，你这是在跟我分手吗？"

"这样比较好，如果你有一天你注定要抓我的哥哥，那我们分开对你才没有拖累，对我而言……我也才能面对我的哥哥。毕竟，我是他的妹妹，他做了再多错事，我也还是只能爱他……我不想有一天跟他面对面的时候，总想起是我的爱人抓的他……所以我们只剩下这最后一条路可以走了。"

顾向阳感觉自己浑身都在颤抖，要极力才能克制住自己。

"我们到底做错了什么？要这样被惩罚？"顾向阳痛苦地问。

如愿苦笑着。

"我们什么都没有做错，但是法理和感情本来就是两回事……命运把我们送到了这个位置，我们没有别的选择，只能顺从着它……"

顾向阳忽然抱住如愿，紧紧地，不肯松手。

如愿又掉下泪来。

"顾向阳，我不会忘了你，但是我真的已经无法再和你在一起了。"如愿强忍着悲痛，声音颤抖着说，"你原谅我的自私吧，我不是一个坚强的女人，我能承受得只有这么多。也许我们真的是没有缘分，我们只能到这里为止了。"

"如愿……"顾向阳红着眼，紧紧抱着她，哽咽地说，"你知不知道，我是真的爱你，我这辈子都不会再爱别的什么人了。"

顾向阳是个不善于用语言表达感情的人，这是顾向阳第一次对如愿说我爱你，却是在他们不得不分手的时候……

"我知道……"

　　"如愿，我不当警察了，我们远走高飞，去哪里都好，回非洲都行。好不好？我们什么都不管了，把前半生都抛弃掉，找个地方重新开始，把这一切都忘了，好不好？"

　　她摇着头，她不要做顾向阳的绊脚石，也不要让他为了她失去自己。

　　如愿推开顾向阳，悲伤地说："你走吧，做你该做的事情，忘了我，求你了。"

　　"我做不到……我们回乌干达，去难民营，参加联合国的救援项目，好不好？我真后悔，我们就不该回来！"顾向阳神情激动地说，"在达达拉布难民营的时候我们的日子不是过得很简单吗？我们继续过那样的日子，你做你的工作，我守着你，我们就一直这样下去！"

　　如愿还是摇着头，泪水从她的脸颊滑落，她问："顾向阳，你记得，那天送别派对结束，你问我的问题，我是怎么回答你的吗？"

　　顾向阳一愣，缓缓地点了点头。

　　"我希望你能够顺从命运的指引，向着太阳，没有悔恨地，笔直地走完这一生。"

　　"现在我也是这么希望的，我不要因为我让你这一生有悔，叫你抛弃你坚守的信仰，叫你最终抛弃了你自己，成为一个你不愿意成为的人。"

　　"可我做了我自己，就要失去你。"

　　"也许这就是我们需要付出的代价吧……"

　　顾向阳想靠近如愿，却被她狠狠推开。她打开门将顾向阳推了出去，然后重重地关上了门，无论他怎么敲都没有再开门。

　　"你走吧！我不想再见到你！你走！"如愿用尽全力冲着门喊道。

　　敲门声停止了，顾向阳大概是走了。

　　如愿脱力地跌坐在地上，号啕大哭起来。

　　孤独和心碎，也许这是每一个灵魂还没有生锈的人，必经的路途。眼泪，是如蝼蚁一般微末的我们，在命运面前发出的那一声不太响亮的的不屈哀号。

　　还有什么可怕的命运在等待着她，都来吧，她不怕。

　　如愿擦干净了眼泪，走到了窗前。

　　外面不知道什么时候下起雪来，凛冬终于是来临了。

　　如愿已经三年没有见过雪了。

　　下雪的日子总是很好入眠，世界安静得没有声音，可是如愿想，她已经再也不想做梦了，因为这命运深渊的日子里，就连梦都变得泥泞了……

Chapter 11

最亲的人，有时候也最生疏。无话不说也是他，无话可说又是他。

今天是公历新年，W市下着雪，长长的婚车车队穿过白色的城市，到达濒临江畔的五星酒店，今天木如夜和葛平秋要在这里举办婚礼。

如愿没有给小秋当伴娘，但是她还是选择今天过来给哥哥帮忙，虽然这几天她与哥哥都没有说过话。两个人似乎都刻意避开彼此，谁都不愿意谈论那件事情。

木如夜和葛平秋在外面迎宾，如愿在门口帮忙迎宾签到，记录亲友送的礼物和礼金。

来的人大多数是女方这边的亲友，哥哥这边就只有他回国后在政商界交的新朋友们。他们两兄妹没什么还在联系的亲人，只有一个姑姑，当年把如愿养大，但是如愿读大学的时候她就过世了，姑父后来又再娶，跟他们几乎就没什么关系了。

如愿看着手上的花名册，见到新娘这一边有那么多亲戚朋友：新娘父母两边的家人亲戚，新娘的中学、大学的同学，新娘工作单位的同事朋友。而哥哥这边除了那些生意上的伙伴，没有一个跟哥哥真正亲近的人。葛平秋的几个伴娘是她多年的好友还有她的表妹和堂妹。而哥哥的伴郎，却是他的几个手下。没有朋友，没有兄弟，甚至今天接亲的时候都没有父母可拜，只在牌位前上了香而已。

哥哥究竟得到了什么如愿并不知道，但是他失去的实在是太多了。明明是哥哥大喜的日子，如愿却觉得有些难过。蝎子也死了，哥哥身边的亲人就只有她一个而已，除了她再没有别人。

如愿忽然想到，若是有一天她出嫁，如果哥哥不在，还有谁能送她出嫁，她要与谁跪拜告别，她又要挽着谁的手走过红毯呢。

每个女孩子都幻想过自己穿上白纱的那一天，如愿也曾经幻想过，可现在她却不敢再想了。她怕，怕会没有一个家来给她出嫁，怕新娘哭着告别亲人时却发现身后空无一人，怕她以后要独自走过那一段路，怕没有人将她的手交给未来的丈夫，怕有一日哥哥不在，这孤零零的世上就只剩下她一人，再没有人疼她。

"如愿，你怎么哭了？"一旁的人打趣道，"哥哥娶了嫂子，怕以后他不疼你了呀？"

如愿擦擦泪，摇了摇头："我为哥哥高兴而已。"

"现在就要哭，一会儿新人行礼的时候你还不得哭个没完？"

如愿苦笑起来，宾客们差不多都到齐了，新郎新娘要进去准备，如愿正在收拾东西，站起来的时候正遇上哥哥和小秋，哥哥看了她一眼，欲言又止。葛平秋见状对木如夜说："我先去新娘室准备一下，一会儿再见。"

木如夜点点头，朝如愿走过来。等人都进去了，外面只剩下木如夜和妹妹的时候，他才开口道："谢谢你今天过来。"

这还是如愿第一次听到哥哥对自己说谢谢。她一愣，不知怎么的，就觉得跟哥哥似乎生分了起来。

"你结婚我怎么会不来？这是我们家的大事啊……"

木如夜点点头，又不说话了。

"哥……"

"嗯？"

如愿欲言又止，最终只是说："进去吧，婚礼快开始了。"

"你不进去吗？"

"我把这些东西清理好了就进去，你先去吧，你是新郎。"

木如夜点点头，没有多说什么，转身进了会场。

如愿无声地叹了一口气，慢慢地收拾着桌上的花名册，世上有很多事情我们都无可奈何，比如说最亲的人，有时候也最生疏。无话不说也是他，无话可说又是他。

真相真是一件可怕的事情，不知道以前，世界是一片花园，可围墙被推倒之后，才知道外面都是断井残垣。

也许他们兄妹再也无法回到从前了……

刚收好东西，就有两个神态严肃的人走进来，要往会场里走，如愿有些疑惑地迎过去，不安地问："你们是今天的宾客吗？我是新郎的妹妹，麻烦你们过来签个到。"

"不是……"其中一人拿出证件来，对如愿说，"我们有事情要请木如夜协助调查。"

如愿紧张起来，问："什么事情这么重要，都不能等我哥哥把婚礼办完？"

"事关重大，我们有一个同事失踪了，可能有生命危险。我们想就这件事跟你哥哥聊一聊。他在哪里？请你带我们去找他。我们也不想引起不必要的不愉快。"

"同事？"如愿心里升起一股不好的预感，疑惑地问，"是哪个同事失踪了？"

两个警官看着如愿，其中一个拿出一张照片来，语气里有一丝怒意，道："木小姐，请问你这几天见过这个人吗？"

如愿认出照片上的人来……

顾向阳。

差不多只过了十分钟的样子，两位警官便黑着脸推开门走了出来，他们看了一眼如愿，一声招呼都没有打便走了。

如愿推开新郎休息室的门，哥哥一脸疲惫地坐在里面。

"哥，怎么一回事儿？顾向阳去哪里了？"如愿激动地问。

木如夜神情冷漠地问："你现在是在拷问我吗？"

"我不是在拷问你……顾向阳失踪跟你有没有关系？"

"他怎么样都跟你没有关系。"木如夜站起来，整理了一下衣服道，"天大的事情也等婚礼完了再说，你也快去坐着，不要乱窜。"

木如夜走过如愿身边，却被如愿一把抓住。

"你做什么？"木如夜严厉地问。

如愿抓着哥哥的袖子，坚定地说："哥，你把顾向阳放了。"

"他的失踪跟我没有关系。"木如夜冷冷地说。

"你不用骗我。我只要你放了顾向阳。"如愿眼睛通红地看着木如夜，死死地抓着他的胳膊不放手，"哥哥，你不能一错再错，你知道你这样做的后果吗？"

木如夜终于克制不住，甩开妹妹的手，神情阴冷地问道："如愿，你又为了一个外人要跟哥哥作对吗？"

"哥，你为什么就是不能收手呢？"

"收手？"木如夜瞪着如愿，怒气冲冲地问，"你知不知道他害死了狼五，你知不知道蝎子就是他杀的！"

"我知道……"如愿挣扎着说，她看向哥哥，还想要努力说服他，"哥，他是警察，他在履行他的职责。你抓了他做什么？难道你要杀了他呢？"

木如夜冷笑起来道："狼五和蝎子身上经历的，我都要他再经历一遍，十倍奉还。"

"哥哥！你疯了吗？"如愿激动地说，"你知不知道你在做什么？"

"我知道。"

"哥！你不能这样对顾向阳！"如愿又惊惧又悲伤，她抓着哥哥地手，拼命地摇头，"哥哥，你不可以这样做，我求求你了，你放过顾向阳吧。不是为了我，就当是为了你自己。你走得太远了，你这样做就真的回不了头了！"

"我早就回不了头了。"木如夜甩开妹妹地手道，"让开，这件事情我不希望你再提起，你就当没有顾向阳这个人吧。"

"木如夜！"如愿忽然吼道，"你为什么一定要往绝路上走，你为什么这么固执，你为什么就不能想想小秋，想想我？"

木如夜站定，他转过身，愤怒地说道："是你的那个男朋友要抓你的亲哥哥，他要把我关进死牢里，你为什么不叫他收手？你为什么不想想你自己的亲哥哥！只想着一个背叛过我的叛徒！"

"他要抓你是他的错吗？"这几日在哥哥面前压抑的情感终于再也无法抑制，如愿眼里满是泪水，冲着哥哥叫道："你为什么要贩毒？你做什么不好，为什么偏偏要做毒贩子？如果不是你贩毒，他为什么要抓你！毒品害得我们没有了爸爸妈妈，没有了家，害我们分别了十年，你明明知道我多恨毒品，多恨毒贩子，你为什么还要贩毒？为什么！"

木如夜浑身都在颤抖，他双眼血红地看着如愿，怒吼道："你以为我就不恨毒品吗？我这辈子最恨的就是毒品，就是毒贩子！"

如愿抓着哥哥的双手，哭号着嚷道："那你为什么还要去贩毒？你知不知道这条路回不了头的，你知不知道你被抓住了会被判死刑的！为什么啊！你为什么非要走这条路！"

木如夜看着如愿，眼泪从他血红的眼里缓缓地滑落。

木如夜的声音沙哑而哽咽，好多年了，如愿好多年都没见过哥哥流过泪，上一次还是她小时候……

"你以为我想当毒贩子吗？你以为如果还有别的路可走我会去跟我的仇人为伍，对我最恨的人屈膝，在他们手下讨生活吗？可是当年我有什么办法？如果我不去给人当马仔，你就要被那群债主带走！不是我，就得是你！你知不知道你被带走之后会被送到什么地方去？你知不知道你要经历什么？你也见到梅丹了，如果当初去的人是你，你也许会变成另一个梅丹，或者比她还要凄惨，不知道被多少人糟蹋，死在哪个臭水沟里了！嗬……你现在怪我、恨我、怨我……可是你告诉我，你要哥哥怎么办？我当年除了走那条路，我还能怎么做！"

哥哥愤怒而悲怆的声音就在如愿耳边，仿佛是在她的耳膜上重重地捶了一下。

如愿愣了愣，泪如雨下。

原来都是因为她……

如愿悲痛地说："如今的这一切都是我造成的……如果不是因为我的拖累，你当年不会跟那群毒贩子走，不会被迫给人当马仔，不会走上不归路。顾向阳也不会去抓你，那个叫梅丹的女人也不会来逼你……原来都是因为我……"

如愿捂着脸不堪重负地跪坐在地上，痛苦地抽泣着。

木如夜看着自己的妹妹，缓缓闭上眼，可眼泪还是从眼里滚落，他有多少年没哭了，都忘记了泪水原来这样的滚烫。

兄妹俩也不知道这样维持了多久，终于有人推门进来，是葛平秋。

见到兄妹俩这样，她立刻对等在门口的人说了几句，然后锁上了门。

如愿还是跪坐在地上，像是失了魂魄一般，泪水就像是脱了线一样从眼里滑落。葛平秋走过去把如愿扶起来，她看向木如夜，他也像是一尊蜡像一般，一动不动地站在那里，双眼通红。

这是葛平秋第一次看到他流泪，就连蝎子死的那一次，他的眼泪都没有掉下来。

葛平秋心里很震惊，却什么都没有多问。

木如夜深吸一口气，平复了一下情绪，终于冷静了下来。道："别哭了，不是你的错，是我自己做的选择。这些年我对你只字不提，就是不想你这样想。这件事不要再提了，我们都忘了吧……"

如愿止住了眼泪，她擦了擦眼睛，对哥哥说："哥，当我求你了，你放了顾向阳吧。"

葛平秋一惊，问："你抓顾向阳做什么？"

木如夜不回答，只是冷冷地看着如愿。"妹妹，你一定要这样吗？"

"你放了他，求你。"

"我若是不放呢？"

"他活着我就活着，他死了我就陪他去死。"如愿捏紧了拳头，盯着哥哥道。

木如夜看着妹妹，眼里的温度一点点地褪去，他笑了笑，脸上满是悲凉。

"你用你的命来威胁啊？我处处保护你，让你无忧无虑地长大，为了你，我不在乎我的命，不在乎我的未来，可到头来，你却用你自己的命来威胁我？"

如愿的眼睛酸酸的，眼泪在眼眶里打滚。

她点点头。

"哥哥，我求你，放了顾向阳，到此为止吧。"

"好，话已经说到这个份上，我们兄妹的感情也就到此为止了。"

"哥……"

"不要叫我哥哥。"木如夜举起手打断了妹妹的话道，"顾向阳的失踪跟我没有关系，但是你今天会见到他。"

哥哥这样说，就是愿意放过顾向阳了。

如愿刚刚松了一口气，可是木如夜却又说："你走吧，这里不欢迎你。"

"如夜……"葛平秋刚想说话，可是木如夜却冷冷地看了她一眼，她只好闭上了嘴。

"木如愿，我说了，我们的兄妹之情到此为止，我以后是死是活不用你管。你以后要跟谁在一起，去哪里，做什么，也都不用告诉我。从此之后，我没有你这个妹妹，你也没有我这个哥哥。"木如夜打开门，叫来等候在外面的手下道，"把这个人赶出去。"

"哥……"如愿不敢相信哥哥真的不要她了，她抓着哥哥的手道，"哥哥，你不能不要我，我已经跟顾向阳分开了，我只是不能看到你伤害他……"

"把她拉走。"木如夜说。

"哥哥，我求你了……你不能不要我，这个世界上我只有你啊，除了你我谁都没有……哥哥……"

手下见到哭泣的如愿也是蒙了，疑惑地问："大哥，这不好吧，这是小姐啊，我们哪敢啊……"

木如夜冷漠地抽出自己的手，对两个手下怒吼道："非要我说两遍你们才听得懂吗？把她赶出去。"

见到木如夜神情阴郁，手下不敢再怠慢，走到如愿跟前道："小姐，请跟我们走吧……"

"哥哥……"

如愿还想去找哥哥，可是却被两个手下给拦住了："小姐，不要让我们为难……"

如愿无可奈何，只能抽噎着跟着两个手下往外走。经过哥哥身边的时候，她停了停，可是木如夜连看都不愿意再看她一眼，背着身子对着她，似乎已经彻底地断绝了情义。

也许这就是老天对她的惩罚吧。惩罚她的不体贴，惩罚她背叛自己的亲人，惩罚她忠义两不全，惩罚她最终还是做了一个半吊子的人……

"你不把我当妹妹，但是我永远会把你当哥哥。"

如愿擦了把泪，跟着手下出了门。

新郎房里只剩下木如夜和葛平秋，葛平秋走到木如夜面前，伸出手轻轻地整理着他的衣服。

"我们出去吧，不好再叫客人们等，刚刚司仪已经在催了。"

木如夜忽然抱住了葛平秋，脑袋埋在她的脖子里，痛苦地闷哼着。

葛平秋像是安抚一个孩子一般地轻轻拍着他的背。

"我只有你了。"木如夜痛苦地说。

葛平秋也忽然觉得一阵难过，她眼睛红红的，有些哽咽地说："我知道……我都知道……我在，我不会背叛你，不会离开你，无论你做什么，我永远都不会。"

木如夜终于渐渐平静下来，他直起身子，眼睛布满了血丝，一脸的沧桑，像是一瞬间就老了。

他紧紧握住葛平秋的手，轻轻地说道："走吧，我们出去，结婚去。"

葛平秋温柔地笑起来，点了点头："好，我们结婚去。"

如愿呆呆地站在酒店外，那两个手下还守在门口，像是生怕她会进去似的。她身上还穿着白纱短裙，脚上穿着细细的高跟鞋，直愣愣地看着酒店门口挂着的彩板，上面是哥哥和小秋的婚纱照。在哥哥人生中最重要的一天，她却失去了他。

如愿转过身漫无目的地在街上走，也不知道走了多久，走到她的脚后跟都出了血的时候，一辆黑色没有牌照的面包车忽然在她面前停下来。

她还来不及反应，车上就扔下来一个人，然后那车子便绝尘而去，消失在路的尽头。

如愿冲到那人面前一看，那人已经失去了意识，奄奄一息，浑身没有一块皮是好的，皮青脸肿，几乎都叫人认不出来。

但是如愿还是一眼就认出了他。她颤抖着翻过那个半死不活的人，让他平卧在地上，然后拨通了急救电话。

如愿握着他的手，和他一起等着救护车来，可是那双有力的手如今却是这样软弱无力，他的呼吸越来越微弱，如愿感觉生命正飞快地从他身上流逝。

"顾向阳……你不要死……"好不容易止住的泪水又迸涌而出，如愿抓着顾向阳的手，哀号道："你不能死……我求求你……顾向阳，你不要留我一个人，我只有你了……"

Chapter 12
还是平庸无奇的人生最好，跌宕起伏、波澜壮阔的人生总是伴随着巨大的心碎和痛苦。

如愿坐在抢救室外，白色的纱裙脏兮兮的，衣服上和身上都是血迹，高跟鞋已经被她脱下来放在了一边。这双鞋子非常磨脚，如愿穿着它们一路跟着推车跑到抢救室，等到她意识过来的时候，脚跟都已经出血了。

看着这双昂贵的缎面高跟鞋，如愿苦笑起来，你看，无论多贵的鞋子，都是会磨脚的，旧布鞋穿得最舒服，却被嫌弃平庸。

所以还是平庸无奇的人生最好，跌宕起伏波澜壮阔的人生总是伴随着巨大的心碎和痛苦。

平凡的爱情最长久，伟大的爱情总伴随着伟大的痛苦。

罗密欧与朱丽叶，梁山伯与祝英台，哪个不是悲剧收尾？

只可惜，有些事情由不得自己选择，她想要跟顾向阳做两个最平庸最无关紧要的人，老天却不允许，非要他们演绎一场爱恨情仇来。

顾向阳已经没有任何亲人，如愿不知道该联系谁，思来想去联系了今天来哥哥婚礼的那两个警察。不一会儿有三个警员就赶到了医院里，两个穿着便服的是白天见过的，还有一个穿着警服的她没有见过，虽然年纪差不多，不过警衔要比另外两个人高一些。

如愿坐在抢救室外，远远地看着几个焦急的人在护士的指引下跑过来。几个人赶到抢救室外，焦急地询问护士情况，护士只说情况很危险，医生在努力。

"他是个缉毒警察，这是被毒贩报复，拜托医生一定要尽力救他！"

护士也有些动容，叹了口气道："伤得太重了，再晚一点命都没有了……唉……你放心吧，我会跟医生说的，我们肯定会尽全力抢救他的……"

护士转身又进了手术室。

三个警官等在外面，其中有一个穿着便服的，有一双浓浓的愤怒的眉毛，似乎时刻都保持着愤怒的姿态。他见到如愿也在这里坐着，气不打一处来，愤怒地冲上前来道："你坐在这里干什么？你滚！"

另外两个警官上前拦住他，低声道："你在这里闹什么！算了算了……不要影响医生抢救。"

那位愤怒警官这才强忍住了怒火，却还是怒气冲冲地瞪着如愿。

如愿站起身来，语气低低的。

"我想等顾向阳脱离危险了再走，可以吗？"

"你还好意思留在这里？就是你哥哥害得顾向阳这个样子你知不知道？怎么，你还嫌害得他不够，非要害死他才高兴是不是？"

那人又冲到如愿面前，伸手要推她走，如愿一个踉跄差点摔倒。

"你这是做什么！有气也不要往她身上撒啊！"其中一个警官拦住那个同事，把他拉到一边去。

穿着警服的警司走到如愿面前道："你不要放在心上，我们跟顾向阳都是多年的同事，还在警校的时候就已经是同学了，他情绪激动了，希望你理解……"

如愿摇摇头，她被骂也是活该。

"没关系，他说的是事实。"

"你在这里也不方便，要不你还是先走吧。"

"我想留在这里等顾向阳，不可以吗？"

警官犹豫了一下，回头看了一眼怒气冲冲的同事，有些尴尬地说："不大好……你看我们同事的情绪都还很激动，你们在这里闹起来，只怕医生没办法安心抢救。而且你也帮不上什么忙，这边有我们警局的同事处理就够了，你放心，组织上一定会好好保护我们的警员的。"

如愿无可奈何，只能点点头。

"好，我走。"如愿又看了一眼抢救室，对警官说，"能最后再求你一件事吗？"

"什么？"

"如果顾向阳有什么情况，希望你能通知我一声。"

"好。"警官找出纸笔，写了一个电话递给如愿道，"我叫刘疆，这是我的电话，顾向阳有什么消息我会及时通知你的，你有什么事情也可以找我。"

"谢谢……"

如愿接过那张写了电话的纸条，低头向男人鞠了个躬，失魂落魄地转身离去。

"你对她那么好做什么？"如愿身后传来那个警官愤怒的声音。

"你那么针对她做什么？"

浓眉毛警官这才闭了嘴，蹲在地上，难过地抹着眼泪道："我就是替他不值！你说他喜欢谁不好，为什么非要喜欢一个毒贩子的妹妹！他忘了他爸爸妈妈的下场了吗？你看今天他又这个样子，我心里难过！"

"好了，少说两句吧。"刘疆无奈地说。

他这才安静下来。

刘疆看向如愿，她一瘸一拐地往外走，脚上没有穿鞋，仔细一看，脚后跟似乎还在渗血，再看看她身上，脏兮兮的，都是血污。这天色也不早了，刘疆觉得不能让她一个女孩子自己这样回家，捡起地上的鞋子，跑过去道："你的鞋子掉了。"

如愿面无表情地接过那双鞋，继续往前走，经过垃圾桶的时候毫不犹豫地把鞋子扔进了垃圾桶。

"我送你回去吧。"

"没关系，我自己打车回去就好了。你在这里等着顾向阳吧。"

"还不知道有多久呢，走吧，他若是醒过来知道我们这么对你，非得又气死过去不可。"

听到刘疆这样说，如愿的眼眶又红了，哽咽着说："他真傻……"

刘疆叹一口气道："你也不见得多聪明，走吧，我送你回去。"

城市的夜晚降临，如愿看着车窗外的霓虹灯和来来往往的行人，这个世界那样大，每个人都有自己的喜怒哀乐，这些匆匆而过的脸孔在如愿面前闪过。你不知道，他们都正在经历怎样的人生，是不是也为了亲人进退两难，是不是也因为爱情而心碎着，是不是梦想也曾破灭过，是不是也跟她一样，无可奈何，只能继续承受着生活的恶意玩笑。

刘疆看了一眼看着车外发呆的如愿，思来想去，还是问道："你知道顾向阳是在哪里被抓走的吗？"

如愿一愣，摇摇头。

"他是二十九号失踪的。"

如愿呆住，二十九号那天，就是顾向阳和自己最后一次见面……

她忽然意识到，很有可能就是因为顾向阳见了自己，才会在哥哥面前暴露……

"他是因为见我才被抓走的吗？"

"不知道，只有等他醒了才知，不过你哥哥的确警告过他，不让他与你见面，你不知道吗？"

如愿缓缓地摇了摇头，已经没什么能再让她感觉到惊讶了。

"我哥哥只是让我跟他分手，我不知道他威胁过顾向阳……不过也不奇怪……"

"老顾一直很谨慎地隐藏行踪的，每次去见你都是先打扮成清洁工或者小区的保安，从后门溜进去，他的反侦察能力很强，照说没有那么容易被他们找到……"

如愿的手抖了抖，她低下头轻声说道："那天我们……我们两个情绪有些激动，我……我跟他提出分手了……"

"难怪……"

两人又沉默了一阵，刘疆才说："好吧，这样看来顾向阳失踪的事情你可能真的不知道……"

如愿一愣，难道他们一直都怀疑自己帮着哥哥一起害顾向阳吗？她本来想解释，可是又觉得没什么可解释的，他们这样想也没什么奇怪的。她不指望人人都了解她，为了顾向阳的安全，他们用最大限度揣测她，也是应该的。

到了如愿的家，如愿道了谢便下车。

"等一下……"刘疆叫住如愿。

"还有什么事情吗？"

"我们都知道顾向阳对你的感情很深，但是说实话，我觉得你跟他分手的选择是对的。"

如愿沉默了，低着头不回答。

"木小姐，我们总有一天会抓住你的哥哥的，你知道的吧？"刘疆盯着如愿，神情里有一丝警告和威胁的意味。

如愿没有直接回答他，只是说："顾向阳后续的消息麻烦你通知我，再见。"

如愿光着脚下了车，头也不回地走进了她住的大厦里。

她现在只想回家去，洗个澡，在脚上贴上两片创可贴，然后钻进被子里好好睡一觉。等到明天，她会去上班，把这几天积累的工作都做完。

对了，她还要抽时间给小秋打个电话，问一问哥哥的心情如何，会不会原谅她。

下了班她就去医院看顾向阳，被他的同事骂也没关系，她就去看一眼，医院是公共场合，他们总不能拿枪指着她把她从医院轰出去吧。

没关系的，即便生活是一团乱麻，但是她不怕，只要还活着，总有解决的那一天。就算是你死我活又如何，也不过是生死之事罢了。

没关系的，她不怕。

Chapter 13

把眼泪用在虚拟人物的悲欢离合上，总比用在自己悲惨的人生上好吧。

葛平秋接了如愿的电话，如愿听到不远处传来哥哥的声音："谁啊？"

"哦，同事……"

"同事怎么非要这几天打电话……"

小秋捂着电话，小声说："我休假结束再联系你吧……"

如愿心里知道，大概是哥哥现在连自己的名字都不想听，她简短地跟小秋说了两句就挂了电话。出租车在医院门口停下来，如愿问了刘疆，刘疆说他今天值班，但是昨天深夜顾向阳的手术结束，现在应该在观察。

顾向阳要在 ICU 观察四十八个小时，他的麻醉还没有醒，如愿去的时候，只有那个浓眉毛的警察守在外面，看到如愿就要开赶。

"你来做什么，看顾向阳死没死，好再补一刀吗？"

如愿面无表情地问："那他死没死？"

浓眉毛要被气炸了，愤怒地说："好好的！你死了，顾向阳都不会死！"

"那就是没有生命危险了？"

"当然没有！你和你哥哥别想再打他的主意！我们现在会全方位地保护他！你快走！你又不是家属！别在这里碍事儿！"

如愿松了一口气，点点头道："那就谢谢你照顾了。我先走，不碍你的眼，要是顾向阳醒了想见我，我再过来，你们应该有我的联系方式吧？"

"见什么见？！鬼门关走了一回，他要是还不认清你的真面目，还不清醒过来，我就再把他送回阴曹地府去！"

如愿忍不住笑了起来，无奈地问："认清我哪一张真面目？我都不知道我还有别的脸孔。"

"别装无辜！你敢说你哥哥的事情你一点都不知道？我跟你说，你离顾向阳远一点！不要再来蛊惑他！你非要害死他是不是？"

如愿无奈地苦笑起来，问："这位警官，我在你心里到底是个什么形象？害人精还是狐狸精？都用上蛊惑这个词了……"

"都是！没遇见你之前顾向阳好好的！你就是个害人精，求你了，你离顾向阳远一点。"

如愿无言以对，是啊，不遇见她，兴许就没有后面这么多事情了，哥哥和顾向阳不会相见，兴许哥哥一辈子都不会找到顾向阳，就不会想要报复。顾向阳遇不上哥哥，哥哥兴许就隐姓埋名在乌干达做他的买卖，蝎子也不会死。

可是这是她的错吗？

是她要与顾向阳重逢的吗？是她要蝎子死，是她要哥哥找到顾向阳的吗？

为什么哥哥怪她，不认她。顾向阳的同事仇恨她，误解她？

全世界都觉得如愿不好，但是如愿不能自己也这样看待她自己。这么些年，如愿学会了一个道理，那就是日子越糟糕，就越要好好过日子，运气越坏，就不能自暴自弃，别人越是贬低你，你就越要把自己当作一回事儿。

"我跟顾向阳是在一起还是分开，都是我们两个之间的事情。跟你们没有什么关系，不是你们想我们在一起，我们就在一起，你们想我们分开，我们就分开的。谢谢你来照顾他，他能有你这样的兄弟很幸运，但是他的人生轮不到你干涉。等他醒了，他要见我，我一定会来，你拦也拦不住，他不想见我，我就消失，你求也求不来。你明白了吗？"

浓眉毛愣住，如愿一直都是脾气好好，一脸无辜的模样，怎么忽然就硬气了。

"你说得对，我不是家属，也不是你们单位的人，没有资格在这里。等他身体恢复了一些，朋友可以探视的时候我再过来。再见。"

如愿走了，浓眉毛愣在那里，有些蒙。

他回到ICU外面，看着身上插满了管子，还没有醒过来的顾向阳，无奈地叹了口气。

如果木如愿不是木如夜的妹妹，其实他觉得她跟顾向阳还是挺配的……浓眉毛在心里暗暗地希望顾向阳晚一点醒过来，最好能在医院里待上几个月，等他们的行动收网，一切都尘埃落定他再归队，这样他就不用非要作抉择，兴许他的人生可以稍稍多一些可能性。

　　单位又要派如愿去省里的一个县城出差，大概要去一周的样子。如愿想了想，待在这里每天难过也没有任何意义，便收拾行李上了火车。

　　野县是一个矿业小城，这些年因为有色金属发了些小财，经济上去了，娱乐产业也渐渐发展起来，进而导致艾滋病逐渐泛滥。

　　这一回如愿他们主要是过去做普查的，这几年出现了很多中老年男性的艾滋病患者，大多数是因为嫖妓感染的。野县的色情行业很多，有那种一条街的小型低端色情场所，一次十几块到几十块的都有，一些中老年男性时常光顾，一条街上有一人感染，就很容易扩大化。所以不到几年，野县就成了整个省艾滋病感染率最高的地区。

　　走访之中，面对这群特殊的感染人群如愿很是无奈，他们很多都是矿场的退休员工，年龄最大的有七十多岁，有的明知道自己有艾滋病，却依旧去嫖娼，不实施任何保护措施，他们觉得是那些小姐把病传给自己的，就算感染上了艾滋病，也是她们活该。

　　有的年纪大的更是肆无忌惮，觉得不是因为艾滋病死，也是要老死的，

　　如愿想到，不知道哪里有一个年轻的生命就这样要走向堕落和灭亡，心里就觉得一阵无力的酸楚。只是她已经习惯了这种感觉，按捺住自己的心情，继续工作。

　　这一回，他们还走访了特殊群体，以性工作者为主，希望她们能够参与普查，但是如愿她们遭受的闭门羹比欢迎要多得多，很多人都有防备的心理，而且即便是在这个群体里，谈到艾滋病依旧是要微微色变的，有的甚至是像赶走瘟疫似的赶走他们。

　　所以你看，歧视永远都存在，被歧视的人又会歧视比他们更低一层的人，白人歧视黄种人，黄种人歧视黑人。正常人歧视小姐，小姐歧视艾滋病患者。也许这就是人看人的眼光，我们在彼此眼里，都有罪，都不无辜，都不值得原谅。

　　野县的工作进行得不算顺利，一行人都有些灰心。

　　下午的时候，车子离开那条著名的色情街，有的小姐已经开始准备做生意了。车子缓慢地在狭窄的街道上行驶着，如愿看到一个女孩子正一脸颓靡地靠在门口抽烟，头顶上是大大的沐足的招牌。她穿着短裙和廉价的高跟鞋，腿上的丝袜有些拉丝，头发乱糟糟的还没有梳理，似乎刚刚醒，在打着哈欠，虽然有很重的黑眼圈，但是还是看得出那是一张非长年轻的脸。

　　已经有人在往这条街上走，多数是形容猥琐的中老年男人，大大的肚腩、光秃秃的脑门，或者皱皱的皮肤、枯瘦的身材。

　　在这条街上甚至很难找到一个身形健康、神态不颓靡的人。

　　如愿想，一会儿会不会就有一个艾滋病人或是 HIV 携带者走进那个年轻女孩子的小店，她收了他五十块，或是一百块，从此之后，她的生命就在这条阴暗肮脏的小街上静止了下来，像是一块扔进了下水道的腐肉，只有苍蝇和蛆虫做伴。

　　不远处可以看到滚滚的浓烟，这个矿业小城的空气很差，化工厂日夜排放着毒烟。天气总是阴沉沉的，路上的行人脸上也都看不到一丝的笑容。整座城市像是被一个巨大的玻璃罩子盖住了，里面的人走不出去，外面的人想帮他们却也走不进来。

　　霓虹灯渐渐亮起，形容猥琐的男人们窜进小店里，里面是红色或者绿色的灯光，如愿似乎听到了病毒的狂笑声。她忽然意识到，其实人性到了哪里都一样，乌干达也好，瑞丽也好，野县也好，还是经济发达的 W 市也好，没有高级和低级，谁都不要瞧不上谁，还不都是一样被钱与欲拖进这红与绿的世界里。

　　车子终于驶离了这条长长的小街，飞快地在空荡荡的马路上行驶着。

　　如愿忽然就想明白了，每个人都要为自己的人生负责，不是他们不愿意救这些人，是这些人从来都不想要被拯救。

　　因为收集资料的困难，如愿他们又在野县多待了几日。等到返程已经过去了十多天。

　　如愿下了火车就直接去了医院，去了才知道顾向阳已经出院了。顾向阳直到出院也没有联系过她，如愿大概也明白他的意思。

　　也许他也怪她吧，是她要跟他分手的，如果不是来找她，不是她要跟他分手，顾向阳那样谨慎的个性也不会被哥哥发现抓走。他不找她是应该的，他们也已经分手了，他甚至连跟她报一声平安的义务都没有。现如今顾向阳一声不吭地出了医院，可见他的态度已经很明显了。哥哥也答应了放过顾向阳，这样子一看，她的确没有再找他的必要。何必呢……

　　手机里静悄悄的，小秋也没有找过如愿，如愿也不敢随便去打扰小秋和哥哥的生活，怕惹得哥哥更加厌烦，最后真的没有回转的余地了。

　　如愿苦笑起来，最后倒是只有她，两边不讨好，硬是把自己活成了一个孤家寡人。兴许这就是老天对她的不坚定的惩罚吧，她就是个半吊子，活了半生也依旧没有把日子活明白。

　　从医院出来，如愿又打车回家，路上堵了很久，等到了家门口，已经是疲惫不堪。洗了个澡出来已经是晚上八点多了，她连饭都没有来得及吃一口。如愿点了外卖，打开电视，好久都没有这样闲闲散散过了。电视里好几个台都在播陆云尘的电视剧，如愿津津有味地看起来，她发现从电视里看来，陆云尘真的是个散发着光芒很有魅力的人，怎么现实生活里看就这么普通呢……

　　也是奇怪，正想着陆云尘，陆云尘就来了。

　　门铃响起，如愿拿起话筒一看，门口站了个脸上蒙得严严实实的人，把口罩和墨镜拉下来一点，就立刻又戴了回去。如愿认出是陆云尘来，笑着打开了门。

　　陆云尘进了屋，取下墨镜和口罩，看了一圈问："今天你那个男朋友不在吗？"

　　如愿有些尴尬地说："我们分手了。"

　　"真的？"陆云尘惊喜地问。又看到如愿正在看自己演的连续剧，喜上眉梢，问，"你在家一个人偷偷摸摸看我的电视剧做什么？想看我可以直接找我啊。"

　　"我就是随手换到了，好几个台都是你好不好，不过你的戏演得确实挺不错的。"

　　"那当然，我可是 super star ！"

　　陆云尘坐下来陪着如愿一起看电视，越看表情就越尴尬，然后有些不自然地说："我们能换个台吗？"

　　如愿笑起来问："怎么，不好意思看吗？"

　　"有点尴尬……这都什么傻剧情啊……"

　　"我还以为你挺喜欢自己的角色。"

　　"偶像剧里的人生只有我的脑残粉才相信，这些人物都是飞在天上的，感情激烈得莫名其妙，一点事儿就要死要活的，你说这些人，是不是除了谈恋爱就没有更重要的事情可做了？"陆云尘有些嫌弃地说，"也不知道这些剧为什么会有那么多粉丝，由此可见中国人民还生活在水深火热里……"

　　如愿大笑起来，跟陆云尘在一起她的心情总是很轻松，这个人看起来浅薄虚荣，脑子却一点儿都不傻，相反他非常清醒有趣，既世俗又深刻，这样的人如愿还真的很少见到。

　　"也没什么不好的啊，观众需要嘛。"

　　"需要什么？做梦吗？"

　　"对呀，总要有点梦想吧，也不是每个人的理想都是改变世界，拯救他人，你要允许大家做一些自私世俗的梦啊，希望自己被人爱，希望天上能掉馅饼，希望什么都不用付出和改变就被王子选中，这也算是梦想吧……"

"怎么可能……"陆云尘冷哼道，"脑残片吃多了吧，做这样的梦……"

"这就是做梦的好处啊，跟现实没有关系，她们只要愿意，可以喜欢一辈子的偶像剧，追一辈子的明星。把眼泪用在虚拟人物的悲欢离合上，总比用在自己悲惨的人生上好吧。"

陆云尘笑起来，自嘲地说："这么说来，我演的戏还是蛮有价值的嘛。"

"当然！"如愿伸出手划了一个大大的圈道，"你可是 super star 啊！"

陆云尘大笑起来，他看着如愿，两个人都愉快地笑着。

忽然陆云尘神情变得严肃起来，他打量着如愿，目光深邃，如愿被他凝视得有些不好意思，转过脸看着电视问道："你今天跑来，不会是来找我一起看电视的吧？"

"当然不是……"陆云尘看了看时间道，"差不多了，我们走吧。"

"去哪儿？"

"你跟我去就知道了。"

"现在吗？都十点多了……"

"你觉得我这种 super star 敢在大白天行动吗？你可不能拒绝我，我安排好久了，这次不行，下次都不知道什么时候才能抽得出时间来……"

"我也很忙的好不好！"

"所以必须今天解决！走吧走吧！"陆云尘催促道。

如愿无可奈何，陆云尘真的是个唯我独尊的人，大概是被粉丝和公司宠坏了吧，所以即便她真的很想休息，却还是在晚上快十一点的时候，被陆云尘给拉了出去。

陆云尘把如愿带到了市中心的商业区，这里高楼林立，白天人来人往，热闹非常，可到了晚上也一样寂静了下来。

"商场都关门了，写字楼都下班了，你把我带到这里来做什么？"

"你跟我来就是了。"

陆云尘又戴上墨镜和口罩，然后还给如愿递了一套，道："以防万一，虽然应该没有人跟过来，但是万一我被认出来了你可是要上新闻和热搜的。"

如愿无奈地戴上，忍不住问道："大晚上的戴墨镜难道不是更可疑吗？"

"这叫 style！"

陆云尘领着如愿去了最高的一栋大厦，保安似乎都已经安排好了，见到两人过来就领着他们上了电梯，直到顶层。

顶楼有一个高级餐厅，外面是一个露天的花园，大晚上的灯却全都亮着，如愿忽然有了一种不好的预感……

"为什么餐厅还没有关门？"

"当然是为了我。"陆云尘取下墨镜和口罩，拉开花园里的餐椅道，"坐吧，你不是说有空的时候要跟我一起吃饭的吗？"

两个人落座，很快便开始上菜。

如愿疑惑地问："都十一点多了，这吃的是哪餐饭？"

陆云尘深吸一口气，非常无奈地问："这个重要吗？你就当消夜吧……"

如愿的确是破坏气氛的高手，她才吃过不久，肚子不饿，喝了一口浓汤，就抬起头来看着四周的夜色。在城市的顶端，真的有一种把整个世界都踩在脚下的感觉，高高在上，像是一个胜利者，掌控者。如愿忽然有些理解哥哥的执著了，他们这对兄妹在尘埃里活了太久，哥哥那样自尊的人，需要这种扬眉吐气的感觉。

她轻轻叹了一口气，陆云尘察觉到她的心不在焉，打了个响指，然后便走上来一个穿着燕尾服的外国男人，开始拉小提琴。

如愿目瞪口呆，终于忍不住大笑起来。

陆云尘放下刀叉，无奈地说："木如愿小姐，你这样让我很尴尬的，你知道吗？"

如愿摇摇头，忍不住笑道："我只是想到你刚刚还在家里嫌弃偶像剧，怎么现在自己反而搞起偶像剧里的那一套来了？"

"女孩子不都喜欢浪漫吗？生活不可能真的跟偶像剧一样，但是营造一两个梦幻一点的瞬间还是可以的，女人不就是靠着这些瞬间被滋养的吗？"

"嗯……有道理！"

如愿又喝了几杯香槟，有一些微醺，这样的状态心情最是愉悦。

坐在顶层的高级西餐厅里，身旁有外国人为自己拉着小提琴，整个城市的夜色尽收眼底，对面还坐着一个万千少女的梦中情人。

瞧瞧看，她的生活此时此刻是多么的梦幻，然而十几个小时以前，她还穿梭在社会的最底层，坐在三十块就能买一次的妓女面前，跟七十岁的无业游民打交道。

朱门酒肉臭，路有冻死骨。说不上谁对说错，谁高尚谁低贱，陆云尘花自己挣的钱吃自己买来的几千块的牛排没有什么错。那些为沦入风月场最终落得身上长满烂疮卑贱结局的女孩子们也没人有资格怪罪她们不懂得自爱。很多时候人自己的生活都过不好，却爱在别人的人生里指指点点。如愿有时候觉得自己很幸运，看过各种各样的生活，姿态优雅或是狼狈邋遢，正因为如此，她才能够对自己宽容一些，此刻喝着几万块一瓶的香槟酒也能够淡然，既不兴奋也不愧疚，只是喝酒。

见到如愿脸上有些微微的红晕，还有一丝淡淡的笑意挂在嘴边，陆云尘才稍稍放松了一些。他看了一眼侍应生，侍应生意会地点点头，退了下去。

"如愿……"陆云尘轻轻握住了如愿的手，温柔地凝望着她。

如愿手里还拿着酒杯，脸上的微笑没有散去，也没有抽回手，而是神情柔和地看着陆云尘。

"终于要开始重头戏了？"如愿笑眯眯地放下酒杯道，"有什么要说的就说吧……"

"做我的女人吧。"陆云尘难得这么严肃认真，"我不是跟你玩玩而已，我想认真地跟你在一起。"

"有多认真？"如愿打趣地问，"要跟我结婚吗？"

"对，如果我们可以顺利地交往下去，我很愿意跟你结婚。"

如愿叹息一声，摇了摇头。

"为什么？我觉得你跟我在一起很开心啊。"

"是很开心，很放松。"

"我不够帅。"

"非常帅。"

"我很有钱。"

"我知道。"

"很多女人都想嫁给我。"

"嗯，想嫁给你的女人可以从这里排到五环外……"

"你不喜欢我吗？你试试看，喜欢我很容易的。"

"我挺喜欢你的啊，对你很有好感。"

"那是为什么？你现在已经是单身了，你刚刚分手，现在我，陆云尘坐在你面前，希望你做我的女人，给你所有女孩子梦寐以求的生活，难道这不是一个很简单的选择吗？只要点头，这一切，还有我，就都是你的了。"

如愿笑起来道："的确非常的诱人。"

　　见到如愿这样油盐不进淡定平静的模样，陆云尘也是没了办法，收回手靠在椅背上，无奈地看着她苦笑，问道："所以能告诉我，到底是哪里出了问题吗？"

　　"我们不是一个世界的人。"

　　"怎么，你是哪个平行宇宙穿越过来的吗？还是你是二次元、四次元的人物？我怎么没看出来我们不是一个世界的人了？还是我太有钱太有名了，你觉得有压力？这些问题都是可以解决的。离开了镁光灯，私下里我就是一个普通人，过的也是普通人的生活。"

　　"你为什么喜欢我？"

　　"因为我觉得你很特别，我的生活里没有你这样的人，跟你在一起我很轻松很快乐，我欣赏你，觉得你好。"

　　"这也是我对你的感觉，我觉得你很特别，我的生活里没有你这样的人，跟你在一起我很轻松很快乐，我欣赏你，觉得你好。"

　　"这不是很好吗？"陆云尘道。

　　"这就叫作不是一个世界的人，我们觉得彼此很特别，仅仅是因为我们的世界里没有对方这样的人而已。如果我们做朋友，兴许能够一辈子欣赏对方，因为别人的生活看上去都很美。可如果我们做爱人，这些曾经闪光的地方，最后会变成折磨我们的东西。

　　"你看，你活在顶楼，声色犬马，星光万丈，这是你的生活，很明显你也喜欢和享受这样的生活。我不会评价你，甚至欣赏你的生活态度。但是我会始终很费解你和你周围的人为什么会需要几十万的包包和几万块的衬衫，为什么别人的喜欢和崇拜对你们来说那么重要？点击量和曝光率到底意味着什么我永远都不会明白，也不打算去明白。还有为什么你们的照片都要修得那么夸张，为什么不肯承认自己整了容或者到底有多少岁……你们觉得这就是你们的生活，可是对于我来说，这些就是空中楼阁，对于你们来说是一切，对于我来说没有任何意义。一开始我觉得你幽默风趣，世俗可爱，总能逗我发笑。可我们如果生活在一起，兴许最后我会觉得你虚荣浅薄，虚假不真实。

　　"再看看我，一开始你兴许觉得我高尚无私，可如果我们成了夫妻，你会很费解，为什么我关心别人的生活比关心我们自己的生活还多，为什么我的无私就是要牺牲我与家人的时间，为什么我要冒着生命危险救一些无关紧要的人，凭什么我去追求理想，却要你们承担失去妻子和孩子母亲的危险。你会发现，我在难民营里帮助这个人，帮助那个人，可是我自己的生活我却依旧无能为力。你渐渐察觉到，无论我怎么努力，世界都是那个死样子，你不知道我的工作到底有什么意义。帮助那些无知的有时候甚至不知感恩的人，为什么比陪伴自己的丈夫和孩子更重要。你会想，那是一个七十多岁的猥琐老男人，恶心又卑鄙，为了那样的人冒着自己感染艾滋病的风险，值得吗？"

陆云尘看着如愿，沉默不语。

如愿继续说道："我们的生活没有一丝一毫相似的地方，我们追求的东西也截然相反。最初这可以成为吸引力，最后这却一定会让我们朝两个不同的方向走，一开始的优点，最终会变成缺憾。高尚也好，声名也好，这些都是人为赋予的，随着时间的流逝，生活会把我们的这身皮剥落，还原我们本来的样子，光芒是会消失的。所以我们应该和什么人在一起，就和什么人在一起，硬要相配，最后反而会失去我们最初的这份喜欢和欣赏，何必呢……"

陆云尘看着如愿，她的脸还是微微有些红，可是逻辑条理却很清楚，一点都不像喝了酒的人。

"木如愿，你说你怎么这么善于破坏气氛？"陆云尘摊开手道，"我做得这么梦幻，营造出这么浪漫的气氛，你为什么一点迷惑都不受，反而还跟我说起了这些道理……"

"谁说我没有受迷惑了，哪个女孩子不曾做这样的梦。我不知道多感谢你满足了我作为女人的虚荣心，你知道的，这件事情我可以炫耀一辈子，到老了都要拿出来回忆。只是我很自私，我希望这永远都是美好的回忆，不会因为我们到了最后相互怨恨，而让我不愿意回想起这一切。"

"你对待感情总是这么理性吗？"

"我才不理性呢，要是理性我应该跟你在一起，从此就花你的钱，住你的房，开你的车，你在外面辛辛苦苦地拍戏，我就在家里的游泳池里泡有八块腹肌的园丁。"

陆云尘哈哈大笑起来，笑完了又严肃地看着如愿道："我说认真的，其实你刚刚说的那些问题，我们都能想办法克服。"

"当然，相爱的人永远都有办法克服困难。但是我们不可能相爱的，我们顶多止步于喜欢和欣赏。"

"为什么？"

"因为我们永远都无法做到真正的彼此理解，因为懂得，所以慈悲，我们很难发自内心地宽容对方，而两个人生活下去，最后靠的不是激情和爱恋，而是宽容和原谅……"

"这就叫作不是一个世界的人，对吗？"

"对。"

陆云尘重重地叹了一口气，举起酒杯一饮而尽，道："所以你不爱我？"

"我不爱你。"

"你说爱情到底是什么？"

"我也不是很清楚，我也见得不多。我只知道很多人把陪伴当成爱，把依赖当成爱，把执著当成爱，把仇恨当成爱，我自己也不清楚爱是什么，但是我知道什么是爱。"

陆云尘苦笑起来道："那你爱你前男友吗？"

"爱啊。"

"他哪里比我好？"

"他也许哪里都比不上你好，但是我懂他的好。"

"那你们为什么还要分手？"

"因为……跟不跟一个人在一起，和爱不爱他，是没有关系的吧。"

陆云尘又给如愿倒满了酒，举起酒杯道："你的话都说到这个份上了，我也懂了，我们就做朋友吧，也很好。"

如愿也举起酒杯，两人碰了碰一饮而尽。

这个时候灯光忽然全都亮了起来，侍应生抱着一大捧的鲜花走了过来。

如愿呆住，陆云尘耸耸肩道："你知道的，我向来一击即中，我没想过你会拒绝我。"

那鲜花真的美得人要窒息，如愿盯着那花，笑嘻嘻地问："那我现在还能收这个花吗？"

"收吧收吧……"陆云尘无奈地说。

如愿笑眯眯地接过来。

"如愿，我们做一辈子的朋友吧，我是说真的。"陆云尘说。

"好啊。"如愿毫不犹豫地答应道。

就在这个时候却听到一声巨响，她吓了一跳，回头一看，对面的楼竟然放起了焰火，紧接着四周的几栋高楼都放起焰火来了。

陆云尘看了看时间，无奈地说："这些人，倒是挺准时……"

如愿哈哈大笑起来，说道："你怎么套路这么深？"

陆云尘也忍不住大笑起来，摇摇头道："没办法，我说过的，我向来是一击即中。"

如愿看着这四周的烟花，心情也渐渐好了起来，她由衷地对陆云尘说："谢谢你啊，真的。"

"不客气，反正这些钱不这样花，也是要被我拿去买几万块的衬衣的。"

两个人又哈哈大笑起来，一起侧过身看着这半夜里的焰火。

"我觉得，就算我七老八十，躺在床上走不动了，也不会忘记今天这一幕的。"如愿说。

陆云尘看着如愿的侧脸，焰火照得她的脸明明暗暗的，她的侧颜看起来很温柔，平素冷静的目光，现在却看起来在闪着光。

"我也不会忘记的。"陆云尘温柔地凝视着如愿道。

然后他缓缓转过头，打趣道："毕竟浪费了这么多钱，什么便宜都没有捞着。"

Chapter 14
愿你百岁无忧，愿你无怨无尤。

元旦过后，还有一个月就是新年了，到了年底，大家手上都有很多事情要忙，很多工作需要在年前做完收尾的工，所以农历新年前的这一个月是大家最忙碌的时候。

陆云尘回剧组继续赶戏去了，顾向阳没有再联系过如愿，小秋倒是约如愿见过一次，但是时间也很仓促，还偷偷摸摸的，大概是哥哥警告过她，所以之后如愿也再没有主动联系过两人。

这一个月的时间过得很快，有时候如愿都会想，是不是就这样了呢？如果就这样那该多好，她愿意一辈子都不再见哥哥，不再见顾向阳，只要他们都能平平安安地生活在这个世界上，她可以从此之后都这样孤独地生活。

很快就到了除夕这一天，如愿提早下了班，一个人在超市里买年货，等到了明天，连卖早餐的小商贩都不营业了，外卖也不开张，她得把这几天吃的用的都买齐全才好。

超市里人还挺多的，到处都摆着年货，有的是一家人一起采购，热热闹闹很嘈杂，放在平时，如愿兴许会反感这拥挤，可是今天她却想要在热闹的地方多待待。

小时候新年和家人一起过，爸爸妈妈死了之后，新年就和哥哥一起过，后来和姑姑一起过。姑姑死后，哥哥是一定会陪着自己过年的，只有今年，恐怕要一个人孤零零地过了。平时倒不觉得孤单有什么不好，可是现在城市里到处都是团圆的味道，她竟然有些不想回家。

回家做什么呢？电视上是团圆，家家户户都是团圆，不是显得她很落魄吗。

如愿找了最长的那一条队伍，可是说来也奇怪，明明是最长的偏偏是排得最快的，如愿哭笑不得，看看时间才下午四点。

她拎着几个大袋子往家里走，这距离不远不近的，打车也不方便，走得又累得慌。

如愿走到一半在路上休息，却忽然有两只手帮她把地上的袋子都拎了起来，如愿惊讶地抬头一看，是顾向阳，他身旁还站着刘疆。

如愿看着顾向阳，百感交集，心里千言万语，可是当着刘疆又一句话都说不出来。

"我帮你拿回去。"顾向阳说。

刘疆轻咳一声，看了一眼顾向阳，严肃地对如愿说道："我们是过来找你问一些事情，了解一些情况的。"

顾向阳拎着几个大袋子转身就走，如愿和刘疆尴尬地对视一眼，然后匆匆跟上了他的脚步。

到了家，顾向阳一副熟门熟路的模样，让刘疆穿鞋套不准脱鞋子，然后自己拎着袋子去了厨房。

"唉，你这个人，我们是来办公的知不知道？"刘疆没好气地说。

顾向阳完全不理会他，进了厨房把东西一样样放好，如愿默默地去给刘疆倒茶，回来的时候听到刘疆小声抱怨道："果然就不该带他来……就知道他稳不住……"

如愿在刘疆对面坐下，不一会儿顾向阳放好东西，也在如愿身旁坐了下来。

刘疆严肃地说："你是来办案的。"

顾向阳便又起来，坐到了刘疆旁边去。

"你们有什么问题，直接说吧。"如愿垂着头道："是不是关于我哥哥的……"

刘疆看顾向阳一眼，眼里有警告的意味，顾向阳心里明白，他本来就不该来，自己忍不住，求着刘疆带他一起过来，他答应过的，不会影响刘疆的工作，便闭上嘴沉默地在一旁坐着。

"你最后一次见到这个女人是什么时候？"

这不是梅丹吗？如愿最后一次见到梅丹，是跟哥哥一起，她不知道该不该说。

"这个问题很难回答吗？"刘疆严厉地问。

"如愿，没有关系，你可以说……"顾向阳道。

如愿看了一眼顾向阳，叹了口气道："一个多月以前，大概是我哥哥婚礼前的一个星期……"

"在哪里？"

"在郊区，陵园附近的小路上，她的车子拦住了我们的去路。"

"她是来找谁的？"

"找我哥哥……"

"他们说了些什么？"

如愿又犹豫起来，问："我一定要回答吗？"

刘疆正色道："根据《中华人民共和国人民警察法》第三十四条、第三十五条规定，人民警察依法执行职务，公民和组织应当给予支持和协助。阻碍人民警察调查取证的，可以给予治安管理处罚。"

"你如果不想回答，算不上阻碍调查，我们不会因为这个就抓走你关起来的。"顾向阳说。

"顾向阳！"刘疆气急败坏地说，"你再这样我就要赶你走了！"

"她找我哥哥要东西。"如愿答道。

刘疆这才稍微气顺一点，问："什么东西？"

"我不知道。"见到刘疆怀疑的眼神，如愿无可奈何地说，"我真的不知道，哥哥的事情我从来都不清楚……"

"他们有争执吗？"

"算是吧……"

"之后你就再也没有见过她吗？"

如愿摇摇头。

"那你知道梅丹死了吗？"

如愿这一回是真的吓到了，她震惊地摇摇头，那模样不像是装的，刘疆沉吟了一会儿，看来这个事情可能真的跟如愿无关。

"你恨梅丹吗？"

如愿还是摇头。

"她拔了你的指甲，你一点都不恨她，一点都不想报复她吗？"

"不想。"

"为什么？"

"没有为什么，为什么一定要想着报复呢？"

"这不是很自然的事情吗？"

"为什么？"

刘疆被如愿问住，有些尴尬，又问："你最后一次见你哥哥又是在什么时候？"

如愿偷偷看了一眼顾向阳，发现他一直都在盯着自己看，忙低下头来，声音低低地说："他结婚那一天，之后就没有再见过了。"

"你们兄妹有什么矛盾吗？今天是除夕，怎么都不一起过年。"

"今天是除夕，你怎么还不回去过年？"如愿忍不住反问道。

刘疆被呛住，不再多问，反正答案也是显而易见的。

"你们还有什么问题要问的吗？没有的话，我要做饭了。"如愿说。

刘疆站起来道："还有什么情况要了解，我们会再过来。"

"你们都不过年的吗？"如愿问。

刘疆以为如愿又是在呛自己，没好气地说："犯罪分子又不会因为过节就不作案了。"

如愿点点头，叹息一声道："也对，你们的工作也真的是太不容易了。"

一辈子都在帮助别人，冒着生命危险去抓那些犯罪分子，保护普通人不受到伤害，如果说这世上真的有好人坏人，那他们肯定就是好人了。

如愿的工作让她觉得生活里很多东西都是一片混沌，可是看到顾向阳，还有他的同事们，如愿就觉得，这混沌之中是有很清晰的一条线分隔着黑与白。

见到如愿的语气这么诚恳，刘疆反倒不好说什么了，有些尴尬，顾向阳便道："没有什么别的问题，就走吧。"

两人走到门口，可是刘疆见到顾向阳丝毫没有要跟自己一起走的意思，脸又黑了，问："你说了今天去我家吃年饭的，你嫂子做了一桌子的菜。"

"你们一家人团圆，我就不去了。"顾向阳说。

"这什么话，你不是我兄弟吗？"

"我就在这里吧。"

"顾向阳！你是想背处分吗？"

"你不跟领导说，他怎么会知道。"

"你就掐准了我对你好是吧？顾向阳，我跟你说，这一回我说不定真的会去告诉领导。"

顾向阳一脸无奈地看着刘疆，声音里有意思祈求："哥，今天过年。"

刘疆看了一眼顾向阳，又看了一眼站在他身旁的如愿，无奈地叹了口气。办这个案子，他们对如愿的身世和人生也都是做过深入了解的。仔细一想，这两个人也是可怜，能做个伴也是不容易。

"算了算了……我走了，你记得明天早上要去单位报到，有任务。"

"我知道，谢谢……"

刘疆叹了口气关上门走了。

顾向阳转过身来问如愿："我看你买了很多菜，要不要我帮忙？"

如愿一愣，点点头说："那……你帮我洗菜吧……"

"好。"

顾向阳走到厨房里，如愿站在原地，深深地吸了一口气，心情平静下来也跟了进去。

两个人在厨房里忙着，除了做饭的事情，别的事他们只字不提，都知道这温馨太短暂，谁都不愿意去破坏。

如愿炒着菜，却有种想哭的心情，既眷恋又感到一丝心酸。这团聚的日子，人人都和自己生命里最重要的人在一起，一个屋子里一张桌子上吃饭。只有他们两个不被别的人需要。他们两个都是被世界不要的人，虽然都有同事朋友，但说到底对于他人还是无关痛痒的人。只有他们彼此真正地需要对方。

菜都摆上桌子，已经快八点了，如愿说："要不要看春晚？"

"看看吧。"

如愿打开电视，两个人坐在桌边吃年夜饭，电视里热热闹闹的，小品不算有意思，但他们都愿意笑。如愿给顾向阳剥着虾，顾向阳给如愿挑着鱼刺，两个人有一搭没一搭地说着这世上最无用的话。有的人天天过着这样的生活，以至于理所当然地觉得这就是寻常，哪里知道平常的可贵。可这两个人都知道，知道简单温馨的生活最难得，所以每一分每一秒，都感念着，不舍着。

这顿饭两个人都吃得很慢，心里都有些逃避的想法。

"要不喝点酒吧？"顾向阳说。

"你身上的伤好了吗？喝酒不合适吧。"

"都一个多月了，早就好了。喝一点儿吧，今天想喝一点儿。"

如愿没有办法，便拿了一瓶红酒出来。

喝了杯酒下肚，有些话顾向阳才有勇气说出口。

"你怪不怪我？"顾向阳忽然问。

"怪你什么？"如愿疑惑地问，手上还继续给他剥着虾。

"我醒了之后就一直没有联系过你，出院之后也没有找过你。"

如愿手上的动作顿了顿，又继续剥虾，微笑着说："怪你什么，是我跟你提的分手，你不来找我不是理所当然的吗？我又不是那么不讲道理的人。"

"我不是不想找你，是因为……"

"我知道的。"如愿把剥好的虾放到顾向阳碗里，笑眯眯地说，"于情于理，你做的都是对的。"

顾向阳无奈地苦笑起来，道："有时候真觉得你要是不讲理一点儿就好了，然后再自私一点儿，再为所欲为一点儿……"

是啊，如愿想，逼着他放弃抓捕自己的哥哥，逼着他放弃这份工作，逼着他选择她，而不是他的人生理想，逼着他从此之后只有她，别的都不要。这样子，说不定他们就能在一起了。

"我哥哥不会再找你了……"如愿低着头说，"他已经答应我了，你以后不用再小心。"

"我知道，要不然我不可能活着离开那里。"

顾向阳了解木如夜，他的个性是要么不做，要么做绝的，不会留给敌人任何反击的机会。要么安抚，要么就让对方永远都不可能有反击的机会，木如夜从来是这样。那日他被抓走，就没有想过自己竟然还有机会活着离开。

"对不起……"如愿的手在微微颤抖，她的声音低低地，有些哽咽地说，"我哥哥对你做的事情，真的对不起……"

虽然如愿知道对不起这三个字太轻了，可是除了这三个字，她不知道该说些什么。

顾向阳说："你不用说对不起。而且我跟你哥哥之间的事情……已经不存在对不对得起了，我们都只有一条路可以走，所以……"

所以最终只得一个生一个死。

顾向阳不知道怎么继续说下去，他看着如愿，心里觉得一阵难过，她明明什么都没有做错，为什么却是她一直在失去呢。

"你哥是因为我所以才生你的气吗？"

如愿苦笑道："他要是生气就好了……"

生气还有消气的时候，哥哥对她现在是冷漠。

两个人又沉默下来，屋子里一时只有电视里的热闹的声音，小品演员们夸张的演绎，观众们配合的大笑和鼓掌。顾向阳和如愿多想也投入其中，只可惜他们都不是好演员。

"顾向阳，我从没有问过你，你为什么选择当缉毒警察？"

"我爸爸从前就是缉毒警察，小时候他在我的世界里就是超级英雄，我希望长大以后能变成他那样的男人。我记得我小时候对我爸说我也想当警察，他问我知道当警察是做什么吗？我说，抓贼。他又问我，为什么要抓贼。我说，因为他们是坏人，我要抓坏人，保护好人。我爸很高兴，他对我说，要我记住这个回答，一辈子都不要忘……"

顾向阳很少一次说这么多的话，他回忆着从前，嘴角有淡淡的笑容。

他继续说道："抓坏人，保护好人不受坏人的伤害，没有什么复杂的，也没有多余的原因，从我还是个小孩子，到我成为了一个警察，很多事情都变了，只有这件事情，在我生命里贯穿始终，从没有改变过。"

如愿犹豫了一下，还是问道："你的家人……是怎么死的？"

"被毒贩子报复……"顾向阳捏紧了桌上的酒杯，眼眶有些红，声音沉沉地说，"我的父母都被杀了，姐姐被他们糟蹋，精神失常，在精神病院里自杀了。"

"就是我们在一起的那一年发生的事情吧……"如愿想起来，那段时间他消失了一阵子，情绪非常不好，回来的时候带着母亲的遗物。

"是。"

如愿眼里酸酸的，问："你一定很恨毒贩子吧。"

"那几个人已经被抓起来枪毙了。我不恨毒贩子，我谁都不恨。但是我知道，我必须把他们抓起来，绳之以法，我必须这样做。"

如愿擦了擦眼角的泪，她真庆幸，庆幸自己那时候狠心地把顾向阳关在了门外，庆幸她没有逼他放弃他的自我，他最好的结局是做一个好警察，而不是仅仅在她身边，做她的男人而已。

"你呢……"顾向阳凝视着如愿，问道，"我也没有问过你，你为什么要做疾控医生？"

"我父母因为吸毒染上了艾滋病，后来都死了。因为他们的原因，我和我哥哥受了不少欺负，我小时候总是想，要是有人能帮帮我们就好了。所以后来想做这一行，因为我觉得这世上肯定有很多跟我和哥哥一样的人，也有很多跟我爸爸妈妈一样的人，也许他们会需要我的帮助，我能够帮帮他们。"

如愿没有解释太多，她知道顾向阳会懂，就像顾向阳不用向她解释为什么他一定非要抓贼不可一般，他们懂得彼此，所以宽容对方的选择。如果他们不做现在正在做的事情，他们也许依旧可以很好地和对方相处，却没有办法跟自己相处。

两个人一起收拾了碗筷，顾向阳洗碗，如愿切水果，准备零食，然后他们就一起坐在沙发上看电视。天气有些凉，南方没有暖气，即便是坐在屋子里，也依旧寒冷。如愿拿了一张毯子出来，搭在两人身上，他们沉默地看了一会儿电视，然后顾向阳说："你过来。"

如愿往顾向阳那边挪了挪。

"再过来一点儿。"

如愿挨在顾向阳身边坐下，顾向阳伸出手搂住她，她把脑袋轻轻地靠在他的肩头，两个人就这样在冰冷的屋子里静静相拥。

这一年的冬天似乎格外冷，除夕夜里下了雪，家家户户都在自己的屋子里庆祝着新年的到来。辞旧迎新，意味着旧的失去，好的坏的都成为了昨日，明天值得期待，新的希望会在新年的一年里孕育。

如愿这间小小的屋子只是这个小区几千户中的一户，外面还有千千万万个这样类似的家庭。他们只是这世上很渺小的两个人，分享着除夕夜里这渺小的温暖。

不知不觉如愿睡着了，直到外面的鞭炮声把她吵醒。电视里正在唱着这一年的第一首歌，顾向阳轻轻地在她耳边说："新年快乐。"

"新年快乐。"

愿你百岁无忧，愿你无怨无尤。

两人在沙发上依偎了一夜，早上顾向阳起来洗了个澡，准备回警局上班。从浴室出来发现如愿已经把早饭做好了，他忽然想起从前新年也是这样，爸爸大年初一也要去警局值班，妈妈会做好早餐，把爸爸的警服熨好，然后送他出门。

顾向阳坐到桌前，沉默地吃早餐，吃完如愿送他走到门口，他换上鞋，在门口站定，伸出手将如愿紧紧拥进怀里。

如愿的眼眶红红的，她不会问他什么时候回来，因为她知道他不会回来，她也不会问他们什么时候再见，因为她知道他们再见只会在特殊的情况之下。

终于，他们都放弃了彼此，选择了做自己。

Chapter 15

糊里糊涂地顺着人流走，等到了悬崖边才意识过来，可往往这个时候已经来不及了，不断地有人从悬崖跌落，却还以为这就是生活该有的结局。

到了二月底，天气依旧寒冷，今年的冬天似乎特别长，世界仿佛被凝结在了某个时刻，不再变化。城市里的人甚至会担心春天是不是再也不会来，直到昨天晚上，终于响起了雷声，城市似乎才终于有了要破冰的迹象。

本来已经陷入僵局的案件因为梅丹的死又有了新的转机……

缅甸那边的卧底传来消息，梅丹只是代言人，她身后是金三角地带的一个大军阀。原来那批货一直都不是属于坤泰的，坤泰死后，军阀一直在寻找这批货的下落，逼迫梅丹把货交出来，梅丹这才铤而走险来到 W 市，不管不顾一定要木如夜按时交易。现如今梅丹死了，木如夜也算是作茧自缚，军阀那边的人直接找到了木如夜，他依旧得把那批货送到边境去。

木如夜如果拒绝军阀的要求，势必会让自己和家人陷入巨大的危险之中，军阀可不像梅丹那么好对付，可他若是同意那边的要求，警方则已经部署好了行动，只等他行动就能将他和其他案犯一举抓获……

葛平秋察觉到最近木如夜情绪有些不稳定，甚至有时候会失控，对下属发脾气。虽然木如夜一直不是一个好脾气的人，但是他一向很能控制自己的情绪，表达喜怒从来不是因为真实情绪，而是因为场合需要，所以他这样子不能自控，因为一些小事就生气，一定是发生了什么他不能控制的事情。

葛平秋不知道事情有多严重，会有什么影响，这让她忧虑起来，因为她怀孕了，她不知道这件事在这个时候是好事还是坏事，她该不该告诉木如夜，这个消息会让他快乐，还是会让他更加焦虑。

连着几日她都睡得不是很好，葛平秋怀孕的反应有些强烈，孕吐的情况很严重，她一般都是尽量避着木如夜的，可是今天早上她一醒过来就不舒服，实在忍不住，跑到卫生间里干呕被木如夜见到了。

葛平秋走出卫生间的时候，木如夜正站在衣帽间的镜子前系领带，他背对着葛平秋，微微蹙着眉，看葛平秋靠在门边，透过镜子看着他，他的眼圈有些黑，这几天他似乎也没有睡好。

所以，她到底要不要告诉他？

"身体不舒服吗？我叫司机带你去医院看看吧。"木如夜也透过镜子打量着葛平秋，皱着眉说，"这几天见你脸色不怎么好，吃得也少。"

"我怀孕了。"葛平秋忽然说。

木如夜手上的动作顿了顿，但也并没有停顿太久，便又快速地把领带系好，他什么都没有说，脸上的表情甚至没有任何的变化。

葛平秋把西装外套递给他，木如夜穿上，对她说："晚上有应酬，可能会晚点回来。"

"好。"

葛平秋送木如夜出门，他照例在她额头上吻了吻，关上门离去。

屋子里只剩下葛平秋一个人，她有些颓然地坐在椅子上，给好友发信息道："他什么都没有说。"

"不可能吧，一点反应都没有吗？你确定你说清楚了。"

"我直接说我怀孕了，还要怎么更清楚的吗？他连我怀孕几个月了，什么时候确定的都没有问我。"

"你确定他听清楚了？"

"我确定。"

"那他这是什么意思？"

"我不知道，我只知道他一直都不想要孩子。"

"那你现在准备怎么办？"

"没关系，我想要就够了。大不了生了我自己养就是了。"

"什么意思？他还能为了这事跟你离婚吗？你们家又不缺钱养孩子，你还打算当单亲妈妈啊？”

"真的走到那一步我也不怕。"

嫁给木如夜的时候葛平秋就知道，这条路的终点不定，她本来就没有指望他给她天长地久。

今天上午学校有课，葛平秋起身换了衣服开车去学校，她不是那种多愁善感的女人，不会为了一件事停留太久。

葛平秋的课教室里从来都是坐得满满的，空位不多，她注意到今天空位似乎更少了，她往后排一看，见到了徐山。

他什么时候回国的？

徐山对葛平秋笑了笑，葛平秋面无表情地挪开眼睛，心里有些厌烦。这个男人真的是不干不脆，也不知道自己当初到底喜欢他什么……

上完课葛平秋就被学生围住了，她耐心地解答完所有人的问题时，教室里的人都走得差不多了，徐山站在一旁等着她，葛平秋无奈地收拾好东西走出教室，他立刻就跟了过去。

"平秋，我们谈谈。"

葛平秋伸出手来，晃了晃手上的戒指道："我结婚了。"

"我知道。"

"据我所知你也已经结婚了吧？你们好像孩子都已经生了，我们还是避嫌一点比较好。"

徐山一脸的尴尬，苦笑道："平秋，我们在一起那么多年，现在连好好跟你说句话都不行吗？"

"我对你的事情不感兴趣，所以也没有什么话要对你说的。"

葛平秋一脸的厌烦，想要走，却被徐山一把抓住了。

"你陪我说说话，我以后就不来烦你了。"

葛平秋叹口气，徐山这个人性格又软弱又纠结，只怕以后还要纠缠，只得点点头道："行吧，反正我也要吃午饭。"

两个人在学校附近找了一家清静的餐厅，徐山点了菜，葛平秋埋头吃饭，一句话都不多说。

徐山问："你最近好吗？"

"好啊。"

"我不好……"徐山道。

葛平秋在心里冷笑，问道："你妻子不是刚刚生的孩子吗？你家里不是一直催你生孩子吗，现在有家有子还有娇妻，有什么不好的？做人不要太贪心。"

学校是个封闭的环境，什么消息都传得很快，别说这种八卦了。葛平秋其实知道，这件事情让徐山和她都饱受议论，但是她不怕，她从来不在乎别人怎么想她，但是徐山是个爱面子的人。虽然葛平秋一个字都没有跟人说他们为什么分开，但是徐山搞了一个学生，还让人家大着肚子跟她结婚，大家想想就知道是怎么回事儿了，私下里的议论都不大好听。

"你知道她暂时休学了吧？"徐山问。

"嗯……"葛平秋随意地应了一声。

他的太太倒是个聪明人，知道现在传言难听，干脆休学在家带孩子，等过两年孩子大了再准备博士论文的事情也是一样的，反正也不是没有人养。

徐山眼里流露出一丝厌恶的神色，道："她现在就想待在家里当教授夫人，学业也荒废了，一点儿忙都帮不上，就知道买东西，她不知道我压力有多大。"

这一点儿葛平秋是知道的，都以为当老师很轻松，其实在学校里压力是很大的，每年为了申请科研经费，大家都有许多学术指标需要完成，中青年教师之间的竞争又很激烈，而且徐山并不像别的老师，有出国读博的经验，他的博士是在国内读的，本来是不符合留校资格的，还是靠着她父母的关系才留在了学校里。

虽然葛平秋没有跟自己的父母说过什么，但是想也想得到，他找了她的学生当小三，还搞大了人家的肚子，未婚先孕，闹得沸沸扬扬，即便她觉得无所谓，她的父母肯定还是觉得面子上过不去，徐山在学院里日子大概也不大好过。

"等孩子大一点，她把博士学位拿到也出去工作之后，你的压力应该会小一点，也就这一两年，忍忍就好了。"

"她能帮上什么忙？你又不是不知道她的学术水平，也就混个毕业吧，还能留校吗？她一个县城里来的女孩子，家里有没什么能力，根本帮不到她的工作，到时候还不是得我来想办法给她找工作，你也知道我一切都是靠自己，也没有那么多关系，你说我哪里有那么多办法？"

葛平秋冷笑起来，问："你该不是要我帮你太太找工作吧？"

"当然不是！"徐山立马否认，他低着头，握着手里的茶杯，苦笑道，"我还没有无耻到这个地步……"

葛平秋继续吃饭，并不想安慰他。在前女友面前抱怨自己的妻子，而且这个妻子还是前女友的学生，当初他们关系之中的第三者，这么可笑的事情也只有徐山做得出来，难不成他就没有别的朋友可以听他抱怨了吗。

徐山给葛平秋夹菜，葛平秋一点儿都不想吃他碰过的东西，放下筷子不吃了。

"饱了。"葛平秋问他，"你还吃吗？"

徐山摇摇头。

"服务员，埋单。"葛平秋叫道。

"我来！"徐山埋了单，又说，"再坐一会儿吧……"

葛平秋看了看时间，打了个哈欠，拿起茶杯慢悠悠地喝了一口，道："我要回办公室睡午觉了，你有什么事情快说。"

徐山关切地看着葛平秋，问："我看你脸色不好，他是不是对你不好？"

葛平秋心里对徐山不耐烦到了极点，放下手里的茶杯，冷冷地说："你今天找我到底是为了什么？你能不能直接一点？"

徐山一把抓住葛平秋的手道："小秋，我们重新在一起吧！"

葛平秋哭笑不得地看着徐山，真的是找不到任何语言来描述自己现在的心情。她看着眼前的这个男人，一阵阵地犯恶心，她竟然在这个男人身边睡了那么多年，竟然跟他肌肤相亲过，真是不堪。

不知道是徐山太让葛平秋恶心了，还是孕吐的反应说来就来，她又吐了。

"你……你还好吧？"

葛平秋摆摆手，叫服务员过来收拾，然后留了点儿小费给人家。

"我没事儿，就是你恶心到我了而已。"葛平秋对对面已经呆住的徐山笑了笑道，"徐山，别抱怨你太太了。知道吗？你就配跟你的太太生活在一起。你要是再找我，我就让我爸妈想办法把你从学校开除，我说到做到，你了解我的。"

葛平秋拿起包离开了餐厅，中午的阳光还不错，实验室还有一些事情要处理，她嘱咐了自己带的博士生，就开车回了家。

她觉得心里一阵舒畅，因为她刚刚才发觉自己逃脱了多么可怕的人生。

生活有时候一片混沌，很容易被迷惑，糊里糊涂地就顺着人流走，等到了悬崖边才意识过来，可往往这个时候已经来不及了，因为身后是还在往这里挤的人潮，后面的人看不见悬崖，只知道被推着往前走，不断地有人从悬崖跌落，却还以为这就是生活该有的结局。

葛平秋飞快地开着车，只想赶快回家，她觉得侥幸，真侥幸。

晚上木如夜回来的时候，葛平秋已经睡着了，怀孕之后她睡得都很轻，她没有睁眼，听到木如夜在她床头放了一样什么东西，然后才去浴室洗漱。

葛平秋睁开眼，见到枕边放了一只泰迪熊玩偶。

那是一只棕色的玩偶，世上有许许多多这样的玩偶，没有什么特别的，不知道有多少小孩子的床头都有这样一只玩具熊。

葛平秋捏着那只玩偶，怔怔地看着它，她笑了笑，轻轻地摆弄了一下玩具熊的领结，她心潮澎湃，可她从来不是善于表达感情的人，再汹涌的感情，也只能像溪水一般缓缓地，清清地，浅浅地流泻。

木如夜从浴室出来的时候，见到葛平秋正靠在床边，看着手里的那只玩偶发呆。

"我吵醒你了吗？"木如夜问。

葛平秋摇摇头。

木如夜走到她身边坐下，从后面拥住她，轻声道："我记得你跟我说过，你小时候从来没有过玩偶，你心里其实一直都很想要一只泰迪熊。"

葛平秋笑了笑说："可我现在都长大了，早就不需要玩具熊了。"

"是有些迟了。"木如夜的手轻轻移到葛平秋的小腹上道，"但是对它来说还早。"

葛平秋掉下一滴泪来，泪水滴在木如夜的手臂上，木如夜没有多问，只是静静地抱着她。葛平秋其实很想说点什么或者做点什么来感谢自己的丈夫，可偏偏他们两个都是感情内敛的人，最激烈的感情都放在心底，说不出山盟海誓的话，也永远不会深情款款地说我爱你。

"谢谢。"葛平秋说。

"是我应该谢谢你。"

"我以为你不想要呢。"

"也没有想不想，只是暂时不在计划之内，但是来了就来了，来了我们就接受，有孩子肯定是好事……"

葛平秋放下心来，心情轻松了一些，问："你觉得男孩子好还是女孩子好？"

"女孩子吧。"木如夜说。

"为什么？"

"只养过女孩子，比较有经验。而且女孩子可爱一些，男孩不可爱，又脏又闹，越大越不可爱，不喜欢男孩子。"

葛平秋忍不住笑起来，道："你这是养妹妹养上瘾了。"

木如夜沉默起来，他还是不大愿意提起如愿。

"你怎么不说话了，真的打算一辈子都不理如愿了吗？其实你知道的，站在如愿的角度，她并没有做错任何事，她已经尽力了。"

"这样对她比较好。"木如夜干脆地打断了这个话题道，"睡吧，早点休息，我安排了明天去做孕检，我陪你去。"

葛平秋知道木如夜这样说，就是不想再谈了，她识趣地闭了嘴。关了灯，两人相拥而眠，房间里静悄悄的，但是她知道，木如夜并没有睡着。

"你最近是不是遇到了什么麻烦？"葛平秋问。

屋子里很安静，葛平秋以为木如夜不想回答，闭上眼准备睡觉的时候，木如夜却开口了。

"是有些事情很麻烦，你放心，我会解决好的。"木如夜顿了顿，运气坚定地说，"我不会让任何人伤害你和孩子，你安心。"

"我没有不安心，我只是希望你能高兴些。"

"我也没有什么不高兴的，我向来是做最坏的打算。有什么路就走什么路。"

两个人都没有再说话，葛平秋闭上了眼，快要睡着的时候，木如夜却忽然说："我可能会离开中国一段时间。"

葛平秋一下子就清醒了，她有些不安，问："离开多久？"

"不知道。"

"去什么地方？"

"可能会去非洲。"

"是金矿出了什么问题吗？"

"不是。"木如夜沉默了一会儿才解释道，"本来想带你走的，但是现在你怀孕了，还是留在国内比较好。"

"你准备什么时候出发？"

"本来是下个月。现在我想再看看，总得看到孩子出生吧。"

葛平秋有种不好的预感，她觉得木如夜这一回走了可能不会轻易回来。

"是国内有什么危险吗？"

"你放心，我不会让你和孩子有危险的……还有如愿……我走之前，国内的事情都会处理好，也会安排好你们的生活。"

葛平秋的手轻轻移到了自己的小腹上，问："我们以后怎么办……"

"你指多久以后？"

"孩子满月的时候，一岁的时候，读书的时候，谈恋爱的时候，结婚的时候……"葛平秋的语气有些激动，她深吸一口气，平复下来，说，"你总得让我知道事情到底有多严重吧……"

木如夜没有回答，过了一会儿他忽然问："如果以后我不能照顾你和孩子，你打算怎么办？"

她没有问木如夜为什么突如其来地这样说，她知道问了也不会有真实的回答，她没有想到竟然这么快就到了无法挽回的地步。

葛平秋对一切都早有心理准备，她轻轻地叹了一口气道："我自己养啊，又不是养不起。"

"你父母那边你准备怎么交代？"

"没什么可交代的，我自己的人生我对自己交代就够了。"

"那以后呢？"

这一回轮到葛平秋问："多久以后？"

"我要是再也不回来，你怎么办？"

"你不用惦记着一定要回来，因为我不会等你的，无论你是走一年还是两年，还是10年，还是一辈子，我都不会等你。我可以跟孩子两个人过，要是遇到了别的什么合适的人，说不定也会三个人过，以后还有可能四个人过，生活的事情谁知道呢……"

木如夜笑起来，无奈地说："你这样说，不怕我伤心吗？"

"不跟你开玩笑，木如夜，你记着，我不会等你，我不是非要你才能活。我们能一起生活就一起过日子，可是如果我们没有那个缘分，就各自管好自己。没有你我一样活得好好的，你没必要歉疚，没必要惦念，更没必要为了我或者孩子回来。孩子有我，我会好好养育她，把她养成一个很好的人。她跟我一样不需要你，没有人规定小孩子非要爸爸才能长大。你不用管我们，你只需要顾好你自己，好好地活着。有你很好，没有你我也不怕。"

"是啊，你什么都不怕。"木如夜的声音轻轻的，又沉沉的。

葛平秋沉默了一会儿才说："其实也有怕的事情。"

"你怕什么？"

怕你不得善终。

可是葛平秋没有说出口，语言有魔力，说出口就恐怕会成真。

"怕孕检。"葛平秋说。

木如夜笑起来道："放心吧，我们的孩子会很健康的。"

葛平秋转过身，面对着木如夜，伸出手抱住了他，两个人静静地拥抱着彼此，各自怀着心事入睡了。屋外淅淅沥沥地下着雨，天气乍暖还寒，春天不知怎的，迟迟都不肯来。

Chapter 16

生活里的悲剧总是突如其来，不让你好好抱一抱你爱的人，不要你说完所有的嘱托，不让你好好道歉，从不给机会让你好好道别。非要你有遗憾，非要你觉得残缺，非要你回过头看过去而心生惭愧，非要你不完美。

　　如愿的日子照常地过，没有消息对于她来说就是最好的消息，过完新年单位又忙起来，如愿在这个时候收到了周晖杨教授的邀请。

　　联合国计划署要开展一个新的项目，想要邀请周教授的团队参与。那次在瑞丽的人类田野调查项目里，如愿的表现很得周晖杨的赏识，再加上她本身就有跟联合国一起工作的经验，所以周晖杨非常希望如愿能够加入自己的团队。

　　其实如愿也有些厌倦在单位里的日子，她本来就是个有心野的人，在单位的大院子里待久了难免厌倦。可是这回离开恐怕以后就跟稳定的生活没什么关系了，她不追求稳定，可心里对这个城市还有很多的惦念，一时间她没办法下决心。

　　"这边我还有些私人的事情没有处理完。"

　　"我们这个项目组要筹备一段时间，这是一个长期的项目，你三个月之内答复我都可以。"

　　三个月吗？

　　如愿不知道三个月之内会不会有一个结果给她，她甚至暗暗希望永远都不要有结果，就一辈子这样悬而未决也没有关系。

　　"我不确定能不能三个月之内解决……要不您还是先找别人吧，不要耽误了您的项目进展。"

　　"没关系的，你慢慢考虑，这是个十年计划，以后肯定会不断吸纳人员，所以就算你现在脱不开身，以后想再参与进来也不是不可以，我的团队里随时都有你的位置。"

"谢谢。"

如愿挂了电话，继续处理野县的事情，说不定过两个星期又要出差，单位里没结婚没孩子的人就她一个，只要出差的活儿一般都得落在她头上。

报告交了过去，快下班的时候如愿被她的大领导叫到了办公室。

"是野县的项目有什么问题吗？"如愿很少被大领导单独叫进办公室，她在单位里一向是那种埋头干活的人，不搞什么人际关系，也跟领导没什么私下的交往，甚至单位聚餐都去得不多。

"没有，你的工作还是做得很好的，我非常放心。下周呢，我打算叫你带个队伍，由你当负责人。"领导说。

如愿有些惊讶，领导怎么忽然对她这么好。

"听说周晖杨找过你是吧？"

如愿了然苦笑，果然事出有因，看来这世上真没有不透风的墙。

"那这个老同学也真是的，来挖我的爱将。"领导又说。

如愿尴尬地笑了笑，她都不知道自己什么时候成为领导爱将的，明明就是什么脏活累活都落给她，她就是单位里沙和尚。

"小木啊，你放心，你一直以来的努力我都看在眼里，马上单位要评职称，你的名额绝对是板上钉钉的。你放心，你在我们单位还是前途很光明的。"

"谢谢领导。"如愿不怎么会场面话，只能尴尬地道谢。

"对了，你今天晚上有什么事情吗？"领导问。

如愿摇摇头："没什么安排，回家就准备一下下周出差的材料吧，这毕竟是我第一次当项目领导，还是要多准备一下……"

"不急不急，你叫你手下的组员给你准备前期资料嘛，你没有别的事情的话，晚上跟我一起去吃个饭，我介绍个人给你认识。"

如愿有些惊讶，但是领导邀请也不能不去。去了才知道领导是给她安排了相亲，要给她介绍对象，大概是觉得她在这边有了家就不会跟着周晖杨跑到国外去了吧。如愿哭笑不得，只得尴尬地应酬。

对方是个大学讲师，外表除了"长得挺老实"，如愿找不出别的词语能够形容他，或者勉强当作优点的。完全不会聊天，如愿每分钟要在心里原谅他六十次才能跟他继续聊下去，每分每秒都觉得跟这个人聊不下去。

他问如愿平时有什么兴趣爱好，如愿答道："没什么特别的爱好……"

"还是要培养一些业余爱好的，尤其是一些积极有益的业余爱好，不能只是逛街、看韩剧。像我就有很多爱好，看书啊，看电影啊，跑步啊，打羽毛球啊，唱歌啊……"

如愿笑了笑算是回答。

"你也爱看韩剧吧？看你就是那种喜欢'欧巴'的女孩子。"

如愿对自己说这是领导介绍的人，不能拉脸走人，要忍。

"有好的就看，也没有特别只看韩剧，也没有不看。"

"我就从来不看韩剧，我只看美剧。"大学讲师有些轻蔑地说，"韩剧和国剧我从来都不看。"

"呵呵……"如愿干笑两声道，"是吧……"

行行行，你只看美剧，你高级，你全世界最牛，看个电视剧还能分出个三六九等来，真不知道哪里来的优越感。

"你平时看书吗？"大学讲师又问。

"看。"

"你喜欢什么类型的书？"

"什么都看。"

"最近在看什么呢？"

"《阴翳礼赞》。"

讲师似乎没听过，笑了笑问："讲什么的？谁写的？"

"审美。谷崎润一郎写的。"

讲师沉默了一会儿说："我最近在看莫言的书，他得了诺贝尔文学奖，他的书可写的真是好啊。不像现在的很多网络小说，看着完全就是浪费时间。你不觉得现在的人都太浮躁了吗？像我们这种可以静下心来读一些有意义的书的人实在是太少了。"

如愿笑了笑，半句话都不想跟他多说。

你高级就高级，不要拖上我。

"我们一会儿去看电影吧？"讲师提议。

如愿拒绝道："算了吧，最近没什么好看的电影。而且我要回去准备一下出差要用的材料。"

"都下班了为什么还忙工作的事情？"

关你屁事。

"我爱工作。"

"女孩子，工作不需要那么拼命嘛……"

如愿终于忍无可忍了，笑眯眯地问："当然要，不拼命就会沦落到跟你相亲的地步。"

大学讲师一时呆住，如愿拿起包就走了。

这顿饭吃得如愿相当煎熬，本来也不觉得出国一定有什么好，现在倒是觉得还是不要回来日子才能过得比较有尊严，不至于被安排着跟一个傻瓜相亲。一般相亲的对象，就反映了媒人眼里你是什么模样。大概在领导眼里，她就配得上一个傻瓜吧。

等如愿出差回来，时间已经过去了两周，寒冷退去了一些，领导总在问如愿什么时候再跟那位老师出去，要她多给人家一些机会，不要太挑剔什么的。如愿含笑听着，心里却很反感，她不知道她结不结婚，挑剔不挑剔，喜欢什么样的人跟自己的工作有什么关系，用得着领导管吗。

如愿一向是不会职场里的那一套的，假笑也笑得很敷衍，领导看得出她不爱听，便也不说了，只说下一回有别的合适的再给如愿介绍。

"不用了，我现在不想谈恋爱，我就想好好工作，我也不想接触人，下了班我就想在家里安安静静地待着。"

领导看着如愿，刚想再说话就被如愿抢白道："我知道您觉得我年纪不小了，我知道您觉得女人要生了孩子才完整，但是我这么努力工作，为的就是我不用跟您介绍给我的那些个男人在一起。"

领导没想到会被如愿这样噎，憋了半天才说道："你这张嘴啊……"

"我是不大会说话，但是您放心，工作我都会好好做的。"

领导脸色有些不大好看，点点头，语气冷淡地说："行吧，你先回去做事吧。"

如愿高高兴兴地出了门，她觉得把领导得罪了也没什么不好的，不当他的爱将，以后估计就不会给她介绍对象了，顶多把那些累活都安排给她，反正她一直都在做那些没人爱做的事情，无所谓。

离下班的时间还有快一个小时，但是单位的人已经陆陆续续开始离开了，这样的单位就是这样，铁饭碗，赚不到多少钱，不出原则性问题也不会有人辞退你。如愿今天也不想在单位待，提早收拾东西就离开了办公室。

走到楼下，如愿见到有个女人站在收发室，正在跟门卫询问着什么，她觉得那个身影有些眼熟，仔细一看，竟然是葛平秋。

"小秋？"

小秋带着如愿去了一家人不多的餐厅，餐厅很安静，只有几桌人，她们刚刚落座不久，就有一对情侣走了进来，在他们旁边的桌子坐下，态度亲昵，开始旁若无人地卿卿我我，弄得如愿都不好意思往他们的方向看。

不知道怎么的，如愿觉得今天一切都怪怪的，包括旁边的那对情侣。葛平秋也说不出是哪里很不自然，虽然小秋跟平时一样跟她谈笑，但是如愿总觉得她有些过于热络开朗了，不像她的个性，反倒是显得很奇怪，所以如愿觉得小秋似乎在掩饰些什么。

"我哥哥最近怎么样？"如愿有些不安地问，她怕是不是哥哥出了什么事情。

"挺好的，前几天出差了。"

"真的？"

"当然，要不然我怎么敢来找你……"

"也是，我哥那个人很顽固，没有那么快对我消气，之前连信息你都不敢回我的……"如愿无奈地叹一口气道，"我哥哥大概是再也不会想见我了吧……"

"你哥哥的个性你又不是不知道，决定的事情就不会回头的，唉……我也不知道该拿他怎么办……明天我去产检，趁着他心情好，我再跟他说说吧。"

"产检？"如愿惊讶地问，"你怀孕了？"

"嗯……马上三个月。"葛平秋笑眯眯地说，"你要当姑姑了。"

如果不是因为在公共场合，如愿恨不得抱着葛平秋哭一场！这段时间如愿总觉得日子过得特别难，什么都不顺，现在她终于听到了一个好消息。

"真好，哥哥肯定也很高兴吧。什么时候做产检？"

"明天要去做 B 超。"

"我哥出差了，要不我陪你去吧？"

葛平秋尴尬地笑了笑，无奈地说："你哥哥说明天会想办法赶回来的，你们要是在医院遇到了只怕又要不开心，这段时间还是先不要见面吧……你放心，无论你哥哥怎么生你的气，你总是这个宝宝的姑姑，这是不会变的……"

"我知道的，我就希望哥哥能好好的，能……"如愿把话憋了回去，她知道有些话说出来不合适，无声地叹息，只是说，"记得把 B 超的照片给我看呀。"

"好，一定的。"

两个人离开了餐厅，慢慢地在路上走着，路过一家糕点店，葛平秋领着如愿进去买了好大一盒子的曲奇饼干，然后递给如愿说："给你，我记得你最喜欢吃这家的曲奇饼干。"

如愿没有很喜欢曲奇饼干啊，她有些愣住，刚想开口，却见到小秋用一种很奇怪的眼神盯着她看，如愿只得莫名其妙地把饼干接了过来。

"小心一点儿拿。"葛平秋说。

如愿莫名其妙地拎着一盒子饼干，心里越发纳闷，想问可是小秋又很快扯到别的事情上去了。两人上了车，小秋又说："把东西放在后座上吧，路上还有一会儿呢。"

如愿便又把东西放到了后面，真是奇怪，刚刚还叫她拿好的……

到了如愿的小区，葛平秋跟她道别，然后说："你座位下面的饼干不要忘记拿。"

如愿更蒙了，饼干不是被她放在后座了吗？她疑惑地低头一看，果然见到脚边有一个袋子，跟那曲奇饼干的包装一模一样。如愿拿出来，感觉重了特别多，却也很识趣地什么都没有问。

"那我回去了，你记得帮我跟哥哥说点好话。"如愿说。

"会的，快回去吧，时间不早了。"

如愿匆匆下了车，满心的疑虑。回到家的第一件事情，就是把饼干盒子打开。打开盒子的那一刹，她吓了一跳。里面装的全部都是现金，如愿数了数，有二十万人民币，还有一沓大面额的美金，大概是五万美金的样子。她把钱拿出来，发现夹层下面还有一把小手枪和一盒弹药……

如愿呆呆地站在桌边，直觉告诉她，一定是出了什么大事。

在沙发上坐了一会儿，如愿冷静下来，合上饼干盒，拿到自己的卧室放好，不放心，又找出钥匙把盒子锁在了床头柜里。

她的心情一时没办法平复，但是她知道自己现在最好不要表现出任何反常来，所以她打开电脑逼着自己继续投入工作，然后照常发邮件给同事，安排下周的工作。做完这一切她又按照平时的时间，正常地去洗澡睡觉。

如愿没有联系葛平秋，也没有问盒子的钱有什么用途，既然她如此迂回地把这笔钱给她，她就不该声张。

她躺在床上思索着这件事情，小秋今天奇怪的表现都有了解释，大概她是做给什么人看的吧。她们是不是被人监视着？是什么人在监视她们？梅丹那边的人，还是警察那边的人？

哥哥到底出了什么事情？

晚上如愿睡得很不好，她梦见了哥哥，梦里哥哥浑身是血，紧紧地抓着她的手，胸口有一个血窟窿，想说话却说不出来。如愿猛地惊醒，醒来满脸都是泪水，看看时间，不过才睡了一个小时而已，刚刚过十二点，还不算太晚，如愿坐在床边再也睡不着，她也不敢开灯，怕被察觉出异常来，她就坐在黑暗里，听着时钟一秒一秒走动的声音。

也不知坐了多久，她终于听到家门被打开的声音，如愿走出房间，见到一个人站在黑暗里。

做医生的如愿的鼻子很敏感，空气里有些许的血腥味儿。

"你受伤了吗？"如愿问，

两个人都一直在黑暗里，所以早就适应了光线，认出了彼此的身形。

"小伤，已经处理过了。可以给我倒杯水吗？"

如愿立刻去厨房给哥哥倒了杯水，她犹豫了一下，没有开灯。

屋子里黑漆漆的，木如夜接过水，笑起来道："我身边的女人都很聪明。"

"哥，你这是怎么回事儿？怎么把自己弄成这个样子？"

木如夜一口气喝完水，疲惫地倒在沙发上，道："你什么都不要问比较好。对了，我送你的项链还在吗？"

如愿点点头，立刻从脖子上取了下来。

"这个吗？"

"哥哥先借用一下。"

"你拿去就是了。"如愿有些疑惑地问，"这个项链很值钱吗？"

木如夜笑起来道："几百万吧。"

"几百万？！"如愿惊讶地问，"这么贵重你为什么不早点告诉我？我还每天戴脖子上，这么危险！"

"告诉你就没有意义了。"木如夜叹一口气，抓住妹妹的手道，"对不起，送你的东西我又要回来……我现在遇到了一些麻烦，暂时不能回家……"

如愿大概也能想到，她忽然意识过来，猛地站起来道："哥，你等一下，小秋有东西给你。"

如愿立刻进屋把那个饼干盒拿了出来，然后翻出一个背包，准备给哥哥装钱。

木如夜打开饼干盒一看，也有些惊讶，疑惑地问："小秋为什么会来找你？她怎么跟你说的？"

"她什么都没有跟我说，就是今天来找我吃饭，说了她怀孕的事情，表现得都很正常，应该没有被怀疑。她走的时候给我买了一盒曲奇饼干，但是却在车上给我换成了这一盒子钱，我想她应该是猜到你不能回家，有可能会来找我吧……"如愿把钱都倒出来，看了一眼那个夹层，犹豫了一下，还是打开道，"这个应该也是她给你的吧……"

木如夜立即把枪别在身后，藏在大衣里。

"你不会杀人吧？"如愿有些担忧地问。

"我只是自保。"

其实如愿也知道，有的事情不是哥哥一句话能决定的，到了那个时候，谁都控制不住会发生什么，她问这个问题只是自欺欺人地想给自己一个心安。

她迅速地给哥哥装着钱，她自己也放了一些现金在家里，全都给哥哥装了进去。对于哥哥她没有别的期待，她就希望他能安安全全逃得远远的。

看到给自己装钱的妹妹，木如夜苦涩地笑了笑道："你跟小秋都很聪明，有你们我很幸运。"

如愿手上的动作顿了顿，她苦笑起来，她们是都很聪明，可是哥哥有时候却很糊涂，但是她们没有办法，就算全世界都要与哥哥为敌，她和小秋也只能站在哥哥这一边。

"给你。"如愿把背包递给哥哥。

"我走了。"

木如夜背上包就走，到了门口，他犹豫了一下，走过来紧紧抱住了如愿："如愿，帮我照顾小秋和孩子。我会回来的。"

如愿觉得一阵鼻酸，抱着哥哥号啕大哭起来。

"哥，不要回来了，走了就别回来。"

她想起小时候的离别，她在站台，哭着求哥哥不要送她走，哭着请求不要别离，可如今，她却哭着求他不要回来，求他再不与她相见。

木如夜苦笑起来道："你跟小秋说的话都一样，都不叫我回来。"

如愿紧紧抱着哥哥，她知道这一回兴许就是永别了。

"如愿，我希望你知道，我做很多事情都是希望你幸福，不要恨我。"

如愿拼命摇头，她永远都不会恨哥哥。

木如夜闭上眼，吻了吻如愿的头发，有些哽咽地说："我要走了，记住，我没有找过你，你也没有见过我。"

木如夜放开如愿，转身出了门，如愿呆呆地站在门口，看着哥哥的身影消失在了安全通道里。

生活里的悲剧总是来得突如其来，不让你好好抱一抱你爱的人，不要你说完所有的嘱托，不让你好好道歉，从不给机会好好道别。

非要你有遗憾，非要你觉得残缺，非要你回过头看过去而心生惭愧，非要你不完美。

如愿擦干净眼泪，失魂落魄地回到房间里，继续坐在黑暗里发呆。

今天做的事情是她从前绝对不会做的，可是为了哥哥，她没有办法。

不一会儿有人敲门。如愿以为是不是哥哥又回来了，冲过去打开门，可门外站着的却是穿着警服的顾向阳。

如愿很想见到顾向阳，可是今天除外，今天她最不想见到的人就是穿着警服的顾向阳。

她心里有些慌，站在门口一时不知道如何是好，忘了说话，也忘了要请他进来。

"打扰你休息了。"顾向阳说。

"没事……"如愿有些紧张，回过神来，干笑了一下道，"本来也没有睡。"

"没睡怎么不开灯？"

"睡了一半醒了，就没有开灯。"如愿立刻打开灯，渐渐冷静下来，问，"你怎么来了？"

"有些事情找你了解，我可以进去吗？"

"可以……"如愿这才让开身子道，"进来吧。"

顾向阳走进来，打量着屋子，看了一眼茶几上的水杯，又看到了桌上空荡荡的饼干盒，他走到桌边问："下午才买的，这么快就吃光了吗？"

"你怎么知道是什么时候买的？"

顾向阳也不隐瞒如愿，答道："我们一直在跟踪你嫂子，葛平秋。"

"为什么？"

"找你哥哥，木如夜。"

　　顾向阳这么直白，如愿倒是不知道该怎么办才好了。她又有些紧张起来，闪躲着不敢看顾向阳的眼睛道："我给你倒杯水吧。"

　　如愿去了厨房，顾向阳打量着这间屋子，观察有没有什么蛛丝马迹。

　　今天听到同事报告下午的情况之后，他就觉得有些不对劲，他总觉得葛平秋找如愿不是那么简单的原因，她那么聪明的女人一定知道自己的丈夫出了事情。木如夜要逃跑肯定需要资金，大家都觉得他会找机会见葛平秋，毕竟他跟妹妹关系决裂了，而且葛平秋怀孕了，逃走之前木如夜应该会去见葛平秋一面才对。可是顾向阳知道，如愿并没有特别喜欢吃曲奇饼干。

　　顾向阳走到桌边看着那个盒子，这么大一盒，再喜欢一下子也吃不完，而且桌上一点饼干屑都没有，盒子里也干干净净，根本就不是如愿的风格。

　　他觉得，如愿兴许知道木如夜逃跑的事情。

　　这个想法让他很害怕，又让他很生气。他最不愿意怀疑的人就是如愿，他不想像是审问一个犯人一般去审问他，可是若是这件事情换成别人做，只怕如愿的境地会更加难堪。

　　他非常生葛平秋的气。她为什么要把如愿拉扯到这件事里来？那个饼干盒子里装的是什么？有没有违法的东西，会不会害了如愿？

　　"喝点儿水吧。"如愿从厨房里走出来，把杯子递给顾向阳。

　　顾向阳在沙发上坐下，注意到桌上有一个水杯。

　　"你为什么不问我来做什么？"顾向阳问如愿。

　　如愿尴尬地笑了笑，心里生出一股悲凉了，当初他为了顾向阳逼迫哥哥，现在又要为了哥哥对顾向阳撒谎……

　　她垂着眼，捏着自己的手臂，低声道："你不是来看我的吗？"

　　顾向阳太了解如愿了，以至于她一点点的反常他都看得出来，他知道如愿知道他为什么来。

　　"我来问你关于你哥哥的事情。"顾向阳难得在如愿面前那样严肃，他凝视着如愿的眼睛问，"如愿，你老实告诉我，你知不知道木如夜在哪里？你有没有见过他？"

　　"你是用什么身份问我，顾向阳，还是警察？"

　　"穿着警服，我就是一个警察。所以，请你回答我。"

　　如愿不是善于撒谎的人，她最讨厌欺骗，最怕说谎，最不愿意对自己爱的人不真诚。

她紧紧地捏着双手，干脆地回答道："我不知道他在哪里，也没有见过他。"

"如愿，我知道你，你不是会撒谎的人，我再问你一遍，你确定木如夜没有联系过你吗？"

"没有。"如愿毫不犹豫地答道。

如愿回答得这样干脆，顾向阳也有些不确定起来。潜意识里，他宁愿这一切都跟如愿无关，他希望木如夜还像从前一样，什么都瞒着她，他希望葛平秋给如愿的那一盒真的只是饼干而已。

有什么必要那么较真呢？既然她说没有就没有吧，并不是只有如愿这一条线索而已。顾向阳对自己说，就当作他没有发现任何异常吧。

"好，我相信你。"顾向阳站了起来，道，"你早点休息，明天还要上班，我还要回去执勤。"

"等一下！"如愿慌张地叫道。

哥哥才离开没多久，她怕顾向阳会碰上他。

"怎么了？你想起什么来了吗？"

"没有……"如愿走过去，违心地拉住顾向阳的手，道，"陪我再坐一会儿吧，我心里很慌，我很怕，我不想一个人待着。"

顾向阳见过如愿的深情，所以怎么会看不出她此刻的虚情假意，他拿不准如愿这样做是为了什么，可是即便知道她另有目的，依旧不忍拒绝她的任何要求。

他自嘲地笑了笑，又坐了下来。

如愿的手在微微颤抖，局促不安的模样。

顾向阳也不说什么，就静静地陪着她坐着。

这时候他却忽然看到白色的沙发上有一个红点，他伸出手摸了摸，是刚刚沾上的，一闻，是血。他又看向桌上的那个空杯子，伸出手一摸，杯子还有余温……

他确定，木如夜来找过如愿，而且他才刚刚离开！

顾向阳猛地站起来就往门口冲，却忽然被如愿从身后抱住了。

如愿那么聪明，怎么可能不知道顾向阳已经察觉一切了呢，可是外面那个亡命之徒是她的哥哥啊，她违着心，背叛自己一直以来的原则，也没有办法不帮他。

顾向阳察觉到如愿浑身都在发抖，他苦笑道："木如夜刚走是不是？你怕我追上他……如愿，你知不知道，你不该骗我，我是个警察。"

"你不能去。"如愿也知道顾向阳反应过来了,她紧紧从身后抱住他,悲哀地祈求道,"顾向阳,你不要去。"

如愿摇摇头,紧紧地抱着顾向阳不松手,她想给哥哥多争取一点时间,让他跑得远一点。

她知道自己这样做很无耻,她知道她在利用顾向阳对她的感情,可是她还能怎么办?真的让顾向阳追上哥哥,两个人你死我活吗?

曾经如愿以为自己有理想、有原则,曾经她觉得自己活得无愧于心,从不亏欠任何人。可是为了保护顾向阳,她用感情威胁了哥哥。为了帮助哥哥逃跑,她又用感情绑架了顾向阳。她被迫变成了自己最不齿、最讨厌的人。

可是她能怎么办!

一边是自己深爱的人,一边是为了她牺牲了自己人生的哥哥。

"如愿,你知不知道你在做什么?你在阻碍警察办案。"

如愿掉下泪来,无助地说:"求求你了,你不要去好不好?那是我哥哥啊,顾向阳,我求你,你遇见他要怎么办?他不跟你走怎么办?难道你要杀了他吗?"

顾向阳捏紧了拳头,狠下心来道:"如果真的到了那一步,我只能做一个警察该做的事情。"

"为什么偏偏要是你?为什么不能是别人去?一定要是你去?"如愿终于无法克制了,她松开手,对着顾向阳崩溃地喊道:"我知道哥哥逃不过,可是一定要是你去抓他吗?"

顾向阳不敢回头,他怕看到哭泣的如愿自己会心软。

他红着眼,捏紧了拳头,坚定地说:"可是我碰上了。我是个警察,贼就在我面前,我不能让他走。"

顾向阳没有犹豫,他打开门冲了出去。

如愿看着顾向阳消失在眼前,沮丧地闭上了双眼。

不一会儿她就听到警笛声响起然后又渐渐远去,如愿麻木地站在屋子中间,等待着最后的审判。

Chapter 17

我抓贼，我们这些警察每天在外面拼命，从来不是为了让邪恶彻底消失。我们存在，是为了不让邪恶压过正义。

窗外传来鸟叫的声音，天渐渐亮了起来，城市正在慢慢苏醒，早餐店准备开门做生意，路上的车子多了起来，渐渐开始有人活动。

葛平秋早早地醒来，时间还早，刚刚过六点，太阳还没有完全升起，外面还阴阴的，她打开电视机，一边吃着燕麦牛奶，一边听本地的早讯。

新闻里报道了今天凌晨五点发生在城西的枪战，黑帮火拼，警察击毙了五名持枪罪犯，抓获了三名跨国犯罪组织的重要成员。

葛平秋放下勺子，抬起头盯着屏幕上的照片，很快就开始播放下一则新闻，葛平秋稍稍松了一口气，照片里没有木如夜。

她失了胃口，这样的日子也不知道还要多久，每天都担心会有坏消息传来，恨不得都要成了执念。

门铃响了起来，这么早不会是亲人朋友找来，葛平秋心里一沉，看了一眼电视上的新闻，无奈地起身去开门。

外面站着两个警察，还不待警察开口，葛平秋就说："麻烦两位在屋里等我一下，我先去换身衣服。"

葛平秋走进卧室里，她脱下睡衣，看着自己微微隆起的小腹默默落下泪来，但是她只哭了一会儿，掉了几滴泪，便又平静下来，找了一身最合适的衣服换上。

载着如愿的警车开到了远城区的一条公路上。

这里有一家便利店，整片区域都被封锁了，店外围了很多警察和警车，人人脸上都有一种危机之中的神情。

如愿这辈子也经历过几次很严重的疫情，埃博拉，炭疽，但是那都是她的职业，即便面对全世界传染性最高的病毒，她也没有这样茫然无助过。

葛平秋和木如愿被带到便利店外，有一个高级警督在现场安排着行动。

见到如愿出现，顾向阳走了过来，跟指挥行动的警官打了个招呼，他看向如愿，刚想跟她说话，可如愿却转过头去挪开了目光。

又变成了他们刚重逢时候的情形，他向前，她后退，他想靠近，她不让。可是能怪得了谁呢？他可以理解如愿，事到如今，对和错都没有意义了，他也只能硬着头皮走下去。

"情况如何？"指挥问顾向阳。

"劫匪现在正处在我们的视线盲区，狙击手暂时无法行动，只能等机会。"

狙击手……

如愿和葛平秋对视一眼，两个人的心都是一沉，已经到了这个地步了吗？

负责这次行动的是市刑警队队长，他拿着对讲机对便利店喊道："木如夜，你的妻子和妹妹已经到了。你的要求我们做到了，也希望你能表现出谈判的诚意来。"

没过一会儿，其中一个人质从便利店里走了出来，几个警察立刻冲上去掩护他到安全位置。

"劫匪说什么没有？"

人质的情绪还算稳定，回答说："他说要他的妻子和妹妹进去，他会再释放两个人。"

"绝对不可能！刚送出来一个，就又送两个人质给他吗？毒贩子为了自己活命，杀妻灭子什么做不出来？"指挥官又拿起对讲器对便利店喊道，"木如夜，你的妻子和妹妹就在外面，希望你不要做任何冲动的决定！"

指挥官跟葛平秋和木如愿交流，希望她们能够劝说木如夜释放人质，交出武器，不要再引起更大的悲剧。

"对不起，我没有办法帮你们。"葛平秋冷冷地拒绝道，"我丈夫的性格我最了解，我要是劝他，他只会更生气，觉得我是站在你们这一边的。"

"你的丈夫是罪犯！"指挥官有些生气，愤怒地说，"里面还有三个人质，三个无辜的生命，你现在就想着你丈夫会不会生气、会不会怪你吗？"

"我站在我丈夫这一边有什么不对吗？我看重我丈夫超过别人的命有什么错吗？对于我来说，里面的人质都是毫无瓜葛的人，我不希望他们死，但是他们是死是活，都引不起我内心的波澜，我丈夫怎么看我却可以。"

"愚昧无知！"指挥官道，"你这样是在纵容他犯罪！"

"我读过的书可能比你们这里所有人加起来都多，我全家都是知识分子，我自己也是高级知识分子，在重点大学任教，正教授职称。我既不愚昧也不无知。我只是冷漠、不道德。"葛平秋抬眼，毫不畏惧地看着指挥官，冷笑道，"但是冷漠和不道德并不犯法，轮不到你来管。"

葛平秋的声音不大，却很清晰，现场本来就因为紧张的气氛很安静，许多人都听到了她说的话，大家都很愤怒，可是葛平秋却一点儿都不在意，她摸了摸自己的肚皮，看了一眼领自己来的警员道："我怀着孕，现在很累，可以先去车里休息吗？"

警员看了一眼指挥官，指挥愤怒地挥挥手，他便带着葛平秋先去休息了。

"让我跟我哥哥聊聊吧……"如愿说。

指挥官看向如愿，稍微消了点气，点点头，让谈判专家跟如愿聊了聊一会儿具体的沟通技巧。

"你知道，你这样才是在帮你哥哥。"

如愿点点头，问："我可以到那边去吗？走近一点，在落地窗前面，让哥哥可以看到我。"

"也好，看到你他会更容易被打动一些。"谈判专家说。

指挥官小声跟身旁的警员说了些什么，然后才点点头道："好，这个对讲机连着扩音器，他在里面可以听到你说话。"

两个警员把如愿送到了便利店外面的落地玻璃窗前，如愿手里紧紧捏着对讲机，她看向便利店里，里面没有开灯，很暗，一时找不到哥哥在哪里。

"你可以开始说话了。"一个警员在如愿耳边轻声说道。

如愿拿起对讲机，用有些颤抖的声音道："哥……是我，如愿啊，你听得到我说话吗？"

里面没有任何动静，如愿眼眶红红的，有些哽咽。

"我不知道为什么这里会围了这么多警察，我也不想知道，我只想知道你好不好，你有没有受伤，你疼不疼……哥，我什么都不要，我就要你好好活着。"

如愿伸出手按在透明玻璃窗前，她隐隐约约见到了一个人从收银台后站了起来，她仔细看着那个人影，认出那就是哥哥来。

木如夜晃悠悠地站起来，他看着玻璃窗前的妹妹，温柔地笑了笑。

如愿掉下泪来，哭得泣不成声。

哥哥看起来受了很重的伤，很虚弱的模样，他伸出手在自己的胸口拍了拍，如愿点点头，眼泪更加汹涌。什么都不用说，她都懂。

身后的谈判专家小声说道："你哥哥已经动摇了，继续，让他过来。"

如愿点点头，又拿起对讲机道："哥，他们有狙击手，你不要靠近窗口，不要……"

话还没有说完，如愿手里的对讲机就被人夺走了，如愿想往便利店里冲，可是却被两个警官架住往后面拖。

"哥哥！木如夜！"

如愿喊着哥哥的名字，狼狈地被拖走。

她不在乎别人怎么看她，不在乎自己是不是狼狈，不在乎被拖走的姿态有多难看，她就想再看哥哥一眼，好好抱一抱他，抓着他的手，想跟他再撒一次娇，想再跟他说句话，就算是被哥哥教训都好。

可是她还是比不过两个警察有力量，无可奈何地被拖了回去。

有人质走到床边开始用报纸遮住玻璃窗，指挥官愤怒地看着如愿，气她破坏了大家的计划。

"这一家人都一样！"指挥官愤愤地说。

如愿知道，在他们眼里，她是帮凶。她低着头，擦干了眼泪，哭有什么用呢？在这个地方，此时此刻，她也好，小秋也好，哥哥也好，得不到任何的理解和同情。

顾向阳站在那里，一言不发，他既没有办法应和自己的长官，也找不到什么话可以帮如愿开脱。他了解如愿，如愿总是感性大于理性的，无论过去多少年，无论那个在乌干达的疾控医生多么专业和冷静，只要遇到跟她爱的人相关的事情，她就不会再用道理来判断对错。

她就是这样，内心深处，她永远是木如夜的小妹，是多年前他们分开时那个爱傻笑不谙世事的女孩儿。

看着愤怒的长官，顾向阳很无奈，他要怎么解释呢？如愿并不是什么坏人，她真的不坏。

"我先带你去休息吧，跟葛平秋一起。"顾向阳走到如愿面前道。

如愿失魂落魄地点点头，被顾向阳带到警车里休息。

葛平秋也坐在车里，顾向阳本来想说点儿什么，却觉得语言在此刻是这样的无力，他关上车门继续去执行他的任务。

"你见到你哥了吗？"葛平秋问如愿。

如愿点点头："哥哥好像受伤了，但是应该没有大碍。"

"你说他能平安出来吗？"葛平秋问。

如愿又落下泪来，摇摇头："我不知道。"

葛平秋轻轻地握住了如愿的手，此刻她需要一点力量，需要一点支持。两个女人紧紧地握着彼此的手，安静地坐在警车里，等待着最终的结局。

便利店的窗子都用报纸和海报遮住，狙击手更加没有办法。其中一个人质又走到门边，从门缝里扔了一张纸出来。

纸上写着："叫顾向阳进来，不准带武器，我会释放另外三名人质。"

"队长，让我进去吧。我能够保护自己。"

"你怎么保护自己？他手上武器，他跟你有仇，他现在知道自己无路可走，让你进去是叫你跟他陪葬的！"

"他不会杀我的，如果他要杀我，早就杀了，他又不是没有过这个机会。他答应过她妹妹放过我，不会食言，让我进去吧，这样僵持下去也没有意义，人质的安全最重要。"

"好吧……"队长终于同意，"戴着耳机，听指挥，有任何危险立刻就要撤出来。"

"我知道。"

顾向阳准备好一切，交出了武器，慢慢往便利店里走。

便利店的门打开，他举着双手，慢慢地走了进去。

过了一会儿，顾向阳才适应里面昏暗的环境，剩下的三个人质是一家三口，母女都被绑住了手脚，锁在收银台旁边的货架下，父亲走过来，低声说："他让我检查你有没有拿武器，对不起。"

"没关系。"

父亲仔仔细细地搜查着顾向阳衣服，又道："他说要把大衣脱下来。"

顾向阳脱下大衣，转了一个圈，他没有带武器，也不敢冒这个险。

人质点点头，又退到一边说："他在里边，收银台后面，他让你手抱着脑袋走过去。"

顾向阳双手放在脑袋后，慢慢地往里走，走到收银台旁，他停下了脚步，缓缓转过身去。

枪口对准了他，木如夜坐在地上，腹部用绷带随意地绑着，一看就是自己处理的，衬衣上，手上，身上，都是血污。

木如夜看他有些虚弱，脸色苍白，可是脸上那狂妄和自负的样子丝毫没有改变，他扬起嘴角，笑得不可一世。

"你胆子很大。"木如夜说。

"你说我进来就释放人质的。"

"我只说你来了我会释放人质，但是我没有说立即放人。"木如夜狡黠地笑起来，问，"带武器了吗？"

"没有。"

木如夜点点头，伸出脚把面前的椅子踢到顾向阳面前道："坐吧。"

"不检查一下我有没有带枪吗？"顾向阳问。

"信你。"

顾向阳坐了下来，暗自观察着周围的环境，想着解救人质的办法。

木如夜看到他的耳朵，冷笑道："还带着家长一起进来的啊，这一回你的领导是怎么指挥你的？你准备用什么方法把我骗到窗边击毙我？"

顾向阳取出耳塞，扔到地上一脚踩了上去。

"很好，既然你有诚意，我也要表示一下是不是？"木如夜拿枪对着那个爸爸说道，"你可以选择一个带出去。"

"她们两个走，我留下。"父亲说。

"要么你带一个走，要么都别走了，我不跟人讲条件。"

"带一个人走吧。"顾向阳紧紧盯着木如夜，对那位父亲说，"你放心，你们一家人肯定会团圆的。"

父亲选择了女儿，两个人离开，便利店里又安静下来，那位一直在哭哭啼啼的母亲也不流泪了，似乎是了结了心事，闭着眼睛靠在那里一动不动。

木如夜咳了咳，一只手捂着自己的伤口，脸色越加苍白。

"你需要治疗。"顾向阳说，"投降吧，你知道再继续僵持下去也没有任何意义。"

"我知道我需要什么。"木如夜拿枪指着顾向阳，笑着说，"我现在不需要治疗，我想跟我的老朋友好好聊一聊。"

"好，你想要聊什么？"

木如夜扯下自己脖子上的项链，那是狼五的项链。

"这东西你还记得吧？"

"记得。"顾向阳说。

"我一直都想当面问问你，背叛自己的兄弟，到底是什么感觉？"

"我是警察，从一开始，抓你们就是我的工作、我的职责。"

"我明白了，在你眼里，我们只是一群该死的毒贩子。出卖我们的时候，你毫无感觉，我们把你当兄弟，但是在你眼里，我们只是你要抓的贼而已，对吗？"

"你们是贼，你们也是我的兄弟。"顾向阳的情绪有些激动，但是他按捺住了，声音压抑地说，"你觉得狼五死了，蝎子死了，我一点儿感觉都没有吗？但是我必须这么做，这是我守护的正义，这是我的职责。"

"正义？你知不知道狼五是怎么死的？"木如夜的眼睛充着血，他愤怒地盯着顾向阳，语气激烈地说，"因为你，那群缅甸人以为狼五是内奸，他们把气都撒在狼五身上，他被吊了一个星期，被折磨了整整七天他才咽气！我去给他收尸的时候，他身上没有一块好肉。这就是你的正义吗？"

顾向阳的手有些颤抖，这些他并不知道。

"怎么不说话了？"木如夜冷笑着问，"你还能找到什么理由给自己开脱？"

"我没有想给自己开脱，你放心，我一辈子都会被这件事情折磨。"

"你觉得一点内疚就能解脱你吗？只要活着，谁不是一辈子被一两件事折磨？顾警官，对不起和内疚永远都是远远不够的。"

"你想我怎样？"

木如夜耸耸肩，自嘲地说："我现在这个模样还能把你怎么样？我这个人不信命，但是我信因果循环，信报应。没关系，你跟我各自欠的债早晚都要还，不是这辈子，就是下辈子。我们生生世世都不会安生的。"

顾向阳觉得木如夜有些不对劲，他不是会说下辈子这种话的人。

"不用下辈子，这辈子我们就把恩怨都解决了。"

木如夜摇摇头，嘲讽地笑着："解决不了的。"

"为什么？"

"我还能杀了你不成？杀了你，我的报应就该落到我妹妹身上了。"木如夜的脸色很难看，他又捂住自己的伤口，晃了晃手上的枪道："你可以把这个人质松开了，外面的人该等急了。"

最后一个人质也走了，便利店里只剩下顾向阳和木如夜。

"只剩下我们了。"木如夜说。

木如夜忽然开始剧烈地咳嗽，伤口又开始出血，他越来越虚弱，脸色也越来越苍白。

"你的身体快要撑不住了。"顾向阳说，"你这样下去会耗死自己的。时间有限，警察不会一直跟你拖下去，若是他们决定采取武力手段，我不保证一会儿会发生什么，你不要再死撑着了，投降又如何？难道不是活着比较重要吗？死了什么都没了。"

木如夜不屑地笑起来，道："我答应过我妹妹，我不会落得跟蝎子一个下场。"

提起蝎子，顾向阳的心又是一颤，面对木如夜，他有太多的不理直气壮了，除了木如夜，他对任何人都敢说问心无愧，只有对木如夜，他总是于心有愧。

"你不会落得跟蝎子一个下场的，我不会让他们击毙你，在我的职能范围内，我会保护你的安全。木如夜，投降吧，趁你现在还有退路，你主动投降，交代坤泰交给你的那批毒品的去向，帮助我们抓住奈温，我们想抓他很久了，难得他入了境，这是我们的机会，也是你的。如果抓到他，我可以帮你争取减刑。"

"你为什么对抓贼这件事情这么执著？"木如夜轻蔑地看着顾向阳，问，"你觉得你抓了一两个毒贩子，世界就安全了吗？坤泰死了还有梅丹，梅丹死了还有奈温。旧的死了，又会有新的，坏人只会越来越坏，越来越精明。你抓多少贼世界也好不了，世界只会照着自己的秩序继续运行下去，一片混沌，没有正义。"

"你说得对，坏人死了又会有新的坏人，但是我不觉得世界一片混沌，没有正义。你相信有鬼就必须相信有神，你相信有地狱就承认了有天堂。你如果觉得这世上有邪恶，那就一定也有正义。只是正义和邪恶一边一半，永远保持着微妙的平衡。对，坏人我一辈子都抓不完，全世界的警察加起来也抓不完。每年都有数不清的悬案和无头案被塞进柜子里。我们说话的这一会儿，可能就有一具无名的尸体被扔在了山里、湖边、树林里。但是因为坏人抓不完我们就什么都不做了吗？我没有想过要拯救全世界，我也从来不觉得我代表了正义。我抓贼，我们这些警察每天在外面拼命，从来不是为了让邪恶彻底消失。我们存在，是为了不让邪恶压过正义。"

木如夜沉默了几秒，然后忽然笑了起来，他点了点头，道："有道理。"

其实内心深处，木如夜一直都很欣赏顾向阳，即便是在他知道顾向阳是卧底之后。堕落总是容易，诱惑那么多，四处都是魔鬼的陷阱，能够保持清醒，能够不忘初心的人太少了。做一个普通的人很容易，做一个好人却很难。

"木如夜，相信我，帮我抓住奈温。"

"我帮不了你，奈温现在应该也已经知道真相了……"木如夜看着顾向阳，得意地说，"抱歉了，你们警察和奈温都被我耍了，根本没有那批毒品。"

顾向阳惊讶地问："怎么可能？坤泰当年不是把毒品交给你了吗？我们的线人很确定那批货真的存在！"

"顾向阳，你忘了吗，是什么害死了我的父母，是什么害得我们兄妹分离，是什么让我走了这条不归路？"木如夜咬牙切齿地说，"我这辈子最恨的就是毒品。"

顾向阳了然，他无奈地摇摇头，苦笑着道："你早就把那批毒品销毁了，是不是？"

木如夜得意地笑起来，眼神依旧狡猾："顾警官，你看，我手上没有筹码跟你们做交易了。"

"即便没有了那批货，你还是可以帮我们抓奈温，坤泰的很多秘密都只有你知道，而且我相信你，也了解你。你这种人手上永远都会有筹码，你的后招之后一定还有后招。"

"抓奈温是你们的事情，跟我没关系。"木如夜觉得有些疲惫了，垂着眼道，"我在道上混，就要讲规矩，我们最讨厌背叛者。我还有妻子，有孩子，有妹妹。我不会跟你们合作的。"

"我们会保护家属的。"

木如夜冷笑着，残忍地说："哦？你们真的可以保护家属？你的父母，你的姐姐，当年是怎么死的？"

顾向阳不回答，他看了看时间道："合作的事情我们可以再谈。现在你需要治疗。木如夜，你不要固执了，你觉得事到如今，你还有别的路可以走吗？你撑不了多久，过不了一会儿，你就会因为失血而失去意识，你迟早会被抓。早点投降，配合我们，对你更好。"

"谁说我没有别的路可以走了？"木如夜看着顾向阳，狡猾地笑了，脸上依旧是张狂的神情。

顾向阳那股预感又来了，他有些着急，道："你不要冲动，还没有到那个时候！"

"什么时候？怎么，怕我自杀？"木如夜张狂地大笑起来，可一笑就又咳嗽起来。

顾向阳想上前，可是木如夜却敏锐地察觉到他的意图，举起一支枪对准他道："别过来，你再往前一步，我就杀了你，坐回去。"

顾向阳只得又坐了回去。

"顾向阳，你真的挺了解我的。"木如夜微笑着说。

顾向阳没有心情闲聊，他郑重地看着木如夜道："你忘记你答应如愿的事情了吗？你说你不会走蝎子的老路的。"

"我答应我妹妹，说我不会走蝎子的老路，所以我绝对不会被警察打死。我只跟她保证了，我不会死在你们的枪下，没有保证我不用别的方式了结自己。"

"你这是在玩文字游戏，无论是什么方式，只要你死了，对如愿的伤害没有区别！木如夜，我知道葛平秋怀孕了，你还想见你的孩子出生吧？你不要做傻事。"

顾向阳希望木如夜还能顾及妻儿，所以即便知道可能性微弱，他还是想说服他。

"我的孩子不需要一个罪犯当爸爸，我投降，要么是死刑犯，要么是杀人犯，最好的情况也是个重刑犯。我不要我的孩子跟我一样在阴影里长大，一辈子被钉在耻辱柱上。你知道的，在我们的法律里，死人是不会被审判的。我死了才能给我爱的人，留一个清清白白的人生。"

"你死了，就一辈子都不能报复我。你愿意这样吗？你死了，背叛你的人还活在这世上。"

木如夜轻笑一声道："看来你真的是不想我死。"

"我不想。你是我的兄弟。"顾向阳有些动情地说，"你恨我，我也还是把你当兄弟。"

木如夜已经很累了，他扯了扯嘴角又笑了笑。

"我知道。我了解你，就像了解我自己。其实我也没有恨过你，我必须要杀你就跟你必须要抓我一样，这是我们必须做的事情。你是正义，我是邪恶，我们都有自己的规矩，都有自己的责任。我们本来可以做知己的，只是我们注定只能当敌人。"木如夜伸出手，将手里一直紧紧拽着的狼牙项链扔给了顾向阳，"毒蛇，我一直都把你当兄弟，到现在都是，你知道吧？"

顾向阳红着眼，点了点头。

木如夜缓缓举起枪，对准了自己的太阳穴。

他扬起嘴角，又一次得意地笑了起来。

木如夜的笑里总是憋着一股坏，即便到了这样落魄的境地，即便浑身是血，即便被警察团团围住，即便已经到了生死的关头，他依旧笑得嚣张和自负。

永远狂妄不羁，永远不可一世，永远毫无畏惧。

"有没有话要我带给她们？"顾向阳问。

"不用，我不说没有意义的话，她们也都懂我。"木如夜坦然地对顾向阳笑起来，这一回眼里没有狡猾和怀疑，只是轻松和解脱，他说，"我先下去，我们三个在下面等你，地狱里没有恩怨，我们还能一起喝酒。后会无期了，兄弟。"

"章鱼！"

……

最后一个人质惊恐地跑出了便利店。

枪声响了起来。

武装警察冲进便利店。

劫匪已经自杀的消息传来，有人松了一口气，有人严肃地指挥着现场，有人开心地击掌庆祝，有人哭得痛彻心扉看得人心酸，有人神情麻木像是一具行尸走肉。

顾向阳紧紧地捏着那串项链，缓缓地走出便利店，推开门的时候，他被阳光晃了晃眼。

不知什么时候，天已经彻底亮了。

城市里的人都彻底苏醒，人们准备开始一天的工作。

丈夫吻了吻孩子，跟妻子告别；上班族们挤着地铁，勉强把自己塞进车厢里；开车的人抱怨着恶劣的交通和到处乱窜的电瓶车；白领女郎蹬着高跟鞋匆匆在路上跑，经过的地方留下一阵淡淡的香水味；卖早点的摊贩忙得都没有时间找零；学生们三三两两地走在一起，眼里的睡意还没有消散。

城市一切如常，并没有人意识到为了守护着平常，这世上每一天都有人无私地付出自己的生命，每一天都有好人，有坏人在死去。

每一分每一秒，这世上都在发生大的小的悲剧。有人痛失所爱，有人梦想破灭。可天依旧又亮了起来，时间如常流逝，日子一样地过。

今天真的有一个好天气，真的。

天空几乎看不到一片云，碧空万里大概就是这个样子吧。

太阳高高地挂在天空中，阳光依旧平等地照耀着正义和邪恶。

Chapter 18
每一个英雄都不是为了被爱才选择战斗的。

墓园里静悄悄的。

这里刚刚举行了一场丧礼，空气里还有悲伤的味道。

顾向阳一直躲在角落里看完整场丧礼，他还不至于恬不知耻到这个地步，他知道对于木如夜的亲人来说，他是害死她们丈夫和哥哥的人，别的都不重要。

葛平秋的神情悲伤，却还算克制，她的肚子已经很明显了，丧礼结束后由她的父母搀扶着离开。

如愿哭得几乎站不住，她停留的时间最久，所有人都离开了，她却还是坐在哥哥的墓前不肯走，直到天上飘起小雨，她才独自一人离开。

除了每年清明之外，别的日子里墓园里总是冷清。长长的窄窄的路上只有如愿一个人的身影，顾向阳真想走上去抱一抱她，但是他不敢，他怕面对那双眼，怕看到那双曾经满是温柔笑意的眼如今却浸满了悲伤。

顾向阳走到木如夜的坟墓前，脱下警帽放在身侧。小雨飘洒在顾向阳身上，他与木如夜之间的恩怨情仇终于尘埃落定。

奈温已经被抓住，几个重要的案犯归案的归案、被击毙的被击毙，这个案子算是办得很成功，局里上上下下都很高兴。大家庆祝胜利是应该的，他们有资格享受这短暂的放松，只是顾向阳却没有办法打从心底觉得快乐。

短暂的胜利之后，大家又很快投入到新的工作里，一个大案结束又一个新的案子被提上了日程。就像木如夜说的那样，坏人抓不完、杀不尽，坏人只会越来越聪明、越来越狡猾。梅丹死了，木如夜死了，但是罪恶也并没有就因此消失。

也不知道是谁挑的照片，墓碑上的木如夜依旧笑得张狂，眼里是淡淡的轻蔑，像是在嘲笑这个已经与他无关的尘世。

"你应该在底下笑我吧？"顾向阳苦笑着说。

顾向阳想起来他当卧底的时候，曾经跟章鱼有过一次讨论。

那个时候他还叫飞龙，诨名毒蛇，刚刚救了狼五和蝎子的命，自己也受了很重的伤，正咬着牙让章鱼给他处理伤口。

"从这件事情可以看出来，你这个人有英雄主义的倾向。"章鱼一边把他胳膊上的子弹取出来一边说道，"你喜欢拯救别人。"

"你的意思是我不该救狼五和蝎子吗？"毒蛇有些担心，他怕敏锐的章鱼察觉到了他的不一样。

"我当然不是这个意思，做我们这一行需要点义气，英雄主义也不是坏事。"

"那你到底是什么意思？"

章鱼笑了笑道："没什么意思，我只是好心提醒你。这世上想做英雄的人有很多，处于各种原因。世界也需要英雄，只是……英雄和英雄身边的人都是不幸的，你要做好心理准备。"

"你为什么这样说？"

章鱼脸上是一种知晓一切的笑容，慢悠悠地说道："因为我们只喜欢别人为我们牺牲，却不喜欢跟拯救我们的人生活在一起，要不然耶稣就不会被人钉在十字架上了。"

"这不是很矛盾吗？"

"不矛盾，人渴望有人能捍卫自己的利益，但是不愿意付出回报。英雄活着会显得我们的自私和贪婪，会让我们羞愧，会让我们不得不面对自己道德和人性的瑕疵。我们还会害怕，怕有一天会不会也被要求牺牲自己的利益。大恩成仇，恩人最好的归宿就是马上去死，英雄是不能寿终正寝的。所以孤独、心碎、悲情、被隔绝、不被理解，这是每一个英雄落幕的方式，这是英雄的宿命。"

毒蛇冷笑一声，不屑地说道："你不用恐吓我，你放心，我不想当英雄，也当不了英雄，有救火英雄、缉毒英雄、战场英雄，但是你听说过贩毒英雄和军火英雄的吗？我们是英雄要杀的那种人。"

"我观察过你，你跟我们有区别，虽然我们吃一碗饭，睡一张床，但是你跟我、蝎子、狼五，都不是一种人。"

毒蛇的心又是一沉，却还是装作满不在乎地问："是吗，我怎么不知道哪里不一样？那你觉得我是什么人？"

"好人。"章鱼不阴不阳地说。

毒蛇的手心有些冒汗，他刚想说什么，可章鱼却忽然笑了起来道："不是绝对意义上的好人，当然你在警察眼里也是该枪毙的家伙，但是我知道你的本质是什么，这也是我欣赏你的地方。你跟我们不一样，你有底线。"

毒蛇稍微松了一口气道："虽然我们做坏事，但是也不妨碍我们想做好人，不是吗？"

"挺好的，我愿意跟你这种人交朋友。但是我提醒你一句……"章鱼包扎好毒蛇的伤口，轻轻地笑了起来，拍拍他的肩膀道，"在这个黑白不分的世界上，还能当好人的就都是英雄……"

而英雄的宿命，是不幸。

站在木如夜的墓碑前，顾向阳忽然就回忆起这一段对话来，虽然他并不觉得自己是英雄，甚至不敢说自己是个没有瑕疵的好人，但是他此刻深切地体会到了木如夜当初所说的那种不幸。生活不是漫画，也不是电影，生活里没有超级英雄，即便有，也不会被人群的欢呼包围。被欢呼包围的是偶像明星，是成功的企业家，唯独不会是英雄。

孤独，心碎，被隔绝，不被理解。

顾向阳在这一刻，忽然懂得了木如夜的话。

因为人群是混沌的，是黑白交杂的；因为生活是复杂的，是正邪难分的。

我们都是好人，又同时都是坏人。我们都自私，都不愿意牺牲，都贪婪，都低级，都无法摆脱人性的阴暗面。

可英雄却不，他们不愿意谄媚，不肯低头，不接受贿赂，不被人群改变。他们只为了信仰和正义，不为了任何一个个体的私利和私心，所以他们注定不会被人群喜欢。

不过没有关系，每一个英雄都不是为了被爱才选择战斗的。

"也许你说得对……"顾向阳轻轻地说。

墓园里依旧冷清，雨有越来越大的趋势，墓碑上的木如夜依旧笑得张狂放肆，一如往昔，仿佛他从没有离开过。

我们人生只有两次机会可以停止成长，一次是被全心全意爱着的时候，另一次就是死去的时候。

顾向阳重新戴上警帽，他想起如愿曾经对他说的话——我只希望你能够没有悔恨地，笔直地走完这一生。他转身走进雨里，他很孤独，他很痛苦，他感到心碎，但是他没有一丝一毫的悔恨。

顾向阳慢慢地往前走，没有悔恨地，笔直地往前走……

葛平秋的肚子一天天大起来，因为受不了妈妈每天唉声叹气的，便从家里搬了出来，回到她跟木如夜当初一起买的房子里自己住，如愿放心不下，也搬了过去照顾她。

周晖杨又打电话过来邀请如愿加入她的小组，被葛平秋听到了。

"挺好的机会，你也应该喜欢，为什么不去呢？为了我，是吧？"

如愿不置可否。

葛平秋无奈得很，道："我是怀孕，不是残废。再说了，你能照顾我什么？还能比保姆和保洁阿姨做得好吗？你放心，只要有钱，没有过不好的日子。"

"我想多陪陪你啊。"

"不用，我没有那么脆弱，你也没有，我们都不需要彼此的陪伴。"

如愿默然，问："你真的觉得我应该接受周教授的邀请吗？"

"除非你还有别的什么牵绊。如愿，我不需要你。"

如愿知道葛平秋这样说是为了她好，忍不住打趣道："小秋，你一定没什么朋友吧？"

葛平秋仔细想了想道："只有一个。"

如愿大笑起来，没想到小秋竟然这么认真地回答，她无奈地说："好，我知道，我不考虑你了。我会接受周教授的邀约。"

"那就好。"葛平秋欣慰地说。

如愿哭笑不得地问："你怎么这么嫌弃我？巴不得我走似的。"

"因为我觉得在乌干达的时候，你看起来最神采飞扬，那时候你的笑容最满足，眼神最坚定，神态最平和。在那里，你知道你是谁，正在做什么，没有比知道自己是谁和正在做什么更重要的事情了。"葛平秋伸出手，轻轻地放在如愿的手上道，"如愿，你知道吗，你不属于这个地方、这里太腐朽了，它会一点点地麻醉你，吞噬你，等你意识到的时候早就深陷其中，一切都不及了，所以趁你还没有被消磨殆尽，赶快走吧。"

"说得那么可怕……那你为什么不走？"

"我怕什么？"葛平秋脸上是麻木的神情，她缓慢地摸着自己的肚子，轻轻地说，"我本来就是没有灵魂的人，我跟这个地方是绝配，你不用担心我，我在这个世界里生活得如鱼得水。"

如愿忽然觉得一阵心酸，道："你不要这样说自己，我不是这样看你的。"

"没有灵魂也没什么不好的，肤浅地活着多好啊，肤浅的人没有痛苦，只有麻醉。"

葛平秋满不在乎地笑起来，她扬了扬嘴角，那个笑容显得轻蔑又高傲，像是讽刺，又像是自嘲。不知道为什么，如愿觉得那个笑和哥哥的很像，像是一个流亡的贵族。

阿姨做好了午饭，两个人坐到饭桌前，一边吃饭一边闲聊。

这段日子她们两个总是陪伴着彼此，如愿对自己说是她在陪伴小秋，照顾小秋，可现在仔细一想，其实是小秋在陪伴她。小秋说得对，她们并不需要彼此，她们没有脆弱到那个地步。事到如今，她离开也许更好，小秋面对着她，也许永远都忘不了哥哥。想要展开新的人生，她们必须要把从前都丢弃才行，在这里，她们谁都舍不得……

"对了，你跟小顾还有联系吗？"葛平秋忽然问。

如愿摇摇头。

"他也没有联系过你吗？"

如愿还是摇头。

"也是……"葛平秋苦笑道，"你们两个道德感都太强了，也不知道是好事还是坏事。"

如愿默默地吃着饭，并不接话。

见如愿不说话，葛平秋又说："如愿，你哥哥已经死了，死了就跟这个世界再没有关系，你没有必要因为他的原因放弃自己的幸福，其实他并没有做错什么。"

"我知道，有的事情跟对错没有关系。只是我们心里可能都过不去吧。"

"也是……"葛平秋轻笑起来，木如夜死了之后，她笑得反而比从前多了，"你们这些有道德感的人，活得都矫情，没人折磨你们，自己也要想方设法折磨自己。"

如愿无奈地笑起来，小秋说话真的越来越像哥哥了。

可是这样一想，如愿又笑不出来了，哥哥死后，小秋表现得很平静，连大哭都没有过。有时候她都在想小秋跟哥哥兴许没有那么相爱，可是现在她忽然发现，小秋对哥哥的爱，兴许比她以为的深很多，可能就是因为深邃，所以才看起来平静，就像是大海，不像是江河奔涌。

　　葛平秋又继续说："其实你们要在一起也没有人会说什么，说句难听的，能干涉你们俩的人都已经不在这个世界上了，他的家人都死了，你的也都死了，你们的父母罪都还清了，某种程度上来说，你们是自由的。"

　　"你有一天会重新恋爱吗？"如愿问小秋。

　　"会吧……我不会排斥任何可能性，只是现在我只想好好抚养我的孩子。"

　　"我也是，也许有那个机会我能跟顾向阳重新相爱，但是现在我不想。哥哥尸骨未寒，我就没事人一样的去谈恋爱，去追求幸福……我没有办法，我想不开，我活得没有那么通透。"

　　"也是……算了，一切都交给时间解决吧。"葛平秋叹口气道，"你若是见到小顾，告诉他，我不怪他……虽然我也不想见他。"

　　如愿沉默地点点头，过了一会儿，她忽然说："小秋，我有时候觉得人生很简单，可有时候又觉得很复杂。"

　　"是啊，总觉得自己活明白了，可下一秒生活就告诉你，你还远远没有活明白。"

　　"为什么我总是觉得我的人生很艰难呢？是只有我的人生这样，还是每个人都是这样？"

　　"每个人。"葛平秋说。

　　两个人沉默地吃完了接下来这顿饭，第二天如愿就把自己的房子挂牌出售了，因为周教授的团队下个月就准备出国，所以如愿把后续的事情都交给小秋帮忙处理。

　　葛平秋知道如愿把房子都卖了有些惊讶。

　　"你这是彻底不打算再回来生活了吗？"

　　"不一定，我觉得房子卖了没有牵挂一些。"

　　"你是想把你所有的痕迹抹掉，让顾向阳永远都找不到你吗？"

　　"我不是想他永远都找不到我，我是让我自己断了会跟他再见面的念头。"如愿苦笑着说："我不想心里总是牵挂着一个人，不想总是幻想着他，我挺自私的，我真的很想重新开始。"

　　"他要是通过我找你怎么办？"

　　"他不会的。"

　　"也是……"葛平秋无奈地叹息，点点头道："也好，无牵无挂。"

　　"还是有牵挂的，我有个小侄女儿在这里呢！"

葛平秋笑起来，问："你怎么知道是小侄女儿？"

"直觉！"

"那你跟你哥哥的直觉一样……"

"我哥哥肯定喜欢女儿。"

"对啊，他喜欢女孩子，觉得男孩子调皮不可爱……"葛平秋脸上闪过一丝悲伤，但是她很快又笑了起来，忽然问，"你梦见过你哥哥吗？"

如愿点点头。

她时常梦见哥哥，不止一次从梦里哭醒。

"昨天才梦见他了。"

"你都梦见他什么了？"

"梦见我们都还小，我只有六岁，他还是个少年……"如愿的声音有些哽咽，红着眼道："梦里我们迷了路，找不到家在哪里。哥哥就拉着我的手找家，他紧紧牵着我的手，我们就在大街小巷里一直走，一直走……后来哥哥就不见了，我找不到他，哪里都找不到，只有我，我就一边哭一边找哥哥，然后就哭醒了。醒来的时候天还没有亮，外面灰蒙蒙的，半梦半醒间，我觉得松了一口气，觉得幸好只是一个梦。可是我又忽然想起来，哦，哥哥已经死了，我其实再也找不到他了。"

这个梦真的是如愿这辈子做过最凄凉的梦了。

"故人入我梦，明我长相忆……"葛平秋眼睛也红红的，她喃喃地问，"真奇怪，你说为什么他从来不在我的梦里出现？我明明那么想他……"

这是葛平秋第一次在如愿面前说思念木如夜，从前她总是很克制，兴许因为如愿要走了吧，从此之后，这个世界上只有如愿懂她，懂她为什么会爱木如夜，为什么会思念这个别人心里的人渣和坏蛋，她走了，就再也没有人能懂她的思念。

所以葛平秋需要这么一次宣泄，告诉如愿，她真的很思念木如夜。

"我周围的人都劝我，说我挺傻的，要给那个人生孩子。他们都说我们认识也没有多久，能有多爱呢。他们都觉得我们之间的感情没什么了不起的，那些在一起八年十年的才叫爱情。我都没有资格为了这段短暂的婚姻颓废，因为我们的感情能有多深呢。"

如愿无言地走到葛平秋身边，轻轻地碰了碰她的背。

"我知道的。"如愿说，"我知道哥哥爱你，我也知道你爱哥哥。我知道。"

葛平秋靠在如愿身上，终于忍不住大哭起来。

如愿辞了职，虽然领导觉得如愿很得力，但是也没有谁是不能取代的，并没有为难她，爽快地让她离职，还给她多发了三个月的工资。

工作辞了，房子卖了，手机号注销了，这里的事情都有了个了结。从此之后，再没有家乡。

离开中国之前，如愿思来想去，还是给顾向阳写了一封信。反正她跟顾向阳都不是时髦的人，所以用这种传统又老掉牙的方式，他应该也不会笑她。

寄出了这封信，如愿终于可以了无牵挂地离开这里。

离开中国的那一天，机场里有人求婚。那是一对马上要异国恋的情侣，他们决定在分离前给彼此许下一个承诺。如愿和团队里的人一起看热闹，一起起哄。女孩子哭得梨花带雨，那是幸福的泪水。还能哭都是好的，不哭的人不是因为幸福，也不是因为心里充满快乐。一个人停止哭泣的那一天，是心彻底失去温度的那一天。

钻石戒指，玫瑰花，眼泪和承诺。

"我会永远对你好，永远爱你！"男孩对女孩承诺，"嫁给我吧。"

女孩儿点点头，两个人在人来人往的机场里相拥亲吻。

我会永远爱你。

永远。

生活里没有任何事可以永恒，但是这并不妨碍我们追逐永恒。如果不是因为幻想能够永垂不朽，作家不会写作，画家不会画画，莫扎特不会弹琴，米开朗基罗不会雕塑。

人永远渴望对抗时间，当人开始妄图对抗时间的时候，便有了伟大。

伟大的文学，伟大的音乐，伟大的建筑，伟大的爱情。

如愿微笑着看着眼前这个大团圆的结局，跟着人群一起鼓掌。不知怎么的，她竟然也落下泪来，明明算不上多么感人，甚至两个主人公还有些微微的尴尬，明明是别人的爱情，别人的故事，她不知道为什么自己竟然会抑制不住地哭起来。

同事用惊讶的目光看着她，谁都不知道应该怎么安慰她才是，手忙脚乱地给她递纸巾。如愿抽抽噎噎地哭着，大家先是觉得惊讶，后来又觉得有些好笑。

"你这哭得我们就不懂了，又不是跟你求婚，你怎么比人家女孩子还激动，不知道还以为求婚的是你前男友。"

如愿哭哭啼啼地，擦了擦鼻子，抽抽噎噎地说："你们不觉得很感动吗？有情人终成眷属，多不容易啊……"

大家笑起来，觉得如愿像个小孩子。

"你放心，总有一天也会有人跟你求婚的。"

"对啊，你也会遇到你的那个人的，没什么难的，该来的时候就会来的。"

大家安慰着如愿，都觉得这只是如愿的少女心在作祟，觉得好笑又可爱。只有如愿知道，她是在别人的故事里流着自己的眼泪，为她宿命般的爱情流泪。

周晖杨见到如愿这样哭，走到那对情侣那儿，对他们说了两句什么，然后两个人走到如愿面前，女孩子把花递给她，笑眯眯地说："祝你也早日找到自己的幸福。"

如愿呆愣地接过花，哭得更难过了，那对情侣不知所措地离开，如愿就这样哭哭啼啼地进了安检，在一种滑稽又悲伤的氛围里离开了祖国。

等飞机飞上天空，如愿的情绪才平静下来，她看着窗外的云层，苦笑起来。

为什么每一次，她都没有办法好好地告别，优雅地离开呢。

顾向阳收到如愿的信已经是如愿离开的一个月之后。他升职了，被调任到别的城市担任刑警队长，信很是辗转地才被放到了他手上。

他没有立刻拆那封信，而是继续在办公桌前处理案卷，一直到下了班，城市里的灯都渐渐亮起来，又渐渐熄灭，他才把案卷收好，打开办公桌前的那一盏小灯，拿过了那一封信，小心翼翼地打开，没有弄破信封。

顾向阳抽出信，又把它放在一边，靠在椅子上呆坐一会儿，才又伸出手把信拿过来。

他有些颤抖地打开信，只有两张纸，对于多愁善感如愿来说，已经算写得很简单和克制了。

顾向阳：

你收到这封信的时候我已经不在中国了，我也不知道我会在哪里，反正是世界的某个角落，具体的要看工作安排……

这几天我一直在想，你为什么不来找我，我为什么也不去找你？我想可能潜意识里，我们都知道见了面就是要结束吧，所以拖延着，让这个结局晚点来。

但是我不行，我不能不给自己一个结局就走，我不想心里有牵挂，总有个未完成要牵念。

　　所以顾向阳，你看这封信的时候，我们就算彻彻底底地结束了。我们都可以去开始新的人生，遇见新的人，爱上新的人。

　　新的人没有历史，没有恩怨，没有无可奈何，我们也许会活得更轻松。你说呢？

　　我知道你性格很固执，肯定是不愿意放过自己的，但是我真的希望你能够把从前放下，轻松一点面对以后的人生，你总是皱眉头，这样不好。

　　我最近看到了一首诗，叫作《永恒的吻》，里面有一句我很喜欢——地球是天上一颗星。

　　我总是想这首诗，然后我想，地球也不过是浩瀚星辰中渺小如沙的一颗而已，我也不过是地球七十亿人中的一个，不过是小数点后的不知道多少位。

　　在浩瀚的时间海里，我们的喜怒哀乐都不值一提，很快就会过去。我们的爱情也没有那么伟大、那么永垂不朽。你跟哥哥的恩怨，也不过是这世上无数恩怨情仇中的一件而已，仔细想想，也不值一提。

　　所以我们大概都不用那么执著和矫情。不用那么在意自己的快乐，不用那么在意自己的悲伤，不用那么在意哥哥的离开，不用那么在意我们逝去的爱情。

　　你说是不是？

　　现在，我依旧会常常梦到哥哥，甚至常常从梦里哭醒，但总有一天我会不再频繁地梦见他，想起他的时候不会再觉得心上被人剜掉了一块。

　　我也会思念你，但总有一天我也不会再频繁地想起你，只会在被某样东西、某个气味、某个旋律触动的时候，才会想起我曾经深深地爱过你。

　　顾向阳，我会在这个地球上的某个犄角旮旯里默默祝福着你，但我也决定，我不会再去爱你。你也是，如果你不愿意忘记我，那就停止爱我吧。

　　对了，这边的房子我卖了，手机号也注销了，没有什么特殊的事情也不会再回来。所以不出意外，这辈子我们都不会有机会再相见。

　　当然，如果有一天我们还能再重逢，虽然这个可能性微乎其微，几乎绝无可能，但是如果真的有那么一天，我想我们可以一起好好地走一段路，像是老朋友一样地聊聊天。我希望这一天到来的时候，你已经找到了一生所爱，不再苦大仇深地总是皱着眉毛，我希望你脸上能挂着淡淡的微笑。

　　就这样吧。

　　木如愿

顾向阳合上信，打开电脑，搜索了那首诗。

> 一千年一万年，
>
> 也难以诉说尽，
>
> 这瞬间的永恒。
>
> 你吻了我，
>
> 我吻了你。
>
> 在冬日蒙眬的清晨，
>
> 清晨在蒙苏利公园，
>
> 公园在巴黎，
>
> 巴黎是地上一座城，
>
> 地球是天上一颗星。

他把那封信锁在了抽屉里，关上电脑，收拾好东西，走出了警局。

城市的夜晚和白天像是两个世界，顾向阳抬起头看着林立的高楼里那几盏零星的灯光，想着是什么人这么晚还没有睡，是不是也跟他一样，在等待着什么人。

顾向阳走进夜色里，他知道如愿说得没有错，终将有一天，他们不会再频繁地想起对方，可以语气平淡地跟人说起这段爱情，能够不再激烈、愤怒和悲痛。因为在这个浩瀚的宇宙里，他们这两个微不足道的人谈了一场微不足道的恋爱。

但是一千年，一万年，对于他们来说都没有意义。我们是人，只有这几十年的时光可以活，如果人有永恒，便是这活着的时光。

对于他来说，一生有这一场爱情就足够了，一生只爱一个人，一生只要一个吻。

他也许不会再思念她，但是他不会停止爱她。他爱她直到永恒，直到死亡的那一天。

Chapter 19

在冬日蒙眬的清晨，清晨在蒙苏利公园，公园在巴黎，巴黎是地上一座城，地球是天上一颗星。

葛平秋的孩子出生了，果不其然是个女孩子，她给女儿起名叫作木星月，因为夜晚最闪耀的便是星星和月亮。

除了给哥哥和蝎子扫墓，如愿在国内待的时间寥寥无几，直到星月三岁那一年，如愿离开了周教授的团队，准备到联合国艾滋病规划署任职，才有一段时间可以休息。

这一次回来，再有时间也不知道是何年何月。如愿在国内停留了大概三个月，这期间她有想过要去见一见顾向阳，但是所有的联系方式都断了，两人也没有什么共同的朋友和生活圈子，找起来并不容易，所以一直到她又离开中国，也没有能联系上顾向阳。

如愿想，这大概就是他们的结局吧。只是三年过去，她已经放宽了心，可以轻松地面对人生的遗憾。

她离开的时候，三岁的小侄女不知道多舍不得，在机场里抱着她不愿意她走。没有办法，如愿只好带着她去买冰淇淋，安慰她。

顾向阳刚好在航站楼里与如愿擦身而过。

他停了停脚步，回头看了一眼，他觉得自己见到了如愿，那个背影很像她。但是他又转过身，继续往外走，不会是她，不可能的，就算她有了孩子，年纪也不对。况且，这些年顾向阳见过太多过相似的身影，他总以为是她，却总是误会。

机场外有车子等着顾向阳，这个时候，他已经是史上最年轻的区局局长了。

顾向阳看着窗外，没有想到自己有一天会又回到这个城市来。这个埋葬了他的过去、他的爱情的城市……

"局长，这是大案的资料，您看一下。"

顾向阳接过案卷，把思绪从纷乱的过去里拉回来，安排着接下来的专案会。

兴许是老天爷弥补他生活里的不顺，顾向阳的事业发展非常顺利，屡破大案，又刚好遇到各种各样的机遇，两年之后他就调往了市局，年纪轻轻就已经是一杠一星的三级警监了。

在警界，顾向阳是传奇一样的男人，可是这个年轻英俊又事业有成的男人却一直都是单身，几乎是个异性绝缘体。关于顾向阳有各种各样的传闻，他为什么不恋爱，不成家，大家各有揣测，有人说，他是个工作狂根本就对恋爱没兴趣，有人说他当年当卧底爱上了毒贩的女儿，还有说他有一个死去的恋人直到现在都没有忘怀。

领导介绍过不少家世样貌都很优秀的女孩子给他，他身边也总是有各种各样的优秀女性向他表示好感。可是顾向阳都没有兴趣。

有一次跟老战友聚会，大家都喝了点酒，刘疆趁着酒意问顾向阳："她就那么好吗？你这样念念不忘？我不信现在你身边就没有比她优秀，比她漂亮的女孩子！你说你怎么这么犟？你今年都三十五了，还准备为她蹉跎一辈子啊？"

顾向阳看着自己的酒杯，陷入了回忆一般，喃喃着说："我知道她不是最好的，有人比她漂亮，比她聪明，比她家世好，比她有学识。但是我就是只想要她。我有时候会想起在难民营的时候，她稳稳地开着车，我坐在副驾驶上，周围是慌不择路的难民和反抗军的枪林弹雨。但是她的车开得那么稳，一点都不惊慌，甚至还能抽空跟我开玩笑，顺便炫耀自己的车技，我就觉得这些女孩子都比不上她。"

"你有毛病吧？"刘疆哭笑不得地说，"你当你们演美国大片呢？过日子，找个贤惠温柔的最好。"

"我是有毛病。"顾向阳一口喝干了杯子里的酒，笑着对刘疆说，"你是没见过她的那种笑容。"

"什么笑容？还能笑出花来吗？"

"对啊。"

"神经病！"刘疆骂道，"你们两个都是神经病。"

顾向阳笑了笑，不再说什么。

"行了，不说这些不高兴的了。"刘疆拍拍顾向阳的肩膀道，"你去法国开会，不要忘记给我带东西啊，我送老婆的周年礼物，别的都能忘这件事情绝对不能忘！"

"不会忘的。"

离开了刘疆的家，顾向阳没有回家，而是去了警局，继续做白天没做完的工作。他已经习惯这样了，让工作排满自己的人生。

走到办公室门口的时候，他见到灯是亮着的，奇怪，他明明记得自己关了灯。

他听到一阵轻轻的歌声，那声音很熟悉，听得顾向阳的心跳慢了一拍，他冲到办公室门口，猛地打开门，见到一个相似的背影，正在整理着他的书桌。

顾向阳有一刹那的哽咽，他红了眼眶，感到他的灵魂似乎又回到了他的身体里。

歌声停了下来，女孩子转过身，脸红地看着他，害羞地低下了头。

"副局长，对不起啊，我……我擅自跑到你办公室来，我想着帮你整理一下东西，没有别的意思。"

顾向阳回过神来，并不是她。

真傻，怎么可能是她呢，他们此生是没有什么可能再相见的了。

顾向阳的情绪平静下来，冷着脸说："以后不要随便进我的办公室。"

美丽而年轻的女孩子羞愤地离开了，顾向阳走到办公桌前坐下，打开抽屉的锁，又拿出了那封信来……

你现在在哪里？

是不是在非洲的哪个小国里发着避孕套和普及艾滋病知识的传单？或者在战火纷飞的难民营里当志愿者。你好不好，有没有遇到什么危险，是不是依然爱笑，有没有遇见新的人，你身边有没有人守护你，在你的帐篷外给你站岗？

你是否已经忘了我？你是否已经找到了幸福？

你知不知道，我依旧会梦见你，仿佛你从未离开一般。

酒意渐渐上来，顾向阳在办公室里睡着了，他做了一个梦，梦里他又回到了肯尼亚的达达拉布难民营，夜里星光璀璨，他靠着一棵树，点了一盏小小的油灯。

他很安心，即便未知的死亡在这里蔓延，但是帐篷里睡着他的爱人，他便觉得不再迷茫。

如愿掀开了帐篷的帘子，走到他身边坐下，靠着他的肩膀说："我睡不着，你给我念诗吧。"

好久了，好久没有看到她的脸，好久没有看过她的笑容。

顾向阳腼腆地笑了笑，眉头松了下来，拿起手里的诗集，轻轻念道：

在深渊的边缘上，

你守护我每一个孤独的梦。

那风啊吹动草叶的喧响。

太阳在远方白白地燃烧，
你在水洼旁，投进自己的影子。
微波荡荡，沉淀了昨日的时光。

假如有一天你也不免凋残，
我只有个简单的希望：
保持着初放时的安详。

第二天顾向阳醒来的时候，他手里还拿着那封信。他已经记不清自己有多久没有梦见过如愿了，可梦里的一切依旧那样清晰，她的面孔没有丝毫模糊，他的衣服上仿佛还残留着她的味道，一切宛如昨日。

可是他发现他心底竟然没有一点悲伤，不再像是从前，梦见如愿，总觉得心里在撕扯。

这是为什么？

是他终于不爱她了吗？

还是在告诉他，时间到了，他应该放下了？

桌上的电话响起，市里发生了一起性质恶劣的连环杀人案，顾向阳没时间再思考那个梦的意义，他迅速安排好接下来几天的工作，跟专案组交代了一下工作重点，然后赶紧在局里洗了个澡，直接出发去了机场准备参加国际会议。

总有破不完的案子，办不完的事情。

顾向阳发现，他其实也并没有太多时间去缅怀过去，一件又一件的工作充满了他的生活，各种各样的人和事推着他往前走，许多事情都模糊了。

爱恨情仇终将淡去，歉疚也是，惭愧也是，站在时间的这一头回望从前，很多事情都有了新的解释。

结束了回忆，还有一天时间在巴黎，给刘疆的东西早就买好了，剩下一整天顾向阳不知道做什么，清晨他就醒了，便决定独自去逛逛。

他忽然想起了如愿说过的那首诗，便对司机说去蒙苏利公园。

天气很好，顾向阳慢慢地走在公园里，找到一个长椅坐下。

公园里环境清幽，有鸟儿落在他跟前，阳光照耀在湖面上，微波粼粼，天气这样好，好到你总觉得应该发生点什么。

忽然，顾向阳觉得一阵释然，他放下了，即便并没有什么可以放下。忽然，他觉得一切世事皆可原谅，即便他并不知道原谅什么。

天气有些凉，顾向阳看了看时间，站起身准备离开。可是正准备走的时候，却见到不远处的长椅上坐着一个女人。

她绑着一个马尾辫，穿着牛仔裤和剪裁简洁的呢子大衣，正闭着眼晒着太阳，脸上是淡淡的微笑，一如他记忆里的模样，温柔又明媚。

明明五年过去了，如愿却还是原来的模样，一丝一毫都没有变化，仿佛冻结在了时光里。

像是感应到了什么似的，如愿睁开眼，脸上有一瞬间错愕的神色，然后她缓缓地转过了头，看向顾向阳这边。

四目相对的时候，两人脸上都有一闪而过的震撼。然后他们都笑了起来，在这世态炎凉里，他们依旧为彼此保留着最温柔善良的笑容。

顾向阳慢慢走到如愿身边坐下，两个人沉默了一会儿，谁都没有说话。

那震撼还没有消散，他们都没有想过此生竟然真的还能相见。

他们的重逢这样偶然，以至于几乎绝无可能。

可是谁都没有陌生的感觉，虽然五年时间过去，但是又有什么关系呢？她老了五岁，他也老了五岁，世界也老了五岁，宇宙也老了五岁，所以又有什么不一样呢。

两个人同时转过头看向彼此，看向那张在梦中出现过无数次的脸。

"我还没有结婚。"如愿忽然无厘头地说。

说完她有些蒙，有些后悔和不好意思，可是她却见到顾向阳笑了起来。

"我也没有女朋友。"顾向阳说。

两个人都笑起来，谁都没有多说什么，只是缓缓地靠近彼此。

一千年一万年，也难以诉说尽，这瞬间的永恒。

你吻了我，我吻了你。

在冬日蒙眬的清晨，清晨在蒙苏利公园，公园在巴黎，巴黎是地上一座城，地球是天上一颗星。

（全文完）